누가,
있다

**일러두기**
소설에 등장하는 인물, 사건, 장소는 모두 실제와 아무런 관련이 없습니다.

# 누가, 있다

〖1〗

제인도
장편소설

VANTA

차례

누가, 있다 · 7

# 1

〈어디야?〉

휴대폰 너머 들리는 혜리의 목소리가 반갑다. 못 본 지 고작 하루가 지났을 뿐인데 1년 만에 듣는 목소리 같다.

"엄마 가게. 짐 정리하고 있어."

〈아직도?〉

"늦게 왔어. 거의 끝나가. 생각보다 엄마 짐이 없네."

〈너, 괜찮아?〉

조심스레 내 기분을 살피는 혜리의 말에 가슴이 먹먹해진다. 아니, 괜찮지 않아. 내가 괜찮을 리가 없잖아. 엄마 죽은 지 며칠이나 됐다고. 자꾸 눈앞이 흐려져서 힘들어. 큰 소리로 울고 싶어 죽겠어. 그러나 내 목소리는 마음과는 반대로 흘러나온다.

"걱정하지 마. 바빠서 슬플 새도 없다."

⟨그럼 다행이고. 옆에 도진이 있어?⟩

"당연하지. 사실 얘 혼자 일 다 하고 있어. 같이 안 왔으면 큰일 날 뻔했다. 네 말 듣기 잘한 것 같아."

도진이는 옆에서 묵묵히 짐을 정리하고 있다. 엄마가 남긴 것은 고작 상자 서너 개 분량이다.

⟨남자친구가 있는 게 확실히 좋네. 의지도 되고.⟩

"나, 너도 많이 의지해. 진짜야. 그거 알아둬."

⟨눈물 나게 고맙다. 언제 올라올 거야?⟩

"늦어도 12시 전에는 들어가지 않을까? 차가 안 막히면 더 빠를 수도 있고."

대학 동창인 혜리와 나는 졸업 후에도 한집에서 같이 살고 있다. 그리고 겸임교수가 운영하는 광고디자인 사무실에서 함께 인턴으로 근무 중이다.

"회사는 별일 없지? 교수님 뭐라 안 하셔?"

⟨뭐라 하면, 그게 인간이냐?⟩

"뭐라 했구나? 그치?"

⟨아니야. 일이 몰려서 짜증은 좀 냈는데, 워낙 바쁘잖아. 얼굴 볼 틈도 없어. 아침에 사무실 잠깐 들렀다가 바로 나갔어. 실장은 실장대로 바쁘고.⟩

"미안."

⟨네가 미안할 게 뭐 있어? 어차피 휴가 냈잖아. 신경 쓰지 마.⟩

"내일 나가서 밀린 일 처리한다고 말씀드려줘."

〈벌써? 안 그래도 돼. 내일 토요일이잖아. 더 쉬어. 이럴 때 쉬는 거지, 우리 같은 인턴이 언제 쉬냐?〉

휴대폰 스피커에 누군가의 고함 소리가 섞여 들린다. 당당하던 혜리의 목소리가 급격히 작아진다.

〈어머, 아라 선배가 나 찾는다. 끊어, 이따 봐.〉

보지 않아도 알 것 같다. 분명히 다들 바쁠 거다. 마감이 코앞이니까. 작은 회사에서 한 사람 몫이 얼마나 큰지 잘 알고 있다. 분주한 교수와 신경질적인 실장의 얼굴이 떠오른다. 지금쯤 디자인 시안을 들고 선배들에게 짜증을 내고 있겠지.

의기소침해지려는 찰나, 휴대폰 벨이 울렸다. 낯선 번호다. 하지만 눈에 익었다. 며칠 전부터 몇 번이나 걸려온, 모르는 사람의 번호다. 수신 거절 버튼을 눌렀다.

"안 받아?"

도진이가 의아한 얼굴로 나를 쳐다본다.

"보이스피싱이야."

"그걸 어떻게 알고? 보험회사일 수도 있잖아?"

"보험회사 번호는 딱 보면 알지. 대표번호로 걸려오잖아. 그리고 보험회사랑 통화해서 엄마 보험금 얘기는 이미 끝났어. 이건 아예 대놓고 보이스피싱이라니까? 지지난 주부터 계속 걸려오는데 아주 질겨. 내가 번호를 외울 정도야."

"통화는 해봤어? 뭐라는데?"

"아빠 이름을 대면서 나더러 딸 아니냐고 묻더라. 어이가 없어서. 우리 아빠 돌아가신 지가 20년이 넘어. 웃기지도 않지."

"아빠 이름까지 아는 거야? 어떻게 알고 전화했지?"

"주민센터를 털었나 보지. 하여간 잔인한 것들. 돈 없는 것도 서러운데, 사기 치려고 사람 아픈 데까지 들쑤신다니까."

"아빠가 이분이셔?"

도진이가 서랍장 위에 있던 작은 액자를 들어 보인다. 접을 수 있게 만든 액자의 오른편, 빛바랜 사진 속에 젊은 시절의 아빠와 엄마, 그리고 젖먹이 아기인 내가 있다.

"응. 닮았지?"

"너 엄마 닮은 줄 알았는데 어렸을 때는 아빠와 판박이네. 눈이 똑같아."

"사진 보면 다들 그 말 해. 내가 봐도 그렇고."

"아빠 훈남이시다. 그런데 이런 거, 물어봐도 되나?"

"어떻게 돌아가셨냐고? 나 아기 때 일인 걸 뭐. 기억도 안 나. 엄마랑 똑같이 교통사고였대. 나 백일 되고 얼마 안 돼서 벌어진 일이야."

"아, 그래서… 이렇게 젊으시구나."

"그치? 젊지? 한창 신혼이었을 텐데. 엄마만 불쌍하지 뭐. 혼자 나 키우느라 진짜 고생 많이 했어. 내가 말을 좀 잘 들었어야지. 나 때문에 고생만 하다가 돌아가신 것 같아서 슬퍼. 진작 잘 해드릴걸…. 우리 엄마, 이때 예뻤지?"

난 애써 밝은 척 도진이의 얼굴 가까이 사진을 들이댔다.

"항상 고우셨어. 이때가 몇 살이셨어? 20대 중반? 초반?"

"지금의 나와 나이가 비슷해 보이지 않아?"

"우리 연배로 보여. 이 사진은 언제 찍은 거야? 어디 놀러 갔었던 모양이네?"

그러고 보니 아빠와 엄마는 옷을 잘 차려입고 있다. 평상시 차림이 아니다.

"할아버지 생신이었다던가…?"

"할아버지? 그럼 너, 다른 친척들도 있는 거야?"

"있지 않을까?"

"그게 무슨 소리야? 네 친척이잖아. 있으면 진작 연락하지. 엄마 가실 때 덜 외로우셨을 거 아니야? 너도 그렇고."

"나 연락처 아무도 몰라. 아빠 돌아가시고 나서 엄마가 할아버지 댁과 연락을 완전히 끊었대."

"왜?"

"자세한 건 엄마가 안 알려줬어. 옛날 일 말하는 거, 되게 싫어했거든."

"시집살이를 호되게 하셨나 보다."

"네 생각도 그렇지? 얼마나 싫었는지 엄마는 시 자도 입 밖에 꺼내지 않았다니까. 기억 속에서 아예 지워버렸다고. 그걸 아는 내가, 전화번호를 알아도 그렇지, 어떻게 뻔뻔하게 연락을 하겠어?"

"그래도….'"

"걱정 마. 엄마 외롭지 않을 거야. 지금쯤 아빠랑 재회해서 행복할걸? 난 그렇게 생각하려고 해."

그때, 문자 수신음이 울렸다.

'김재열 변호사 사무실입니다. 고 임성미 씨 유산 상속 문제로 연락드립니다. 통화가 안 돼 문자 남기니 전화 주세요.'

이럴 때 사기 문자라니. 엄마의 죽음을 받아들이기도 벅찬데 나한테서 뭘 더 빼앗아 가려는 걸까. 이건 예의가 아니지. 사기꾼들도 때와 장소를 가릴 줄 알았으면 좋겠다. 난 임성미라는 사람을 모르고 받을 유산도 없다. 무엇보다 로또 같은 행운이 나에게 올 리 없다.

"누군데 인상을 쓰고 그래?"

도진이가 내 눈치를 살피며 조심스럽게 묻는다.

"하… 아까 그 피싱."

나도 모르게 한숨이 새어 나온다.

"또?"

"그러니까. 에잇, 신경질 나."

"문자를 어떻게 보냈는데? 검찰청이래?"

"비슷해. 이번에는 변호사야. 나한테 유산을 주겠대."

"유산? 네가 상속녀래?"

"말이 돼? 진짜 어이가 없어서…. 왜 하필 나냐고? 내 통장 털어봤자 마이너스인데."

"신고해."

"귀찮아. 안 당하면 되는 거지, 뭘 번거롭게."

도진이가 짐을 차에 싣는 동안, 엄마 혼자 살았던 2평 남짓한 방을 둘러본다. 미용실 안쪽에 딸린 작고 초라한 방이다. 누런 벽지와 어두운 조명, 찬바람이 들어오는 작은 창 그리고 한쪽 벽에 오도카니 서 있는 낡은 옷장과 그 옆의 작은 서랍장. 엄마가 남긴 물건은 이게 전부다.

엄마도 참, 꾸미고 좀 살지. 이제껏 돈 벌어서 뭐 했어? 봐, 옷도 몇 벌 없잖아. 속으로 투덜거리자니 눈물이 난다. 내가 대학에 합격한 이후로 엄마는 이 좁디좁은 방에서 혼자 견뎌왔다. 무슨 생각을 하고 무슨 꿈을 꿨을까? 외롭지는 않았을까? 이럴 줄 알았으면 엄마 보러 좀 더 자주 내려올걸.

숨을 크게 들이마신다. 방 안에 남아 있는 엄마 냄새가 희미하게 느껴진다. 파마약과 염색약이 섞인 그리운 냄새. 비염만 아니라면 엄마 냄새를 더 실컷 맡을 수 있을 텐데.

"빨리 끝냈네?"

방문이 열리고 머리를 노랗게 물들인 여자가 얼굴을 들이민다. 엄마와 함께 미용실을 운영해온 김향 이모다.

"엄마 짐이 생각보다 없어서요."

"언니 성격이 워낙 깔끔해서 그래. 물건 쟁여두고 그러질 못했잖니. 참, 이거."

그녀가 잊고 있었다는 듯 하얀 봉투 하나를 내민다. 봉투 속에 든 건 분명 돈일 것이다.

"아이, 이모도 참… 됐어요."

"받아. 어른이 줄 때는 받는 거야."

"장례식 때도 많이 도와주셨잖아요. 저 못 받아요, 이런 거."

"내가 그냥 주는 거겠니? 언니 몫이야. 많지도 않아. 이것저것 정리하니까 고작 그거 남더라. 더 챙겨주고 싶지만, 알잖아? 나도 없어서 조금밖에 못 넣었어. 미안해."

"그래도…."

"내 마음이라고 생각해. 응?"

어쩔 수 없이 봉투를 받아들었다. 마음이 복잡하다. 엄마의 몫…. 엄마의 삶은 이렇게 얇고 가벼웠구나.

"이제 여기 내려오는 것도 마지막이겠네?"

"근처 오면 들를게요."

"네가 안동에 무슨 볼일이 있다고. 말이라도 고맙네. 여기 주소나 적어주고 가. 햇사과 나오면 보내줄게."

이모가 건네준 메모지에 주소를 적었다. 그리고 어색해서 애꿎은 머리카락만 만지작거렸다.

"언니가 널 참 자랑스러워했는데…. 열심히 살아야 해. 도움 필요하면 언제라도 연락하고. 날 진짜 이모라고 생각하면 좋겠어. 부담 갖지 말고. 알지?"

"네, 연락드릴게요."

"참, 참, 내 정신 봐라. 잠깐만."

김향 이모가 밖으로 나간다. 이윽고 미용실 장식장 아래쪽에서 네모난 상자를 꺼내 나에게 내민다. 상자 안에는 각양각색의 실과 다양한 참 장식이 들어 있다. 완성된 팔찌도 하나 보인다. 가느다란 오색실로 엮은 팔찌다.

"언니가 만들던 건데 가져갈래? 사실 너 준다고 틈틈이 만든 거야. 나도 있다?"

이모가 오른손을 들어 팔찌를 내보인다. 난 고개를 끄덕이고 팔찌를 집어들었다. 명주실의 촉감이 부드럽다. 팔찌 끝에는 은색 참도 달려 있다.

"손님 없을 때 놀면 뭐 하겠어? 노느니 하나씩 만들었지. 언니 솜씨가 워낙 좋았잖아. 예쁘지?"

"고마워요, 이모."

"언니가 직접 주고 싶어 했는데…. 에이, 나 좀 봐. 뒤늦게 뭔 말을 하는 거래. 곧 날 저물겠다. 가야지?"

"네, 이제 가볼게요."

"조심해서 올라가. 도진이 학생이라고 했나? 남자친구도 수고 많았어요."

우리는 이모에게 인사하고 차에 올라탔다.

이제 안동과도 이별인가. 차창 밖으로 평범한 거리의 모습이 스쳐 간다. 어쩌면 마지막일지도 모를 이 도시의 풍경을 눈에 새기려 노력한다. 어렸을 때부터 20년 이상 살았던 안동. 엄마의 미용실, 김향 이모, 철길 없는 옛 기차역, 친숙한 길모퉁이…. 작별해야 할 게 너무 많다. 급작스러운 이별이라 마음이 더 허하다. 엄마가 만든 팔찌를 손에 꼭 쥐고 허전한 마음을 달래본다.

"괜찮아?"

도진이가 조심스럽게 나를 살핀다. 내가 느끼는 슬픔과 우울함, 두려움을 그에게 전염시키고 싶지는 않다. 곁에 있어주는 것만으로도 그의 역할은 충분하다.

"배가 좀 고프네."

사실 배가 고프진 않다. 하지만 이렇게라도 대화를 이어가야 그의 마음이 편할 것 같다. 생각했던 대로 도진이 얼굴에 안도하는 표정이 어린다. 나 역시 마음이 놓인다. 그러나 동시에 외로움이 밀려든다. 세상에 혼자 남겨진 느낌을 넌 모르겠지.

"소희야, 나에겐 괜찮은 척하지 않아도 돼. 혼자 이겨내려고 너무 애쓰지 마."

따뜻한 그 말에 가슴이 뜨거워진다. 때마침 눈앞에 나타난 휴게소 간판이 아니었다면 울컥해서 눈물을 흘렸을지도 모른다.

우리는 밤 10시가 넘어서야 집 근처에 도착했다. 그러나 주차할 곳이 없어 골목을 몇 바퀴 돈 다음 집에서 꽤 먼 곳에 간신히 차를 세웠다.

"짐은 어떻게 할래? 지금 옮길까?"

"내일 내가 알아서 할게. 늦었으니까 오늘은 집에 들어가."

"그럼 집 앞까지 데려다줄게."

"늦었잖아. 그냥 집에 가. 버스 끊기겠다."

어두운 골목길이 무서워 내심 도진이가 데려다주길 바라면서도 마음에 없는 소리를 했다.

"여기가 안동이야? 12시까지 버스 있어. 끊기면 택시 타도 되고. 온 김에 혜리나 보고 갈까? 차 잘 섰다고 인사해야지."

"그래? 그럼, 올라갔다 갈래?"

그의 따스한 온기에 안도하며 어두운 골목으로 발걸음을 옮겼다. 좁은 골목을 몇 번 지나자 곧 우리 집이 나왔다. 붉은 벽돌로 지어진 오래된 4층짜리 다세대 주택 2층이다. 집 앞에 다다랐을 때, 어디선가 낯선 목소리가 들렸다.

"임소희 씨? 임소희 씨죠?"

그 소리에 반사적으로 고개를 돌렸다. 누구야? 누가 이 늦은 시간에 날 찾는 거야?

"임소희 씨 맞죠? 한참 기다렸습니다."

어둠 속에서 두 사람이 모습을 드러냈다. 검은 슈트를 입고 검은 가방을 든 남자와 역시 검은 가방을 들고 검은 치마 정장을 입은 여자. 그들의 모습은 흡사 저승사자처럼 보였다.

"누, 누구시죠?"

"김재열 변호사입니다. 기억하시죠? 계속 연락드렸는데."

변호사? 나에게 보이스피싱 전화와 문자를 자꾸 보낸 그 변호사 사칭범? 왜 그 사기꾼들이 집까지 찾아왔지? 왜? 무서운 생각이 들어 도진이 손을 꽉 잡았다.

"불쑥 찾아와서 죄송합니다. 임소희 씨와 통 연락이 닿질 않아서…."

자신을 변호사라 밝힌 남자가 연신 머리를 숙인다. 가로등 불빛 아래, 옅은 어둠 속에서도 그의 얼굴이 또렷이 보인다. 날카로운 눈, 뾰족한 코, 작고 얇은 입술. 그는 입가에 억지 미소를 짓고 있다. 옆에 선 여자가 안경 너머로 날 쏘아본다.

도진이와 맞잡은 손에 힘을 꼭 주고 용기를 냈다.

"진짜 누구세요? 누구신데 여기까지 절 찾아오신 거죠? 이 늦은 밤에?"

"말씀드렸듯, 고 임성미 씨 변호사입니다."

"전 임성미라는 사람 몰라요."

"아버님이 임성태 씨죠? 22년 전 교통사고로 돌아가셨고요."

아니 그걸… 당신들이 어떻게 알아? 예상치 못한 대답에 가슴이 덜컥 내려앉는다. 나도 모르게 한 발짝 뒤로 물러났다.

"맞죠? 제가 제대로 찾아왔군요."

"…."

"임성미 씨는 돌아가신 아버님의 누님이십니다. 고모가 있다는 사실을 모르셨나요?"

고개를 저었다. 고모라니… 난 몰라. 들은 적도 없어. 모르는 얘기라고.

"아… 친척분들과 교류가 없으셨다더니…."

변호사라는 남자가 난처한 듯 입맛을 다신다. 그러곤 함께 온 여자를 쳐다본다. 여자가 손목시계를 힐끗 보더니 주변을 쓱 둘러본다.

"얘기가 길어질 것 같은데, 어디 들어가죠?"

쉰소리 섞인 저음으로 여자가 제안했다.

"이 시간에 가긴 어딜 갑니까?"

도진이가 나서며 나 대신 반발했다. 나와 맞잡은 그의 손에 힘이 들어가 있다.

"그쪽이 누군 줄 알고요?"

"변호사라니까요. 명함 드려요?"

"그런 거 말고, 저희가 신뢰할 수 있는, 뭐 다른 거 없어요?"

"하아, 참… 서류 보여드릴까요? 여기서요? 한두 장도 아니고 이렇게 어두운데?"

"…"

"임성태 씨 얘기로 충분하지 않습니까? 어머니가 오경은 씨라는 거, 이것까지 말씀드리면 믿으시겠어요?"

엄마 이름까지 알고 있는 걸 보면 저 사람, 나에 대해 단단히 조사했나 보다. 진짜 변호사가 맞는 것도 같다. 아직도 그가 의심스럽지만 왜 이렇게까지 나를 찾는 건지 궁금하다. 정말 내게 고모가 있고, 내가 유산을 상속받게 되는 건가?

"시간이 없어서 그래요. 저희가 얼마나 연락드렸는지 아시잖아요? 임소희 씨와 연락이 될 때까지 굉장히 오래 기다렸습니다. 오죽하면 이 밤에 여길 찾아왔겠어요? 지금 얘기하지 않으면 다른 사람들한테까지 피해가 가니까…."

"피해요? 무슨, 피해?"

"고모님 유산을 임소희 씨 혼자 받는 게 아닙니다. 다른 친척분들과 공동 상속이에요."

"다른 친척이요?"

나도 모르게 도진이를 쳐다봤다. 들었어? 내게… 친척이 있대. 혼자가 아니래.

"거봐요. 그것도 모르셨죠? 우리가 알려드릴 게 많아요. 잠깐 어디 들어가죠?"

다시 여자가 쉿소리로 말했다. 그러면서 우리 집을 올려다본다. 내가 사는 곳을 이미 아는 눈치다. 거실에는 불이 켜져 있다. 설마 집에 들어가자는 얘기가 나올까 봐 내가 선수를 쳤다.

"근처에 24시간 운영하는 빨래방이 있어요. 거기로 가죠."

"빨래방이요?"

남자의 눈이 가늘어진다. 여자의 표정도 못마땅하다.

"이 시간에 카페나 커피숍은 모두 문을 닫았을 거예요. 갈 만한 곳이 없어요. 빨래방이긴 해도 거기는 테이블도 있고 조용해요. 얘기 나누기 제격이죠."

그들이 딴소리를 못 하도록 난 단호하게 말했다.

"좋아요, 가죠. 가깝습니까?"

"저 모퉁이 돌아서 바로예요."

우리는 다같이 24시 빨래방으로 걸음을 옮겼다.

무인 카페를 겸하는 빨래방에는 다행히 손님이 한 사람뿐이다. 나를 찾아온 남자와 여자는 우리 맞은편에 앉았다. 빨래방의 밝은 조명에 그들의 얼굴이 자세히 드러난다. 40대 중반쯤 됐을까. 둘 다 나이가 들어 보인다. 웃긴 것은, 그가 변호사라고 신분을 밝혀서인지 왠지 신뢰감이 느껴진다는 거다.

남자가 테이블 위에 가방을 올리더니 서류 뭉치를 꺼냈다. 그리고 명함을 찾아 내 앞에 내밀었다.

"변호사 김재열입니다. 보셨죠? 저 사기꾼 아닙니다."

"죄송해요. 의심한 게 아니라 요즘 하도 이상한 곳에서 연락이 많이 와서…."

"이해는 합니다. 그래도 이렇게 박대하실 줄 몰랐죠. 이쪽은 저와 같이 일하는 김지윤 사무장입니다."

여자가 새침하게 고개를 까딱한다. 그녀의 시선은 내 얼굴이 아닌 머리 쪽을 향하고 있다. 머리에 꽂힌 흰 리본을 보고 있는 것이다. 내가 상을 당했다는 걸 알아챘겠지. 변호사도 리본을 힐끔 본다. 그러나 고맙게도 그것에 대해 언급하진 않는다.

"아까 제가, 임소희 씨에게 사촌이 있다고 말씀드렸죠? 손위로 다섯 분이나 계십니다."

"다섯 명이나요? 진짜 제 친척이… 맞아요?"

"사무장님, 제적 등본 갖고 오셨죠?"

여자가 여전히 못마땅한 표정으로 가방에서 서류 뭉치를 꺼낸다. 한자로 된 족보 같은 책을 촬영해 프린트한 서류다.

"이게 뭔가요?"

"옛날 가족관계증명서라고 생각하시면 됩니다. 호적이라고, 손으로 일일이 기재했던 지난 시대의 유물이죠. 자, 보세요. 이게 아버님이신 임성태 씨 함자입니다. 한자 읽을 줄 아시죠?"

"조금은요."

"이 앞에 부분이 형제자매, 즉 임소희 씨 큰아버지와 고모 되시는 분 성함이에요. 임경태, 임미경, 임성미. 보셨죠?"

변호사가 손가락으로 한자를 차례차례 짚어가며 설명했다.

"고모가 두 분이시네요?"

"네, 그렇습니다. 유산을 상속하시는 분은 조부 임재승 씨의 셋째 자녀이신 고 임성미 씨입니다."

"다른 고모는 살아계시나요? 큰아버지는요?"

"저희는 임성미 씨 유산 상속 건만 진행하고 있습니다. 다른 건 사촌들을 직접 만나서 물어보세요."

"사촌들을 만나요? 제가요? 그럴 수 있는 거예요?"

존재조차 몰랐던 고모에다 사촌들이라니. 귀를 의심하지 않을 수 없는 얘기다.

"말씀드렸잖습니까, 공동 상속이라고. 항렬이 같은 친척분이 모두 모이셔야 상속을 진행할 수 있어요. 그중 한 분이 급히 출국해야 돼서 이렇게 서두른 거고요. 이해하시겠습니까?"

"네, 이해는 가는데요…, 제가 사촌들을 만나기만 하면 되는 건가요?"

"먼저 상속 여부를 결정하셔야죠."

"네?"

"상속 여부를 결정하고 상속에 동의하셔야 사촌들과 의견을 조율할 수 있습니다. 공동 상속이라는 게 생각처럼 간단하지가 않아요. 고인의 유언이 있어서 한 분만 동의하지 않아도 복잡하게 꼬이거든요."

"유언이요?"

"공동 상속에 따른 조건을 다셨어요. 임소희 씨는 상속을 받으실 건지, 아니면 포기하실 건지 그것만 확정해 주세요."

사무장이라는 여자가 싸늘히 덧붙였다. 윙윙— 오늘따라 세탁기 소음이 귀에 거슬린다.

"지금, 여기서요?"

"시간이 촉박합니다. 사촌 중 한 분이 일요일 오전에 출국하십니다. 상속인들이 모두 모일 기회는 토요일, 내일뿐이에요. 결정할 시간이 지금밖에 없어요."

변호사가 싱긋 웃으며 말했다. 그러게 왜 진작 자신의 전화를 받지 않았냐는 눈치다.

곤란하다. 내일은 회사에 나가 밀린 업무를 볼 계획인데. 한편으로는 친척들을 만나보고 싶기도 하다. 그들은 나와 닮았을까? 같은 핏줄이라 만나면 서로를 한눈에 알아볼 수 있을까?

"고모님이 남긴 유산이 얼마나 되는데요? 뭘 알아야 이 친구도 결정할 수 있지 않을까요?"

도진이가 조심스럽게 물었다. 사무장은 그의 질문이 마뜩잖은 표정이다.

"상당합니다. 유산의 전체적인 액수는 상속받는 분이 모두 모이셨을 때 공개할 예정이에요. 그게 임성미 씨 유언이니까요. 자, 어떻게 하시겠습니까?"

망설여진다. 왠지 등을 떠밀리는 듯한 기분이다. 그렇다고 유산을 포기하기에는 아쉽다. 돈 때문이 아니다. 단지 사람이 그리울 뿐이다. 친척이 생긴다는 말이 나를 고민하게 만든다.

"유산을 상속받으시겠습니까, 아니면 포기하시겠습니까?"

나는 도진이 얼굴을 쳐다봤다. 그에게 딱히 답을 기대하는 것은 아니지만 혼자서는 갈피를 잡을 수 없어서다. 알지도 못하는 고모의 유산을 받아야 할까, 말아야 할까.

"꼭 지금 결정해야 합니까? 소희가 내일 친척들 만나서 결정해도 늦지 않을 것 같은데요?"

"번거롭지 않을까요? 다른 친척분들 눈치도 있고요."

"저희가 번거롭다는 말씀입니까, 아니면 변호사님이 그렇다는 말씀입니까?"

도진이의 질문에 변호사가 사무장을 쳐다봤다. 두 사람은 잠시 눈빛을 교환하더니 잠시 후 입을 열었다.

"뭐, 안 될 것도 없습니다만… 정 원하신다면 그렇게 하시죠. 하지만 내일은 결정해 주셔야 합니다. 오늘 밤 충분히 생각해

보세요. 남의 돈을 받는데 신중해야죠."

"상속 조건이 매우 까다롭나 봐요?"

"생각하기 나름이죠. 내일 3시까지 제 사무실로 오십시오."

"더 늦게는 안 되고요?"

"다른 상속인들과 만나기로 약속한 시각이 오후 3시입니다. 이것만큼은 임소희 씨가 맞춰주셔야 해요."

변호사가 건넨 명함 속 주소를 확인했다. 서대문이면 집에서 그리 멀지 않다. 3시까지라면 회사에 잠시 들렀다 가도 괜찮겠지.

"좋습니다. 그렇게 할게요."

"저… 이런 거 여쭤도 될까 모르겠는데, 변호사님은 어떠세요? 있는지도 몰랐던 친척이 유산을 준다면, 받으실 건가요?"

도진이가 그에게 질문을 던졌다. 변호사가 재촉하는 게 왠지 찜찜했던 모양이다.

"어휴, 저는 덥석 받죠. 한 푼이 아쉬운데."

딱딱했던 변호사의 얼굴이 확 풀리며 웃음이 감돈다. 어색한 분위기가 사라지자 도진이도 소리 내어 웃는다.

"사무장님은요?"

내 물음에 그녀가 움찔한다. 사무장은 대답 대신 한쪽 입꼬리를 살짝 올리더니 서류를 챙겨넣고 자리에서 일어섰다.

"변호사님, 늦었는데 이만 가시죠? 내일 출근해서 할 일이 많습니다. 임소희 씨도 빨리 들어가시고요."

괜한 걸 물었나. 그녀의 반응이 시큰둥하다.

"그럼, 내일 3시에 뵙겠습니다."

사무장이 딱딱하게 인사하고 먼저 밖으로 나갔다. 변호사도 급히 뒤따라 일어섰다.

"늦지 않게 오세요. 가족 간의 사적인 일이니까 혼자 오셔야 하고요. 아시죠?"

"아, 네…."

"따로 준비할 건 없으니까 편한 마음으로 오세요."

변호사가 사무장의 뒷모습을 가리키며 목소리를 낮춘다.

"야근해서 기분이 좀 그런가 봐요. 먼저 가겠습니다."

변호사는 서둘러 빨래방을 나섰다. 엉겁결에 일어난 나는 변호사의 등 뒤에 대고 꾸벅 인사했다. 유리창 너머의 두 사람은 어둠 속으로 서서히 모습을 감췄다.

"뭔 일이래, 유산이라니…. 지금 나 정신이 하나도 없어."

"좋은 일 아냐? 돈도 받고, 친척도 생기고. 나 같으면 신날 것 같은데?"

도진이가 보물 지도를 손에 쥔 아이처럼 해맑게 웃는다.

"신난다기보다 조금 떨려. 긴장돼."

"나는 겁난다 야. 앞으로 널 쳐다도 못 보는 거 아니야? 부자 됐다고 나 외면하고 그러면 안 된다. 어?"

"부자는 무슨. 유산으로 뭘 얼마나 받을지도 모르는데. 근데 엄마는 왜 친척이 있다는 걸 내게 말해주지 않았을까?"

"집안에 비밀 같은 게 있나?"

"설마. 우리 집이 그렇게 대단한 집안이겠어? 그랬다면 엄마와 내가 힘들게 살지 않았겠지. 네 말대로 사이가 진짜 나빴던 걸 거야. 어쩌면 경제적인 문제 같은 걸로 집에서 내쫓겼는지도 모르지."

"자세한 건 내일 가보면 알겠지."

도진이가 다정하게 내 머리를 쓰다듬는다.

그래, 이제라도 알았으니 다행이다. 고모가 남겼다는 돈은 내게 숨 쉴 여유를 줄 거고, 운이 좋다면 사촌들과 친해져 가끔 연락하며 지낼 수 있겠지. 어쩌면 명절 같은 날을 혼자 보내지 않아도 될 거다. 물론 상속받고 나면 언제 봤냐는 듯 남남으로 지낼 확률도 높지만. 어쨌거나 잘될 거야. 괜찮아.

도진이는 나를 집 앞에 바래다주고 돌아갔다. 시계를 보니 12시가 조금 안 됐다. 도어록 비밀번호를 누르고 문을 열었다. 딸랑— 현관문에 매달린 풍경이 맑은 소리를 냈다.

"왔어?"

혜리가 하이 톤으로 기척을 냈다. 난 현관에 놓인 수납 트레이에 자동차 키를 던져넣었다. 보타이를 한 불도그가 유리 접시를 들고 있는 형태의 트레이다.

좁은 복도를 지나 거실로 들어가자 혜리가 맥주캔을 들고 오징어 다리를 질겅질겅 씹으며 나를 반긴다.

"잘 다녀온 거야? 멀리 갔다 왔는데 피곤하지 않아?"

"어, 덕분에. 차 잘 썼어. 고마워."

"한턱 내면 되지, 고맙긴."

혜리가 킥킥대며 웃는다. 귀여운 웃음소리가 듣기 좋다.

"가서 별일은 없었고?"

"있었지."

"뭐? 큰일은 아니지? 설마 사고? 아니면 다른 문제 생겼어?"

혜리가 눈을 동그랗게 뜬다. 교통사고로 엄마가 돌아가신 후 내가 힘들어할까 봐 수시로 내 눈치를 살핀다.

"문제라기보다는… 나, 상속받는다?"

"어머, 엄마가 숨겨놓은 재산이 있었구나?"

"아니, 그런 게 아니고… 나 고모가 있었대."

"고모? 너한테?"

"응, 근데 그 고모가 나한테 유산을 남겼다는 거야."

"뭐? 대박. 대애박!"

혜리의 입이 딱 벌어진다. 나보다 더 흥분해서 감정을 주체하지 못한다. 연신 대박이라는 말만 되풀이하며 손뼉을 친다.

"고모 대박. 유산 와우, 대박."

## 2

 밤새 잠을 설쳤다. 가슴이 설레서 도저히 잠을 잘 수 없었다. 일찍 일어나서 아침을 먹는 둥 마는 둥 하고 출근했다. 역시나 텅 빈 사무실. 일단 자리에 앉아 컴퓨터를 켰다.
 "아휴, 성격하고는. 야, 너 없어도 회사 잘 굴러가."
 나를 따라 사무실에 나온 혜리가 투덜대며 옆자리에 앉는다. 그리고 수정 표시가 가득한 대지를 집어 든다. 여기저기 빨갛게 표시된 대지가 책상 위에 수북하다.
 인턴인 우리가 할 일은 선배가 알려준 대로 디자인과 원고를 수정하고 시안을 찾는 것뿐이다. 소소하고 누구나 할 수 있는 어렵지 않은 일이다. 그러나 여러 회사의 의뢰를 동시에 받아 진행하기 때문에 할 일이 적지 않다.

"넌 안 나와도 된다고 말했잖아. 밀린 일도 없으면서."

"혼자 집에서 뭐 하냐, 심심하게. 월요일에 하려고 미뤄둔 일이나 미리 하지 뭐. 아, 이러니 내가 맨날 일 잘한다는 소리를 듣는 거야. 인턴이 휴일에도 나와 일하는 줄 누가 알겠어?"

"나 정리만 하고 바로 나갈 거래도?"

"알아, 알아. 이 언니가 너 데려다주려고 그러는 거야. 고마운 줄이나 알아. 얼마나 친절해?"

"변호사 사무실이 여기서 별로 멀지도 않아. 혼자 가도 돼."

"드라이브하는 셈 치는 건데? 집에서 혼자 뒹굴뒹굴하는 것보다 낫지. 참, 그거 너, 시안 열 개다. 수정은 무시하고 시안부터 찾아."

"지난주에 보냈는데 또?"

"콘셉트가 바뀌었대. 어제 연락 왔는데 처음부터 다시야. 시안도 새로운 걸로 또다시 열 개 채워 보내래. 다 보지도 않을 거면서 뭔 시안만 그렇게 만들라고 하는지. 똥개 훈련도 아니고 안 그래? 결국 1안으로 갈 거면서."

혜리가 입술을 삐쭉거리며 투덜댔다. 난 수정하려던 대지를 책상 위에 내려놓았다.

"정 대리님이 그랬어?"

"그럼 누구겠냐? 볼멘소리로 어젯밤에 전화했다더라. 내 그럴 줄 알았어. 아니래도 그렇게 고집하더니. 아마 대리 통과해도 과장 선에 가면 또 바뀔지도 몰라. 대충 해."

"바뀐 콘셉트는 뭔데?"

"대지 맨 뒷장 봐봐. 아라 선배가 거기 적어놨을걸? 어제 하도 짜증 내서 난 귀 막고 있느라 듣지도 못했어."

한숨이 나온다. 또 처음부터 시작이다. 3일을 꼬박 매달렸건만 내 노력이 헛수고가 됐다. 문제는 매번 이런 식이라는 거다. 하지만 인턴에 불과한 나는 시키는 대로 따를 수밖에 없다.

고개를 돌려 옆자리 혜리를 봤다. 좀 전까지만 해도 투덜대던 애가 부지런히 마우스를 놀리고 있다. 난 지금 싱숭생숭한데.

"혜리야, 커피 마실래?"

"벌써? 온 지 얼마나 됐다고."

"내가 사올게. 넌 일하고 있어."

"애 좀 봐라? 지가 선배도 아니면서 이 언니더러 맨날 일하라고 지시야?"

"아아로 할 거지?"

"당연하지. 벤티로 샷 추가 부탁해."

사무실을 나와 옆 건물 1층에 있는 커피숍 로스트로 갔다. 나무로 된 묵직한 출입문을 열자 쌉싸래한 커피 향이 먼저 반긴다. 휴일 아침 이른 시간이라 커피숍 안은 한산하다.

커피를 물처럼 마시는 실장은 이 집 커피를 무척 좋아한다. 그 덕에 혜리와 나는 적어도 하루에 한 번은 이곳에 들르고, 바리스타들과 인사를 나눌 정도로 친한 사이가 됐다. 그러나 오늘 커피를 내리는 사람은 처음 보는 얼굴이다.

"아아 두 잔 주세요. 하나는 샷 추가해서 벤티 사이즈로요. 가져갈 거예요."

그가 내 머리에 꽂힌 흰 리본을 힐끔 본다. 그러나 곧 시선을 거두고 매뉴얼대로 주문을 확인한다.

"다른 하나는 톨 사이즈죠?"

난 고개를 끄덕이며 그의 가슴께 붙은 명찰을 봤다. 민성재. 특이하다. 보통 이곳에서 일하는 바리스타는 '로빈'이나 '마틴' 같은 외국식 닉네임을 쓰는데, 그는 자신의 이름 그대로 사용하는 것 같다. 꾸밈없는 사람일까. 아니면 무신경하고 게으른 걸까.

그가 진지한 표정으로 에스프레소 머신 앞에 선다. 치익— 증기가 뿜어져 나오고 이내 커피 내리는 소리가 들린다.

"새로 오셨어요?"

"오늘이 첫 출근이에요. 자주 오시나 봐요?"

"사무실이 바로 요 옆이거든요. 근데 다른 분들은요? 보통 두 분이 계시던데. 휴가 가셨어요?"

"토요일이니까요. 오후 되면 다 나올 겁니다."

그가 부드러운 미소를 지으며 커피 두 잔을 내어준다. 톨 사이즈 커피를 받자마자 한 모금 마신다. 커피 맛은 여전히 좋다. 바리스타가 바뀌어도 그 빈자리가 느껴지지 않는다.

내가 들어오는 기척에도 아랑곳하지 않고 혜리는 일에 열중했다. 입을 비죽 내민 옆모습이 조금 우습다. 그 애는 일에 집중할 때마다 입에 힘을 주는 버릇이 있다.

난 벤티 사이즈의 아이스 아메리카노를 혜리에게 건넸다. 그런데 혜리의 시선이 커피가 아닌 내 손목에 머문다. 눈이 반짝 빛난다.

"너 손목에 이거 뭐야? 팔찌야? 새로 샀어? 언제? 예쁘다."

손을 뻗는 혜리에게 팔찌를 풀어 건넸다.

"엄마가 만든 거래."

"직접? 역시 솜씨가 좋으시네. 되게 잘 만드셨다. 꼭 파는 것 같아. 너한테 진짜 잘 어울려."

팔찌를 살펴보던 혜리가 의외로 선뜻 되돌려준다. 평소 같으면 달라고 조를 텐데. 울컥한다. 이런 작은 배려에도 엄마의 빈자리가 느껴진다. 우울해지기 전에 화제를 돌리는 게 좋겠다.

"로스트 바리스타 바뀌었더라?"

"진짜? 어제까지 멤버 그대로던데? 잘생겼어?"

"그럭저럭? 아이돌 느낌이 살짝 나."

"에이, 내 스타일은 아니네."

혜리가 커피를 한 모금 마신 다음 플라스틱 뚜껑을 열고 얼음을 아작아작 씹는다. 그 소리가 경쾌해서 마음이 조금 진정되는 것 같다.

"김 작가 원고 왔어."

"벌써? 웬일이래?"

"나도 이렇게 일찍 주는 건 처음 봤어. 그럼 뭐 해? 사진이 안 왔는데. 하여간 시간 되게 못 맞춘다니까."

"어쩌지? 그냥 텍스트 흘리기라도 할까?"

"그냥 내버려둬. 어차피 우리가 디자인 잡는 것도 아닌데 뭐. 미주 선배 일 덜어줘서 뭐 하게? 좋은 소리 하나도 못 듣는데. 아, 일은 왜 해도 해도 끝이 없냐."

혜리가 잡고 있던 마우스를 신경질적으로 흔든다.

나도 자리에 앉아 1시까지 쉬지 않고 시안을 찾았다. 일이라도 해야 잡생각을 덜 수 있기 때문이다. 점심은 사무실에 비치된 컵라면으로 가볍게 때웠다.

"이제 슬슬 갈 때 안 됐냐?"

"가야지."

시간은 부지런히 흘러 벌써 2시를 가리킨다. 마음은 초조한데 막상 자리에서 일어서려니 용기가 나지 않는다. 태어나 처음 보는 사촌들이 과연 나를 반겨줄까? 데면데면한 첫 만남을 어떻게 견뎌야 할지 모르겠다.

"이러다 늦겠다. 변호사 사무실이 서대문 어디라고 했지?"

"홍제동. 여기서 별로 안 멀어."

"그래도 30분은 걸리겠네. 내부순환도로 막히면 완전 늦어. 처음 보는 사촌들에게 찍히고 싶니? 빨리 일어서."

할 수 없이 자리에서 일어났다. 약속까지 남은 시간은 40여 분. 사무실을 나와 혜리의 차에 올랐다.

"늦을까?"

"딱 맞춰 도착할 것 같은데?"

나도 모르게 또 한숨이 나온다.

"왜? 신경 쓰여?"

"불안증이 또 도지려고 해."

"소심한 척은. 가서 변호사 말 잘 듣고 유산이나 칼같이 받아와. 괜히 잘 모르는 사촌들에게 양보하지 말고."

"양보는 무슨. 뭘 얼마나 받는지도 모르는데. 유산이라고 해봤자 얼마 안 될 거야."

"아무리 푼돈이라도 네 몫은 잘 챙겨야지. 아마 다들 조금이라도 더 받으려고 눈이 벌게졌을걸? 장난 아닐 거야."

"너, 영화를 너무 많이 봤다. 각자 정해진 몫이 있겠지."

"생각해봐. 변호사가 왜 한꺼번에 부르겠냐? 서로 간의 대화를 통해 조정이 필요하다는 얘기 아닐까? 내 손에 장을 지진다. 유산 싸움, 분명히 일어날 거야."

"웃겨 진짜. 고모님 유언이 있대."

"유언 같은 소리 하네. 그게 뭐겠어? 너희들이 알아서 나누라는 얘기야."

그럴까? 처음 보는 사촌들과 마주 앉아 유산 다툼을 해야 하는 걸까? 싸움은 딱 질색인데. 그런 건 생각하기도 싫다.

"나 데려다주고 집에 바로 들어갈 거야?"

"아니, 오랜만에 여주에나 가보려고. 반찬 잔뜩 가져올게. 엄마가 너 좋아하는 코다리조림 해놨다더라. 딸이 먹고 싶다는 장조림은 안 해놓고. 누구 엄만지 참."

"고맙다고 말씀드려. 매번 얻어먹기만 해서 죄송하다."

"엄마가 좋아서 만드는 건데 뭐. 정 고마우면 나한테 고모 유산을 통째로 내놓든가."

혜리가 또 낄낄댄다. 그 소리가 유쾌해 나도 따라 웃는다.

쉴 새 없이 수다를 떨다 보니 변호사 사무실이 있는 홍제동에 금방 도착했다. 나는 지하철역 근처 사거리에서 내렸다. 멀지 않은 곳에 변호사 사무실 간판이 보였다.

'김재열 변호사 사무실'. 간판은 새로 맞춰 단 듯 깨끗하지만 사무실이 입주한 건물은 주위 풍경만큼이나 무척 낡고 허름하다. TV에서 보던 변호사 사무실의 이미지와는 딴판이다.

조금 실망하며 은색 알루미늄 프레임으로 된 문을 당겼다. 삐거덕 소리와 함께 사무실 안으로 들어섰다.

"어서 오십시오. 시간 맞춰 오셨네요."

책상에 앉아 있던 변호사가 자리에서 일어나 나를 반긴다. 사무장도 따라 일어선다. 그러나 내 눈에 들어온 것은 사무실 중앙 테이블에 둘러앉은 사람들이다. 남자 셋, 여자 둘. 그들이 호기심 가득한 눈으로 나를 쳐다본다.

"임소희 씨입니다."

변호사가 나를 소개했다. 난 얼결에 고개 숙여 인사했다. 사람들은 품평이라도 하듯 내 얼굴을 꼼꼼히 뜯어본다. 가슴이 두근거린다. 무슨 말을 해야 할지 생각나지 않는다. 눈앞에 있는

이 사람들이 진짜 내 사촌인 걸까?

"쪼꼬미 많이 컸네?"

얼굴이 갸름하고 화려해 보이는 여자가 먼저 말을 건넨다. 마치 나를 잘 알고 있는 사람처럼. 입가에 미소가 어린 걸 보면 나에 대한 기억이 나쁘지 않은 것 같다. 여자의 말을 시작으로 포문이 터지듯 사람들이 한마디씩 보탠다.

"맨날 울고 잠만 자더니 벌써 어른이 됐네. 세월 빠르다. 소희 너, 우리 기억도 못 하지?"

"하겠냐? 갓난아기였는데."

"우리 쏘가, 잘 자랐다."

우리 쏘가? 내가 고개를 갸웃하자 단발머리 여자가 괜한 말을 한다는 듯 까무잡잡한 남자의 어깨를 툭 친다.

"소희 아가를 줄여서 쏘가라 불렀거든. 어릴 때 네 애칭이야. 얘도 그땐 아기여서 발음을 제대로 못 했어."

"내가 왜 아기야? 그때 나 여섯 살이었어."

"여섯 살이면 아기지. 그때 너 코흘리개였어. 기억이나 나?"

핀잔을 주는 여자의 피부가 무척 희다. 남자에게 스스럼없이 대하는 걸 보면 남매인 것 같은데 피부색은 천지 차이다. 한 명은 병약해 보일 정도로 하얗고, 다른 한 명은 햇볕에 많이 그을린 듯 까맣다.

"작은외숙모는? 잘 계셔?"

눈썹이 짙은 남자가 친한 척을 한다. 그 말에 가슴이 덜컥 내려앉는다. 우리 엄마를 알고 우리 가족을 기억하는 사람이다.

"얼마 전에, 돌아가셨어요."

"아… 이런, 그래서 머리핀을…."

그가 말끝을 흐린다. 뒤늦게 내 머리에 꽂힌 흰 리본을 발견한 것이다.

"연락하지. 우리도 알았으면 장례식에 갔을 텐데. 너 혼자 고생했겠다."

"나도 외숙모 기억나. 아침마다 내 머리를 땋아주셨거든."

"엄마가…요?"

너무 어릴 때라 머릿속에서 사라진 기억들. 생전 처음 보는 낯선 이들이 내 기억을 하나씩 꺼내고 있다.

"너 아기 때 할아버지 집에서 우리 같이 살았잖아. 꽤 큰 집이었는데 기억 안 나?"

"갓난아기가 어떻게 기억하겠니? 그때 한 살이나 됐을 건데."

"그럼 작은엄마가 아무 말씀 안 하셨어?"

난 고개를 저었다. 이런 얘기는 난생처음 듣는다.

"외삼촌 분가하시기 전에 할아버지 집에서 모두 같이 살았어. 우리 집이 그 근처였는데, 엄마가 매일 아침 오빠와 날 거기 맡겼거든. 너네는 큰외삼촌 사업 망하고 들어온 거지?"

"오랜만에 만났는데 말을 참 예쁘게도 한다?"

"빚 때문에 들어온 거 맞잖아. 발끈하긴. 아, 그때 굉장히 시끌벅적했는데."

"꽤 재밌었어. 우리가 그 동네 골목을 다 접수했었잖아?"

그들도 아주 오랜만에 만난 듯하다. 반가움 반 놀림 반, 한번 꺼낸 옛날이야기가 좀처럼 끝날 줄 모른다.

변호사가 시계를 보더니 헛기침을 했다.

"자, 자, 회포는 나중에 따로 만나 푸시고요. 사촌지간에 서로 아시는 거죠? 임소희 씨는 언니 오빠들을 기억하십니까?"

난 또 고개를 저었다. 사촌의 말처럼 갓난아기 시절을 당연히 기억할 리 없다.

변호사는 들고 있던 서류를 한번 들여다보더니 빠르게 그들을 소개하기 시작했다.

"간단히 소개 먼저 하죠. 여기 세 분은 큰아버지 임경태 씨 자제분들입니다. 차례로 임시현, 임현선, 임종현 씨예요."

"반가워, 쏘가."

단발머리 여자가 인사했다. 나도 얼결에 고개를 숙였다. 화려한 외모의 여자와 각을 세우던 남자, 피부가 까무잡잡한 남자도 나를 보며 미소 짓는다.

"두 분은 큰고모 임미경 씨의 자제분으로 최연호, 최수아 씨."

눈썹 짙은 남자가 반갑다는 듯 살짝 손을 든다. 여자도 싱긋 웃는다.

"내가 너 기저귀도 갈아줬다?"

"어련하시겠어."

큰아버지의 첫째인 시현 오빠가 수아 언니의 말꼬리를 잡는다. 하지만 언니는 새침한 표정으로 못 들은 척한다.

"다 모이셨으니 이제 말씀드리겠습니다. 우선 임성미 씨가 남긴 유산 규모를 알려드릴게요. 다들 궁금하셨죠? 경기도 율주에 시골집 한 채가 있고, 서울에 상가 주택이 하나 있습니다."

"건물이요?"

"그것도 서울에? 웬일이야?"

"어머, 작은고모 되게 부자셨나 보다."

"어릴 때 집 나가셨다더니 사업을 크게 하셨나 봐."

"자수성가하셨네."

좁은 사무실 안이 순식간에 왁자지껄해진다. 서로를 견제하던 날카로운 분위기는 찾아볼 수 없다. 들뜬 목소리로 저마다 한마디씩 보탠다.

"건물은 서울 어디에 있는 거예요?"

"홍연동입니다."

"홍연동이요? 그 옛날 부자 동네?"

"굉장히 비싸겠네. 땅값만 해도 어휴…."

"아, 그쪽은 아니고요. 잠시 후 가보면 아시겠지만 홍연동이라 해도 부촌 방향은 아닙니다."

"우리가 거길 가요? 오늘?"

"직접 가서 보셔야죠. 여기서 멀지 않습니다."

변호사가 눈짓하자 사무장이 우리에게 두 종류의 서류를 나눠준다. 율주 시골집과 홍연동 상가 주택의 등기부등본이다. 서류를 받자마자 다시 흥분한 목소리들이 터져 나온다.

"와아, 이게 웬 횡재야?"

"이런 거 드라마에서만 봤어. 이런 행운이 나한테 올 줄이야."

"어제 꿈자리가 좋더니만. 이거 완전히 로또네!"

"근데 상속세 좀 나오겠다?"

연호 오빠가 짙은 눈썹을 찡그리며 등기부등본을 자세히 들여다본다. 상속세가 얼마나 될지 머릿속으로 계산하는 것 같다.

"걱정하지 마십시오. 상속세는 저희 쪽에서 해결할 겁니다."

"네에? 어떻게요?"

"임성미 씨가 현금을 꽤 남기셨습니다. 그것으로 상속세까지 해결하라고 유언하셨어요."

"고모 멋지다."

"왜 우리가 이런 훌륭한 고모를 이제껏 모르고 살았지?"

또다시 환호가 터졌다. 난 어안이 벙벙해서 아무 말도 하지 못하고 그저 사촌들이 기뻐하는 모습을 지켜만 봤다. 들뜬 분위기는 좀처럼 가라앉지 않았다. 변호사는 사촌들이 진정되길 기다렸다가 입을 열었다.

"유산 규모에 만족하십니까?"

"그럼요."

"이 이상 우리가 뭘 바라겠어요?"

"하지만 그 전에 알아두셔야 할 게 있습니다. 상속에 따른 또 다른 조건 말입니다."

"뭘 더 주신다는 건가?"

종현 오빠가 농담을 던지자 피식거리는 웃음소리가 났다. 들뜬 기분에 다들 변호사의 말이 들리지 않는 것 같다.

"설마 제비뽑기 같은 걸로 한 명에게 몰아준다는 유언은 아니겠지?"

"공동 상속이 상속의 조건이었잖아. 맞죠, 변호사님?"

"네, 공동 상속이 조건입니다."

"그럼 뭐, 다른 조건이랄 게 있을까?"

"뭐든 당연히 받아들여야지. 조건이 뭡니까?"

"까다로운 거예요?"

"조건이 많아요?"

"딱 하나입니다. 별로 어려운 일도 아니고요."

변호사가 희고 고른 치아를 드러내며 씩 웃는다.

"빨리 말씀해 주세요. 조건이 뭐예요?"

"궁금해 죽겠어요."

사촌들은 마치 놀이기구 앞에서 태워달라고 재촉하는 아이들 같다. 잔뜩 들떠서 무슨 얘기를 하든 환호성을 지를 태세다.

"임성미 씨는 상속받을 분들이 고인의 시골집에 가서 며칠 묵기를 바라셨습니다. 그게 상속의 마지막 조건입니다."

잠시 뜸을 들이던 변호사가 말을 끝내고는 우리를 둘러봤다. 은근히 이 분위기를 즐기는 눈치다.

"우리더러 그 집에 가서 제사를 지내달라는 건가요?"

"아닙니다. 그저 여러분들이 고인이 살던 집을 방문해 줬으면 하는 겁니다. 아마도 조카분들이 당신을 기리길 원하셨던 거겠죠."

우리는 서로의 얼굴을 바라봤다. 이렇게 쉽고 간단한 상속의 조건이라니. 마다할 이유가 없지 않은가? 모두의 생각이 일치한 듯 사촌들의 입가에 미소가 번졌다.

"정말로 그게 다예요?"

"다입니다. 하나라고 말씀드렸잖습니까?"

"너무 간단한데?"

"명색이 상속이라 난 조건이 좀 더 거창할 줄 알았지."

"시골집에서 그냥 놀다 오라는 거네. 그거라면 난 지금 당장이라도 갈 수 있어."

"나도. 변호사님, 며칠이나 묵어야 해요?"

변호사가 또 하얀 이를 드러내며 웃는다.

"상속받을 분들의 인원수만큼이요."

상속인의 수만큼? 그렇다면 6일이나 시골집에서 보내야 한단 말이야? 걱정이 앞선다. 엄마의 장례를 치르느라 이미 결근을 많이 했다. 더 이상의 휴가는 양심상 낼 수가 없다. 어떡하지?

사촌들의 반응이 궁금하다. 고개를 돌려보니 시현 오빠가 얼굴을 찡그리고 있다. 당최 이해할 수 없다는 표정이다.

"그게 무슨 소리예요?"

"말 그대로입니다. 여기 계신 여섯 분이 모두 상속 조건을 받아들이면 시골집에서 6일을 묵는 것이고요, 포기하는 사람이 한 분이라도 계신다면 머무는 날짜가 줄어들게 됩니다."

"게임이야?"

종현 오빠가 코웃음을 쳤다. 묘하게 신경을 긁는 웃음소리다. 현선 언니와 수아 언니도 이해가 가지 않는다는 눈치다.

"우리를 시험에 들게 하는 건가?"

"이상하네. 간 보는 것도 아니고."

"이러다 아예 배틀을 붙이겠네."

불만 아닌 불만이 하나둘 터져 나온다. 분위기는 단 한 사람의 말에도 쉽게 요동친다.

"그냥 조건이 그런 거예요. 별다른 뜻은 없을 겁니다."

변호사가 재빨리 수습에 나섰다.

"혹시 일이 생겨 중간에 포기하게 되면요?"

"상속에서 배제되는 거죠."

"은근 까다롭네?"

"어째 순조롭다 싶었어."

"그러니까, 한마디로 고모 말씀은, 내 돈 받고 싶으면 너희들은 무조건 내가 시키는 대로 시골집에서 묵어라, 이거네요?"

"맞습니다."

"조건이 뭐 이래?"

"주는 사람 마음이지. 상속받고 싶으면 따라야 마땅하고."

사무실 안이 술렁인다. 생각지도 않은 태클이 들어온 느낌이랄까. 아까와는 상황이 확연히 다르다. 그러나 난 여전히 아무 의견도 못 내고 사촌들의 눈치만 살핀다. 솔직히 상속인 명단에 올려준 것만으로도 황송해서 대세를 따를 작정이다.

"고모님은 왜 그런 조건을 다신 거죠?"

이제껏 침묵하던 연호 오빠가 입을 열었다. 가장 나이가 들어 보이는 만큼 가장 신중하다.

"제가 그 깊은 뜻을 어찌 헤아리겠습니까? 다만, 집안이 화목하길 바라셨던 것 같습니다. 어린 나이에 일찍 독립해서 따뜻한 가족의 정을 그리워했다, 그 정도로 이해하죠."

변호사가 우리를 둘러본다. 그리고 웃음기 없는 얼굴로 한 명, 한 명 눈을 마주친다.

"궁금한 게 더 있으십니까? 없으시죠? 그럼 모두 동의하시는 겁니다."

말투에서 은근한 재촉이 느껴진다. 당장이라도 네, 하고 대답해야 할 것 같다. 그렇게 모두가 동의하려는 찰나였다.

"적송이네요?"

혼자 심각한 표정으로 등기부등본을 뒤적거리던 연호 오빠가 질문을 던졌다.

"맞습니다. 율주시 적송면이죠. 잘 아시는 곳입니까?"

"할아버지 댁이 그 근처였으니까요. 저희가 어렸을 때 잠시 살던 곳이기도 하고요. 고모가 생각보다 가까이 사셨네요."

"그런가요?"

변호사가 눈을 반짝이며 오른손 검지와 중지로 테이블을 두들긴다. 타닥, 타닥. 신경 쓰이는 소리다. 그러나 다른 이들의 관심은 모두 연호 오빠를 향해 있다.

"아까 상속세는 해결됐다고 말씀하셨잖아요? 그럼 건물의 임대 보증금은 어떻게 되나요?"

"보증금… 이라뇨?"

"월세든 전세든, 저희가 건물을 처분하려면 임차인에게 보증금을 내줘야 하지 않습니까? 걸린 돈이 얼마나 되죠?"

"아…."

"상속 조건에 앞서 유산가액을 정확히 파악해야 포기할지 말지 결정할 수 있지 않을까요? 시골집이 평수는 넓지만 어차피 팔리지 않을 테고 값도 얼마 안 나가잖아요? 그럼 결국 건물이 유산의 전부라는 얘긴데, 얘들아 생각해봐. 배보다 배꼽이 클 수도 있어. 임차인에게 돌려줄 보증금이 우리에겐 빚이나 마찬가지야. 재수 없으면 마이너스일 수도 있다고."

마이너스라는 말에 변호사가 당황한다.

"아니, 그걸 그렇게 말씀하시다니…."

난처한 듯 그가 옆자리의 사무장을 돌아본다. 도움이 필요하다는 눈빛이다.

"사무장님, 이 건은 어떻게 진행되고 있죠?"

사무장이 무표정한 얼굴로 서랍에서 서류철을 꺼내 연호 오빠에게 건넨다. 부동산 계약 서류다.

"그런 걱정은 안 하셔도 됩니다. 가서 확인해보면 아시겠지만, 2층을 제외하고는 모두 임대 중이고, 보증금의 일부는 현금으로 보관하고 있습니다. 아까도 말씀드렸듯이, 상속세는 거의 해결된 거라 여러분께 절대 마이너스가 아니에요."

사무장이 확신에 찬 어조로 대답했다.

"그러면 남은 돈은요?"

"상속 절차가 끝나면 빠른 시일 내 지급할 겁니다."

"현금으로요?"

시현 오빠가 눈을 반짝이며 반문했다. 현금이라는 단어에 모두 귀가 솔깃한 표정이다.

"네, 현금으로 드릴 겁니다."

"언제요?"

"상속이 확정되는 날에요. 서류 정리되고 등기 신청하면 바로 드릴 겁니다. 미룰 이유가 없잖아요?"

사무장의 말에 사촌들의 표정이 밝아진다. 지금 동의하면 바로 현금을 받을 수 있다고 생각해서일까. 그새 불만이 사그라들고 다시 분위기가 들뜨기 시작한다.

"전 동의할게요. 이런 걸 어떻게 거절해?"

"나도 그 정도는 받아들일 수 있어. 감사하지 뭐."

"저도 오케이입니다. 오랜만에 여행이라니 신난다. 그치?"

"너는 애가… 고모 유지 받들러 가는데 여행이 뭐니, 여행이?"

"깐깐하게도 구네, 누나도 좋으면서."

"최연호 씨도 동의하시는 거죠?"

변호사가 연호 오빠를 보며 슬며시 웃는다. 입술 사이로 희고 고른 치아가 다시 드러난다.

"아뇨. 저는 상속을 포기하겠습니다."

뜻밖의 발언에 사무실 공기가 일순 싸해진다. 뭐? 상속을 포기해? 그 많은 돈을 안 받겠다고? 모두의 시선이 연호 오빠를 향한다. 변호사의 얼굴에 난처한 기색이 역력하다.

"이것저것 제하고 나누면 받을 수 있는 금액이 얼마 안 될 텐데, 그거 받겠다고 시간을 빼기가 그러네요. 제가 워낙 바빠서."

"얼마가 아닙니다. 한 분당 적어도 2~3억은 될 텐데요?"

"그러니까요. 겨우 몇 억 받겠다고 제 시간을 뺄 수 없어서요."

"겨우? 이야, 형 돈 많이 버나 봐?"

"세상에 공짜가 어딨겠냐? 받는 만큼 내 것도 내줘야 하는 거야."

"그럼 오빠는 빠져."

수아 언니가 팔짱을 낀 채 연호 오빠를 똑바로 보며 말했다. 오빠 역시 못마땅한 눈초리로 언니의 시선을 피하지 않았다. 그러다 이내 다른 사촌들에게 화살을 돌렸다.

"너희들, 남의 돈을 날로 먹을 생각 하지 마."

이 말을 듣고 가만히 있을 사촌들이 아니다. 시현 오빠는 대놓고 빈정거리고, 다른 사람들의 반응도 별반 다르지 않다.

"됐어. 잘난 척은."

"형이 안 받는다면야 나는 좋지. 상속분이 늘어나니까."

"혼자 포기하는 건 안 말리니까 우리한테 강요하지는 마."

"나도 상관 안 해. 어차피 각자 선택이니까. 알아서들 해."

"나중에 후회하기 없기다?"

"절대 후회 안 할 거니까 너희 걱정이나 해."

"자, 알겠습니다. 그럼 최연호 씨를 제외한 다른 분들은 모두 동의하시는 거죠?"

말다툼이 일어날 낌새가 보이자 변호사가 서둘러 정리에 나섰다. 연호 오빠를 제외하고는 모두 그의 말에 동의했다. 어찌할 바를 모르는 나만 빼고.

"임소희 씨도 동의하시는 거죠?"

변호사의 물음에 사람들의 시선이 일제히 나를 향한다. 갑작스러운 관심에 당황해서 얼굴을 붉히며 고개를 끄덕였다. 난 고맙게 받을 거다. 얼굴도 모르는 고모지만 매년 돌아가신 날도 기려야지. 사촌들과 함께 시골집에서 보낼 날들이 기대된다. 가까워질 절호의 기회니까.

"좋습니다. 그럼 이쯤에서 정리하고 건물을 보러 가실까요?"

우리는 변호사를 따라 밖으로 나가 허름한 건물 뒤편으로 갔다. 자갈이 깔린 넓은 주차장에 주차된 차들이 빼곡했다.

"차는 몇 분이나 가져오셨나요?"

변호사의 물음에 주차한 사람들이 손을 들었다.

"최수아 씨하고 남자분들은 다 차를 가져오셨네요? 그럼 따로 움직일까요? 차가 없는 분은 저희 차로 이동하시죠."

"전 동생 차를 탈게요."

현선 언니가 종현 오빠 곁에 바짝 붙었다.

"소희야, 넌 내 차 탈래?"

수아 언니의 제안에 가슴이 뭉클했다. 사촌 언니라는 사람이 처음으로 내 이름을 불러준 것이다. 드디어 친척으로 인정받은 기분이다.

"고맙습니다. 변호사님, 저 언니 차를 타도 되죠?"

"그렇게 하시죠. 최연호 씨는 어떻게 하실 겁니까? 오신 김에 건물 보고 가실래요?"

"상속을 포기했는데 봐서 뭐 합니까? 그냥 가겠습니다."

"이야, 쿨하네."

"나중에 시간 나면 보자."

"언제? 바쁜 형이 시간이나 나겠어?"

"한두 달쯤 있다가 한국 들어올 거니까 그때 보자. 연락할게."

연호 오빠가 자동차 키를 누르자 어디선가 삐빅 소리가 났다. 멀리 하얀색 벤츠에 라이트가 켜졌다. 차를 향해 걸어가는 그의 뒷모습을 사촌들이 부러운 눈으로 쳐다봤다.

"차 봐. 형 진짜 돈 많이 버나 보네."

"저러니 2~3억이 눈에 차겠어? 애들 푼돈이겠지."

"오빠가 무역회사 한다고 그랬나?"

"회사는 무슨. 그냥 안경팔이야. 좋게 말해 오퍼상."

수아 언니가 시큰둥하게 대답했다.

연호 오빠는 우리가 서 있는 곳에 잠시 차를 멈췄다. 그는 차창 밖으로 손을 흔들고는 이내 주차장을 빠져나갔다.

"저희도 갈까요? 등기부등본에 적힌 주소를 찍고 오시면 됩니다. 멀지 않고 찾기도 쉬우니까 잠시 후 거기서 뵙겠습니다."

변호사의 말이 끝나기 무섭게 우리도 각자 흩어졌다. 시현 오빠는 큼직한 모하비를 타고 떠났고, 현선 언니는 종현 오빠의 K5에 올랐다. 변호사의 차는 구형 그랜저였다. 그의 차 조수석에는 이미 사무장이 앉아 기다리고 있었다.

나도 수아 언니의 차에 올라탔다. 그녀의 차는 낡은 투싼이다.

"어디 사니?"

한 손으로 운전대를 잡은 수아 언니가 무심한 표정으로 물었다. 언니가 내게 관심을 보이는 것이 무척 기분 좋다.

"망원동이요."

"망원동? 가까운 데 사네? 난 연남동이야. 외숙모랑 그 동네에서 계속 산 거야?"

"아뇨. 엄마랑 안동에서 살았어요. 지금은 회사가 합정동이라 망원동에서 자취하고요."

"아, 난 또…. 안동이 외숙모 고향이었나 보네. 넌 무슨 일을 하는데?"

"작은 광고기획사 다녀요. 아직 인턴이고요."

"디자이너야? 나랑 분야가 비슷하네. 나도 디자이너잖아. 가죽 공방 운영하거든 내가."

"진짜요?"

"연남동에 한번 놀러와. 나중에 판촉물 같은 거 만들 때 너에게 디자인 부탁해야겠다. 진작 알아둘걸."

"잘은 못하지만, 원하시면 언제든지 만들어 드릴게요."

"네가 지금 스물네 살인가?"

"셋이요."

"아직 쪼꼬미네?"

언니가 날 보고 귀엽다며 웃어준다. 기분이 좋다. 내게도 이런 멋진 친척이 생기다니.

"다른 언니 오빠들과는 자주 연락하고 지내시는 거예요?"

"연락씩이나? 몇 년 만에 만났는지 기억도 안 나. 어릴 때나 친했지 커서는 연락을 거의 안 했거든. 말이 좋아 사촌이지, 뭐 남이나 마찬가지야."

기대감이 너무 컸나. 수아 언니의 대답이 실망스럽다. 끈끈한 관계까지는 바라지도 않는다. 그저 사촌간에 우애 있게 지낸다는 얘기를 듣고 싶었는데.

"그래도 다들 사이좋아 보이던데…."

"난 걔들이랑 정말 안 맞아. 너도 봤잖아? 티격태격하는 거."

언니의 대답이 매몰차다. 시골집에서 5일을 함께 보내야 하는데, 나마저 다른 사촌들과 어색해질까 봐 걱정된다.

"연호 오빠가 제일 나이 많죠? 그다음이 언니예요?"

서열이라도 알아야 사촌들을 대하는 게 편할 것이다.

"조금… 애매해. 순서상으론 시현이가 나보다 앞이야. 한 해 먼저 태어났거든. 근데 내가 빠른 생일이라."

"그래도 오빠 아닌가? 법이 바뀌었잖아요."

"학교를 같이 다녔는데 오빠는 무슨 오빠? 그냥 친구지. 법이 뭐, 우리 과거를 바꿀 수 있겠어? 문제는 시현이와 현선이가 연년생이라는 거야. 나랑 현선이는 같은 90년생이고. 물론 학번은 내가 한 해 위지만."

"아… 애매하네요."

"그치? 내가 중간에 이상하게 꼈다니까. 족보가 꼬였어."

이런저런 얘기를 나누는 사이 차는 등기부등본에 적힌 주소지에 도착했다. 사촌들이 먼저 와 우리를 기다리고 있었다.

"찾아오느라 수고하셨습니다."

변호사가 다가와 우리를 맞이했다. 그러나 수아 언니는 주변을 둘러보고 실망하는 기색이었다. 주변 건물들이 하나같이 낡은 데다 하늘을 가르는 내부순환도로가 가까이 있었다.

"여기도… 홍연동이에요? 내가 생각한 곳과는 좀 다르네?"

"내비 켜고 오지 않으셨습니까? 홍연동 맞습니다. 이제 임성미 씨의 유산을 알려드릴까요? 자, 이 건물입니다."

우리의 시선은 변호사가 가리키는 맞은편을 향했다. 누리끼리한 타일로 외벽을 마감한, 작고 낡은 3층짜리 건물이었다.

3

"뭐야… 이거야?"

건물을 보고 실망한 시현 오빠가 탄식했다.

"대체 얼마나 오래된 거야?"

"나보다 나이가 더 많겠는데?"

"상속받은 것보다 리모델링하는 데 돈이 더 들겠다."

다른 사람들도 한마디씩 거들었다.

하지만 내가 보기엔 이것도 황송하다. 작고 허름하지만 평지에 있는 데다 건물 앞에 난 길도 반듯하다. 나쁘지 않다. 사촌들은 대체 얼마나 대단한 건물을 기대했던 걸까?

"리모델링하는 것도 괜찮죠. 여기가 2종 일반 주거 지역이라 최고 7층까지 올릴 수 있어요. 리모델링하면 가치가 훨씬 올라갈 겁니다."

"얼마나요?"

"글쎄요, 제가 그것까지는…."

"이 상태로는 얼마 정도 하는데요?"

변호사가 사무장을 바라본다. 그 역시 궁금한 눈치다. 두 사람은 법률적인 자문은 변호사가, 자금 관련 문제는 사무장이 맡는 걸로 역할을 분담한 모양이다.

"노후된 건물은 값을 크게 안 쳐줍니다. 하지만 서울이라 지가가 상당할 거예요. 인근 지역이 재개발로 죄다 묶여 있기는 한데, 그것만 해결되면 크게 오르겠죠. 현재 공시 지가가 평당 390만 원 정도에 대지 면적이 29평 조금 안 되니까 지가만 11억이 넘겠네요. 건물 리모델링까지 하면, 한 층만 더 올려도 20~30억은 갈 겁니다."

20~30억! 우리에겐 어마어마한 액수다. 1인당 가질 수 있는 몫이 생각보다 크다. 연호 오빠가 상속을 포기했으니 더 많은 유산을 기대할 수 있다. 사촌들의 표정이 다시 환해진다.

"게다가 현 상태로도 수익성이 나쁘지 않아요. 창고로 쓰는 1층은 이미 업체와 10년 계약이 돼 있고요, 월세도 따박따박 들어옵니다. 2층은 비어 있고 3층은 얼마 전에 나갔어요. 곧 이사 올 거고요."

들뜬 분위기가 가라앉을세라 사무장이 수익성을 강조했다.

"안에 들어가서 볼 수 있어요?"

종현 오빠가 흥분을 감추지 못한다. 못 들어가게 말려도 당장 쳐들어갈 기세다.

"물론이죠. 이제 여러분들 것인데요. 그럼 3층부터 보시죠."

변호사의 말이 끝나자마자 우리는 우르르 계단으로 몰려갔다. 가장 먼저 3층에 도착한 사무장이 가방에서 열쇠를 꺼냈다. 흔히 쓰는 도어록이 아닌, 보기 드물게 열쇠를 사용하는 문이다.

현관문을 열자 생각보다 넓은 공간이 나타났다. 인테리어 공사를 마친 상태라 실내가 말끔하다. 방문을 열어보니 붙박이장과 긴 서랍장이 한쪽 벽면을 차지하고 있다.

"2층과 3층은 가정집입니다. 방 두 개에 화장실 하나, 거실과 주방은 연결돼 있고요, 3층엔 베란다도 있습니다."

"내부가 깨끗하고 좋네. 방도 크고. 들어와 살아도 되겠다."

"여긴 얼마나 해요?"

"2억 6000만 원이요."

"전세로요?"

"네. 주차 공간이 없어서 주변 시세보다 조금 싸게 계약했어요. 다 둘러보셨으면 아래층으로 내려가실까요?"

2층에는 열쇠 대신 도어록이 설치돼 있었다. 사무장이 비밀번호를 누르고 문을 열자 퀴퀴한 냄새가 났다. 나도 모르게 코를 쥐고 인상을 찌푸렸다. 비염이 있는 내가 냄새를 맡을 정도면 이건 정말 심한 거다. 2층은 3층과 달리 습하고 어둡다.

"오래 비워뒀나 봐. 관리가 전혀 안 돼 있는데?"

시현 오빠가 앞장서 집 안으로 들어가며 말했다. 그 뒤를 현선 언니와 종현 오빠가 조심스레 따라 들어갔다.

창문을 가린 커튼을 열어젖히자 쏟아져 들어오는 햇빛에 실내가 또렷이 드러난다. 텅 빈 거실, 먼지 쌓인 바닥에 찌그러진 물병이 나뒹굴고 군데군데 벽지가 누렇게 바래 있다. 천장에는 누수의 흔적도 보인다. 한쪽 벽과 코너에는 곰팡이가 새카맣게 슬었다.

"이 곰팡이, 이거 어쩔 거야?"

뒤늦게 들어온 수아 언니가 미간을 잔뜩 찌푸린 채 코를 막고 투덜댔다. 내가 보기에도 상태가 심각하다. 곰팡이는 여간해서 없애기 힘들 텐데. 누수 공사도 돈이 꽤 들 거다.

"아직 인테리어 전이라서요. 세입자 정해지면 그때 도배랑 장판 새로 하면 됩니다."

변호사가 귀가 새빨개져 재빨리 둘러댔다.

"윗집 할 때 같이 하시지. 거긴 깨끗하던데 여기는 왜 안 했대요? 돈이 얼마나 든다고."

"3층 계약할 때 이 집이 빠지지 않았나 봅니다."

"오랫동안 비어 있었던 거 아니에요? 딱 봐도 상태가 그런데? 여기서 어떻게 살았대?"

변호사가 난처한 듯 주변을 둘러본다. 그러나 그를 도와줄 사무장의 모습이 보이지 않는다. 집 상태가 엉망인 걸 알고 일부러 들어오지 않은 걸까?

"몇 달 안 됐습니다. 전 세입자가 집을 험하게 썼나 봐요. 수리하고 환기도 시키면 괜찮을 겁니다. 곰팡이가 핀 곳은 저 벽면뿐이잖아요."

변호사가 진땀을 흘리며 해명을 이어갔다.

"건물 자체가 습한 건 아니고요? 다른 곳도 벽지를 뜯어봐야겠네. 겉만 봐서 어떻게 알아?"

"뒤에 산이 있어서 그렇지 여긴 볕이 잘 들어요. 인테리어하고 나면 3층처럼 괜찮아질 겁니다."

"3층도 조금만 지나면 막 곰팡이 피고 그러는 거 아니에요?"

"곰팡이 무서워서 어디 세입자 들이겠어?"

"항의하면 어떡해?"

사촌들이 돌아가며 의구심을 드러냈다.

"그 점은 걱정하지 마십시오. 인테리어 공사하면서 곰팡이를 꼼꼼하게 제거하고 방지 처리도 했습니다. 3층은 누수와 결로를 걱정하지 않으셔도 됩니다."

변호사는 우리를 안심시키려 애쓴다. 하지만 3층을 확인하고 온 우리 눈에는 2층 상태가 시급해 보인다.

"세입자가 들어올까요? 저 같으면 이런 집은 거를 것 같은데?"

"여긴 집 보여주기 전에 인테리어 공사부터 해야 돼."

"우리 상속세 내고 남은 돈 있다고 하지 않았어?"

"그걸로 공사부터 하죠."

"그건 여러분들의 공동 재산이라 다른 분들 의견도 들어봐야 하지 않을까요? 원래 공동 소유라는 게 전체가 아닌 일부의 의견으로는 어떻게 할 수 없는 거라서요."

"지금 결정하죠. 애들아 어때? 어차피 받을 돈, 처음에 적게 받고 임대료 나오면 더 가져가는 게 낫지 않아?"

성질 급한 시현 오빠가 즉석에서 우리의 동의를 구했다. 우리는 동시에 고개를 끄덕였다. 적게 투자하고 더 빨리, 더 많은 임대료를 받는다는 데 모두가 동의했다.

"그런데 그 일을 누가 해? 변호사님이 해주시진 않을 거 아냐? 생각보다 인테리어 공사가 쉽지 않아."

현선 언니가 현실적인 문제를 지적했다. 인테리어 공사가 번거로운 일이라는 데 생각이 미치자 다들 태도가 달라진다.

"난 가게 일이 바빠서 시간 빼기가 좀 그래."

"나도 애들 가르쳐야 해서 평일은 안 돼. 게다가 동두천에서 여기까지 오기가 쉽지 않거든."

"누군 안 그러겠어? 나도 힘들어. 스케줄이 꽉 찼다고."

언니 오빠들이 차례로 발을 뺀다. 돈은 좋지만 시간을 뺏기긴 싫은 거다.

"그럼 누가 해?"

우리는 서로를 쳐다봤다. 그리고 잠시 후, 네 사람의 시선이 나를 향했다.

"쏘가야, 너 시간 괜찮니?"

종현 오빠의 다정한 목소리에 은근한 압박이 담겼다.

난 고개를 흔들었다. 나도 회사에 출근해야 한다. 더 이상 휴가를 낼 수도 없고, 무엇보다 난 이런 일을 해본 적이 없다.

"얘, 인턴이래. 얘기가 어떻게 맘대로 회사를 빠지겠어?"

고맙게도 수아 언니가 나서준다.

"그래도 회사에 얘기를 잘 해보면 안 될까?"

"지금으로선 소희밖에 할 사람이 없어."

"외숙모 장례 치른 지 얼마 되지도 않았다잖아. 너무들 하는 거 아냐?"

수아 언니가 또다시 방패막이가 돼준다. 하지만 다른 사촌들은 물러설 기미가 보이지 않는다.

"뭐가 너무해? 얘 말 이상하게 하네? 작은엄마 돌아가신 거랑 이게 무슨 상관이라고?"

"공동 재산이잖아. 우리 중 시간 되는 사람이 여기 관리하는 건 당연한 거야."

"유산 나눌 때 더 신경 써주면 되지. 안 그래?"

"그게 말이 된다고 생각해?"

사촌들의 입씨름에 분위기가 험악해지기 일보 직전이다. 이대로 한마디 반박도 못 하고 건물 수리가 내 차지가 되는 건가? 어쩔 수 없이 받아들이려는 찰나였다.

"아, 잠깐, 잠깐! 다투지들 마십시오. 싸울 일이 아닙니다."

변호사가 다시 중재에 나섰다.

"저희 싸우는 거 아니에요, 해결하려는 거지."

"인테리어 공사는 걱정하지 마십시오. 3층 세입자가 건물 관리를 맡아서 하기로 했거든요. 그 사람에게 맡기면 됩니다."

"세입자가요?"

"임성미 씨가 그걸 조건으로, 계약할 때 임대료를 깎아준 걸로 알고 있습니다. 여러분들이 신경 쓸 일은 전혀 없는 거죠. 앞으로 2층을 포함해 건물 관리는 3층에서 알아서 할 겁니다."

"그렇다면야 뭐…."

한시름 덜었다. 나이도 어리고 집도 가깝고 해서 그런 번잡한 일들이 내 차지가 되겠구나 싶었는데 다행이다.

갑자기 밖에서 떠들썩한 소리가 들려왔다. 창밖을 내다보니 이삿짐 트럭과 사다리차가 건물 앞에 막 주차하려는 참이다.

"아… 이사가 오늘인가 보네요. 내려가 볼까요?"

우리는 누가 먼저랄 것도 없이 서둘러 1층으로 내려갔다.

유명 연예인의 얼굴이 그려진 이삿짐 트럭 앞에서 사무장이 한 여자와 얘기를 나누고 있었다. 얼굴이 뾰족하고 입술이 빨간데 왠지 인상이 파리해 보이는 여자였다.

"오셨습니까? 저희가 오늘이 이삿날인 줄도 몰랐네요."

변호사가 싹싹하게 인사했다. 사무장까지 포함해 세 사람은 이미 구면인 것 같다.

"인사하시겠습니까? 이 건물의 새 주인이십니다. 임대인이 자그마치 다섯 분이에요. 좀 많죠?"

"3층에 이사 온 세입자입니다. 잘 부탁드려요."

이세이 미야케풍의 주름진 옷을 입은 여자가 입가에 미소를 띠고 인사한다. 나이는 40대 정도? 묘하게 나이가 가늠되지 않는 외모다.

"어디서 본 것 같지 않아? 왠지 낯이 익어."

"흔한 얼굴이잖아."

언니들이 등 뒤에서 소곤댔다.

"저 얼굴이?"

현선 언니가 의심스러운 눈초리로 여자를 아래위로 훑었다. 나도 슬쩍 곁눈질했지만 글쎄, TV에서 봤다면 모를까 거리에서 마주칠 법한 얼굴은 아니다.

"앞으로 건물 관리를 맡아주신다고요?"

시현 오빠가 여자에게 말을 걸었다. 만난 김에 세입자에게 확답을 받으려는 모양이다.

"그러기로 약속드렸죠. 왜, 제게 하실 말씀이 있나요?"

여자의 말투가 상냥하다. 발음이 또박또박하고 말이 꽤 빠른 편이다.

"너무 지저분해서 2층 인테리어를 새로 하려고요."

"곰팡이 핀 걸 보면 누수가 장난 아니에요. 수리할 때 건물 전체를 꼼꼼히 봐주셔야 할 것 같아요."

"알았습니다. 이삿짐 정리하는 대로 견적부터 받아볼게요. 수리 업체 선정해서 연락드리면 되는 거죠? 제가 어느 분에게 전화드리면 될까요?"

"일단 저에게 연락 주세요. 절차가 모두 마무리되고 나면, 그때 대표할 분을 정해도 늦지 않을 테니까요."

사무장의 말 속에 뼈가 있다. 아직 상속 전이라는 사실을 잊지 말라고 우리에게 경고하는 듯하다.

"여러분, 1층 상가도 보셔야죠?"

사무장의 말을 곱씹을 새도 없이 변호사가 제안했다. 우리들의 관심은 금방 상가로 옮겨갔다.

'거성익스프레스'. 1층 상가에는 상호가 거의 지워진 간판이 살짝 기울어진 채 아슬아슬 붙어 있었다. 변호사가 자물쇠를 열고 셔터를 올리자 드르륵, 묵직한 소리와 함께 상가 내부가 모습을 드러냈다. 불투명한 유리로 마감된 갈색 알루미늄 새시가 반쯤 열려 있었다. 누군가 휴대폰 플래시로 어두침침한 상가 안을 비췄다. 내부는 상자들로 꽉 차서 발 디딜 틈이 없었고, 쥐라도 나올 듯 지저분했다. 차마 안으로 들어갈 엄두가 나지 않아 우리는 입구에 서서 시커먼 어둠 속을 들여다봤다.

"여길 창고로 쓴다고? 1층인데?"

시현 오빠가 탄식하듯 말했다.

"아깝네. 상가 위치가 괜찮은데."

"그러게. 아까 슬쩍 보니까 여기 소규모 갤러리가 많더라고. 카페도 좀 있고. 잘만 단장하면 임대료 올려 받을 수 있을 텐데. 여기 10년이나 계약됐다고 하셨죠?"

"제가 알기로는 그렇습니다."

"누군지 몰라도 세입자가 계약 싸게 잘했네."

"할 수 없지 뭐. 이미 끝난 계약 생각해서 뭐 해? 저희가 또 볼 곳이 있나요?"

"지하 공간이 남았는데, 거긴 안 보셔도 될 겁니다. 공사하고 남은 자재들밖에 없어서요."

고모가 남긴 건물은 생각보다 작고 낡았다. 그러나 돈으로 환산하면 금액이 꽤 커서 사촌들의 반응이 나쁘지 않다. 솔직히 나도 벌써 부자가 된 기분이다.

"이제 시골집만 보면 되겠네?"

"거긴 넓다고 했지? 제발 그랬으면 좋겠다."

"넓어봤자야. 말 그대로 시골인데, 돈이 되겠어?"

"우리 기대는 하지 말자. 거긴 팔리지도 않을 거야. 가족 별장으로 이용하든가 해야지. 할아버지가 물려주신 집도 못 팔아서 아직 그대로 있잖아."

언니 오빠들이 속을 투명하게 드러낸다. 누구도 유산에 대한 욕심을 감추지 않는다.

"그럼 언제쯤이 좋으시겠습니까? 하루라도 빨리 시골집에 내려가보는 게 좋지 않을까요?"

변호사 말을 듣고 시골집에서 보내야 할 시간을 따져봤다. 상속받을 사람의 수만큼 시골집에 머물러야 한다고 했으니까, 5일이다. 그런데 내가 5일씩이나 휴가를 낼 수 있을까? 사장과 실장, 아라 선배의 얼굴이 떠오른다. 그들은 사유를 들어보지도 않고서 무조건 안 된다고 할 게 뻔하다.

"전 주말 빼고는 다 됩니다."

"난 주말에만 되는데?"

시현 오빠의 의견에 바로 반박이 들어왔다.

"나도. 수아 넌?"

"당연히 주말이 편하지."

"오빠가 우리에게 맞춰야겠네."

"그래, 시현이가 양보해. 가게 문 한 주만 닫으면 되잖아."

"장사는 주말이 피크야. 그리고 내가 너희들 같은 직장인이냐? 나 혼자 하는 가게인데, 내 일 대신 해 줄 사람이 어딨어?"

"다른 사람에게 며칠 맡겨. 넌 주변에 그럴 사람도 없니?"

티격태격, 자신의 입장만을 내세운 말들이 오간다. 아무도 양보하지 않는다. 조금이라도 손해 보는 게 싫은 거다. 웃긴 건, 내 일정을 묻는 사람이 아무도 없다는 사실이다. 나란 존재는 유산을 받기 위한 들러리에 불과한 걸까? 내 사정을 말하고 싶지만 대화에 끼어들 틈이 없다.

"여러분, 5일입니다."

변호사가 큰 소리로 사촌들의 대화를 중단시킨다. 그리고 유언 내용을 다시 한번 강조한다.

"다섯 분이니까 5일. 제가 사무실에서 했던 얘기, 기억하시죠? 어차피 평일, 주말 다 포함해서 날을 잡아야 합니다. 싸울 일이 아니에요. 조금씩 조율하면 돼요."

"날짜를 정하죠. 언제가 좋으세요?"

"빠르면 빠를수록 좋죠."

"유산이 걸렸는데 지금 당장인들 못 가겠어요?"

"그럼 이번 주, 괜찮으시겠습니까?"

"다들 시간 괜찮은 거지?"

아까와 달리 의견이 쉽게 모아졌다. 역시 돈 앞에 장사 없다. 조금 전까지만 해도 바쁘다던 각자의 사정이 그새 해결됐다. 문제는 나다. 휴가를 또 어떻게 내지? 회사에 뭐라고 변명을 할까? 난 의견을 내지도 못하고 사촌들의 눈치만 봤다.

변호사와 헤어진 뒤 나도 얼결에 시현 오빠가 운영하는 고깃집으로 휩쓸려 갔다. 아무리 사촌이라도 초면에 어색한 자리가 될 것 같아 일이 있다고 둘러댔지만, 내 말에 귀 기울이는 사람은 없었다. 그들의 눈에 나는 아직도 아기다. 내 말을 옹알거림 정도로 여기는 것 같다. 잠자코 자신들의 말을 따르라는 무언의 압력이 느껴진다.

등 떠밀려 고깃집 테이블 한구석에 자리를 잡고 앉았다. 조심스레 주위를 둘러보니 널찍한 홀이 대부분 비었다.

"핫플이라면서 생각보다 사람이 없네?"

수아 언니가 메뉴판을 집어 들며 한마디했다.

"시간이 이르잖아. 이제 겨우 5시야."

시현 오빠가 발끈했다.

"그래도 그렇지 홍대 앞인데. 가격이 좀 세네? 그래서 사람이 없나?"

"재료를 워낙 좋은 걸 써서 우린 싸게 팔 수가 없어."

"그러니 장사가 되나."

"넌 기껏 한다는 소리가…. 처음 오는 주제에 빈손으로 왔으면서."

"신장 개업도 아니잖아."

시현 오빠와 수아 언니가 옥신각신한다. 늘 있는 일인 듯, 현선 언니와 종현 오빠는 각자 휴대폰만 들여다본다.

"뭐 먹을래?"

현선 언니가 나를 보며 물었다. 내가 대답하려는 찰나, 수아 언니가 말을 가로챘다.

"이 집에서 제일 잘하는 게 뭔데?"

"삼겹살집이니 삼겹살이지. 불 준비할게. 반찬은 저기 있고, 술은 알아서들 갖다 먹어."

시현 오빠가 볼멘소리로 대답했다. 기분이 상한 듯 그가 계산대 뒤 주방으로 들어가자 수아 언니가 어깨를 으쓱했다. 자리가 불편한지 종현 오빠가 밖으로 나갔다.

"언니도 오빠 가게에 처음이에요?"

괜히 어색해져서 수아 언니에게 말을 걸었다.

"예전에 신촌에서 할 때는 가봤는데 여긴 처음이야. 오픈한 지 얼마 안 된 것 같네. 그래도 뭐, 저번보다 위치는 좋다. 얘, 현선아, 우리가 연락 안 한 지 3년이 넘었나?"

"5년. 할아버지 돌아가신 게 5년 전이잖아."

"아, 벌써? 돈을 만져서 그런지 너 계산이 확실히 빠르다?"

"계산이 아니야. 내가 그걸 어떻게 잊니? 고모랑 너네가 몰려와서 그 난리를 쳤는데."

귀가 솔깃한다. 난리라니, 큰아버지와 큰고모네 가족 사이에 무슨 일이 있었던 걸까? 그래서 그동안 연락하지 않았던 건가? 어쩐지, 아까부터 시현 오빠와 수아 언니가 각을 세우더라니. 다 이유가 있었네. 구미가 당긴다. 모르는 이야기라 더 흥미롭다.

"난리라니. 누가 들으면 대단한 사건 난 줄 알겠다?"

수아 언니가 눈을 살짝 흘긴다. 하지만 현선 언니는 계속 표정이 뚱하다.

"할아버지 유산 내놓으라며 집을 뒤엎고 그랬잖아."

"엄마가 받을 유산까지 외삼촌이 독차지하니까 그랬지."

"독차지? 제사를 우리가 다 가져오는데? 고모가 제사에 한 번이라도 참석했니? 너 제사가 1년에 몇 번인 줄 알아?"

"고리타분하게 왜 제사 타령이야? 그러게 누가 지내래?"

수아 언니도 지지 않고 목에 핏대를 세운다.

"할아버지는 모셨어? 나 몰라라 했잖아. 가져간 돈이 한두 푼도 아니면서. 그래놓고 장례식 와서 유산 나눠달라면 누가 주냐고. 할아버지도 아빠한테 다 물려준댔어."

"내가 그랬냐? 그리고 그건 법적으로 정당한 엄마의 권리야."

"울 아빠 때도 그래. 어쩜 그런다고 장례식에도 안 오니? 우리가 친척이나 많으면 또 몰라. 어떻게 그럴 수가 있어?"

"그건 미안. 그때 나 외국에 나가 있었대도."

"수아 너도 고모랑 똑같아. 우리 엄마, 속에 천불이 나서 앓아누웠어. 그리고 뭐랬지? 돈 앞에선 가족도 필요 없다고 그랬던가? 하여간 돈 욕심만 많아서."

"얘 말 쉽게 하네. 뭐, 돈 욕심? 우리도 그때 되게 힘들었거든? 엄마가 홀몸으로 오빠랑 나 키우느라 고생한 거 알잖아?"

"고생? 그래, 유학 가서 돈 펑펑 쓰느라 힘들었겠네. 누군 가족들 뒷바라지하다 숨 좀 돌리려니까 우르르 몰려와 깽판 쳐놓고. 돈 달라는 말이 그리 쉽게 나오디?"

"야!"

분위기가 험악해진다. 내가 얘기를 잘못 꺼낸 것 같다.

안절부절못하는 사이, 종현 오빠가 소주 두 병과 잔을 들고 왔다. 그에게서 담배 냄새가 났다.

"아, 그만 좀 해. 다 끝난 얘기를 왜 또 꺼내? 분위기 싸해지게. 술이나 마셔."

종현 오빠가 언니들 잔에 소주를 따랐다. 나도 한잔 받았다. 언니들은 연거푸 술잔을 비우면서도 분이 안 풀리는지 연신 씩씩댔다.

"결국 유류분 소송해서 다 가져갔잖아? 그러면 됐지."

"먼저 얘기 꺼낸 건 너거든?"

"그 일을 상기시킨 건 너지."

"다들 그만 좀 하랬지. 오랜만에 만나서 뭐 하는 짓이야?"

종현 오빠가 나서서 언니들을 적극 말렸다. 이런 일이 한두 번이 아닌 듯, 나를 보며 눈을 찡긋했다.

"20년 만에 만난 쏘가 앉혀놓고 무슨 망발이야? 누나들, 한 잔씩 마시고 컴다운하자고. 쏘가야, 그동안 잘 지냈냐? 요만하던 게 그새 어른이 돼버렸네. 술도 잘 마시고."

나이 차이가 크지 않은 것 같은데, 종현 오빠는 날 대놓고 애 취급을 한다. 하지만 기분 나쁘진 않다. 친근감의 표현이라 생각한다. 오빠도 언니도 없는 나에겐 그저 신선한 경험이다.

문제는 과도한 관심이다. 모두의 시선이 나에게 집중되니 몸 둘 바를 모르겠다. 현선 언니는 머리부터 발끝까지 나를 훑어보고, 수아 언니도 친한 척 자꾸 몸을 기댄다.

"너 무슨 일 한다고 그랬지? 회사가 뭐 하는 데라고?"

내 앞에 얼굴을 들이밀다시피 하며 수아 언니가 물었다.

차 안에서 나눈 얘기를 그새 잊은 걸까. 하긴, 고모의 유산에 흥분해 내 얘기 따위는 들리지도 않았겠지. 하지만 섭섭하진 않다. 그것이 우리가 서로를 몰랐던 시간만큼의 거리니까.

"광고기획사요. 작은 곳이에요."

"맞아, 아까 디자이너라고 했지? 내 홍보 전단지 만들어 준다는 말, 이제 기억난다."

"광고를 만든다고?"

"CF 같은 건 아니고요, 그냥 브로슈어 같은 거 만들어요."

"재밌겠네. 나도 그런 창의적인 일 좀 해봤으면 좋겠다. 이제는 창구에 앉아 있는 게 지겨워. 매일 아침 노인네들 상대하는 것도 지긋지긋해."

현선 언니의 얼굴에 따분한 기색이 역력하다.

"시골이라 고객이 순 할아버지 할머니들이구나?"

"시골 아니고 향주 신도시거든?"

"거기나, 거기나. 어차피 최북단이잖아. 거기다 외곽이고."

언니들은 또 한바탕 붙을 기세다. 중간에 끼어 앉은 처지여서 조금 피곤하다. 비슷한 또래의 사촌이 있다는 게 꼭 좋은 것만은 아닌 것 같다.

"언니는 어떤 일을 하시는데요?"

"민협 다녀."

현선 언니의 얼굴에 우쭐한 기색이 살짝 스친다. 난 엘리트야, 너와는 달라, 라고 말하는 것 같다. 단정한 유니폼을 입고 은행 창구에 앉아 있는 언니를 상상했다.

"학교 다닐 때 공부 잘하셨나 보다. 민협 같은 데 들어가기 힘들잖아요."

"어쩌다 보니 들어간 거지."

"흥, 퍽이나."

수아 언니가 삐딱하게 나온다. 두 사람 사이에 또 미묘한 기류가 흐른다. 자리가 내내 편치 않다.

"거기 단위민협이야."

종현 오빠가 킥킥댄다. 그가 소리 내어 웃을 때마다 담배 냄새가 난다.

"아빠가 넣어줬잖아."

무슨 말일까, 큰아버지가 민협에 언니를 넣어주다니. 현선 언니의 하얀 얼굴이 순식간에 벌게졌지만 종현 오빠는 개의치 않는다.

"시골에는 그런 게 있어. 우리끼리 알음알음 통하는 뒷문이란 게 있거든."

"뒷문이요?"

"빽, 몰라? 너도 알면서 그런다?"

수아 언니가 소리 내어 웃는다.

"큰외삼촌이 이장이셨거든. 그 지역 사람들과 죄다 친하니까 힘 좀 쓰신 거지. 단위민협은 일반 민협과 좀 다르거든. 솔직히 말해. 너도 줄 탔지?"

수아 언니가 종현 오빠의 어깨를 툭툭 친다. 5년 만에 만났다지만 전에는 꽤 친한 사이였지 싶다.

"난 아니야. 나름 고시 출신이라니까. 공무원이야."

"어이구 그래, 장하다. 체대 나와서 중학교 선생 되는 게 쉽지는 않았겠지."

"공부는 제일 못했는데."

"고시 출신이래도? 나 대학 졸업하고 진짜 열심히 살았어. 임용 붙는 게 뭐 쉬운 줄 알아?"

"어련하겠어."

줄타기하는 기분이 이럴까. 아슬아슬 선을 넘는 그들의 얘기를 들으며 혼자 가슴을 졸인다. 사촌들은 서로의 과거와 약점을 너무 잘 알고 있다. 저러다 누군가 화를 내고 밖으로 나가버리는 건 아닐지 걱정된다. 당장 이번 주에 5일을 함께 지내야 하는데 지금부터 싸우면 곤란하다. 조금만 낌새가 보여도 온 힘을 다해 막아야지.

물론 이런 대화가 꼭 나쁜 것만은 아니다. 덕분에 사촌들의 관계와 하는 일 등을 대충 파악할 수 있으니까. 시현 오빠와 현선 언니는 수아 언니와 사이가 안 좋고, 종현 오빠는 두루두루 잘 지내는 것 같다.

"뜨겁다, 조심해."

시현 오빠가 숯불이 담긴 화로를 테이블에 놓았다. 그리고 그 위를 불판으로 덮고 두꺼운 통삼겹을 올렸다. 고기가 좋은 냄새를 풍기며 지글지글 익어갔다. 곧이어 반찬과 쌈채소들도 테이블 위에 줄줄이 놓였다.

"고모는 좀 어떠셔?"

고기를 뒤집으며 시현 오빠가 물었다. 누가 봐도 예의상 하는 질문이다. 그런데 수아 언니의 표정이 순간적으로 굳었다. 하고 싶지 않은 얘기라는 걸 표정만 봐도 알 수 있다.

"어, 다행히 잘 지내."

"아직도 병원이셔?"

"진작에 요양원으로 옮겼지."

"정신은 좀 있으시고?"

"가끔. 아주 가끔 날 알아보기는 해."

분위기가 숙연해졌다. 수아 언니가 자신의 잔에 술을 따르더니 쭉 들이켰다. 종현 오빠가 괜한 말을 꺼냈다는 듯 시현 오빠에게 눈짓을 보냈다. 그러나 시현 오빠는 무시한 채 얘기를 계속 이어갔다.

"그런데 형은 외국에만 나가 있냐? 고모 좀 돌보지."

"하는 일이 그런데 어떡해? 그리고 말했잖아, 우리 엄마 사람 못 알아본다고. 우리가 요양원 가봤자야. 면회도 잘 안 되고, 만나도 우리를 잘 몰라. 가나 마나야."

"돈 많이 들겠다?"

"꽤 들지. 솔직히 고모 유산, 가뭄 끝에 단비 같아. 매달 나가는 돈이 얼마나 신경 쓰이는데."

"연호 형이 돈 안 내?"

"우린 철저히 n분의 1이거든. 요양비를 오빠 반, 내가 반 내는데, 오빠야 돈을 잘 버니까 부담이 없지. 하지만 난… 알잖아? 내가 쓸 돈도 없어."

"수아 너, 공방이 이 근처라고 했냐?"

"연남동. 가까워. 찻길 몇 개 건너면 바로야."

그때 혜리에게서 메시지가 왔다. 휴대폰을 테이블 아래로 내리고 메시지를 확인했다. '언제 와?' 시계를 보니 벌써 9시. 사촌들을 둘러봤다. 술을 꽤 마셨는데도 취한 사람이 없고, 집에 갈 생각도 없어 보인다.

또 알림음이 났다. '엄마가 코다리 줬어. 쥐포도 있어'. 혜리가 은근히 귀가를 재촉한다. 본가에서 반찬을 가져왔으니 오늘 밤 맥주 한잔 하자는 얘기다. 그러나 선뜻 일어날 수가 없다. 한 명이라도 집에 간다고 하면 따라 일어날 텐데.

술자리가 지루하게 이어진다. 대화에 끼지도 못하고 투명 인간처럼 앉아 있는 게 힘들다. 반대로 사촌들은 흥이 오를 대로 올랐다. 조금 전만 해도 대판 싸울 듯 냉랭했는데, 술기운이 오른 지금은 화기애애하다. 특히 수아 언니와 현선 언니는 쌍둥이 자매처럼 꼭 붙어 있다. 우습다. 술이 이래서 무서운 거다. 물론 사촌이라는 관계, 어렸을 때부터 함께해온 시간을 무시할 수 없겠지만.

"그럼 우리 수요일에 가는 걸로 확정한 거다. 반대하는 사람 아무도 없지?"

"없어. 콜!"

"이대로 변호사에게 통보한다? 나중에 딴말하기 없기."

"말 참 기네. 다 동의한대도?"

내 의견과는 상관없이 시골집에 가는 날짜가 정해졌다. 수요일이면 며칠 남지도 않았다. 내가 과연 휴가를 낼 수 있을까? 어떻게든 방법을 찾아야 하는데. 집에 가서 혜리에게 상황을 얘기하고 도움을 구하고 싶다.

"너 왜 그래? 뭐 불만 있어?"

휴대폰을 만지작거리다가 종현 오빠에게 들켰다. 오가던 술잔들이 일제히 멈추고, 모두의 시선이 나에게 쏠린다.

"아, 그게…."

"시골집에 가기 싫어? 일정이 안 돼?"

"아, 아뇨. 저도 가긴 갈 건데요."

"그런데 왜?"

"늦어서요. 이만 집에 갈까 하고…. 같이 사는 친구가 기다려서요."

수아 언니가 내 잔에 술을 채운다. 찰랑찰랑, 넘칠 듯 가득 따른 술을 흘릴세라 급히 입으로 가져간다.

"기다리라 그래."

"그래, 여기 더 있어. 분위기 한창 좋은데 가긴 어딜 가?"

분위기가 좋았나? 어색하게 따라 웃긴 하지만 자리를 털고 빨리 일어서고 싶다.

"쏘가 넌 피 한 방울 안 섞인 친구가 중요해, 우리가 중요해?"

"뭘 그딴 걸 물어? 당연히 핏줄이지."

종현 오빠와 수아 언니가 키득거린다.

핏줄이라… 내가 바랐던 그 끈끈함이 지금 이 순간은 거추장스럽다. 얼른 집에 가고 싶다. 첫 만남에 폐를 끼치는 것도 싫지만, 이대로 물러섰다가는 평생 사촌들에게 끌려다닐지도 모른다. 오늘 그랬던 것처럼. 난 용감하게 일어섰다.

"먼저 갈게요. 수요일에 뵙겠습니다."

난 꿋꿋이 인사하고 후다닥 밖으로 나왔다. 뒤에서 내 이름을 불렀지만 돌아보지 않았다.

골목을 뛰어서 조금 큰 거리로 나오자 비로소 숨통이 트인다. 찬바람이 시원하다. 휴대폰이 울려 확인해보니 도진이다.

〈아직도 밖이야?〉

다정한 목소리에 긴장이 스르르 풀린다. 어제도 만났는데 아주 오랜만인 듯 도진이가 그립다.

"이제 집에 들어가는 길이야."

〈오래 있었네. 사촌들은 잘 만났어?〉

"그럭저럭."

대답을 얼버무렸다. 기대가 너무 컸던 탓일까. 실제 만나본 사촌들은 내가 생각한 모습과 많이 다르다. 서로 모르고 지낸 20년이란 긴 세월 탓이겠지.

〈대답이 뭐 그래? 사촌 생긴 기분이 어때?〉

"어? 어… 괜찮아. 가족 같아."

마음에도 없는 소리를 했다. 전화를 끊고는 걸음을 재촉했다.

빨리 집에 가서 혜리를 만나고 싶다. 혜리와 함께 수다 떨며 마시는, 시원한 맥주 한 잔이 간절하다.

4

'끌려다니지 마. 아무리 사촌이라지만 원래 알던 사이도 아니잖아? 남보다 나을 게 없어.'

대지 수정을 하는 내내 도진의 말이 머릿속에서 떠나지 않는다. 그의 말이 옳다. 내 사정을 설명하고 어떻게든 시골집에 가는 날짜를 뒤로 미뤘어야 했다. 하지만 그러지 못했다. 나보다 나이가 많다는 이유로, 또 다수라는 이유로, 사촌들은 자신들의 의견을 밀어붙였다. 그리고 내가 주저하는 사이 내 의견과는 상관없이 수요일로 확정했다.

아, 어쩌지? 휴가를 또 내겠다는 말을 어떻게 하지? 회사에서 그만 나오라고 할까 봐 겁난다.

"소희야, 지금 하고 있는 거 언제쯤 끝나니?"

아라 선배의 목소리다. 반사적으로 자리에서 일어나 파티션 너머를 본다. 선배와 눈이 마주치자 몸이 뻣뻣하게 굳는다.

"거의 끝나갑니다."

"그거 끝나면 웹이랑 모바일용으로도 변환해야 하는 거 알지? 두 번 말하게 하지 마."

"알고 있습니다."

"실장님 방에 들어가봐."

"지금 한 거 가지고요?"

"아니. 그걸 실장님께 보여드려서 뭐 하게?"

긴장해서 마른침이 꼴깍 넘어간다. 실장이 왜 부르는 걸까? 내게 무슨 볼일이 있어서? 설마, 엄마 장례식으로 휴가 낸 것 때문일까? 선배도 이렇게 어려운데 실장을 독대해야 한다니, 정말 싫다.

"뭐 해?"

내가 대답이 없자 아라 선배가 재촉한다.

"저를, 왜 보자고 하시는 걸까요?"

"그걸 내가 어떻게 알겠니?"

선배의 시선이 내 머리 쪽으로 향한다. 흰 리본을 보고 있는 것이다. 기분 탓일까. 그녀의 신경질적인 말투가 조금 부드러워진다.

"소심하긴. 걱정 마. 큰일 치르고 왔는데 별말씀이야 하시겠니? 빨리 들어가, 기다리시겠다."

내가 다니는 광고기획사는 대표가 둘이다. 둘 다 같은 대기업 유통사 출신의 디자이너로 편의상 한 명은 사장, 한 명은 실장이라 부르고 있다. 영업을 맡은 사장은 외주 미팅과 대학 강의 등으로 항상 바쁘고, 실제 디자인 업무는 실장이 책임지고 있다. 나를 인턴으로 뽑아준 사람은 사장이지만 일은 실장 밑에서 한다. 그래서 실장이 더 어렵다. 독대하려면 큰 용기가 필요하다.

실장실 문 앞에서 숨을 고르고 노크했다.

"들어와."

조심스럽게 문을 열자 가장 먼저 커다란 창과 책상이 눈에 들어온다. 실장은 커피를 마시는 중이다. 그녀의 손에 들린 테이크아웃 컵에 커피숍 로스트의 로고가 찍혀 있다.

"안녕하세요, 실장님?"

"어머니 잘 보내드리고 왔니?"

"네, 덕분에요…."

"수고했다. 혼자 고생 많았어. 조금 더 쉬어도 되는데 바로 나왔네? 일할 수 있겠어?"

목소리가 따듯하다. 하지만 난 안다. 그저 예의상 하는 소리라는 걸. 난 실장의 배려에 티 나게 고마워하면서 더 열심히 하겠다는 의지를 보여야 한다.

"그럼요. 고맙습니다. 앞으로 더 열심히 하겠습니다."

"하여간 요즘 드물게 성실하다니까. 밀린 일도 다 끝내놨더라? 시안 잡은 거 확인했어. 주말에도 나왔니?"

"시간이 나서 잠깐 나왔습니다. 집에서 별로 할 것도 없고 그래서…."

"제대로 쉬지도 못했겠네. 그래, 힘든 거 있으면 언제든지 말하고, 하던 일 마저 잘 마무리 짓자. 응?"

공손히 고개를 숙이지만 내 속은 갈등으로 휘몰아친다. 휴가를 내고 싶다는 말을 어떻게 꺼내지? 뭐라고 말을 해야 해? 이틀 동안 고민했는데도 마땅한 변명거리가 떠오르지 않는다. 자칫 말을 잘못했다간 어렵게 얻은 인턴 자리를 잃을까 봐 두렵다.

"뭐, 할 말 있어?"

"아, 아뇨."

"아 그리고, 너 이달 말이면 들어온 지 1년 되는 거지?"

"네에…."

"알았어. 가봐."

인사를 하고 아쉽게 발걸음을 돌렸다. 휴가 얘기는 입 밖에 꺼내지도 못한 채. 실장실 문을 닫고 나오면서 자책했다. 동시에 합리화도 했다. 인턴에게는 개인 사정이라는 말이 용납되지 않아. 한 번은 봐줘도 두 번은 없지. 내가 말을 못 한 것은 어쩔 수 없는 일이야, 라고.

내 자리로 돌아가려는데 변호사에게서 전화가 왔다. 탕비실로 가 조용히 전화를 받았다.

〈임소희 씨? 지금 통화 가능하십니까?〉

"괜찮습니다, 말씀하세요."

휴대폰을 어깨에 끼고 정수기에서 뜨거운 물을 받아 믹스커피를 탔다. 혹시 무슨 일이라도 생긴 걸까? 따뜻하고 달달한 커피도 걱정을 잠재우진 못한다.

〈이번 주 수요일 2시, 모렙니다. 얘기 들으셨죠? 확인차 연락드렸습니다.〉

다행이다, 일정 확인 전화라서. 다른 요구 사항은 없다. 하지만 이제는 약속을 물리지도 못하겠지. 잘리든가, 스스로 그만두든가, 수요일부터 3일간은 회사를 무조건 빠져야 한다. 머릿속이 다시 복잡해진다.

〈주소는 아실 테고, 율주까지 혼자 오실 겁니까?〉

"네, 아마도요."

씩씩하게 대꾸했지만 사실 시골집까지 가기가 막막하다. 운전 면허가 없으니 혜리 차를 빌릴 수도 없고, 도진이도 그날 시간이 안 된다. 그렇다고 사촌들에게 신세 지는 것은 딱 질색이다. 휴대폰 번호나 SNS 아이디를 교환하지 않아 연락할 수도 없다. 변호사에게 물어보면 번호 정도야 알려주겠지만 그러긴 싫다. 결론은 혼자 대중교통을 이용해야 한다는 말인데, 내가 시간 맞춰 잘 찾아갈 수 있을까?

"제가 따로 준비할 건 없나요?"

〈몸만 오시면 됩니다. 5일 머무는 동안 필요한 침구와 식음료는 저희가 준비할 겁니다. 다만… 거기가 외진 데라 인터넷이 안 되는 걸로 알고 있어요. GPS 오류도 잦고요.〉

"상관없어요."

〈외부와 전화 통화도 안 됩니다. 이해하시죠?〉

"전화를 아예 못 쓰나요?"

〈휴대폰이 안 터질 겁니다. 임성미 씨가 유선 전화를 쓰긴 하셨는데, 이제는 그마저도 끊겼을 거예요. 그럼 그날 늦지 않게 뵙겠습니다. 들어가십시오.〉

내 사정을 알 리 없는 변호사는 용건만 말하고 전화를 끊었다.

한숨이 나온다. 회사 업무와 휴가 그리고 시골집 찾아가는 문제까지. 늘 이렇다. 한 번도 걱정거리가 없었던 적이 없다.

"혼자 마셔?"

탕비실 문이 열리더니 혜리가 들어왔다. 일할 때만 사용하는 두꺼운 안경을 쓰고 있다.

"너 실장님 방에 갔다 왔지? 뭐래?"

"열심히 하라지 뭐. 그 말밖에 더 있겠어?"

"휴가 낸다는 말은 했어?"

"했겠냐? 입도 뻥긋 못 했지."

컵에 남은 믹스커피를 단숨에 마셨다. 에라, 모르겠다. 상속이고 뭐고 머리가 복잡하다. 돈은 필요한데 유산을 받는 과정이 너무 피곤하다. 연호 오빠 말대로 세상에 공짜는 없다.

"이건 어때? 눈 딱 감고 펑크 내는 거야. 아프다고 해."

"갑자기? 에이, 어떻게 그래."

"그냥 병가를 내버려. 안 그러면 어쩔 거야? 일정을 네 마음대로 미룰 수 있어? 아니잖아."

"…."

"욕망에 솔직해져 봐. 지금 네가 원하는 거, 돈이잖아? 고모의 유산, 로또라고. 거기에 친척이라는 존재가 덩달아 딸려오는 거야. 그거 쉽게 오는 기회 아니다."

혜리는 내 속을 꿰뚫고 있다. 맞는 말이다. 내가 원하는 건 돈과 친척, 둘 다다.

"내가 도와줄게. 너 쓰러졌다고 하자. 쓰러져서 병원에 실려 갔다고 내가 실장님이랑 선배에게 말할게."

혜리가 해맑게 웃는다. 어이가 없어서 나도 따라 웃는다. 저런 발칙한 아이디어, 혜리니까 가능한 거다.

"병원에 찾아오면 어떡해?"

"절대 그럴 리 없어. 바쁘다고 너희 엄마 장례식에 날 회사 대표로 보낸 사람들이야. 너 아프다고 해도 눈 하나 깜짝 안 할걸?"

"진단서 가져오라고 하면 어쩌려고?"

"하나 만들면 되지. 그게 뭐 힘들어? 10분이면 뚝딱이야. 우리 직업이 뭐니, 그런 거 만드는 거잖아?"

자신만만한 제안에 마음이 흔들린다. 혜리 말대로 확 질러볼까? 뒷일 생각하지 말고 거짓말 한번 해볼까?

\* \* \*

  수요일 아침, 결국 경의중앙선에 몸을 실었다. 혜리의 조언대로 회사에는 따로 연락하지 않았다. 거짓말을 제대로 못 할 바에야 어설픈 핑계는 대지 않는 게 낫다고 판단했다. 뒷일은 혜리가 알아서 해줄 것이다. 그저 갑작스러운 병가를 이해해주길, 우리의 얄팍한 수가 통하길 간절히 바랄 뿐이다.

  평일의 전철 안은 느긋하다. 나이 지긋한 어른들이 대부분이고, 보따리를 잔뜩 든 엄마 또래의 아줌마도 몇몇 보인다. 창밖으로 한가로운 시골 풍경이 펼쳐진다. 서울을 벗어난 지 얼마 안 됐는데 전혀 딴 세상이다.

  얼결에 얻은 휴식을 즐기려는 순간 휴대폰이 울렸다. 회사일까 봐 긴장했는데 다행히 변호사다. 혼자 전철 타고 가는 중이라는 내 말에 변호사가 한숨을 쉰다. 나의 무모함을 탓하는 듯하다.

  〈아니, 거기까지 어떻게 혼자 가시려고요?〉

  "알아서 찾아갈게요. 걱정하지 마세요."

  〈임성미 씨 댁까지 가는 버스는 없을 거예요. 택시도 여간해선 안 들어갈 거고요. 혼자 가시는 건 무리입니다.〉

  "어제 지도 앱으로 가는 길을 확인했어요."

  〈시골은 도시와는 다릅니다. 걸어서 가기 힘들어요. 휴대폰으로 지도를 볼 수도 없고요. 아… 이렇게 하죠. 중간에 만납시

다. 지금 타고 가는 게 경의중앙선이죠? 어느 역에서 내릴 예정이셨습니까?〉

"율주역이요."

잠시 침묵이 흐른다. 정적 속에서 변호사의 고민이 느껴진다. 본의 아니게 폐를 끼치는 것 같아 살짝 기가 죽는다.

결국 한 시간 반 뒤에 적송파출소 앞에서 만나기로 하고 전화를 끊었다.

전화를 끊고 나니 머쓱하다. 내 딴에는 남에게 폐를 끼치지 않으려고 한 행동이 오히려 주변 사람들을 곤란하게 만든다. 유산을 받겠다는 욕심에 혜리는 회사에서 거짓말쟁이가 됐고, 사촌들에게 신세지지 않겠다는 고집이 변호사를 번거롭게 한다. 나 자신이 무력하고 한없이 작아지는 기분이다.

덜컹덜컹. 반복적으로 들리는 전철의 소음에 귀를 열고 마음을 다독인다. 어쩔 수 없지, 이미 벌어진 일인데 뭐. 창밖으로 물러서는 풍경이 마음을 달래준다.

전철은 30여 분 뒤 율주역에 도착했다. 거기서 다시 적송 가는 버스로 갈아탔다. 처음 가는 길이지만 언젠가 와본 듯 풍경이 익숙하다. 그렇게 50분을 달려 적송파출소 앞 버스 정류장에 내렸다. 먼저 도착한 변호사가 반갑게 맞아줬다.

"멀리 오느라 고생하셨습니다. 식사는 하셨어요?"

난 웃으며 고개를 저었다. 그러고 보니 12시가 훌쩍 넘었다. 배에서 꼬르륵 소리가 난다.

"시간 여유가 있으니 점심이나 먹고 가시죠. 저도 아직 식전입니다. 요 앞에 감자탕집이 먹을 만해요."

변호사가 파출소 맞은편 상가를 가리킨다. 상가 앞 주차장에 그의 구형 그랜저가 주차돼 있다. 뒷좌석에 짐이 가득 쌓여 있는 게 보인다.

"변호사님도 혼자 오셨어요? 사무장님은요?"

식당에 마주 앉아 있는 게 어색해서 궁금하지도 않은 사무장에 대해 물었다. 변호사는 곤란한 질문이라도 받은 것처럼 우물쭈물하며 물티슈로 손을 닦았다.

"사무장이 출장을 별로 안 좋아해서요."

"와, 좋은 대표님이시다. 직원이 싫어하면 출장도 빼주시고."

"요즘 직원들, 상전이잖아요. 어쩔 수 있습니까? 혼자 와야죠. 제가 아주 모시고 삽니다."

그가 소리 내어 껄껄 웃는다. 그의 얘기에 맞장구를 치면서도 내심 씁쓸하다. 난 회사 눈치를 보며 몰래 여기까지 왔는데. 사무장이 나이가 있어서일까, 아니면 변호사 사무실에서 오래 일해서일까. 하기 싫은 업무는 거부하는 그 당당함이 부럽다. 난 언제쯤 그럴 수 있을까?

우리는 20분도 안 돼 식사를 마친 뒤 구형 그랜저를 타고 시골집으로 향했다. 도로에는 오가는 차도, 인적도 드물다. 무엇보다 거리가 꽤 멀다. 지도 앱으로 확인한 것과는 천지 차이다. 변호사 말대로 혼자 왔으면 곤란할 뻔했다. 차는 어느새 왕복

1차선 도로로 접어들었다.

"시골집이 굉장히 외진 곳에 있나 봐요?"

"시내에서 한참 들어간 곳에 마을이 있어요. 도로가 비포장이 아닌 게 희한할 정도라니까요. 차로도 꽤 걸리죠. 이제 거의 다 왔습니다. 저 집 보이시죠? 저 집이 마을 초입이에요."

그가 손가락으로 전방을 가리킨다. 다 허물어져 가는 슬레이트 지붕이 초라한 모습을 드러낸다. 내 눈에는 집이라기보다 폐허에 가깝다.

"사람이 안 사는 곳 같은데요?"

"요즘 시골이 다 그래요. 젊은 사람들은 서울로 가고 나이 드신 분들만 남았으니까요. 여기도 저 집뿐 아니라 마을 전체가 대부분 빈집이에요. 지금은 몇 분 살지도 않습니다."

때마침 도로 옆으로 할머니 한 분이 지나간다. 허리가 ㄱ자로 꺾여 유모차 비슷한 보행 보조기를 밀며 한 발짝 한 발짝 힘겹게 내디딘다. 걷는 데 온 힘을 쓰느라 지나가는 우리를 쳐다보지도 않는다.

"저, 변호사님. 고모님은 어떻게 돌아가셨어요?"

진작 물었어야 할 질문이다. 사촌들을 만나는 데 정신이 팔려 정작 유산을 물려준 고모에 대해서는 아는 게 없다.

"아… 사고가 있었죠."

"교통사고예요?"

"그건 아니고, 일하다 다치셨습니다."

"고모가 무슨 일을 하셨는데요?"

"제가 말씀드리기가 좀… 뭐, 차차 알게 되실 겁니다."

변호사가 말끝을 흐린다. 알지만 대답하기 곤란하다는 눈치다. 그를 난처하게 만들기 싫어 화제를 돌렸다.

"시골집은 여기서 먼가요?"

"조금만 더 가면 됩니다. 마을에서 조금 떨어진 곳에 있어요. 한적한 대신 공기가 맑고 풍경도 좋은 곳이죠."

차는 집 한 채 보이지 않는 길을 계속 달렸다. 5분 정도 달리자 길옆 공터에 아무렇게나 세워둔 차들이 나타났다. 모하비와 K5, 투싼. 사촌들이 타고 온 차다. 변호사는 사촌들 앞에 차를 세웠다.

"변호사님이 제일 늦게 오셨어요. 여기 찾아오느라 진짜 애먹었어요. 내비가 오류 나서 얼마나 뺑뺑 돌았는데요."

오래 기다린 듯 수아 언니가 투정 섞인 인사를 건넨다.

차에서 내려 사촌들에게 인사하고 주변을 둘러본다. 하지만 변호사가 말한 고모의 집은 어디에도 보이지 않는다.

"오래 기다리셨습니까?"

변호사가 희고 고른 이를 드러내며 웃는다. 몇 번 봐서 그런지 오늘따라 그 미소가 비굴하게 느껴진다.

"식사는 하셨고요?"

"그럼요, 지금 시간이 몇 신데. 저희 아까, 아까 왔어요."

"죄송합니다. 제가 먼저 와서 준비했어야 하는데."

그의 변명에 뜨끔했다. 나 때문이다. 나를 픽업하지 않았다면 일찍 도착해 사촌들의 원성을 듣지 않았을 거다.

"대체 집이 어디 있다는 거예요? 온통 수풀인데?"

먼저 도착해 주변을 둘러봤는지 시현 오빠가 말했다.

"종현이 차 아니었으면 그냥 지나칠 뻔했잖아."

수아 언니도 투덜댄다. 고모의 집이 너무 외진 곳에 있다는 불평일 거다.

"여기를 찾아오는 것도 재주야. 그치?"

"위성지도를 봤어야 했나? 아, 인터넷이 안 된댔지?"

"요즘 세상에 인터넷 안 터지는 곳 봤어? 그것도 경기도에?"

"거기가 바로 여기야. GPS가 잡히니 망정이지. 전기는 들어오죠?"

"인터넷은 안 되지만 전기와 수도는 들어옵니다. 걱정하지 마십시오."

변호사가 우리를 안심시키려 진땀을 뺀다.

"아, 이런 촌구석에 집이라니…."

"상속받는다고 좋아했는데 이거 되려 짐이 되는 거 아닌가 몰라. 팔리기나 하겠어?"

"없는 것보단 낫겠지."

"혹시 여기서도 한참 들어가야 집이 나오는 거 아니에요?"

"조금만 더 들어가면 됩니다. 멀지 않아요. 짐 옮기기 전에 일단 집부터 둘러볼까요?"

변호사가 앞장을 섰다. 우리는 구시렁대며 그의 뒤를 따라 걸었다. 그는 등산스틱으로 잡풀을 쳐내며 안쪽으로 깊숙이 들어갔다. 20~30미터쯤 들어가자 덤불에 뒤덮인 철조망이 앞을 가로막았다.

"어휴, 그새 풀이 많이 자랐네요. 제가 왔을 때는 겨울이라 이 정도는 아니었는데."

"군부대 위장 초소도 이 정도는 아니겠다. 뭘 이리 가려놨대?"

"왜 철조망을 쳐놓은 거예요?"

"여기가 산을 끼고 있잖습니까? 멧돼지가 먹을 것을 찾아 자주 내려온대요. 그거 막느라고 그런 거죠. 철조망이 있으면 아무래도 접근하지 못할 테니까요."

"고모가 소나 닭, 뭐 그런 걸 키우셨던 거예요?"

"아, 아닙니다. 그냥 집이에요. 임성미 씨가 혼자 사셨던 집입니다."

변호사가 주머니에서 열쇠를 꺼냈다. 철조망에 채워진 자물쇠에 열쇠를 끼우자 녹슨 문이 삐거덕 소리를 내면서 열렸다.

문 안쪽으로 공터가 펼쳐졌다. 오랫동안 관리하지 않았는지 잡풀이 무성했다. 그 앞으로 뻗은 오솔길 양옆에는 잡목이 빽빽했다. 고모의 집은 그 길 끝에 있었다.

"저긴가요?"

"안채입니다. 오래된 집이지만 관리가 잘됐죠?"

빛바랜 주홍색 슬레이트 지붕이 인상적이다. 한옥이라기엔 현대적이다. 그렇다고 최신식은 아니다. 길쭉하고 아담한 형태의 전형적인 구옥이다.

"요새 같은데?"

"캠핑하기 딱 좋겠다."

"그러게. 전기, 수도 다 있다니까 통신선만 끌어오면 캠핑장으로 운영해도 되겠어."

우리는 주변을 두리번거리며 마당으로 들어섰다. 마당이 상당히 넓고, 건물 외관이 멀리서 보기보다 깨끗하다. 현관 앞은 고운 흙으로 바닥이 다져져 있다. 덤불이 무성한 철조망 입구와 달리 잘 관리된 느낌이다.

게다가 집이 한 채인 줄 알았는데 옆으로 건물이 또 하나 있다. 안채보다 조금 작지만 투박하고 커다란 나무문이 달려 있어서 좀 더 고풍스럽다.

"이야, 별채가 있을 줄이야! 펜션 해도 되겠네."

시현 오빠가 눈을 반짝이며 목소리를 높인다. 머릿속으로 벌써 사업을 구상하는 눈치다.

"요즘 그런 거 유행하더라. 시골집 개조해서 펜션을 하거나 임대하는 거. 나름 쏠쏠하대."

"이런 시골까지 누가 와?"

"이런 시골이니까 오는 거지!"

"고모 집이 둘 다인 거죠?"

"그렇죠. 그런데 이쪽은 창고입니다. 옛날에는 사랑채로 썼는지 몰라도 지금은 안 쓰는 물건들을 쌓아뒀어요. 겉은 멀쩡해도 지저분하고 낡아서 쓰기 힘들 겁니다."

"고치면 되죠."

"글쎄요, 그건 상속 절차가 마무리된 후에 말씀하시죠."

변호사가 씩 웃는다. 그 미소가 찜찜하다. 친절하지만 어딘가 음흉하다. 성급하게 욕심부린다고 우리를 비웃는 것 같아 기분이 좋지 않다.

"빨리 5일이 지났으면 좋겠다."

"여기 머무는 동안 어떻게 할지 생각해보자. 난 펜션 운영에 찬성이거든."

"캠핑장이 더 낫지 않아?"

"뭐 어쨌든, 뭘 하든 같이하면 좋잖아?"

"작은고모가 그러라고 우리를 모이게 했나 봐."

사촌들은 들뜬 기색을 숨기지 않는다. 하지만 내 눈엔 그저 평범한 시골집일 뿐이다. 펜션을 한다고 잘될까? 공동 상속이면 나도 여기서 일해야 하는 건가? 서울과 적송을 오가기엔 거리가 너무 먼데.

변호사가 성큼성큼 집 앞으로 다가섰다. 그러곤 간유리로 마감된 미닫이문을 쓱 밀었다. 외부와 달리 잠기지 않은 현관문은 쉽게 열렸다. 끼이익— 드르륵— 문틀과 문짝이 어긋났는지 귀에 거슬리는 소리가 났다.

"자, 안을 둘러보시죠."

우리는 변호사가 이끄는 대로 집 안으로 들어갔다.

가장 먼저 마주한 건 타일이 깔린 좁은 공간이다. 아파트로 치면 전실 비슷한데, 안쪽에 작은 툇마루가 있다.

"정면에 보이는 방이 거실입니다. 넓죠? 여기 오른쪽은 주방이고. 옛날 집이라 아궁이가 남아 있어요. 재래식입니다만, 순환 구조라고 해야 하나? 주방 안쪽의 방은 거실과도 연결됩니다. 자, 왼쪽을 보시죠. 왼쪽 끝에 화장실이 있고, 거실 옆에는 작은방이 있습니다. 들어가서 보실까요?"

변호사가 신발을 벗고 툇마루로 올라섰다.

"아, 냄새. 이거 뭐야…."

신발을 벗고 널찍한 거실에 들어서자마자 수아 언니가 코를 잡는다. 얼굴을 잔뜩 찌푸린 채 대놓고 불쾌한 티를 낸다. 나도 코를 킁킁댔지만 아무 냄새도 나지 않는다. 그건 다른 사람도 마찬가지인 듯하다.

"쟤, 쟤, 또 까탈 부리는 거 봐라."

"까탈스러운 거 아니거든?"

"옛날 집이라 그런가? 난 모르겠는데?"

"누나, 여기 오래 비어 있었다잖아. 당연히 냄새가 나겠지. 그 정도도 못 참아?"

"너희 이 냄새, 진짜 안 나? 이 지독한 게? 코가 삐꾸야?"

"수아 너도 할머니 되면 집에서 냄새 장난 아닐걸?"

"넌 무슨 말을 그렇게 하니?"

"내가 틀린 말 했어? 유난스럽게 굴지 말라고. 오래된 시골집에서 뭘 더 바라?"

내 생각도 그렇다. 수아 언니가 유난스러운 거다. 비염이라 냄새를 잘 못 맡긴 하지만 그렇게 지독한 냄새라면 나도 당연히 맡았을 거다. 안동의 쪽방에서 엄마의 냄새를 맡았던 것처럼.

"인터넷도 안 되는데 TV도 없나 봐? 5일 동안 어쩌라고?"

종현 오빠가 투덜대는 바람에 주위를 둘러본다. 그러고 보니 집 안에 가구가 없다. TV도, 소파도, 그 흔한 서랍장도 없다.

"휴대폰에 영화 다운로드해 오지 않았어?"

"전기는 들어온대서 TV나 보려고 했지."

"어쩜 거실에 의자 하나 없냐? 변호사님, 원래 이랬어요?"

기대감에 들뜬 얼굴들이 한순간 불만으로 바뀐다.

"글쎄요…."

변호사가 애매한 미소를 짓는다.

"전에 와보셨잖아요?"

"집 안에 들어온 건 저도 처음입니다."

"혹시 이웃들이 다 훔쳐간 거 아냐?"

"외딴집인데 이웃이 있겠어? 설마 멀리까지 와서 훔쳐갔으려고. 낡은 가구 팔아봤자 얼마나 된다고."

"금고가 있었을지 누가 알아? 고모는 서울에 건물을 갖고 있던 분이야. 돈이 많았을 거라고. 출입문을 꽁꽁 숨겨둔 거 봐봐. 그건 이 집에 뭔가 있다는 얘기야. 고가의 물건이 있었는지도 모르지."

"하긴 CCTV가 없어서 가져가기 딱 좋긴 하다."

"도난당했어. 분명해."

"아… 여러분, 그렇게 단정하진 마시고요. 제가 사무실 들어가서 확인하겠습니다. 해지기 전에 다른 곳도 둘러보셔야죠."

말이 많아지자 변호사가 서둘러 관심을 돌렸다.

우리는 거실 양옆에 있는 문을 열고 다른 방도 둘러봤다. 둘 다 거실보다 훨씬 좁아서 세 사람이 누우면 꽉 찰 크기다. 주방과 연결된 방이 그나마 약간 더 넓고 벽장도 하나 있다. 벽장 안에는 두세 명이 덮을 만한 이불이 있었다.

주방은 깔끔했다. 도마와 식기에다 전자레인지도 있었다. 아궁이는 사용하지 않은 지 오래된 것 같고, 가스레인지를 사용한 흔적이 보였다.

화장실 변기 역시 깨끗하고, 욕조는 없지만 샤워 시설도 갖췄다. 이 정도면 상태가 꽤 좋은 편이다.

"밖으로 나갈까요?"

뒤쪽에 물러서 있던 변호사가 말했다.

"이제 창고를 보는 건가요?"

"창고요? 아, 그 열쇠는 지금 없는데…."

"왜요? 안 갖고 오셨어요?"

"사무장이 깜빡했나 봅니다. 사무실 들어가서 목록 확인하고 찾아보겠습니다. 죄송합니다. 창고는 다음에 확인하고 일단 이것부터 보실까요?"

 변호사가 집과 창고 사이에 있는 수돗가를 가리켰다. 뚜껑을 덮은 우물과 오래된 펌프가 거기에 있었다. 그가 펌프 앞으로 다가서더니 시범 삼아 펌프질을 했다. 여러 번 힘껏 팔을 저었지만 물은 나오지 않았다.

 "오랫동안 사용하지 않아서 물이 안 나오네요. 그래도 여러 번 해보면 깨끗한 우물물이 나올 겁니다. 해보시겠어요?"

 "이게 언제 적 물건이야? 완전 옛날 건데?"

 사촌들이 신기한 듯 펌프에 다가선다. 펌프질을 하고 꼭지에 손을 대보기도 한다. 우물물은 여전히 나올 기미가 없다. 그래도 호기심을 충족시키기엔 충분하다. 단 한 사람, 수아 언니만 빼고. 그녀는 우물에서 조금 떨어진 곳에 쪼그리고 앉아 있다. 언니의 얼굴이 새파랗다.

 "언니, 괜찮아요?"

 수아 언니의 어깨를 감싸며 내가 물었다.

 "비린내 때문에 토할 것 같아. 속이 너무 울렁거려."

 "물 좀 드릴까요?"

 "아니, 내버려둬. 좀 쉬면 돼."

 "점심때 뭘 잘못 먹었니? 아니면 이제 와 차멀미야?"

 현선 언니의 말투가 다분히 시비조다. 눈이 살짝 샐쭉해진 걸 보면 수아 언니의 행동이 못마땅한 거다.

 "집에서 냄새가 너무 나…."

"무슨 냄새?"

"이게, 안 나? 못 느끼겠어?"

"네가 예민한 거지. 우린 아무렇지도 않아."

"대체 무슨 냄새가 난다고 그래?"

"분위기 좋은데 괜히 산통 깨지 말자. 응?"

오빠들도 별일 아니라며 핀잔한다. 다수에게 밀리자 언니도 입을 다문다. 어디선가 찬바람이 불어온다.

"이제 슬슬 집 뒤로 가볼까요?"

눈치를 보던 변호사가 또다시 제안했다.

"집 뒤에요? 왜요? 거긴 나무만 있는 거 아니에요?"

"마지막 하이라이트가 있습니다. 따라오시죠."

의기양양한 변호사의 태도에 다같이 그를 따라 집 뒤로 이동했다. 예상했던 대로 집 뒤쪽엔 나무가 울창했다. 이름 모를 나무들 가운데 대나무도 있었다. 졸졸졸— 그것은 흐르는 물 소리였다.

"집 뒤에 강이 있어? 아니 개울인가?"

"천입니다. 임진강 지류라 물이 아주 맑고 차죠."

변호사의 말이 끝나기 무섭게 오빠들이 오솔길로 뛰어갔다. 나도 신이 나서 뒤따랐다. 그저 그런 시골집이라고 생각했는데 집 뒤에 울창한 숲과 개천까지 있다니, 이 얼마나 멋진가. 야트막한 언덕을 넘어서자 곧 개천이 나타났다.

"낚시해도 돼요?"

시현 오빠가 물가에 놀러 나온 아이처럼 물었다.

"당연하죠. 제법 잡힐걸요?"

"에이, 미리 말씀해 주시지. 낚싯대 가져오는 건데."

"집 안 어딘가에 통발이 있을 거예요. 그거 사용하시면 되죠. 그리고 여긴 다슬기가 유명해요. 내일 낮에 대야 들고 나오시면 쏠쏠하게 잡을 수 있을 겁니다."

그렇게 시골집 투어가 끝났고, 생각보다 괜찮은 주변 환경에 모두가 만족했다. 수아 언니도 다행히 기력을 되찾았다. 이제 적응이 됐는지 더 이상 냄새 난다고 불평하지 않는다.

우리는 변호사를 배웅하기 위해 다같이 철조망 밖으로 나갔다. 그는 5일 치 생수와 먹을거리, 침낭 등을 차에서 꺼내 우리에게 안겨주었다.

"제가 하루에 스케줄 두 개는 안 잡는데, 죄송합니다. 부득이하게 일이 좀 생겨서요."

"일 많으면 좋죠. 여기까지 와주신 것만으로도 감사해요."

"고맙습니다, 변호사님. 수고 많으셨어요."

"그럼 먼저 가보겠습니다."

변호사가 서둘러 인사하고 차에 올랐다. 그리고 출발하려다 말고 창문을 내려 얼굴을 내밀었다.

"아참, 깜빡했는데요. 밤에는 절대 밖에 나가지 마십시오. 집 안에만 계세요."

"왜요?"

"그야 여기 인적이 드무니까요. 혹시 모르잖습니까? 가로등도 없고 위험해요. 멧돼지도 나오고요."

"철조망 있잖아요. 멧돼지가 거기 못 넘을 텐데?"

"그러니까 집 안에 계시란 말입니다. 집이 안전해요. 저 산에도 가지 마십시오. 잠악산 기슭이라 비탈이 험해요. 밤에 무슨 소리가 들려도 놀라지 마시고요. 여기 고라니가 많습니다."

"고라니요? 군대 있을 때 고라니 우는 소리 많이 들었는데."

"잘 아시겠네요. 끔찍하죠? 가끔 들릴 겁니다. 고라니가 집 안으로 넘어올 수도 있어요."

"주의 사항이 굉장히 많네요?"

"얼마나 외졌으면 그러겠니."

"은근 겁 주시는 것 같아."

"제가 여러분의 안전까지 책임져야 하니까 그렇습니다. 여기 머무는 동안은 꼭 집 안에 들어가 주무시고, 웬만한 건 제가 다 준비해 놨으니까 어디 가지 마세요. 아시겠죠? 제가 다시 올 때까지 주의 좀 부탁드립니다."

변호사는 신신당부하고 떠났다. 우리는 착한 아이들처럼 그를 안심시키며 차가 사라질 때까지 손을 흔들었다.

"변호사도 극한 직업이네."

멀어지는 그랜저의 후미등에 시선을 고정한 채 현선 언니가 말했다.

"나도 변호사는 재판할 때만 필요한 사람인 줄 알았어. 집사나 도우미처럼 이렇게 잘 챙겨줄 줄은 몰랐지."

"고모가 생전에 돈을 많이 주셨나 봐. 우리를 VIP 대접하는 거 같지 않아?"

"사무실에 일이 없나?"

"고모가 수아처럼 엄청 까다로웠겠지. 최수아, 몸 괜찮니?"

"적응 끝났어, 멀쩡해."

수아 언니가 아무렇지 않은 듯 대답했다. 하지만 얼굴은 아직도 창백하다.

"그럼 같이 짐이나 들까?"

시현 오빠가 모하비의 트렁크를 열었다. 바비큐 장비와 아이스박스 등이 그 안에 그득했다. 어마어마한 장비에 종현 오빠의 입이 벌어졌다.

"우와, 이걸 다 준비한 거야?"

"5일 동안 뭐 하겠어? 먹고 마셔야지."

우리는 각자 짐을 나눠 들고 집으로 갔다. 그리고 고기를 구워 동이 틀 때까지 술을 마시고 또 마셨다. 냄새 때문에 속이 좋지 않다던 수아 언니도 끝까지 자리를 지켰다.

고모가 유산으로 남긴 시골집에서의 첫날이 그렇게 지나갔다.

5

"으… 속 쓰려."

현선 언니가 뒤척이며 돌아눕는 바람에 눈이 떠졌다. 주방 옆 작은방, 낯선 이곳. 옆에는 언니들이 잠들어 있고 밖에선 누군가의 기척이 들린다. 가까스로 고개를 들어 수아 언니가 머리맡에 풀어놓은 손목시계로 시간을 확인했다. 오전 11시. 깜짝 놀라 침낭에서 일어났다. 평소 같으면 회사에 출근해 점심으로 뭘 먹을지 고민할 시간이다. 이러고 있을 때가 아니다.

부랴부랴 밖으로 나갔다. 어제 피운 바비큐 숯불 냄새가 희미하게 남아 있는 마당에서 시현 오빠 혼자 캠핑용품과 식기들을 정리하는 중이다. 나를 발견한 시현 오빠가 인사를 건넨다.

"일어났어? 일찍 깼네?"

"안녕히 주무셨어요?"

"안녕이야 한데 잠을 설쳤어. 고라니가 좀 울어야지. 넌 괜찮았니?"

밤새 고라니가 울어댔다. 신경을 곤두서게 만드는 그 끔찍한 울음소리. 여럿이라 다행이지 혼자 들었다면 소름 끼치게 무서웠을 거다.

"그냥저냥 잘 잤어요."

"다행이네. 다른 애들은? 아직도 자? 동틀 때까지 그렇게 마셔댔으니 못 일어나겠지. 네가 깬 게 용하다."

난 마당 한구석에 있던 100리터짜리 종량제 봉투를 가져와 쓰레기를 정리했다. 플라스틱과 종이를 구별하지 않고 한데 담았다. 하얀 재만 남은 화로 주변에 종현 오빠가 버린 담배꽁초가 가득하다.

"막내가 아주 일을 잘하는구나. 우리 임씨 일가가 나 빼고 다 게으른 줄 알았는데. 소희 너, 마음에 든다."

시현 오빠가 흡족한 표정을 짓는다. 난 칭찬에 힘입어 더 열심히 쓸고 닦았다. 자고로 막내는 눈치가 있어야 한다. 내가 회사에서 배운 게 그것이다.

"남은 음식은 어떻게 할까요?"

"그건 내버려둬. 내가 치울게. 함부로 버리면 냄새 맡고 산짐승이 내려올 거야."

끼이익— 드르륵— 미닫이문이 거칠게 열렸다. 돌아보니 머리에 까치집을 지은 종현 오빠가 문 앞에 서 있다.

"오늘 해장은 뭐야?"

늘어지게 하품하는 그의 손에 담뱃갑과 라이터가 들렸다.

"넌 치우는 거 안 보이냐? 일이나 거들고 요구해라."

"한 대 피우고 할게. 그래서 해장은 뭐야?"

"라면."

"형이 끓여주는 건가?"

종현 오빠는 마당에 내려서지 않고 그 자리에서 담뱃불을 붙이고 휜 연기를 내뿜었다.

"제가 라면 끓일게요."

시현 오빠에게 미안한 마음이 들어 내가 나섰다. 어젯밤에도 고기 굽고 찌개 끓이는 등의 일을 그가 도맡다시피 했다.

"됐어. 넌 물이나 받아와."

"저도 라면 잘 끓여요."

"나만 할까? 내가 요리 경력이 몇 년인데."

시현 오빠가 빙긋 웃으며 코펠을 내민다. 난 그걸 받아 주방으로 향했다. 종현 오빠 옆을 지날 때 찌든 담배 냄새가 코를 찔렀다.

주방에 들어가 수도꼭지를 열고 코펠에 물을 받았다. 언니들이 깰까 봐 조심해서. 하지만 밖으로 나오니 자는 줄 알았던 수아 언니가 캠핑 의자에 앉아 있다.

"너 그거 뭐니?"

언니는 나를 보고 인상을 찡그렸다.

"물… 인데요. 라면 끓이려고요."

"생수 안 써?"

갑자기 난처해져서 시현 오빠를 쳐다봤다.

"그냥 주는 대로 먹어라."

"여기 수질이 어떤 줄 알고? 오래돼서 녹물 나오거나 대장균이 있을지도 모르잖아?"

"끓이면 돼. 라면이잖아."

"생수 써. 안 그러면 나 안 먹어."

"그럼 먹지 말든가."

"생수 쓰라면 생수 써!"

수아 언니가 날카롭게 쏘아붙였다. 시현 오빠와 당장이라도 싸울 태세다. 난 얼른 코펠을 들고 주방으로 들어갔다. 누구 말을 들어야 할지 난감하다.

"쟤네 아침부터 또 싸운다니?"

주방과 연결된 작은방 문이 열리더니 현선 언니가 고개를 내밀었다.

"그게… 라면 물 때문에."

"아, 성가시게. 신경 쓰지 마. 맨날 저래. 저러다 또 둘이 좋아 죽으니까 걱정하지 마. 참, 여기 식기는 쓰지 마라. 코펠은 내가 들고 나갈게."

코펠을 현선 언니에게 주고 주방을 나왔다. 종현 오빠는 여전히 문 앞에 선 채로 담배를 피우고, 시현 오빠와 현선 언니는 보이지 않는다. 집이 태풍 전야처럼 고요하다. 큰 싸움이 나면 난 어떻게 해야 하지? 괜히 마음을 졸인다.

"둘 다 어디 갔어?"

빈 코펠을 들고 주방에서 나온 현선 언니가 종현 오빠에게 물었다.

"저기, 창고 뒤에."

"끝난 거야?"

"어, 대충."

"빨리 끝났네? 저럴 걸 왜들 싸우는지. 수아가 또 이겼지?"

"뻔하지 뭐."

상황이 잘 수습됐나 보다. 비로소 마음이 놓인다. 만난 지 일주일도 안 돼 사촌들의 성향과 관계를 알 수가 없으니 사소한 언쟁에도 마음이 조마조마하다.

라면이 익어갈 즈음 창고 뒤편에서 두 사람이 나왔다. 수아 언니는 새침한 표정으로 자리에 앉았고, 시현 오빠는 창고 앞을 서성이다가 문을 잡아당겼다. 덜컹덜컹. 소리만 요란할 뿐 문이 열릴 리 없다. 출입문에 커다란 자물쇠가 걸려 있다. 그가 문틈으로 창고 안을 들여다본다.

"뭐가 보이기라도 해?"

"전혀."

시현 오빠는 문을 열려고 몇 번 더 시도했지만 결국 실패하고 맥이 풀려 캠핑 의자에 털썩 앉았다.

"둘이 뭐 하다 왔어? 무슨 꿍꿍이라도 있는 거야?"

현선 언니가 나무젓가락으로 코펠 안을 휘저으며 물었다. 농담처럼 말하지만 말에 뼈가 있다.

"꿍꿍이 같은 소리 하네. 다 끓었어? 소희 너, 생수 썼지?"

수아 언니가 나를 쳐다봤다. 난 반사적으로 빈 페트병을 흔들었다. 언니가 됐다는 듯 고개를 끄덕였다.

"넌 담배 좀 작작 피워. 냄새나."

가만히 있는 종현 오빠에게 수아 언니의 화살이 날아갔다.

"내가 담배 피우는 게 하루 이틀이야? 왜 예민하게 난리래?"

"많이 피우니까 그러지. 어째 5년 새 나아진 게 하나도 없고 골초가 됐냐, 넌?"

"남이사."

"냄새 때문에 짜증 나 죽겠어."

아직도 이상한 냄새를 맡는 걸까. 어제부터 수아 언니만 유독 예민하다.

"잠도 제대로 못 잤다고."

"늦잠까지 자놓고 무슨 소리야?"

"잠을 못 잤으니까 늦게 일어난 거지. 집 안에서 냄새가 얼마나 났는데."

"어휴, 저 까탈…."

"알았으니까 그만해. 아침부터 왜들 그러니? 다른 사람 기분도 생각해야지."

하지만 수아 언니는 연신 투덜거린다. 그런 모습이 익숙한지 다른 사촌들은 한마디씩 쏘아대면서도 아무렇지 않은 듯 라면을 먹는다. 눈치를 보는 나만 불편하다. 라면이 코로 들어가는지 입으로 들어가는지 모를 정도로.

"이 라면, 그 변호사가 주고 간 거야?"

"내가 가져왔지."

"어쩐지. 변호사가 가져온 건?"

"저쪽에. 이따 먹으려면 먹든가. 난 취급 안 하는 브랜드라."

시현 오빠가 턱짓으로 창고 앞을 가리킨다. 그 앞에 변호사가 챙겨온 먹을거리가 쌓여 있다. 수아 언니의 불평은 이제 변호사에게로 향한다.

"준비를 하려면 좀 제대로 하지. 하여간 싼 걸로만, 줘도 안 먹을 것만 갖다놨어."

"내가 그럴 줄 알고 싹 다 가져왔잖냐."

"그 변호사, 왠지 짜치지 않아?"

"진짜 변호사가 맞을까?"

"맞긴 하더라. 내가 변호사협회에 확인했어."

"의심은."

"확실히 해야지. 돈이 걸린 문젠데."

"돈을 되게 못 버나 봐. 사무실 봤지? 그런 곳에 변호사 사무실을 내면 누가 찾아오겠어?"

"후지긴 했어. 그치?"

"이도 의치 같아. 틀니 한 것 같지 않아?"

"고모는 하고많은 변호사 중에 왜 그런 사람을 골랐을까?"

"수임료가 쌌겠지. 말도 잘 듣고."

"나 사무실 가서 기절하는 줄 알았잖아. 하도 허름해서."

수아 언니가 까르르 웃는다. 이제 기분이 좀 풀린 것 같다. 다른 사촌들도 변호사 흉을 보는 데 열을 올린다.

"사무장이 더 변호사 같지? 그 아줌마 되게 있는 척하잖아."

"맞아. 혼자 고고한 척, 변호사도 아니면서."

"하여간 고모 유산만 아니면 절대 안 만날 사람들이야."

"상속 집행이나 잘했으면 좋겠다."

"근데 궁금하지 않아? 고모는 무슨 일을 해서 그 재산을 모았을까?"

그렇게 말하고 종현 오빠가 담배 연기를 길게 내뿜었다. 수아 언니가 순간 인상을 썼지만 잔소리를 덧붙이진 않는다.

"여기서 평생을 사셨다면서 어떻게 서울에 상가 주택을 갖고 계셨지?"

"그러게?"

"순수하게 돈을 모은 것 같지는 않고… 일수나 사채 같은 거 하셨나?"

"돈놀이를 하려면 이런 깡촌에선 할 수가 없지."

"아님 복부인이었거나?"

"남편에게 물려받지 않았을까?"

"고모가 결혼했다는 얘기는 변호사가 안 했잖아?"

"로또에 당첨됐나? 연금복권, 토토, 그런 것 많잖아?"

"수아야, 너 아는 거 뭐 없어? 왜, 큰고모와 작은고모는 자매잖아. 두 분이 가끔 연락하고 그러지 않으셨어?"

"사실은 나, 이 집에 와본 기억이 있어."

잠시 뜸을 들이던 수아 언니가 불쑥 말을 꺼냈다. 우리는 호기심 가득한 눈으로 그녀의 입을 쳐다봤다.

"기집애, 진작 말하지."

"오빠 조용히 있어. 수아야, 그래서?"

"워낙 어렸을 때라 가물가물한데, 내 기억으로는 이 집에 어떤 할머니가 같이 살았어. 이모를 딸처럼 대하셨어. 엄마 말로는 수양딸이라던데…. 아, 몰라. 그게 다야."

"오호, 수양딸."

"이 집을 그 할머니가 물려줬나 보네."

"고모가 알부잣집에 입양됐던 거구나. 잘 가셨네."

"왜 보냈을까? 우리 할아버지가 아주 못살지는 않았잖아? 향주에선 나름 괜찮았던 것 같은데?"

"사정이 있었겠지."

"그 후로는 작은고모 안 만나봤어? 큰고모랑 계속 연락했을 거 아냐?"

"아마 연락이 중간에 끊겼을걸?"

"왜?"

"나야 모르지."

"지금이라도 물어보면… 고모가 기억하실까?"

"지금 요양원 계신대도. 몇 번을 말해? 나도 못 알아봐."

"아, 큰고모 정신이 멀쩡하면 좋을 텐데…."

시현 오빠가 탄식하며 말끝을 흐린다.

나도 안타깝다. 작은고모에 대해 궁금한 게 정말 많은데. 왜 이렇게 많은 유산을 조카들에게 남기셨는지, 왜 연을 끊고 산 나까지 챙기셨는지 알고 싶다. 그리고 어떻게 돌아가셨는지도.

"혹시 얘기 들으셨어요?"

"뭘?"

"고모가 어떻게 돌아가셨는지… 궁금해서요."

"몰라. 난 못 들었어."

"그런 거 알아서 뭐 하게? 이미 돌아가신 분인데."

"그래도…."

"소희 넌 별걸 다 궁금해한다?"

"변호사가 굳이 안 밝혔잖아. 그럼 그냥 넘어가주는 거야. 그게 예의야."

"그나저나 너 그 머리핀, 언제까지 달고 있을 거니?"

갑자기 수아 언니가 머리핀을 지적한다.

"사십구재까지는 하고 있으려고요."

"그렇게 오래? 현선아, 너도 오래 했어?"

"난 아빠 장례식 끝나고 바로 뺐지. 티 내는 거 같아서 회사에 못 달고 가겠더라고. 사람들이 알아보고 말 거는 것도 귀찮고. 요즘은 다들 그런대."

"들었지? 너도 빼."

수아 언니가 아무렇지 않게 말한다. 하지만 무심한 그 말이 내게 비수처럼 꽂힌다. 엄마를 애도하는 머리핀을 빼라니. 싫다. 사십구재까지는 달고 있을 생각이다. 난 아직 엄마를 보낼 준비가 안 됐다.

"보기 싫어서가 아니라 네가 감정을 못 추스를까 봐 걱정돼서 그러는 거야."

"그래. 그런 거 달고 있으면 보는 사람까지 다운된다니까."

"그냥… 하고 있을래요."

난 고집을 부렸다. 자기들이 뭔데 이런 것까지 참견일까. 처음으로 언니들에게 반항심이 생긴다.

"내버려둬. 소희가 싫다잖아."

잠자코 있던 종현 오빠가 구세주처럼 나섰다.

"작은엄마 돌아가신 지 얼마 안 됐잖아. 쏘가가 알아서 하게 내버려둬."

"난 소희 위해서 그러지."

"수아 너, 어렸을 때 작은엄마가 잘해주신 거 기억 안 나? 그거 생각하면 너, 소희에게 냉정히 말 못 한다?"

"머리 땋아주신 거 기억한다니까?"

"간식도 많이 만들어 주셨잖아. 동그란 도넛, 너희도 그거 먹었지?"

"당연하지. 장날에 시장 가서 쇼트닝 이따만하게 큰 통으로 사왔었잖아."

나도 기억난다. 내가 어렸을 때 엄마는 종종 도넛을 만들었다. 집 안에 가득한 쇼트닝 냄새, 도넛이 노릇하게 익어갈 때의 그 설렘. 그립다. 엄마와 함께했던 내 어린 시절이.

"꽈배기도 맛있지 않았냐? 설탕 잔뜩 묻히면 진짜 맛있는데."

"뽑기랑 떡볶이도. 우리가 원하는 건 다 해주셨어."

"작은엄마가 떠준 스웨터, 다들 하나씩 갖고 있지 않아?"

"난 모자랑 목도리 세트로 있었어. 정말 좋은 분이셨는데…."

사촌들이 들려주는 엄마 얘기에 귀가 솔깃한다. 더 듣고 싶다. 옛날얘기는 들어도 들어도 질리지 않는다. 난 무의식적으로 엄마의 팔찌를 만지작거리며 추억에 젖어들었다.

"어머 그거, 혹시 작은엄마가 만들어준 거야?"

현선 언니가 내 팔찌에 관심을 보인다. 난 고개를 끄덕였다. 엄마의 손재주가 자랑스럽다. 자세히 보고 싶어 손을 내미는 현선 언니에게 팔찌를 풀어 건넸다.

"역시, 솜씨가 좋으시네. 이것 봐. 파는 것 같지 않아?"

현선 언니가 수아 언니에게도 팔찌를 보여준다.

"프로의 솜씬데? 공방을 했어도 잘하셨겠다. 내가 외숙모를 닮았나? 이거 갖고 싶다. 소희야, 나 주면 안 돼?"

"탐낼 걸 탐내."

"얘는, 말이 되는 소릴 해야지. 작은엄마 유품일 텐데."

"누나 욕심이 과해."

수아 언니를 만류하는 말들이 쏟아진다. 이런 상황이 낯설지만 한편으로는 재미있다.

"소희가 몇 개 더 갖고 있을 수도 있잖아?"

"죄송해요. 저도 그거 하나라서."

"거봐. 하나라잖아."

현선 언니가 수아 언니에게서 팔찌를 빼앗아 내게 돌려준다. 그리고 내가 손목에 차는 모습까지 지켜본다. 마치 수아 언니가 도로 빼앗을까 봐 감시하는 것처럼.

"작은엄마는 무슨 일 하셨어?"

"미용실 하셨어요."

"아…."

사촌들이 일제히 고개를 주억거린다. 그리고 다시 엄마에 대한 기억을 하나둘 풀어놓는다. 추억을 더듬는 그들의 머릿속에는 젊은 시절의 엄마가 있다.

"그날 기억나? 작은엄마가 집에서 나가던 날."

"잊을 수가 없지. 다시는 못 본대서 우리가 울고불고했잖아."

"왜 나가셨을까?"

"외삼촌이 돌아가셨으니까."

"에이, 그런다고 발길을 완전히 끊어?"

"사연이 있었겠지. 어른들 일을 어린 우리가 알 리가 있나."

엄마 얘기에 다들 어린 시절이 생각났을까. 모두가 추억에 잠겨 잠시 침묵이 흐른다.

"그때 재밌었는데…. 할아버지 집, 여기서 멀지 않지?"

"향주니까 가깝지. 20분쯤 걸리려나? 집에 갈 때 들러볼래?"

"됐어, 가긴 뭘 가."

"왜? 옛날 그대로 남아 있어. 형이 관리를 얼마나 잘했는데."

"관리만 해? 세주거나 그러지는 않고?"

"향주 구석이라 들어올 사람도 없어. 주변에 볼거리가 없으니 펜션도 못해. 그리고 뭘 하려고만 하면 동네 어른들이 들고일어나 한마디씩 한다니까. 어휴, 현상 유지하기도 벅차."

얘기를 듣다 보니 내가 어렸을 때 살았다는 할아버지 집이 궁금하다. 향주라면 율주 바로 옆에 붙어 있는 지역이다. 그러나 그 사이에 잠악산이 있어서 지도상 거리는 가깝지만 막상 이동하려면 산을 빙 둘러서 가야 한다. 고모가 어렸을 때는 교통 사정이 나빠서 왕래가 더 힘들었을 거다. 그러니 그들의 기억 속에 작은고모의 모습이 없는 거겠지.

우리는 라면을 먹은 다음 시현 오빠가 챙겨온 드립 커피까지 마셨다. 느긋하게 하고도 시계를 보니 겨우 정오가 지났을 뿐이다. 할 일도 없는데 시간은 차고 넘친다.

"이제 뭐 하지?"

종현 오빠가 담배꽁초를 바닥에 비벼 끄고 물었다. 그의 발밑에는 이미 꽁초가 여러 개 버려져 있다. 참다 못한 수아 언니가 그를 째려본다.

"넌 학교 선생이라는 애가…. 내가 담배 연기는 참는데 이건 못 참거든? 아무 데나 꽁초 버리지 마."

"뭐 어때? 남의 집도 아닌데."

"우리 집이니까 그러지."

"수아 말이 맞아. 우리 집이니까 관리를 잘해야지."

"그럼 그릇 하나 써도 돼? 여기 재떨이 할 만한 게 없어."

"음식 담는 그릇에 재 떨고 그러는 거 아냐."

"그래, 그릇은 좀 그렇고 잘 찾아봐. 깡통 같은 거 없어?"

"저기 창고 뒤에 많이 쌓였더라. 거기 가서 찾아봐. 뒤지면 뭐 하나 나오겠지."

아까 창고 뒤에 다녀온 수아 언니가 힌트를 줬다.

"찾는 김에 통발 있나 보고, 내가 가져온 대야도 챙겨와."

시현 오빠도 목소리를 높여 주문했다.

"맞다, 뒤에 개천이 있었지! 거기 가서 다슬기나 잡을까?"

현선 언니가 환한 표정으로 제안했다. 무료한 시간을 때울 소일거리를 찾아 신난 얼굴이다. 언니의 제안에 모두가 찬성했다. 우리는 들뜬 기분으로 커피를 한 잔씩 더 마셨다.

종현 오빠가 재떨이와 통발을 찾으러 창고 뒤로 갈 때 나도 일어나 주방으로 향했다. 아무도 시키지 않았지만 설거지는 당연히 내 몫이다.

설거지를 끝내고 대야를 챙겨 마당으로 나갔다. 그런데 사촌들의 모습이 보이지 않는다. 벌써 개천으로 간 건가? 빨리 따라잡아야겠다는 생각에 집 뒤쪽으로 걸음을 재촉했다. 우물가를 막 지나는데 창고 뒤에 등을 돌리고 선 언니들이 보였다.

"언니들, 뭐 해요?"

내가 다가가자 소곤대던 두 사람이 소스라치게 놀란다. 마치 귀신이라도 본 것처럼.

"아, 깜짝이야!"

"너 왜 다슬기 잡으러 안 갔어?"

언니들의 반응이 까칠하다. 내가 뭘 잘못한 걸까. 영문을 모르니 지레 움츠러든다.

"언제부터 거기 있었어?"

"방금 왔어요. 설거지가 지금 막 끝나서…."

난 죄 지은 사람처럼 쭈뼛거렸다. 나를 쏘아보는 현선 언니의 눈빛이 매섭다.

"우리 얘기 엿들은 건 아니지?"

"아뇨. 전 그냥 지나가다…."

"진짜야?"

"정말 아무 얘기도 못 들었어요."

"알았어. 그럼 우리끼리 할 얘기 있으니까 자리 좀 비켜줘."

말투가 냉랭하다. 조금 가까워졌다 생각했는데 나만의 착각이었나 보다.

"내 말 안 들려? 먼저 가보라고."

수아 언니가 인상을 쓰며 다그쳤다.

울적한 기분으로 혼자서 개천 방향으로 걸었다. 사촌이라도 어쩔 수 없는 타인이란 걸 새삼 깨닫는다. 20년이란 세월의 간극을 단번에 뛰어넘을 순 없다.

문득 마음이 허전하다. 누군가와 얘기를 하고 싶다. 도진이에게 전화를 걸어보지만 휴대폰이 불통이다. 고모의 집은 통화권 이탈 지역이다. 휴대폰이 안 된다던 변호사의 말이 생각난다. 돌아가려면 아직 나흘이나 남았는데. 그때까지 잘 버틸 수 있을까? 언니들에게 느낀 거리감이 좀처럼 좁혀질 것 같지 않다. 어색하고 불편한 이곳에서 빨리 벗어나고 싶다. 하지만 마음과 달리 두 발은 나무가 우거진 숲길을 나아만 간다.

어느덧 개천이 나타났다. 주변이 고요해 흐르는 물소리만 들린다. 종현 오빠는 캠핑 의자에 앉아서 졸고, 시현 오빠 혼자 다슬기를 잡고 있다.

"왔니? 다른 애들은?"

시현 오빠가 오른손을 번쩍 들고 소리쳤다.

"언니들은 얘기하고 있어요."

"아직도? 창고 뒤에서?"

말없이 고개를 끄덕이자 오빠가 어깨를 으쓱한다. 시현 오빠도 언니들의 대화에서 배제된 걸까.

"아직 물이 차긴 한데 버틸 만해. 들어와."

"다슬기 많아요?"

"응. 이따가 삶아줄게. 다슬기 먹을 줄은 알아?"

오빠의 다정한 말투에 위로받는 기분이 든다. 나도 얼른 양말을 벗고 바짓단을 접었다. 두 발을 물에 담그자 전기가 통하듯 발끝에서 냉기가 쫙 올라온다. 생각보다 물이 꽤 차갑다.

"내가 차다고 했잖아. 얼음장이야, 여기."

지기 싫은 마음에 물속 깊이 발을 디뎠다. 장화를 갖고 왔으면 좋았을걸. 사놓고 몇 번 신지 않은 신발장 속 레인부츠가 생각난다. 발바닥에 뾰족한 돌멩이가 닿자 정신이 번쩍 든다. 기분이 상쾌하다. 언니들에게서 느꼈던 소외감이 한순간 사라진다.

"다슬기 잡아봤어?"

"아뇨. 처음이에요."

"시골에 안 살았었나 보네. 우린 어렸을 때 이거 잡고 많이 놀았거든."

안동이라 해도 내가 살았던 곳은 시내다. 당연히 다슬기를 잡으며 놀아본 경험이 없다. 옛날얘기를 하는 그가 나이 많은 어른처럼 느껴진다.

"이 일 끝나면 너도 우리와 같이 캠핑 다니고 그러자."

"캠핑이요?"

"왜, 싫어?"

"아, 아니요. 한 번도 가본 적이 없어서."

캠핑이라니, 친절이 과하다. 만난 지 얼마나 됐다고. 그러나 가슴은 두근두근한다. 나를 가족으로 받아들이겠다는 말처럼 느껴져 감동스럽다. 시현 오빠와 나란히 서서 다슬기를 잡으니 마치 친남매라도 된 듯한 기분마저 든다.

"다른 애들하고 캠핑 많이 다녔어. 수아도 유학하기 전에는 함께 놀러 가고 그랬거든."

"내가 뭐?"

수아 언니가 볼멘소리를 하며 끼어들었다. 인기척도 없이 어느새 언니들이 물가에 와 있었다.

"유학이 뭐?"

"옛날에 너랑 많이 놀러 다녔다고. 해결은 잘 했냐?"

"어, 대충. 많이 잡았어?"

난 들고 있던 대야를 언니에게 보여줬다. 바닥이 보이지 않을 정도라 꽤 잡았다고 생각했다.

"한참 멀었네. 너 이런 거 처음 하지?"

"딱 봐도 어설퍼."

현선 언니도 대야 안을 살펴보고 거들었다.

언니들까지 가세해 본격적으로 다슬기 잡이가 시작됐다. 언니들은 이따금 말을 걸며 친근하게 굴었다. 아까 같은 냉랭함은 찾아볼 수 없다. 언니들과 웃으며 다슬기를 잡는 동안 속으로는 내내 궁금했다. 창고 뒤에서 둘이 무슨 얘기를 나눴을까? 어떤 비밀이기에 그토록 예민하게 반응했을까? 하지만 물어보지는 못했다.

"여기 펜션 같은 거 해도 괜찮겠는데?"

수아 언니가 허리를 펴고 주변을 둘러보며 말했다. 개천이 너무 넓지 않은 데다 물이 맑고 얕아서 아이들이 물놀이하기에 좋아 보이긴 한다.

"언제는, 누가 여기까지 놀러 오냐고 핀잔주더니."

"그땐 이런 게 있는 줄 몰랐지. 완전히 가족 단위 휴양지인데? 사람이 없으니까 더 좋다. 꼭 전세 낸 거 같잖아."

"그럼 우리, 유산 받은 걸로 펜션 사업이나 같이할까?"

시현 오빠의 눈이 반짝인다. 조심스레 언니들의 반응을 살피는 걸 보니 진심인 것 같다.

"나쁘진 않아. 근데 그걸 아무나 하니? 펜션 운영이 말처럼 쉽겠어? 하루 종일 붙어 있어야 하잖아?"

"운영은 종현이랑 내가 할게. 너희는 투자만 해."

"미쳤어. 야, 나 돈 없어."

"나도."

"변호사가 상속세 내고 남은 돈 나눠준다고 했잖아? 그걸로 투자하면 되지."

그 말에 언니들이 피식 웃는다. 반응이 나쁘지 않다. 이때다 싶은지 시현 오빠의 태도에 자신감이 넘친다.

"집을 2층으로 올리고 창고도 개조하자. 인테리어에 돈 팍팍 들여서 싹 바꾸는 거야. 왜, 수아 네가 만든 가죽 소품으로 장식도 하고 판매도 하고, 좋잖아?"

"그럴 돈이 될까? 많이 부족할 텐데?"

"현선이가 땡겨오면 되지. 직업 좋은 게 뭐냐. 대출 좀 내."

"오빠는, 말 되게 쉽게 하네? 웃기지도 않아."

"투자를 해야 발전도 있는 거야."

시현 오빠의 생각은 꽤 구체적이다. 이미 몇 가지 아이템을 구상한 듯 계획이 그럴싸하다.

"됐어. 난 돈 받으면 쓸 데 있어."

수아 언니가 얼굴에서 웃음기를 거두고 말했다.

"어디?"

"몰라도 돼."

"아이, 어디 쓸 건데? 좀 알자."

"묻지 마. 프라이버시야. 펜션 하려면 임씨 일가들이나 하든가. 난 빠질래."

"수아 얘는 꼭 이럴 때 성씨 따지더라, 섭섭하게. 현선아, 넌 찬성이지?"

"이대로도 괜찮지 않아? 집이야 조금만 수리하면 되고. 투자까지는 너무 거창해, 오빠. 손님이 얼마나 올지도 모르잖아."

현선 언니가 현실적인 답변을 내놓았다. 내 생각도 그렇다. 인풋과 아웃풋은 항상 비례하지 않는다. 아무리 주변 환경이 좋고 건물을 잘 꾸며놓는다 해도 손님이 없으면 펜션 사업은 망하는 거다. 무리한 투자는 위험하다.

"소희, 네 생각은?"

"네? 아니, 저, 저는…."

시현 오빠의 기습적인 질문에 당황해 버벅거렸다.

"너도 펜션에 관심 없어?"

"전 집이 너무 멀어서…."

관여하고 싶지 않다는 말이 목구멍까지 올라왔지만, 나에게 친절한 그를 실망시키고 싶지 않다.

"그게 무슨 상관이야?"

"글쎄요, 그게…."

"말을 정확히 해. 한다는 거야, 만다는 거야?"

오빠의 질문이 압박처럼 느껴진다. '예'라고 대답했다간 바로 잡다한 일을 떠맡아야 할 것 같고, '아니오'라고 말했다간 집으로 돌아가는 순간까지 미움 받을 것 같다. 어떻게 대답해야 현명할까.

"소희도 관심 없다잖아."

수아 언니가 구원투수로 나섰다. 말은 얄밉게 해도 내 편을 들어줄 땐 마냥 고맙다. 날 어린애로 보는 게 문제긴 하지만.

"딱 보면 몰라? 아직 세상 물정 모르는 20대 애야. 윽박지르면 어떡해?"

"내가 뭘 윽박질렀다고 그래? 물어보지도 못해?"

"흥분하지 말고, 일단 고모 돈부터 받고 생각하자. 너무 앞서가지 말고."

"그래, 오빠. 투자 얘기는 다음으로 미뤄도 늦지 않아. 돈이 얼만지 모르지만, 우리가 그거 받고 당장 해결해야 할 일이 어디 한두 개야?"

현선 언니가 마치 시현 오빠의 속사정을 다 안다는 듯 말했다.

"고깃집 정리하고 이것저것 따져봐서 수익이 난다 싶으면 그때 하는 걸로 하자. 종현이 의견도 들어봐야지. 그리고 우리에겐 변호사가 있잖아? 전문가 조언도 들어보고. 응?"

시현 오빠는 귀가 얇다. 변호사의 조언이라는 말에 혹했는지 금방 마음을 바꾼다. 결국 펜션 투자는 훗날 다시 얘기하는 걸로 결론 났다.

"난 솔직히 상가 주택이고 시골집이고 다 팔아버리면 좋겠어. 현금이 최고 아니니?"

"그게 마음대로 되니?"

"현선이 너야 향주 사니까 여기가 가깝겠지만, 난 다시 적송까지 올 것 같지 않아."

수아 언니가 솔직한 심정을 드러냈다. 그건 나도 마찬가지다. 시골집을 상속받는다고 여기 놀러 오게 될까? 솔직히 자신 없다. 집에서 너무 멀고 교통도 불편하다.

"알았으니까 나중에 얘기하자. 출출한데 밥이나 먹을까?"

시현 오빠가 숙였던 허리를 펴고 우리를 돌아보며 말했다.

"저녁 되려면 아직 멀었어."

"고구마 갖고 왔어. 구워줄게."

"다슬기도 삶을까? 심심한데 뭐 하겠어? 하나씩 까먹자."

나도 대야를 챙겨 물 밖으로 나왔다. 캠핑 의자에서 자던 종현 오빠가 보이지 않는다. 무료해서 먼저 집으로 간 걸까.

우리는 각자 잡은 다슬기를 시현 오빠의 대야에 쏟아부었다. 한데 모으니 양이 제법 많다.

"먹을 만큼 잡았네."

"껍질 빼면 얼마 안 되는 거 알지?"

"그래도 이게 어디야?"

"영화 보면서 까먹자. 내가 빔프로젝터 갖고 왔어."

"시현이 넌 없는 게 없다? 어떻게 그걸 챙길 생각을 했어?"

"항상 트렁크에 싣고 다니거든."

우리는 웃고 떠들며 집으로 향했다. 해가 지려면 아직 멀었는데 산 밑이라 그런지 벌써 푸르스름한 기운이 감돈다.

수아 언니가 내 곁으로 오더니 살갑게 팔짱을 낀다. 조금 어색하지만 싫지는 않다.

"여기서 세 밤이나 자야 한다니, 끔찍하다, 그치?"

"뭐 하고 보내냐…. 소희야, 넌 뭐 가져온 거 없니?"

"아무것도… 없는데요."

"에이그, 빈손으로 왔구나? 하긴, 나도 달랑 책 한 권 들고 왔다. 시현아, 빔프로젝터 말고 다른 건 없어?"

"카드랑 화투도 챙겼지. 이따 하자."

"오빠, 여기까지 와서 노름하려고?"

"노름은 무슨, 게임이야."

집에 거의 다다랐을 무렵, 나무들 사이로 종현 오빠의 모습이 보였다. 담배를 피우는지 그의 입에서 흰 연기가 피어올랐다.

"어휴, 담배 냄새. 종현이 쟤, 또 피우나 봐."

수아 언니가 코를 쥐고 투덜거렸다. 오솔길을 벗어나자 창고 뒤에서 담배를 피우는 종현 오빠가 보였다.

"야! 임종현!"

갑자기 현선 언니가 악을 쓰다시피 소리쳤다. 하지만 종현 오빠는 놀란 기색도 없이 태연하다.

"너, 그거… 그걸 왜 꺼냈어!"

나와 나란히 걷던 수아 언니도 멈칫한다. 무슨 영문인지 현선 언니 반응이 꽤나 신경질적이다.

"누나가 만지지 말랬지?"

현선 언니가 또 고함을 지른다. 나와 팔짱을 낀 수아 언니의 손에 힘이 들어가는 게 느껴진다.

"이거?"

종현 오빠가 허리를 굽혀 바닥에 있던 물건을 들어 보인다. 바닥이 둥근 놋그릇이다.

"내려놔, 당장!"

"왜 그래? 무섭게시리…."

"내려놓으라고! 남의 물건, 함부로 만지지 마."

"남의 물건이라니? 이 집에 있던 거야. 이제 우리 거라고."

"만지지 말라면 만지지 마! 누나 말 좀 들어."

수아 언니도 거들었다.

난 시현 오빠를 돌아봤다. 다슬기 대야를 든 채로 오빠는 입을 꾹 다물고 있다.

"왜들 그래? 만지면 안 되는 물건이야? 이 쇠 쪼가리가?"

어이없는 표정으로 종현 오빠가 일부러 소리나게 놋그릇을 바닥에 내던진다. 그리고 보란듯이 그릇에 담배를 비벼 끄고 가래침을 뱉는다.

"아무 데나 버리지 말라며? 재떨이 할 거 찾으라며? 그래서 찾았잖아? 그런데 뭐! 이게 뭐! 내가 뭘 잘못했어?"

오빠의 고함소리가 쩌렁쩌렁 울려 퍼진다. 쏴아아— 바람이 연신 대나무를 흔들어댄다.

6

"동티 나려고… 아주 작정을 했구나."
 수아 언니가 중얼거린다. 팔짱을 끼고 있는 내게만 들릴 정도로 작은 목소리다. 언니의 얼굴이 새파랗게 질려 있다. 동티? 그게 뭘까? 처음 들어보는 말이다.
 "담배 피우지 마라, 아무거나 만지지 마라, 왜들 이렇게 말이 많아? 어? 왜 사사건건 간섭이냐고, 왜!"
 "간섭하는 게 아니잖아."
 "그게 아니면? 이따위가 뭐 중요한 거라도 돼?"
 "아직 상속 전이니까 조심하자는 거지. 형이 여기 있는 식기 하나, 이불 하나 함부로 쓰면 안 된다고 말했잖아. 우리 것이 되기 전까지는 주의해야 한다고."

시현 오빠가 조곤조곤 타이른다. 그의 말에 마음이 살짝 누그러졌는지 종현 오빠도 언성을 낮춘다.

"언제는, 재떨이 할 거 찾아보라며?"

"저런 거 찾아 쓰란 말이 아니잖아. 저건 딱 봐도… 됐다, 그만하자."

시현 오빠가 상황을 서둘러 수습하려고 한다. 하지만 언니들은 그냥 넘어갈 분위기가 아니다.

"종현이 너, 앞으로 이 집에 있는 물건 함부로 만지지 마."

"현선아, 너도 거기까지만 해."

"아니, 다짐은 받아둬야지. 쟤 또 그러면 어쩌려고?"

"그래. 난 종현이 입으로 안 그러겠다는 말을 듣고 싶어."

동티 나는 게 뭔지 몰라도 종현 오빠의 행동이 언니들의 심기를 거스른 것은 확실하다. 언니들은 물러서지 않고 확답을 받으려 한다. 하지만 종현 오빠는 코웃음을 친다. 웃고 있지만 눈빛이 매섭다. 비웃는 것처럼 한쪽 입꼬리가 살짝 올라갔다. 저 표정, 저 모습… 어디서 본 것 같은데.

"누나가 뭔데 자꾸 이래라 저래라야? 어?"

"누나한테 말하는 꼬라지가… 앞으로 조심할 거야, 말 거야?"

"내 맘대로 할 거거든. 누나들이 무슨 상관이야?"

종현 오빠가 다시 욱한다. 시현 오빠가 간신히 다독거렸는데 언니들의 등쌀에 발끈한다. 한바탕 싸울 기세다.

"다들 그만하라고 했지!"

시현 오빠가 버럭 소리를 지르자 주변이 일순 조용해진다. 오빠가 화나서 다슬기 대야를 엎을까 봐 걱정된다.

"우리가 여기 왜 왔니? 유산 받고 싶어서 온 거 아냐? 다들 아니야? 나만 그래?"

시현 오빠가 한 사람, 한 사람 눈을 맞춘다.

"상속의 조건이 뭐야? 여기서 우리가 며칠을 함께 보내는 거잖아. 그게 뭐겠어? 같이 잘 지내보란 얘기 아니겠어? 고모는 우리가 싸우는 걸 바라지 않는다고. 무슨 말인지 알겠어?"

"형 말이 맞아. 하지만 내가 이 놋그릇 만진 게 그거랑 무슨 상관이야? 난 이해를 못 하겠어. 누나들이 왜 난리를 치는지."

"난리? 이게 난리냐, 충고지?"

"주의를 준 거야. 널 생각해서. 조심해서 나쁠 거 없잖아?"

"왜 조심해야 하는데?"

"그거야… 아직 우리 소유가 아니니까."

"그러니까, 어휴 답답해. 왜 그래야 하냐고? 어차피 다 우리 것이 될 건데."

종현 오빠의 물음에 속 시원한 답을 주는 사람은 없다. 서로 눈치만 보며 그럴듯한 핑계를 찾는 분위기다.

언니들이 왜 이렇게 예민한지 나름대로 이유를 추측해본다. 사실 어제부터 좀 이상했다. 작은방 벽장에도 이불이 있는데 언니들은 그걸 사용하지 않았다. 식기, 가스레인지 등 주방에 있는 물건도 손대지 않았다. 죽은 사람이 쓰던 물건이라 꺼리는 걸까. 그런데 잠깐, 내가 쓰는 건 뭐라 하지 않았는데?

난 손에 든 대야를 내려다봤다. 다슬기를 주워 담으려고 주방에서 들고 나온 것이다. 처음부터 이 집에 있던 물건이다. 내가 사용하는 걸 모두 봤을 텐데, 왜 내겐 아무 말도 없었을까? 싸구려 플라스틱 대야라 상관없다 이건가?

"꼬투리 잡히기 싫어서 그래."

잠시 뜸을 들인 후 시현 오빠가 좋은 말로 타일렀다. 조곤조곤 타이르는 말투에서 다섯 살이라는 나이 차가 크게 느껴진다.

"여기서 나갈 때 변호사가 분명히 확인할 거야. 아직 상속 전이잖아. 뭐가 없어졌다고 트집 잡으면 어떡할래? 물어줄 거야? 고모네 집, 오래된 곳이잖아. 우리 눈에는 별것 아니어도 값나가는 물건일 수도 있어. 이해하지?"

잔뜩 인상을 썼지만 종현 오빠가 고개를 끄덕인다.

"법적으로 우리 소유가 확정되면 네 마음대로 해도 돼. 하지만 그때까지는 아니야. 알겠지? 수아, 현선이, 너희도 앞으로 종현이 윽박지르지 마."

"저건 어쩔 건데?"

수아 언니가 턱짓으로 종현 오빠의 발치에 나뒹구는 놋그릇을 가리킨다. 여전히 못마땅한 표정이다.

"원래 있던 장소에 돌려놔야지."

"누가?"

"종현이는 빼자. 처음 발견한 사람이 누구야? 수아? 아니면 현선이 너니?"

언니들이 서로의 얼굴을 쳐다본다.

"발견한 건 나고, 빼 온 사람은 수아야."

현선 언니가 여전히 수아 언니에게 시선을 둔 채 대답했다.

"분명히 말하지만 난 돌려놨어. 종현이가 다시 꺼낸 거지."

"둘 다네. 그럼 둘이 해결해."

"뭐? 우리가?"

시현 오빠는 대꾸하지 않는다. 언니들에게 두말하지 않겠다는 듯 태도가 단호하다.

"다슬기랑 고구마 삶아 먹을 거야. 빨리 처리하고 와. 종현아, 너도 와서 도울 거지? 소희 넌 다슬기 씻어올래?"

다행히 소동은 이대로 일단락됐다. 또 무슨 얘기가 나올까 봐 나는 얼른 주방으로 피했다. 그리고 재래식 주방에 쪼그려 앉아 다슬기를 씻었다.

다슬기를 코펠에 담아 마당으로 나오자 화로에 이미 불이 지펴져 있다. 캠핑 의자에 둘러앉은 언니 오빠들은 내가 다가가도 말이 없다.

"이거, 여기 둘까요?"

괜히 눈치가 보여 코펠을 들고 쭈뼛거렸다.

"그거 나 주고 앉아서 쉬어. 다슬기 씻느라 수고했다."

시현 오빠에게 코펠을 건네주고 수아 언니 옆자리에 앉았다. 다들 말없이 캔맥주를 홀짝이며 멍하니 불꽃을 바라본다. 타닥타닥. 불꽃이 튀는 소리가 이따금 정적을 깨뜨린다.

"언니, 동티가 뭐예요?"

다른 사람에게 들리지 않게 수아 언니에게 조용히 물었다.

"뭐?"

맥주를 마시다 말고 언니가 눈이 동그래져 나를 쳐다본다. 입술에 맥주 거품이 하얗게 묻어 있다.

"지금 뭐라 그랬니?"

누가 들을세라 언니가 목소리를 낮춘다.

"동티가 뭐냐고요."

"너 그런 말 어디서 들었어?"

"언니가 그랬잖아요."

"내가? 언제?"

"아까 창고 앞에서 동티 난다고."

"쉿!"

수아 언니가 검지 손가락을 입술에 갖다 댄다.

"그런 말 하지 마."

"그냥 궁금해서요. 하면 안 되는 말이에요?"

"넌 알 것 없어. 뜻을 알아서 뭐 하게?"

"언니가 조금 전에…."

"재수 옴 붙는다, 뭐 그런 뜻이야. 이제 됐지? 앞으로 그 말 꺼내지 마."

내 입을 막으려는 듯 언니가 빠르게 대답했다. 그리고 마치 입안에 더러운 것이라도 있는 양 맥주로 입을 헹궈 바닥에 뱉는다. 이해하기 힘든 행동이다.

"미안, 내가 워낙 예민하잖니. 신경 쓰지 마."

내 시선을 의식했는지 언니가 둘러댔다. 때마침 다슬기가 다 삶아져서 나도 입을 다물었다.

우리는 시현 오빠가 나눠준 이쑤시개를 들고 다슬기를 까먹었다. 한 손에 다슬기를 잡고 다른 한 손으로 이쑤시개를 꽂아 살살 돌려서 알맹이를 빼먹는다. 단순하고 반복적인 노동이다. 딱히 맛있지도 않다. 그러나 무료한 시간을 보내기엔 제격이다. 우리는 다슬기 까기에 몰두하며 평온을 되찾았다.

"지금쯤 마감할 시간인데…."

현선 언니가 문득 혼잣말했다. 그녀의 눈과 손끝은 다슬기에 고정돼 있다.

"퇴근할 시간이야, 벌써? 부럽네. 나 같은 자영업자는 꿈도 못 꿀 일인데."

마찬가지로 다슬기 까기에 열중하며 수아 언니가 대꾸했다.

"퇴근은 무슨. 우리는 셔터 내리고 더 바빠. 장표랑 시재 맞춰야지, 대출 서류 점검해야지, 생각보다 일 많아."

"난 셔터 한번 내려봤으면 좋겠네."

"10시 넘어서 못 끝낼 때도 부지기수다."

"자영업자는 퇴근도 없어."

"너 같으면 쥐꼬리만 한 월급 받고 그만큼 일하겠니?"

"아, 월급 받고 싶다."

언니들이 무의미한 말들을 주고받는다. 서로 자기 일이 더 힘들다고 주장하지만 그 모습이 그저 부럽기만 하다. 저런 불평을 한다는 것 자체가 이미 사회에서 자리를 잡았다는 말이니까. 아직 인턴에 불과한 나는 모든 게 불안하다. 당장 회사에서 잘려도 하소연할 처지가 못 된다. 그런데 무단 결근하고 시골집에 와 있다니. 정식으로 병가도 내지 않은 채 말이다.

지금쯤 사무실은 한창 바쁘게 돌아가겠지. 아라 선배는 쉴 새 없이 잔소리를 해대고, 혜리는 숨 돌릴 겨를도 없이 일할 테지. 혜리가 잘 둘러댔을까? 아프다는 거짓말이 과연 통할까?

"소희야."

정신 차리고 고개를 드니 모두가 날 보고 있다.

"아, 죄송해요. 잠시 딴생각을 했어요."

얼굴이 화끈거린다.

"무슨 생각을 했는데? 남자친구?"

종현 오빠가 짓궂게 놀린다.

"아, 아뇨. 회사에 자주 결근해서 걱정하고 있었어요."

"인턴이 무슨 회사 걱정을 해?"

사촌들이 일제히 웃음을 터뜨린다. 그 바람에 더 겸연쩍다.

"엄마 장례 치르느라 휴가를 며칠 썼거든요. 그런데 또 바로 여기 와서 자리를 비우니까…."

"어때, 인턴인데? 꼬맹이가 걱정도 많네."

"회사는 인턴 없어도 잘 굴러가. 얘 웃긴다? 엄청 진지해."

"왜, 잘릴까 걱정돼? 정규직 안 될까 봐?"

"그건 아니지만…."

"관두고 나와서 사업해. 대기업 아니면 다 거기서 거기지. 고모 유산도 있잖아? 너, 그 월급 받느니 내 사업이 낫다?"

수아 언니가 은연중 자기 일에 자부심을 드러낸다. 월급 받고 싶다는 얘기는 역시나 그냥 해본 말이다.

그런데 사업이라니, 난 한 번도 생각해본 적 없다. 내가 잘하는 게 뭔지 모르겠고, 딱히 하고 싶은 것도 없다. 게다가 난 사회 경험도 부족하다.

"아니면 내 사업에 투자하든가. 나랑 같이 펜션 할래?"

이번에는 시현 오빠가 꼬드긴다.

"그 얘긴 나중에 하기로 했잖아."

"순진한 애 꼬드기지 말고 하려면 오빠 혼자 해."

언니들이 내 역성을 들자 오빠는 입을 다물었다. 그러나 고모의 유산이 있는 한 또 의사를 물어오겠지.

"투자 얘기는 그만두고 이거나 하자. 소희야, 너 뭐 할래?"

종현 오빠가 내 앞에 두 손을 내밀었다. 한 손에는 카드, 다른 한 손에는 화투가 들렸다.

"우리 의견은 반반이거든. 네가 정해. 카드 할래? 아님 화투? 뭐 할 줄 알아?"

고민 끝에 화투를 골랐다. 시골집에서는 카드보다 화투가 어울릴 것이다.

"역시 너, 삼촌 딸 맞네."

시현 오빠가 소리 내어 웃고는 종현 오빠의 손에 들린 화투를 채갔다. 탈칵탈칵. 플라스틱 통 안에서 화투패가 부딪치며 소리를 냈다.

"삼촌이 화투를 좀 치셨지. 우리에게 화투 치는 법도 가르쳐 주셨고."

"외삼촌이?"

"수아 너, 기억 안 나?"

"같이 살 때 그랬나? 난 연호 오빠한테 배운 것 같은데?"

시현 오빠는 캠핑 테이블에 담요를 펼치고 익숙한 손놀림으로 화투패를 섞었다.

"너희들 정말 잊었어? 종현이는 몰라도 수아랑 현선이는 기억하는 줄 알았는데. 삼촌이랑 화투 치는 거 할머니가 무지 싫어하셨잖아. 그래서 골방에 숨어 몰래 치고 그랬지."

"나 그건 기억해. 걸리면 혼날까 봐 문만 열리면 몸을 날려서 화투판 위에 엎어졌잖아. 그거 수아 너 담당 아니었니? 그때 진짜 웃겼는데."

"할머니가 화내셨던 건 기억나. 쪼끄만 것들이 나쁜 짓만 배웠다고 막 뭐라 하셨잖아. 그거 알려준 게 외삼촌이었구나."

언니들이 소녀처럼 키득거린다. 친척이란 이런 걸까. 조금 전까지 살벌하게 다투더니 금세 잊고 추억을 떠올리며 함께 즐거

위한다. 이런 유대감은 내가 모르는 거다.

"넌 잘 쳐?"

화투패를 착착 섞으며 시현 오빠가 내게 물었다.

"아뇨. 짝도 못 맞춰요."

"이런… 타짜 삼촌 딸이? 그럼 우리가 치는 것 보고 배워. 옆에서 구경만 해도 괜찮지? 할 만하면 끼워줄게."

화투 덕분에 분위기가 화기애애하다. 화투패를 뒤집어 순서를 정한 다음 돌아가며 패를 나눠 가졌다.

"소희 네가 조금만 일찍 태어났어도 배워서 뭐든 잘했을 텐데. 삼촌이 카드도 알려주셨거든."

시현 오빠가 바닥에 깔린 화투장을 착착 때리며 추억을 떠올린다. 누구보다 아빠에 대한 기억이 많고, 누구보다 사이가 가까웠던 것 같다. 얘기를 들으면 들을수록 더 알고 싶어진다. 내가 모르는 아빠에 관한 얘기가 너무 많다.

"아빠랑 집에서 카드놀이만 했어요?"

"연호 형이랑 축구도 하고 야구도 했지. 너희 아빠, 조카랑 잘 놀아주는 진짜 좋은 삼촌이었어."

"군것질거리도 많이 사주셨잖아. 아마 월급 받은 거 우리에게 다 썼을걸? 너 작은아빠가 면사무소 다니신 건 알아?"

처음 듣는 소리다. 공무원이었다는 말만 들었지 면사무소에서 근무한 줄은 몰랐다. 아빠 얘기만 나오면 슬퍼해서 엄마에게 묻지 못한 게 많다.

"아빠보다 삼촌이 우리를 더 잘 챙겨주셨지."
"시현 오빠가 작은아빠를 많이 닮았어. 되게 가정적이잖아."
"가정적이셨지. 외삼촌이 집 나간 이모도 챙겼다더라."
"뭐? 그건 또 무슨 소리야?"

수아 언니의 말에 모두가 귀를 쫑긋 세운다. 고모에 관해 우리가 모르는 정보가 또 있나 궁금하다.

"아, 엄마가 하는 소리를 엿들은 거야. 별 얘기 아니야."
"큰고모가 뭐라고 하셨는데?"
"혼자만 알지 말고 공유 좀 하자. 돌아가신 분 얘긴데 뭐 어때? 이제 와 문제 될 것도 아니잖아?"
"아니, 뭐… 사실 이모가 집에서 좋게 나간 건 아니잖아? 그 정도는 눈치껏 알고 있지?"

수아 언니가 반응을 살피며 조심스레 얘기를 꺼낸다.

"그야 할아버지가 말도 못 꺼내게 했으니까, 안 좋은 사연이 있겠구나 했지."
"고모 얘기만 나오면 할머니가 우시던 게 기억나."
"그러니까. 어쨌거나 이모가 연락 딱 끊고 사는데, 외삼촌이 가끔 찾아가서 도움 주고 그랬대. 면사무소 다녔으니까 뭐 어떻게든 핑계 대고 찾아가신 거겠지. 이웃 마을이고 할아버지 집에서 가까우니까."
"고모는 왜 집을 나간 거야? 수양딸로 이 집에 들어온 거면, 할아버지가 보낸 거 아냐?"

"설마 팔려간 건가? 왜, 옛날에는 자식 없는 집에 돈 받고 팔고 그랬다잖아?"

"그건 대를 이을 아들 없는 집 얘기겠지. 누가 딸을 남의 집에 그렇게 팔아?"

"우리 엄마도 정확히는 모르더라고. 하도 옛날 일이라서."

"고모가 몇 살 때였는데?"

"엄마가 고등학교 다닐 때였다니까, 이모는 중학생 정도?"

"어휴, 어려도 너무 어렸다. 너무하네."

고모의 가여운 삶을 상상하며 언니 오빠들이 혀를 끌끌 찼다.

"뭐 어찌 됐든, 고모가 고생은 안 해서 다행이야. 이렇게 큰 집에 입양되신 걸 보면. 이 정도면 마을 유지는 됐겠다. 그래서 여기가 몇 평이라고?"

"변호사 말로는 천 평에서 열몇 평 빠진댔어."

"진짜 넓긴 하다."

"이 땅이 서울 근교에만 있었어도 정말 좋았을 거야. 그치?"

내 기억에 없는 아빠와 고모 이야기, 그리고 상속받을 유산과 소소한 일상에 이르기까지 수다는 끝도 없이 이어졌다.

배가 출출해지자 우리는 닭갈비를 만들어 먹었다. 그걸로는 성에 차지 않아 고기도 구웠고, 어제처럼 늦도록 술잔을 주고받았다. 얘기하다 지치면 시현 오빠가 또 무언가를 만들었다. 술, 안주, 또다시 술, 안주… 그렇게 밤이 깊어갔다.

어느덧 얘기가 바닥을 드러내자 언니들과 난 방으로 들어갔다. 오빠들은 술을 더 먹겠다며 마당에 남았다.

"아, 냄새…."

방문을 여는 순간 수아 언니가 멈칫했다. 고약한 냄새를 맡은 듯 언니가 얼굴을 잔뜩 찌푸렸다.

"또 뭐?"

뒤따라 들어서던 현선 언니가 짜증스레 물었다.

"너희들, 진짜로 이 냄새 안 나?"

"무슨 냄새? 난 안 난다니까? 소희 넌, 냄새 나니?"

"전 비염이라 냄새를 잘 못 맡아요."

"무딘 것들. 아, 나 토할 것 같아."

수아 언니가 창문을 활짝 열어젖힌다. 거친 나무틀 창으로 찬 바람이 훅 들어온다. 봄이지만 산 밑이라 꽤 춥다.

"이 악취… 도저히 익숙해지질 않네. 아, 여기서 어떻게 3일 밤을 더 보내."

옷을 갈아입는 동안에도 언니의 투덜거림은 계속된다. 취해서 잘 기억나진 않지만 지난밤에도 내내 불평을 했던 것 같다.

"수아야, 오늘은 내가 안쪽에서 잘게."

현선 언니가 구석에 침낭을 펴고 먼저 눕는다.

"싫어."

옆에 있는 내가 무안할 정도로 수아 언니의 말투가 단호하고 냉정하다.

"냄새난다며? 그쪽에서 문 열고 자. 바람 불어서 환기도 잘될 거야."

"싫거든? 난 어제처럼 안쪽에서 잘래."

"하루씩 돌아가며 자자."

"싫어."

언니들이 또 티격태격한다. 눈치를 살피다 내가 나섰다.

"가운데서 주무실래요? 제가 바깥쪽에 잘게요."

"끼어 자는 거 싫은데?"

"그럼 바깥쪽에서 자든가."

"넌 어쩜… 네 맘대로만 하려고 그래?"

"내가 언니잖아. 장유유서 몰라?"

수아 언니가 약 올리듯 혀를 낼름 했다.

"퍽이나 언니다. 고작 몇 달 먼저 태어난 거 갖고."

"내가 너보다 학교를 1년이나 먼저 들어갔거든?"

"짜증 나. 또 저 소리야."

옥신각신 끝에 우리는 마침내 언니들이 벽에 붙어서 잘 수 있는 묘안을 짜냈다. 현선 언니가 벽 모서리 쪽에 머리를 대고 누우면, 수아 언니는 다른 벽 쪽에 누워 ㄱ자가 되게 서로 머리를 맞대는 것이다. 내가 현선 언니의 발치에서 자야 하지만 그쯤은 별 문제가 아니다. 둘만 만족한다면 난 아무래도 괜찮다.

자리를 정하고 눕자마자 술기운이 올라 스르르 잠이 들었다.

얼마나 지났을까. 타닥타닥. 바닥을 울리는 소리에 눈을 떴다. 머리 쪽에서 기척이 느껴졌다. 현선 언니가 몸을 뒤척이는 듯했다.

다시 눈을 감으려는 순간, 꺄아아아아악— 하고 고라니가 울었다. 마치 사람이 목놓아 울부짖는 소리 같아 몸서리가 쳐졌다. 억지로 잠을 청하려는 데, 이번에는 부스럭대는 소리가 귀에 거슬렸다. 타닥타닥, 철퍽철퍽. 현선 언니의 다리가 내 머리 위에서 요동을 쳤다. 그 소리는 점차 빨라졌다. 왠지 모를 불길함에 자리에서 일어났다.

창문으로 들어온 달빛에 어두운 방 안이 어슴푸레 보였다. 똑바로 누운 현선 언니가 다리를 심하게 떨고 있었다. 상체는 가만히 있는데 하체에 경련이 온 듯 다리만 떨어서 기괴했다.

"언니, 언니 괜찮아요?"

언니를 흔들어 깨우자 온몸을 흔드는 심상치 않은 진동이 손으로 전해졌다.

"언니, 일어나봐요. 현선 언니."

다시 한번 언니를 흔들었다. 그제야 언니가 눈을 번쩍 떴다. 어둠 속에 눈빛이 번뜩였다. 언니가 일어나 앉아 숨을 몰아쉬었다. 마치 100미터 달리기라도 한 사람처럼 헐떡거렸다.

"찬물 좀 갖다드릴까요?"

"아니… 괜찮아."

"악몽을 꾼 거예요?"

"그랬나 봐…. 난 괜찮으니까 너 어서 자."

언니가 벽에 몸을 기댔다. 하지만 그 모습을 보고 잠을 청할 수가 없었다.

"나 신경 쓰지 말고 어서 자래도."

"어떻게 그래요."

"진짜 괜찮아. 가끔 이러거든. 잠 깨워서 미안하다."

현선 언니가 긴 한숨을 토해냈다. 잠시 후 진정된 듯 다시 자리에 누웠다.

나도 따라 누웠지만 잠이 달아나서 눈만 말똥말똥 뜨고 있었다. 이따금 현선 언니의 뒤척임이 느껴졌다. 수아 언니는 등을 돌린 채 벽을 보고 낮은 숨소리만 냈다. 언니의 고른 숨소리에 귀를 기울이다 나도 모르게 까무룩 잠이 들었다.


달그락거리는 소리에 일어나니 혼자 침낭 속이고 방 안에 아무도 없다. 벌떡 일어나 벽에 붙은 거울을 보며 옷매무시를 가다듬었다. 흐트러진 리본 핀도 다시 머리에 단정히 꽂았다. 그리고 주방으로 통하는 작은 문을 열었다.

"이런, 설거지하는 소리에 깼구나?"

현선 언니가 혼자 설거지를 하고 있었다. 세제를 푼 커다란 대야에 어제 사용했던 코펠과 식기가 한가득이다.

"제가 할게요."

부랴부랴 주방으로 내려서며 소매를 걷어붙였다.

"넌 더 자. 내가 할게."

"잠 다 깼어요. 오늘은 일찍 일어나셨네요?"

난 현선 언니를 도와 식기를 헹궜다. 언니가 무안해할까 봐 어젯밤 일은 얘기하지 않았다.

"오빠랑 종현이가 우리 들어가고 나서도 늦게까지 술을 마셨잖아. 근데 치우지도 않은 거 있지? 아침에 나가보니 세상에, 그런 난장판이 없더라."

"오빠들은 일어나셨어요?"

"아직 잘걸? 둘이 얼마나 마셨으면… 만나면 늘 저래."

"수아 언니는요?"

"밖에서 커피 마시지. 기집애, 항상 저런다니까. 지 힘든 일은 죽어도 안 해."

둘이서 하니 설거지는 금방 끝났다. 거품을 씻어내니 마음까지 개운했다.

컵을 들고 마당으로 나가자 수아 언니가 반겼다.

"소희야, 잘 잤어? 커피 마실래?"

내가 대답하기도 전에 언니가 일회용 드립백 커피를 뜯었다. 그리고 컵에 뜨거운 물을 조금씩 부어 커피를 내렸다.

"넌 아침부터 믹스커피가 뭐니? 살찌겠다."

수아 언니가 머그잔에 믹스커피를 타는 현선 언니를 타박했다.

"내 루틴이야. 아침 대용."

"촌스럽긴."

"취향 아니야? 개나 소나 마시는 드립 커피가 퍽이나 고급스럽겠다."

눈뜨자마자 또 아옹다옹이다. 이제는 나도 익숙해져서 둘의 줄다리기에 끼어들지 않는다. 으레 그러려니 할 뿐이다. 쌀쌀하지만 상쾌한 아침 바람을 맞으며 마시는 커피가 사람을 기분 좋게 한다. 현선 언니 때문에 중간에 한 번 깨긴 했지만 잠도 그런대로 잘 잤다.

"일찍들 일어났네?"

시현 오빠 목소리였다. 돌아보니 오빠들이 마당으로 걸어오고 있었다. 종현 오빠의 눈 밑 다크서클이 짙었다.

"밤에 왜 그렇게 떠든 거야? 당최 잠을 잘 수가 있어야지."

시현 오빠가 캠핑 의자에 털썩 앉으며 투덜댔다.

"무슨 소리야? 우린 조용히 잠만 잤는데."

자세를 고쳐 앉으며 수아 언니가 뾰로통하게 대꾸했다.

현선 언니가 굳은 얼굴로 나를 봤다. 나도 찔리는 게 있어서 언니를 곁눈질했다. 그런데 좀 이상하다. 건넌방까지 들릴 정도로 우리가 시끄럽게 말했나? 자다가 일어나 몇 마디 나눈 게 전부인데?

"너희가 안 떠들었다고? 그렇게 시끌벅적했는데? 종현이 얼굴 좀 봐. 밤새 시달린 티가 팍 나잖아."

"진짜, 진짜 소란스러웠어."

"우린 아니래도."

수아 언니가 정색하며 목소리를 높였다.

"너희 방에서 들렸거든?"

"그렇게 시끄러웠음 내가 먼저 깼지. 난 어제 잘 잤거든. 그거 고라니 울음소리 아냐?"

"내가 그걸 구별 못 하겠냐? 되게 시끄럽게 떠드는 소리였어. 수아는 술에 곯아떨어져서 못 들었나 보네. 현선이랑 소희, 너희 둘이 떠들었냐?"

"아니야, 난 눕자마자 잠들어서 오늘 아침에 눈 떴는데?"

현선 언니가 시치미를 뚝 뗀다. 굳이 할 필요가 없는 거짓말이다. 그냥 자다가 새벽에 깼다고 말하면 될걸, 그렇게 둘러대는 속내를 모르겠다.

아침 식사 후에는 주변에 널린 싸리나무를 꺾어 낚싯대를 만들었다. 시현 오빠가 시키는 대로 싸리나무 끝에 실을 묶고 문구용 클립을 휘어 낚싯바늘을 만들어 달았다.

"이걸로 잡히겠어? 통발이 더 낫겠다."

수아 언니가 미심쩍은 눈초리로 물었다. 언니 말대로 낚싯대가 허술해서 물고기가 잡힐지 의문이긴 했다.

"그냥 해보는 거지. 뭐 딱히 할 일도 없잖아?"

"세월이나 낚아라, 이거군. 아, 지겨워. 여기서 언제 나가."

"그래도 벌써 3일째야. 이틀이나 지났다고. 이제 두 밤만 더 자면 집에 갈 수 있어."

시현 오빠가 수아 언니를 살살 달랬다. 그러고는 진지한 눈빛으로 개천에 드리운 낚싯대를 뚫어지게 봤다.

맨 끝에 앉은 현선 언니도 낚싯대를 드리우고 있다. 이어폰을 꽂은 채 옆에서 뭐라 하든 신경 쓰지 않는다. 지루한 시간을 보내기에 음악만큼 좋은 친구도 없을 것이다. 시선을 돌려 종현 오빠를 봤다. 그는 피곤한 얼굴로 멍하니 앉아 있다. 그의 손에는 낚싯대도, 담배도 없다.

"돈은 바로 나올까?"

빈 낚싯대를 들어보며 수아 언니가 무심한 표정으로 물었다. 하지만 그 말 속에 담긴 간절함이 바로 읽힌다. 돈. 정말 중요하다. 그래서 우리가 여기 모여 있는 것 아닌가.

"글쎄? 시간이 걸리지 않을까? 상속 절차라는 게 있잖아."

"바로 주면 좋겠는데. 그놈의 변호사, 핑계 대며 차일피일 미루기만 해봐."

"수아 넌 그 돈으로 뭐 할 건데? 우리가 얼마나 받을지 알기나 해?"

"상상해보는 거지. 일단 6000이라 생각하면…."

"6000? 어떻게 계산하면 그 금액이 나와?"

"상속세 내고 남은 돈을 제외해도 2층 임대 보증금만 3억이 넘을걸? 그걸 다섯으로 나눠봐. 적어도 6000만 원은 떨어지지."

"넌 꿈도 야무지다."

"내가 공방 운영 1~2년 하냐? 딱 봐도 그 위치면 보증금이 최소한 그 정도는 돼."

생각지도 않은 공돈이다. 갑자기 하늘에서 떨어진 횡재에 행복해하며 우리는 저마다 꿈에 부풀었다.

"6000이라… 시현이 넌 그 돈으로 뭐 할 거야?"

"뭘 하기엔 금액이 애매해서… 여행이나 갈까?"

"난 쇼핑몰 확장할 거야."

"쇼핑몰? 너 그런 것도 해?"

"그럼, 물건 만들어서 뭐 해? 팔아야지. 여윳돈으로 홍보에 힘 좀 쏟아야겠어. 홍보도 다 돈이거든."

"펜션 사업이나 같이하자니까?"

"웃기시네. 됐어."

6000만 원이 생긴다면 난 어디에 쓸까? 도진이랑 여행을 갈까? 근사한 옷을 한 벌 살까? 아니면 넓은 집으로 이사 가는 데 보탤까? 나도 행복한 고민에 빠졌다.

"근데 이상하지 않아?"

조용히 있던 종현 오빠가 불현듯 물었다. 갈라진 목소리가 흐르는 물소리에 섞여 들릴락말락 한다. 마치 볼륨을 줄인 라디오 소리 같다.

"지금 봄이잖아. 번식기도 지났는데… 고라니가 왜 그렇게 울었을까?"

목소리에 힘이 없고, 눈 밑 다크서클이 아침에 볼 때보다 더 진하다.

"고라니도 입이 있는데, 그럼 먹기만 하겠니? 울기도 하는 거지."

"배가 고팠나 보네. 음식 냄새 맡고 왔나? 오늘부턴 음식물

쓰레기 정리 잘해야겠다."

수아 언니가 대수롭지 않게 대꾸하자 시현 오빠가 거들었다.

"고기 굽는 냄새 때문일까? 우리 저녁마다 고기 구웠잖아."

"고라니가 육식을 하겠니? 딱 봐도 초식동물인데? 소희야, 네가 보기엔 뭐 같아?"

"잡식, 아닐까요? …아닌가?"

"거봐. 소희 생각도 최소한 육식은 아니잖아."

"또 모르지. 변종이 있을지도."

고라니라는 새로운 화제에 재미가 들렸는지 시시콜콜한 얘기가 오간다. 종현 오빠만 얼굴이 내내 심각하다.

"우리에게 뭘… 경고하는 것 같지 않아?"

종현 오빠의 목소리가 공허하게 들렸다. 난 미동도 없는 오빠의 옆얼굴을 슬쩍 봤다. 눈에 초점이 없고 어딘가 심각해 보인다. 오빠에게 조심스레 말을 건네려는 순간이었다.

"애 뭐래? 너 분위기 이상하게 몰아가지 마."

수아 언니가 신경질적으로 쏘아붙였다.

"왜, 전조라는 게 있잖아…."

"고라니가 무슨 경고를 한다는 거야? 멧돼지가 내려온다고 미리 알려주기라도 한다는 거니? 어?"

시현 오빠가 실실 웃는다. 고기가 낚이지 않아 무료하던 참에 놀릴 거리가 생겨 재밌다는 표정이다.

"그만해. 가뜩이나 외진 데라 밤 되면 무서운데."

"오호, 무서워?"

"당연히 무섭지. 넌 안 그래? 여기서 무슨 일이라도 생겨봐. 주위에 아무것도 없는데 누구에게 도움을 청해? 전화도 안 되잖아? 멧돼지 같은 게 내려오면 우린 꼼짝없이 당할 거라고."

"철조망 있잖아. 최수아, 진짜 겁 많네."

"너야말로 진짜 겁 없다. 그게 전기라도 통하는 거래? 우릴 완벽하게 보호해준대?"

"그럼 어떡해? 고모 집이 이렇게 외딴 데 있는걸."

그때였다. 조용히 음악을 듣는 줄 알았던 현선 언니가 이어폰을 빼더니 뜻밖의 제안을 했다.

"우리, 마실이나 갈까?"

고기도 안 잡혀 좀이 쑤시던 차에 반가운 얘기였다. 그러잖아도 동네가 궁금했는데.

"변호사가 저녁에 나가지 말랬지, 낮에 그러지 말라고는 안 했잖아? 답답해 죽겠어. 언제까지 여기 앉아 있을 건데?"

그 말에 우리는 누가 먼저랄 것도 없이 의자에서 벌떡 일어났다. 왜 진작 이 생각을 못 했을까?

시현 오빠와 수아 언니가 앞장을 서고 현선 언니가 그 뒤를 따랐다. 나도 뒤처질세라 바짝 붙어 걸었다. 다들 모험을 떠나는 아이처럼 신난 표정이다. 뒤를 돌아보니 종현 오빠가 마지못해 어기적어기적 뒤따라오고 있다.

그렇게 10여 분을 걸었다. 그러나 우리는 여전히 왕복 1차선

도로를 벗어나지 못했다.

"어떻게 차가 한 대도 안 지나가냐?"

수아 언니가 짜증을 내며 발끝에 채인 돌멩이를 차서 멀리 날려보냈다. 시현 오빠도 돌멩이 멀리 차기에 가세했다.

"그러게. 여기가 그만큼 외졌다는 얘기야."

"유산 받기 되게 힘드네. 고모는 왜 이딴 유언을 남긴 거야?"

"사촌끼리 친목을 도모하라는 취지는 좋잖아."

"이런 시골에 몰아넣는다고 없던 우애가 생길까?"

얼마 후 우리는 슬슬 지쳐갔다. 단조로운 풍경이 이어지니 더 지루하게 느껴졌다. 하지만 할 일도 없이 집 안에 머무는 것도 지겨워 계속 앞으로 나아갔다.

"마을 가까이 사셨으면 좋았을 텐데."

나도 모르게 속엣말이 튀어나왔다.

"고모가 이웃들하고 사이가 나빴을 수도 있지."

현선 언니가 흘려듣지 않고 내 말을 받았다.

"시골인데요?"

"시골이라고 뭐 다른가? 사람 사는 곳인데?"

"이런 촌구석에서는 이웃과 가까워서 좋을 거 하나 없어. 차라리 먼 게 낫지. 말들이 얼마나 많은데."

"맞아. 우리 같은 외지인에겐 텃세가 더 심할지도 몰라."

그때, 저만치 앞서가는 사람의 뒷모습이 보였다. 천천히 보행기를 밀고 가는 모습이 낯설지 않다. 그저께 시골집으로 들어올 때 차 안에서 본 그 할머니다. 옷차림도 그때와 똑같다. 사람을 만났다는 반가움에 우리는 빠른 걸음으로 할머니를 뒤따라갔다. 50미터, 30미터, 10미터… 할머니와의 거리는 쉽게 좁혀졌다.

"안녕하세요, 할머니."

시현 오빠가 싹싹하게 말을 걸었다. 그러나 할머니는 대답이 없다. 아무 소리도 들리지 않는 듯 땅만 보며 힘겹게 걸음을 옮길 뿐이다.

오빠가 할머니 옆으로 가서 목소리를 높였다.

"할머니, 어디 가세요?"

"여기 오래 사셨어요? 저희는 저 위에 있는 집에서 왔어요."

수아 언니도 또박또박 큰 소리로 말을 건넸다. 할머니는 여전히 답이 없고 고개조차 들지 않는다. 우리는 당황스러워 서로의 얼굴을 쳐다봤다.

"뭐야, 무시하는 거야?"

"외지인과는 말도 섞기 싫은가 봐."

"시골 노인네들이 이렇게 텃세를 부린다니까."

언니들이 투덜거렸다. 굽은 허리로 보행기를 미는 할머니의 모습이 고집스러워 보였다. 말을 섞지 않겠다는 태도가 분명해 보여서 어쩔 수 없이 할머니를 지나치기로 했다. 사람이야 또 만날 수 있겠지 기대하면서.

우리는 계속 앞으로 갔다. 잠시 후 허름한 집이 나타났다. 차를 타고 마을에 들어올 때 봤던 집은 아니었다. 더 너저분하고 더 초라했다. 가까이 가보니 아무도 살지 않는 폐허였다.

"이 동네 왜 이래? 사람 사는 곳 맞아?"

"요즘 시골이 이렇대. 아, 저기 길이 있네. 저기로 가보자."

"안 내키는데?"

"가다가 무덤 나오는 거 아니겠지?"

언니들은 투덜대면서도 시현 오빠를 뒤따라갔다. 좁은 길을 올라가자 곧 마을 초입이 나왔다. 한가운데에 수명이 다해 죽어 가는 큰 고목이 버티고 있었다.

"내 말이 맞지?"

시현 오빠가 어깨를 으쓱하곤 앞장서 올라갔다.

군데군데 낡은 집들이 모여 있는 작은 마을이 모습을 드러냈다. 주로 한옥인데 적산가옥 풍의 집도 있고 폐허가 된 집도 보였다. 한창 일할 시간인지 사람들의 모습은 눈에 띄지 않았다. 우리는 민속촌에라도 온 것처럼 천천히 마을을 둘러봤다. 그러다 허름한 어느 집 툇마루에 앉아 있는 사람을 발견했다. 행색이 초라한 할아버지였다.

"안녕하세요?"

할아버지가 눈을 동그랗게 뜨고 우리를 쳐다봤다. 느닷없는 이방인의 방문에 놀란 기색이었다. 길에서 만난 할머니와 달리 반응을 보이는 게 반가워 우리는 툇마루 쪽으로 다가갔다.

"이 마을에 산 지 오래되셨어요?"

시현 오빠가 친근하게 말을 붙였다.

"어디서 왔어?"

할아버지는 파킨슨병을 앓는 사람처럼 손을 덜덜 떨었다. 두 볼이 쏙 들어갔고 살짝 벌어진 입속은 까맸다.

"저 위에 있는 고모님 댁에 놀러 왔어요."

"어디? 저 위? 거기 집이 어딨다고?"

치아가 없는 할아버지는 발음이 분명치 않았다. 목소리도 떨려서 겨우 알아들을 정도였다. 백내장을 앓는지 한쪽 눈이 희뿌옇게 흐렸다.

"가자."

현선 언니가 목소리를 낮춰 말했다. 하지만 언니 말을 들을 시현 오빠가 아니었다.

"저쪽으로 쭉 올라가면 길옆에 철조망 쳐놓은 집 있잖아요. 저희 거기서 왔어요."

"없어. 집 없어."

"집 옆 산자락에 개천도 있는데 진짜 모르세요?"

"거긴 집 없어."

할아버지는 같은 말을 반복하며 힘없이 고개를 내저었다. 넋이 나간 듯 몰골이 기괴해서 기분이 이상했다. 마치 유령 같았다.

"오빠, 가자니까."

현선 언니가 시현 오빠의 옷자락을 잡아당겼다.

"그래, 이 할아버지 이상해."

수아 언니도 재촉했다. 그러나 오빠는 물러서지 않고 계속 질문할 태세였다.

할아버지가 퀭한 눈으로 우리를 보았다. 그러더니 한 손을 들어 나를 가리켰다. 손끝이 향한 곳은 내 머리에 꽂힌 흰 리본이었다. 그의 손이 불안하게 흔들렸다. 영문을 알 수 없으니 괜히 불안하고 무서웠다.

"나 갈래. 기분 나빠."

참다못한 수아 언니가 먼저 발길을 돌렸다. 현선 언니가 뒤따랐고 나도 바로 따라나갔다. 어쩔 수 없이 시현 오빠도 우리를 따라 밖으로 나왔다.

몇 발짝 걷다가 할아버지가 신경 쓰여 뒤를 돌아봤다. 종현 오빠가 할아버지에게 무엇인가를 건네는 참이었다. 그것은 담배였다. 곧이어 할아버지의 입에서 흰 연기가 피어올랐다.

"뭐 해? 임종현, 빨리 와!"

현선 언니가 소리쳤다. 그러곤 걸음을 빨리 했다. 나도 뛰다시피 쫓아갔다. 우리는 앞서거니 뒤서거니 마을 초입을 향해 걸었다. 을씨년스러운 마을을 얼른 벗어나고 싶었다.

"저 할아버지 노망났나 봐. 말하는 거 봤어?"

도로에 다다르자 수아 언니가 가쁜 숨을 몰아쉬며 말했다.

"치매야, 분명해."

현선 언니가 단언했다. 우리는 왔던 길을 되짚어 고모네 집을 향해 걸었다. 마실 나올 때 품었던 기대감이 실망으로 변해 불평이 터져 나왔다.

"어떻게 마을에 온전한 사람이 하나도 없냐?"
"설마 그 노인네들이 전부는 아니겠지?"
"고모도 어떻게 이런 데서 사셨는지 참…."
"집 팔긴 글렀다. 이렇게 빈집이 많은데 누가 사겠어?"
"언제는 펜션 한다며?"
"펜션을 아무 데서나 하냐? 주변에 볼거리, 즐길 거리가 좀 있어야지. 여기는, 에휴…."

올 때와 마찬가지로 돌아가는 길에도 차가 한 대도 지나가지 않았다. 우리는 1열 횡대로 늘어서서 1차선 도로를 점령하고 걸었다. 마을에서 느낀 찝찝함을 그새 잊어버리고 왁자지껄 떠들었다. 분위기에 휩쓸려 나도 오랜만에 소리 내어 웃었다. 언니 오빠의 이야기에 맞장구도 쳤다. 그러다 문득 종현 오빠가 보이지 않는다는 걸 깨달았다. 뒤를 돌아봤다. 저 멀리 오빠가 우리와 거리를 유지한 채 조용히 따라오고 있었다. 그의 입에서 담배 연기가 피어올랐다.

7

종현 오빠가 이상해진 것은 그날 오후부터다. 아니, 마을에 다녀온 후부터라고 해야 정확할 것이다. 눈에서 총기가 사라지고 말을 걸면 횡설수설하며 쉴 새 없이 다리를 떤다. 그리고 뭐가 불안한지 계속 주위를 두리번거리며 깜짝깜짝 놀란다.

처음에는 대수롭지 않게 여겼지만, 그런 모습이 점차 눈에 거슬린다. 나만 이상하게 느낀 게 아니다. 다른 사촌들도 그를 신경 쓰는 눈치다. 시간이 흐를수록 오빠의 이상 행동은 정도가 더 심해진다.

다같이 저녁을 먹은 뒤 술자리를 가질 때였다.

"종현아, 너 뭐 잘못 먹었니?"

수아 언니가 날선 목소리로 따져물었다. 종현 오빠는 죄지은 사람처럼 몸을 움츠리더니 언니를 흘낏 볼 뿐 대답이 없었다.

"똥 마려운 사람처럼 대체 왜 그래?"

"어젯밤 잠을 못 자서 그래. 너희들 엄청 시끄러웠대도."

시현 오빠가 옆에서 참견했다.

"우리 안 떠들었다니까?"

"정말이에요, 오빠. 저희 잠만 잤어요."

"내가 똑똑히 들었는데? 아니면 누가 잠꼬대를 했겠지."

"아니래도 진짜!"

"어쨌든 종현이 저러는 거 너희들 탓이야. 잠을 못 자서 그런 거라고. 솔직히 나도 하루 종일 피곤했어."

"아아 그러셔? 오늘은 두 사람 다 잘 자겠네."

수아 언니의 빈정거림을 끝으로 한동안 대화가 끊어졌다. 종현 오빠에 대해 더 이상 누구도 얘기하지 않는다. 그들의 대화는 항상 이런 식이다. 약간의 의견 차이에도 소모전으로 번지고 쉽게 지친다.

시골집 마당에 침묵이 흐른다. 4박 5일은 너무 긴 시간이다. 모닥불 앞에서 잡담을 나누며 불멍하는 시간이 어제까지만 해도 즐거웠는데 이제는 시들하다. 할 일은 없고 밤은 너무 길다.

"영화나 볼까? 빔프로젝터 있다며?"

정적을 깨고 수아 언니가 제안했다. 그 소리가 반가웠다. 무거운 분위기를 바꿀 수 있다면 뭐든 좋다.

"좋아요, 우리 영화 봐요."

나는 일부러 밝게 호응했다.

"영화 가져온 거 있어?"

"내가 준비 안 했겠냐? 장르별로 싹 챙겼지. 준비하는 동안 골라봐."

시현 오빠가 휴대용 스크린을 가져와 삼각대에 고정하는 동안, 우리는 오빠가 준비해온 영화를 골랐다. 물론 취향이 너무 달라 언니들은 영화를 고르면서도 티격태격한다. 난 어떤 영화든 상관없다.

종현 오빠도 영화에 관심이 없긴 마찬가지다. 그는 다리를 심하게 떨어서 그 진동이 옆에 있는 나에게 전해질 정도다.

"오빠, 괜찮아요?"

그가 나를 흘깃 쳐다본다. 몸을 잔뜩 움츠린 채 시선도 불안하다. 하루 사이에 많이 야윈 모습이다.

"추워요? 담요 갖다드릴까요?"

종현 오빠는 아무 대꾸도 없다. 그저 물끄러미 나를 바라볼 뿐이다. 난 담요를 가져다 그의 무릎에 덮어줬다. 산 밑이라 밤이 되니 한기가 파고든다.

언니들이 고른 건 코미디 영화다. 내용이 뻔해서인지 시작한 지 10분도 안 돼 수아 언니가 딴지를 건다.

"시현이 취향이 이런 거였구나?"

한창 영화에 몰입하다가 언니의 말에 맥이 빠진다.

"영화나 봐."

현선 언니가 눈을 흘기며 말했다.

"전에 본 거야."

"그런데 왜 이걸 보자고 했어? 네가 골랐잖아?"

"볼 게 없었어."

"난 이 영화 처음 보거든?"

"알았어. 닥쳐줄게."

틱. 수아 언니가 캔맥주를 소리 나게 땄다.

우리는 다시 영화에 집중했지만 한번 깨진 흐름을 돌이킬 수 없었다. 분위기가 어수선해지자 조금 전까지 재미있던 영화가 고리타분하게 느껴졌다.

꺄아아아아악— 어디선가 고라니가 울었다.

"아이씨, 영화도 못 보겠네."

시현 오빠가 성질을 냈다.

"저놈 계속 울 거야. 우리 영화 보지 말고 술이나 먹자."

기다렸다는 듯 수아 언니가 오빠를 꼬드겼다.

"언제는 영화 보겠다며?"

"할 거 없으니까 그랬지."

꺄아아아아악— 또다시 고라니가 울었다.

"아, 시끄러… 저 주둥이를 틀어막고 싶네, 진짜."

"잡아서 확 통구이를 해버릴까 보다."

"아무래도 이 집, 그른 것 같아. 저 고라니 때문에라도 펜션 절대 못 해."

"왜 못 해? 엽사 불러다 싹 다 잡으면 되지. 맘만 먹으면 못 할 게 뭐 있냐?"

"고라니 천연기념물 아니냐? 잡아도 돼?"

"저렇게 흔한 게 천연기념물이겠니?"

"산신이야…."

종현 오빠가 중얼거렸다. 옆에 앉은 나에게만 들리는 아주 작은 소리였다.

"오빠, 뭐라고요?"

"산신이 노했어."

산신? 무슨 말인가 싶어서 다른 사람들을 쳐다봤다. 그들도 멈칫하는 표정이다. 종현 오빠의 얘기를 들은 것이다.

"뭔 개소리야?"

시현 오빠의 서늘한 목소리가 밤공기를 갈랐다. 갑자기 한기가 훅 끼쳤다.

"쟤 뭐라니? 섬뜩하게 왜 저래?"

수아 언니가 화를 냈다. 눈썹 산이 위로 치솟고 목소리도 살짝 떨린다. 신경질 내는 모습은 자주 봤어도 이렇게까지 화내는 것은 처음이다.

"임종현, 너 이러는 거 재미없어. 장난 좀 작작 쳐."

오빠는 넋을 잃은 듯 계속 산신 타령을 했고, 상태는 점점 더 나빠졌다. 우리는 할 말을 잃었다. 정적 속에서 타닥타닥, 장작 타는 소리만 났다. 고라니는 더 이상 울지 않았지만 술 마실 분위기도, 영화를 볼 기분도 아니었다.

결국 자리를 정리하고 방으로 들어갔다. 9시도 안 돼 잠들기에는 이른 시간이었다.

"뭐야, 불길하게."

수아 언니가 침낭을 펼치며 작은 소리로 투덜댔다. 난 눈치를 보며 언니 옆에 누웠다. 우리는 어제와 같은 위치에 각자 자리를 잡았다. 머리맡에서 현선 언니가 꼼지락거리는 것이 느껴졌다. 얼마 후, 수아 언니가 잠들었는지 고른 숨소리가 들렸다. 현선 언니는 계속 몸을 뒤척였다.

몇 시간이나 지났을까. 밖에서 들리는 수상한 기척에 잠에서 깼다. 끼이익— 드르륵— 미닫이문 열리는 소리가 적막을 깨뜨렸다. 야심한 시간이라 그 소리가 으스스했다. 이 밤중에 누가 밖에 나가는 걸까? 궁금해서 몸을 일으켰다. 점퍼를 걸치고 나가보니 열린 미닫이문 틈으로 사람의 모습이 보였다.

놀랍게도 종현 오빠였다. 그가 마당에서 두 팔을 벌린 채 껑충껑충 뛰고 있었다. 몽유병이라도 있는지 처음 보는 기이한 광경이었다. 난 다른 사람들을 깨우지 않으려고 목소리를 낮춰 오빠를 불렀다.

"종현 오빠?"

갑자기 그가 움직임을 딱 멈췄다. 그리고 꼼짝도 하지 않고 가만히 하늘을 보고 서 있었다. 조금 더 큰 소리로 불러봤다.

"종현 오빠!"

그가 몸을 빙그르르 돌리더니 나를 봤다. 그리고 웃었다. 아니, 웃는 게 아니었다. 눈은 웃지 않고 한쪽 입꼬리만 올라가 있었다.

"오빠, 추워요. 들어가 주무세요."

겁이 났지만 최대한 침착하게 말했다.

그는 마치 최면에 걸린 사람같이 한 손을 들더니 나를 가리켰다. 손끝이 내 머리 위를 향하고 있었다. 흰 리본! 소름이 끼쳤다. 마을에서 만났던 할아버지와 똑같은 행동이었다. 그가 천천히 내 쪽으로 다가왔다.

"안 들어가실 거예요? 전 이만 자러…."

난 말끝을 흐리며 뒷걸음질을 쳤다.

"머, 먼저 들어가 볼게요."

재빨리 집 안으로 들어가 문을 닫으려고 했다. 하지만 미닫이 문은 삐걱대기만 할 뿐 움직이지 않았다. 어느새 오빠가 눈앞에 와 있었다. 그가 갑자기 두 손으로 내 목을 조르기 시작했다. 난 다리를 버둥거리며 고함을 질렀다.

"오빠, 왜 이래요? 언니! 시현 오빠…."

그가 목을 더 세게 졸랐다. 나는 숨을 못 쉬고 컥컥거렸다.

"사, 살려줘…."

정신이 아득했다. 이대로 죽는 건가. 종현 오빠는 왜 나를 죽이려는 걸까. 내가 뭘 잘못했다고.

그때였다. 타다다닥. 장판 위를 뛰어오는 발소리가 들리더니 등 뒤에서 인기척이 느껴졌다.

"이 새끼야, 너 미쳤어?"

시현 오빠가 성난 목소리로 외쳤다. 그러나 목을 조르는 손아귀의 힘은 더욱 세졌다. 눈앞이 핑 돌고 심장이 조여들었다. 이제 끝인가 싶은 찰나, 목을 조르던 손이 스르르 풀렸다. 그와 동시에 내 몸이 바닥에 무너져 내렸다. 숨을 몰아쉬었지만 호흡이 힘들었다. 간신히 정신을 차리자 흐릿하던 눈앞이 서서히 또렷해졌다. 오빠들이 엉겨붙어 몸싸움을 벌이고 있었다. 소란에 놀란 언니들이 황급히 밖으로 나왔다.

"무슨 일이야?"

"왜 한밤중에 둘이 싸우고 난리야? 어?"

자다 깬 언니들이 짜증을 냈다. 난 벽에 머리를 기댄 채 아무 말도 하지 못했다. 온몸에서 피가 다 빠져나간 듯 기운이 없었다.

"이 새끼 이상해. 미친 것 같아."

시현 오빠가 양팔로 종현 오빠를 제압하며 소리쳤다. 언니들이 영문을 몰라 어리둥절한 표정을 지었다. 그런데 이상했다. 덩치는 시현 오빠가 훨씬 큰데도 마른 종현 오빠에게 밀리고 있었다.

"대체 왜 싸우는 건데?"

"싸우는 거 아냐. 너희들 보기만 할 거야? 이 새끼, 종현이 좀 잡아봐. 빨리!"

시현 오빠가 다그치자 언니들이 다가섰다. 그 틈을 타 종현 오빠가 몸을 빼더니 마당으로 달려나갔다.

"저 새끼 쫓아! 잡아!"

종현 오빠는 집 밖으로 무섭게 내달렸다. 이윽고 철조망을 훌쩍 뛰어넘더니 어둠 속으로 사라졌다.

"야, 임종현!"

철조망 너머, 가로등 하나 없는 도로는 한 치 앞도 보이지 않았다.

"누구 휴대폰 없어?"

시현 오빠가 다급하게 물었다. 현선 언니가 들고 있던 휴대폰 플래시를 켜 길을 비췄다. 하지만 그새 어디로 가버렸는지 종현 오빠는 흔적조차 찾을 수 없었다.

"종현아! 종현아!"

"야! 어디로 간 거야! 임종현, 이 개새끼야!"

목청껏 불렀지만 아무 소리도 들리지 않았다.

시현 오빠가 얼 빠진 모습으로 바닥에 털썩 주저앉았다. 나도 그 옆에 쪼그려 앉았다.

"종현이 왜 저러는 거야?"

"몰라. 또라이 새끼, 자다 깼는데 소희 목을 조르고 있잖아. 소희야, 괜찮아?"

"대체 왜 그런 거야? 둘이 무슨 일 있었어?"

"전 그냥… 오빠가 일어났길래 들어가서 자라고 말했을 뿐인데…."

"미친놈. 아까부터 이상하더라니."

잠에서 깬 불쾌감에 불길한 느낌이 더해져서인지 언니는 더욱 화를 냈다.

난 오른손으로 목덜미를 만져봤다. 목이 졸린 자리가 욱신거렸다. 소름 끼치는 그 느낌이 생생히 되살아났다.

"저 새끼 어떻게 할 거야? 저대로 둬? 찾아야 하는 거 아냐?"

"이 밤에 어디 가서 찾아? 불빛 하나 없는데."

"멧돼지에게 당하면 어떡해?"

"지 팔자지. 누가 밤중에 뛰쳐나가래?"

"그렇다고 애를 내버려둬? 종현이가 네 동생이면 그런 말이 잘도 나오겠다?"

"변호사가 한 말 잊었어? 밤에 나가지 말랬잖아!"

캄캄한 도로에서 우리가 할 수 있는 건 아무것도 없었다.

꺄아아아아악— 멀리서 고라니가 또 울었다.

먼동이 틀 때까지도 종현 오빠는 돌아오지 않았다. 우리는 뜬눈으로 밤을 지새웠다.

"오빠, 어떻게 할 거야?"

커피를 홀짝이며 현선 언니가 물었다. 옆에는 뜯어진 믹스커피 봉지가 여러 개 쌓여 있었다.

"나가서 찾아봐야지."

"휴대폰이 안 되잖아. 어쩌려고?"

수아 언니가 캠핑 의자에 등을 기대며 말했다. 나가기 귀찮은

티가 얼굴에 역력했다.

"그게 문제야? 애가 없어졌는데?"

"기다리면 오지 않겠어?"

"그럴 애면 뛰쳐나가지도 않았어. 제정신이 아닌 애야, 지금!"

시현 오빠가 발끈했다.

가시방석에 앉은 기분으로 난 언니 오빠의 눈치를 봤다. 종현 오빠가 사라진 게 꼭 내 탓인 것만 같다. 그때 오빠의 이름을 부르지 말았어야 했는데. 아직도 목덜미가 뻐근하다.

"우리가 직접 찾기보다 경찰에 신고하는 게 나을 수도 있어."

수아 언니가 제안했다. 그녀는 누구보다 이성적이다. 하지만 시현 오빠는 몇 번이나 시계를 들여다보며 안절부절못했다.

"전화가 안 되는데 어떻게 신고할래?"

"차 타고 경찰서에 직접 가야지."

"누가?"

"네가."

"내가? 난 종현이 찾으러 나갈 건데?"

"괜히 너까지 길 잃지 말고 기다려봐. 제발 좀 침착하라고."

"내 동생이 없어졌는데 가만히 있으라고?"

현선 언니가 목소리를 높이며 발끈했다.

"일을 더 크게 만들지나 마."

말다툼은 계속됐다. 그 와중에도 날은 시시각각 밝아와 동쪽 하늘에서 붉은 기운이 거의 사라졌다. 직접 찾아나서든, 경찰에 신고하든, 일단은 일어나야 할 때다.

"나도 종현이 찾으러 가는 거 찬성이야. 더 늦기 전에 가자."

컵을 내려놓으며 현선 언니가 단호하게 말했다. 수아 언니의 표정이 일그러졌다. 현선 언니의 결정이 못마땅한 것이다.

"경찰서에 간다고 경찰들이 당장 종현이 찾으러 나서줄까?"

"당연한 거 아냐?"

"걔 성인이야. 스물아홉 먹은 어른이라고. 게다가 남자야. 어젯밤 술에 취해 뛰쳐나가서 안 들어온다고 말해봐. 실종 신고를 받아주겠니?"

현선 언니 말이 옳다. 경찰은 틀림없이 그렇게 말할 것이다. 마을 어딘가에서 자고 있을 테니 걱정하지 말라고, 술 깨면 집으로 찾아올 거라고.

"내 말이 틀려? 경찰서 가는 건 시간 낭비야."

"그러니까 집에서 기다리자고. 경찰도 우리더러 기다리라고 말할 거라며?"

"너 솔직히 말해. 나가기 싫은 거지? 종현이 찾으러 가는 게 귀찮은 거잖아?"

"무슨 말을 그따위로 하니?"

"그따위? 흥! 그게 그 말이잖아!"

당장이라도 둘이 맞붙을 태세다.

"알았어. 너희 의견 충분히 알았으니까 진정들 해."

시현 오빠가 끼어들어 둘을 말렸다.

"오빠 진정이 돼?"

"현선아, 흥분한다고 될 일이 아니잖아. 수아 말도 틀리진 않아. 종현이가 돌아올 수 있으니까, 수아 넌 남아서 집을 지켜. 종현이는 우리가 찾을게."

시현 오빠가 역할을 나눴다. 언니들도 결정을 순순히 따르는 분위기다. 이미 마음이 상해서 같이 움직이기 싫을 것이다.

"저도 갈게요."

내가 나섰다. 그제야 모두의 관심이 나에게 쏠렸다.

"너 괜찮아? 목은? 무리하지 마."

"그래, 집에서 수아랑 같이 기다려. 춥다."

"피곤하면 넌 들어가서 자도 돼."

다들 목소리가 상냥했다. 나를 걱정한다기보다 대놓고 어린애 취급이다. 첫날부터 그랬다. 나를 대하는 태도가 다른 이들을 대할 때와 영 딴판이다. 그들에게 난 아직도 어린애인 걸까. 아니면 가까이하기엔 너무 먼 타인일 걸까.

"저 멀쩡해요. 종현 오빠 찾으러 같이 가고 싶어요."

시현 오빠가 잠시 망설이다 언니들과 눈빛을 주고받았다.

"좋아, 그럼. 같이 가자."

드디어 승낙이 떨어졌다. 그가 말을 번복할까 봐 바로 일어났다. 그렇게 해서 수아 언니만 남고 셋이 함께 집을 나섰다.

"너희는 저쪽으로 가. 난 위쪽으로 가볼게."

시현 오빠가 마을로 향하는 길을 가리켰다. 어제 우리가 지나온 길이다.

"시계 있지? 딱 10분이야. 10분만 둘러보고 여기로 되돌아와야 해. 알았지? 그 이상은 위험해. 절대 멀리 가지 마."

"오빠나 조심해."

"너희 둘, 꼭 붙어 다녀. 길에서 벗어나도 안 돼."

"알았다니까. 걱정하지 말고 빨리 가기나 해."

우리는 거기서 갈라졌다. 시현 오빠는 가보지 않은 위쪽 길로, 우리는 마을 쪽으로 향했다. 날이 밝았지만 나무가 울창해서 주변이 어둡게 느껴졌다. 이슬이 내려 공기가 축축했다. 현선 언니가 휴대폰을 꺼내 알람을 설정했다. 종현 오빠를 걱정하며 뜬눈으로 밤을 샌 터라 안색이 좋지 않았다.

"항상 말썽이라니까…."

언니가 혼잣말로 중얼거렸다.

"종현이가 막내로 오냐오냐 커서 그래. 그래도 그렇지, 이런 데 와서 왜 제멋대로 행동해? 너한테는 또 왜 그랬냐고?"

"제가 뭘 잘못했나 봐요."

"종현이 술버릇이 원래 나빠. 주사가 심해."

현선 언니는 술 탓으로 돌리려 했다. 하지만 내 생각은 다르다. 오빠는 어제 낮부터 이상했다. 단지 술을 많이 마셔서가 아니다.

"골초인 것도 진짜 마음에 안 들어. 몸에 안 좋다고 백날 말해 봤자 뭐 해? 내 말을 들은 척도 않는데. 누나를 대체 뭘로 보고

이 자식이…."

언니는 계속 불만을 쏟아냈고, 난 오빠가 뿜어내던 담배 연기를 떠올렸다. 마을에서 봤던 할아버지가 담배 피우던 모습도 기억났다. 그리고 불현듯, 놋그릇이 생각났다. 오빠가 재떨이로 사용하려 했던 놋그릇. 언니들은 그걸 보고 기겁을 했다. 잠깐, 오빠가 이상해진 건 어제 오후가 아니라 그때부터가 아닐까?

"언니, 혹시 그저께…."

현선 언니가 갑자기 걸음을 멈췄다. 그리고 놀란 눈으로 나를 봤다. 내가 아직 말을 꺼내지도 않았는데.

"오빠가 놋그릇을 만졌잖아요."

"그게 뭐?"

돌아오는 대답이 쌀쌀맞다. 언니가 왠지 화난 듯해서 차마 그것 때문에 오빠가 이상해진 것 같다는 말은 하지 못했다.

"그때 언니들이 굉장히 싫어하던데… 왜 그런 거예요?"

현선 언니는 대답하지 않았다. 머쓱했지만 그런다고 가만히 있으면 분위기가 어색해질 것 같았다.

"그냥, 궁금해서요. 제가 괜한 걸 물었나 봐요."

"그거… 죽은 사람 물건이야. 고인의 물건은 함부로 건드리는 거 아니야."

"그거 다 미신 아니에요? 엄마 유품 정리할 때 저는 아무렇지도 않았는데?"

내 말에 언니가 정색했다. 바로 그 순간 휴대폰 알람이 울렸다. 그새 10분이 지난 것이다.

"돌아가자."

언니가 먼저 발길을 돌렸다. 나에게는 아무 말도 하지 않고 대신 종현 오빠의 이름을 쉬지 않고 불렀다. 마치 내가 말을 걸까 봐 두려운 사람처럼.

집 근처에 도착하니 반대편에서 걸어오는 시현 오빠의 모습이 보였다. 그는 혼자였다. 터덜터덜 걸어오는데 어깨가 축 처져 있었다. 우리는 서로를 보며 말없이 고개를 흔들었다. 그리고 일말의 희망을 품고 마당으로 향했다.

혹시나 했던 기대는 이내 실망으로 바뀌었다. 화로 앞에는 수아 언니 혼자 앉아 있었다.

"종현이 못 찾은 거야?"

시현 오빠와 현선 언니는 대답 대신 캠핑 의자에 앉았다. 분위기가 침울했다.

"도로 쪽은 찾아봤으니까 이번에는 개천 쪽으로 가볼까 봐."

"산에 갔을지도 몰라. 길에서 산으로 연결되잖아."

"거기도 가봐야지."

시현 오빠와 현선 언니는 넋이 나간 표정이었다. 주먹을 불끈 쥔 오빠의 손이 바르르 떨렸다. 어젯밤에 바로 뒤쫓지 못한 걸 후회라도 하는 걸까.

"일단 뭐라도 먹고 움직이자. 라면 어떠니? 먹을래?"

수아 언니가 의자에서 몸을 반쯤 일으켜 컵을 주섬주섬 챙겼다. 나도 냉큼 일어섰다.

"제가 끓일게요. 언니는 앉아 계세요."

부랴부랴 코펠에 생수를 붓고 라면을 끓였다. 물 조절에 실패해 맛이 없었지만 누구도 불평하지 않았다.

우리는 라면을 먹는 둥 마는 둥 하고 종현 오빠를 찾으러 개천으로 향했다. 눈치가 보이는지 수아 언니도 따라나섰다. 그러나 상류와 하류를 다 뒤져도 사람의 흔적은 보이지 않았다. 시현 오빠와 현선 언니의 얼굴이 점점 초췌해져 갔다.

"이 자식, 집에 간 거 아냐?"

"그럴 리가 없어. 학교에 휴가까지 내고 온 애야."

"등산하는 거 싫어하는데 설마 산으로 갔을까?"

"술 취한 사람이 제정신이겠어? 가봐야지. 어쩌면 산속에서 뒹굴고 있을지도 몰라."

해가 이미 중천에 떠 있었다. 술이 깨고도 남을 시간인데 종현 오빠는 어디 있는 걸까? 우리는 일대를 계속 수색했다.

"난 길 건너편 산으로 갈게. 현선이 너는 여기 뒷산을 찾아보고, 수아랑 소희는 저쪽, 개천 건너편으로 가볼래?"

시현 오빠가 수색 범위를 정해주었다.

"산짐승이 있을지도 모르니까 조심하고."

난 수아 언니와 함께 개천을 건넜다. 건너편은 산이라기보다 완만한 언덕이었다.

"내일이 마지막 날인데 이게 뭐야. 조금만 버티면 되는데…."

수아 언니의 말을 한 귀로 흘리며 난 종목이 터져라 종현 오빠의 이름을 외쳤다. 그가 어디선가 나타나주길 간절히 바라며.

날이 저물고 마지막 밤이 찾아왔다. 종현 오빠를 끝내 찾지 못한 채 우리는 끼니도 거르고 화롯불 앞에 멍하니 앉아 있었다. 입맛도 없고 배가 고픈 줄도 몰랐다. 오빠의 빈자리가 허전했다.

"휴대폰도 안 터지는데 왜 하필…."
"집에 갔겠지. 좋게 생각하자."
"종현이 새끼, 만나면 가만 안 둘 거야."
"그래도 경찰서엔 가봐야겠죠?"
"내일 여기서 나가잖아. 변호사도 올 테고… 그래야지."

온종일 주변을 수색하느라 모두가 지쳐 있었다. 새벽에 일어난 데다 제대로 먹지도 못해서 더 기운이 없었다. 우리는 일찍 잠자리에 들었다. 조금이라도 빨리 눈을 붙여야 내일이 더 빨리 올 것 같았다. 다행히 오늘은 고라니도 울지 않았다.

타닥타닥…. 어제와 같이 머리맡에서 나는 소리에 잠에서 깼다. 현선 언니가 다리를 떨며 몸을 뒤척이는 것 같았다. 몸을 일으키려는데 누군가 내 손목을 꽉 잡았다. 흠칫 놀라 몸을 옆으로 돌렸다. 수아 언니의 얼굴이 내 쪽을 향하고 있었다. 창문으로 들어온 달빛에 언니의 얼굴이 어슴푸레 보였다. 눈을 감은 상태로 언니가 천천히 입술을 움직였다.

'움직이지 마.'

그리고 검지 손가락을 입술에 갖다 댔다.

'쉿! 조용히 해.'

들리지는 않아도 언니는 분명히 그렇게 말하고 있었다. 왜 말하지도 말고 움직이지도 말라는 건지 이해할 수 없었다.

타닥타닥. 또 소리가 들렸다. 내 손목을 잡은 수아 언니의 손에 힘이 들어갔다. 그와 동시에 언니가 눈을 번쩍 떴다. 부릅뜬 눈이 나에게 경고했다.

'움직이지 마.'

또 소리 없이 입술이 달싹거렸다. 언니가 무섭고 이런 상황이 두려워 옴짝달싹할 수가 없었다. 입도 벙긋할 수 없었다.

머리맡에서 버둥거리는 소리는 한동안 계속되었다. 난 수아 언니와 눈을 마주친 상태로 한참을 있었다. 그렇게 서서히 먼동이 터왔다.

\* \* \*

눈을 떠보니 아침이었다. 놀라서 벌떡 일어났다. 고개를 돌려보니 수아 언니가 거울을 보며 머리를 빗고 있었다. 거울 속에서 언니와 눈이 마주쳤다.

"잘 잤니?"

언니가 아무렇지도 않게 인사했다. 언니는 어젯밤 일을 기억하지 못하는 걸까.

"너 되게 피곤했나 봐. 코도 심하게 골고."

"죄송해요. 저 때문에 못 주무셨어요?"

"아니 뭐, 그럭저럭."

거울 속으로 보이는 언니가 미소를 지었다. 그 모습이 너무 태연해서 어딘가 섬뜩했다. 어젯밤 두 눈을 부릅뜬 언니의 무서운 표정이 아직도 생생한데.

"현선 언니는요?"

"종현이 찾으러. 아침 일찍 나갔어."

아, 종현 오빠… 그는 아직도 돌아오지 않았다. 오늘이 마지막 날인데 여태 소식을 알 수 없다. 서둘러 잠자리를 정리하며 그가 무사히 돌아오길 기도했다.

"우리, 아침 준비나 해볼까?"

단장을 마친 언니가 문을 열고 주방으로 내려섰다. 나도 얼른 따라 나갔다.

"우리도 나가서 찾아봐야 하는 거 아니에요?"

"뭐 하러? 때 되면 들어오겠지."

걱정하는 나와 달리 언니는 느긋했다.

"그래도…."

"다 큰 성인이 집 나갔다고 걱정하는 게 웃기잖아. 곧 들어올 거야. 우린 아침이나 준비하자고."

난 코펠에 생수를 붓고 휴대용 가스버너에 올렸다. 언니 오빠가 돌아오면 바로 먹을 수 있게 물이라도 끓여둘 생각이었다.

"언니, 저… 어젯밤에요."

"응? 어젯밤에 뭐?"

"중간에 깼잖아요?"

"내가? 언제?"

내가 꿈을 꾼 건가? 언니의 태연한 반응에 지난밤 일을 잠시 의심했다. 하지만 난 똑똑히 기억한다. 언니가 내 손목을 꽉 잡고 눈을 부릅뜬 채 쳐다보던 것을.

"내가 잠꼬대를 했니?"

"아뇨, 그건 아니고… 현선 언니 잠버릇이 발을 막 떠는 거잖아요?"

"걔 얌전히 잘만 자는 것 같던데? 어젯밤에도 그랬어?"

시치미를 떼는 걸까, 아니면 정말 모르는 걸까. 지난밤과는 너무 다른 언니의 모습이 당황스럽다. 그때였다.

"현선아! 소희야!"

시현 오빠가 다급하게 우리를 불렀다.

언니와 나는 동시에 소리나는 방향으로 달려갔다. 집 뒤편이었다. 우물을 지나자 나무 사이로 오빠의 모습이 보였다.

"왜 그래? 무슨 일이야?"

"종현이… 종현이가….”

시현 오빠는 말을 채 잇지 못하고 몸을 휘청거렸다. 우리는 재빨리 그를 부축했다.

"무슨 일이야? 왜 그러는데?"

그는 말없이 손을 내저었다. 넋이 나간 표정으로 하얗게 질린 얼굴이었다. 설마 종현 오빠에게 무슨 일이 생긴 걸까?

"현선이는?"

"저, 저기…."

그의 큰 덩치가 덜덜 떨리고 있었다. 머릿속에 불길한 생각이 스쳤다. 그것이 현실이 될까 봐 두려웠다. 난 개천을 향해 뛰었다. 멀리 현선 언니의 뒷모습이 보였다.

"언니! 현선 언니!"

하지만 언니는 뒤돌아보지 않았다. 재차 불러도 마찬가지였다. 무엇에 홀린 듯 고개를 숙이고 가만히 물속을 들여다봤다.

난 그쪽으로 다가가 언니의 시선이 머문 곳을 살폈다. 언니의 발치 아래, 뭔가가 보였다. 종현 오빠! 물에 반쯤 잠긴 채로 그가 엎드려 있었다. 설마…! 난 무너지듯 주저앉았다.

"소희야, 너 왜 그래?"

수아 언니 목소리가 바람처럼 귓가를 스쳤다. 졸졸졸 흐르는 물소리가 잦아들더니 이명이 귓속을 가득 채웠다.

"야, 임현선! 임소희!"

수아 언니 목소리가 이명처럼 귓가에 울렸다.

그 후의 일은 잘 기억나지 않는다. 정신을 차렸을 때는 변호사가 옆에서 말을 걸고 있었다.

"이제 정신이 드세요?"

변호사가 차가운 물병을 건넸다. 하지만 받아들 기력이 없어서 물병을 떨어뜨리고 말았다. 바닥에 떨어진 물병이 도르르 구르다 멈췄다. 난 멍한 눈으로 물병을 바라봤다. 머릿속이 멍하다. 조금 전에 무슨 일이 있었더라?

고개를 들어 주변을 둘러봤다. 경찰차와 구급차가 출동했고 수아 언니가 경찰과 얘기 중이었다. 나도 모르게 눈물이 났다.

"임소희 씨, 본인 맞습니까?"

누군가 말을 걸었다. 경찰 제복을 입은 남자였다. 제복에 달린 경찰 마크가 눈에 들어왔다.

"임소희 씨 맞죠? 임종현 씨와는 어떤 관계십니까?"

딱딱하고 형식적인 질문. 말은 들리는데 뜻을 이해할 수 없었다. 도대체 뭐라는 건지 머릿속이 뒤죽박죽이었다.

"임소희 씨, 제 말 안 들리십니까? 임종현 씨와의 관계를 묻고 있는데요?"

경찰이 다시 말을 시켰다. 난 그를 올려다봤다. 그의 등 뒤로 쏟아지는 햇살에 눈이 부셨다.

"임종현 씨와 사촌 관계입니다. 동생이에요."

옆에 있던 변호사가 대신 답했다.

"전 임소희 씨에게 물었습니다만."

"변호사 김재열입니다. 아까 인사드렸죠? 보다시피 제 의뢰인의 상태가… 충격을 많이 받았습니다. 질문은 나중에 하시죠.

어차피 참고인 조사를 하실 거잖아요."

경찰은 변호사가 마음에 들지 않는 눈치였다. 한동안 변호사와 얘기를 나누고는 경찰차로 돌아갔다.

기억이 서서히 돌아오며 뒤늦게 충격이 몰려왔다.

"너 괜찮아?"

수아 언니가 다가와 물었다. 난 고개를 끄덕였다. 당연히 괜찮을 리 없지만 신경 쓰게 하고 싶지 않았다.

"이런 때일수록 정신 바짝 차려야 해. 경찰이 너한테는 뭐래? 뭐 안 물어봐?"

"별말, 안 하던데요?"

"별말? 별말이 뭐였는데?"

"그냥… 종현 오빠랑 어떤 관계냐고 물었어요."

난 혼이 반쯤 나간 채로 대답했다.

"종현이… 우리가 발견했잖아. 조사를 받아야 한대."

"다 물어본 거 아니에요?"

"조서를 써야 한다더라. 경찰서에 가야 하나 봐."

나를 내려다보던 경찰의 얼굴이 떠올랐다. 난 아는 것도 없는데 뭐라고 말해야 하나. 그들은 내게 무슨 대답을 원하는 걸까.

엄마가 생각났다. 안치실에서 마주했던 차디찬 엄마의 시신. 교통사고를 당한 엄마는 내게 마지막 인사도 못 하고 멀리 떠나버렸다. 그때도 고통스러워 죽을 것 같았는데 경찰들은 이해하지 못할 얘기만을 건넸다. 엄마와 종현 오빠, 잇따른 죽음을 받아들이기가 힘들다.

"경찰이 오라는데 가야지. 아이씨, 짜증 나."

수아 언니가 신경질을 내며 말했다. 언니 뒤로 사람들이 분주하게 오가는 모습이 보였다.

"다른 분들은요? 시현 오빠는 괜찮아요?"

"괜찮겠니? 울고불고 정신 못 차리고 있어. 동생이 죽은 걸 눈앞에서 봤는데 오죽하겠니? 지금 차에 있어."

앞쪽에 시현 오빠가 타고 온 모하비가 있었다. 활짝 열린 운전석 문 사이로 오빠의 다리가 보였다. 그 앞에도 경찰이 서 있었다. 나에게 왔던 사람이 아닌 다른 경찰이 오빠와 얘기 중이었다. 주변을 둘어봐도 현선 언니는 보이지 않았다.

"현선 언니는요?"

"말도 마. 쓰러졌어. 나라도 정신이 제대로인 게 기적이지."

얼어붙은 듯 서서 종현 오빠를 내려다보던 언니의 뒷모습이 기억났다. 나보다 더 넋이 나갔던 현선 언니⋯ 결국 실신하고 말았구나.

수아 언니의 시선이 구급차로 향했다. 현선 언니를 태운 구급대원이 차문을 닫고 떠날 채비를 했다.

변호사가 손바닥을 문지르며 나에게 다가왔다.

"좀 괜찮으십니까?"

"이제 다 끝난 거죠? 이만 집에 가도 되나요?"

수아 언니가 뚱한 목소리로 물었다.

"경찰서에 가셔야죠."

"지금 당장이요? 그깟 조서 한 장 쓰러 우리가 전부 가야 해요? 대표로 한 명만 가면 안 되나?"

언니는 알면서도 고집을 피웠다. 나도 내심 변호사가 그러라고 하길 바랐다. 경찰서에 가는 건 나도 싫다.

"현장에 네 분이 다 계셨으니 모두 가셔야죠."

"아까 경찰이 묻는 대로 다 대답했는데요?"

"좀 귀찮더라도 문서화하는 거니까, 가서 확실히 해두는 게 좋습니다."

"그럼 참고인 조사는 나중에 안 받아도 되는 거예요?"

"글쎄요, 그것과는 별개라… 경찰이 필요하면 연락하겠죠."

"또요? 여기까지 다시 와야 된다는 거예요? 이렇게 멀리?"

수아 언니의 목소리가 올라갔다. 반대로 변호사의 목소리는 더 차분해졌다.

"아무래도 변사체가 발견된 사건이니까요. 사고인지 사건인지 확실해질 때까지 경찰이 계속 경위 파악에 나설 겁니다."

"아, 뭐야… 바빠 죽겠는데."

변호사는 웃고 있지만 난처한 표정이다. 예상치 못한 일이라 그 역시 무척 곤란할 것이다. 종현 오빠의 죽음이 상속에 어떤 영향을 끼칠까? 이대로 상속이 무산되는 건 아닐까?

"경찰 조사는 얼마나 걸린대요?"

수아 언니가 뾰로통하게 물었다.

"한 시간 정도 걸릴 겁니다. 더 빨리 끝날 수도 있고요."

변호사의 말이 끝나자마자 구급차가 출발했다. 시현 오빠의 모하비와 경찰차에도 시동이 걸렸다. 이제 우리 차례다.

"가시죠. 임소희 씨, 어떡하실래요? 제 차를 타시겠습니까?"

"소희는 저랑 갈 거예요. 그럴 거지?"

수아 언니가 다가와 내 팔을 끼며 물었다. 강요하는 말투였지만 난 고개를 끄덕였다. 어떤 차를 타든 상관없다.

"어디로 가면 되죠? 적송파출소?"

"율주경찰서요."

"율주? 거긴 또 어디야? 여기는 내비가 삑 하면 오류 나는데 거기까지 어떻게 찾아가요?"

"제 차를 따라오세요. 천천히 가겠습니다."

변호사는 언니의 짜증을 대수롭지 않게 받아주었다. 그리고 차에 오르더니 기다리지 않고 먼저 출발했다.

"저게 천천히 가는 거야? 아, 운도 더럽게 없지. 소희야, 타. 우리도 가자."

언니는 속도를 높여 변호사의 차를 바짝 따라갔다. 운전이 매우 거칠어서 조수석 손잡이를 꼭 붙잡았다. 심장이 계속 쿵쾅거린다. 종현 오빠의 마지막 모습이 뇌리에서 떠나지 않는다.

"너 기분은 괜찮니?"

"많이 나아졌어요."

"그나마 다행이네. 너까지 어찌되나 했어. 왜들 그렇게 픽픽 쓰러지는지."

"왜… 그렇게 된 걸까요?"

"종현이? 모르지. 나도 오랜만에 만났는걸. 개인적으로 무슨 문제가 있는지 하나도 몰라. 경찰도 겉으로는 이상이 없어서 부검을 해봐야 사인을 정확히 알 것 같대."

"부검이요?"

"그러니까 내 말이. 그런 거, 살인이나 뭐 엄청 잔인한 사건이 났을 때 하는 거잖아. 어휴, 끔찍해. 나한테 왜 이런 일이 벌어지는 거야 도대체."

"진짜 오빠를 부검한대요?"

"하겠니? 시현이랑 현선이가 오케이 하겠냐고? 부검해야 된다는 건 경찰 말이야. 물론 의심이야 하겠지. 멀쩡하던 애가 갑자기 죽었으니까. 하지만 부검은 아니야. 너무 나간 거야."

부검이라는 단어에 소름이 돋는다. 종현 오빠가 죽었다는 사실이 비로소 실감이 난다.

8

걱정했던 것과 달리 경찰 조사는 별것 없었다. 소요 시간은 40분 남짓. 조서 작성이 싱겁게 끝나서 이래도 되나 싶을 정도였다. 종현 오빠가 변사체로 발견됐지만 경찰은 우리를 딱히 의심하는 것 같진 않았다.

"오늘은 이만 돌아가시죠."

변호사가 우리를 주차장까지 배웅했다. 집에 가라는 말이 반가운 동시에 개운치가 않다. 그리 쉽게 끝날 일이 아니다.

"변호사님은요?"

"경찰과 얘기 좀 나누고 가겠습니다. 차후 일정을 체크해 보려고요. 아, 임시현 씨, 좀 기다려 주시겠습니까? 따로 드릴 말씀이 있는데. 한 20분이면 됩니다."

시현 오빠가 고개를 끄덕였다. 그의 얼굴이 몹시 지쳐 보인다. 동생 하나가 죽고 다른 하나는 실신했으니 그럴 만도 하다.

"저희만 가도 되는 거예요?"

수아 언니가 변호사에게 조심스럽게 물었다.

"아, 일단은요."

"현선이는 어쩌고요? 우리도 병원에 가봐야 하지 않나?"

"두 분이 병원에 가셔도 할 일이 없을 겁니다. 뒷일은 제게 맡기고 댁에 가서 쉬세요."

"그래, 너희는 가봐. 현선이 깨어나면 내가 연락할게."

가라앉은 목소리로 시현 오빠가 말했다.

수아 언니와 함께 집으로 돌아가는 길은 순탄했다. 창밖을 보며 적송에서 보낸 시간을 되짚어봤다. 넓고 스산했던 시골집에서 보낸 4박 5일이 벌써 아득하다. 사촌들과 보낸 시간은 즐거웠지만 때로 이해할 수 없는 일도 있었다. 종현 오빠의 이상 행동과 실종, 그리고 죽음…. 정말 이대로 돌아가도 되는 걸까.

"변호사님이 시현 오빠에게 따로 할 얘기라는 게 뭘까요?"

"뭐긴 뭐겠어, 종현이 문제겠지. 부검하느냐 마느냐, 그거 결정해야 하잖아."

수아 언니가 아무렇지 않은 듯 말했다. 종현 오빠가 변사체로 발견된 이후 언니만 유일하게 평정심을 유지하고 있다.

"부검, 하게 될까요?"

"모르겠어. 나 같으면 안 한다고 할 거야. 으… 끔찍해. 뒷수습을 어떻게 하라고."

종현 오빠를 떠올렸다. 알게 된 지 고작 일주일 조금 지났는데 그의 모습이 내 머릿속에 각인돼 있다. 나를 '쏘가'라 부르고 줄담배를 피우던 모습, 한밤중에 마당에서 두 팔을 벌리고 껑충껑충 뛰던 모습, 그리고 갑작스레 내 목을 조르던 것까지도. 돌이켜보면 사라지기 전의 행동이 심상치 않았다. 혹시 이게 언니가 말한 동티라는 걸까.

"종현이 걔, 어렸을 때부터 말썽이 심했어. 어른들 속을 얼마나 썩였다고. 근데 다 커서도 그럴 줄 누가 알았겠어? 나쁜 놈. 술을 마시려면 곱게나 마시지."

재수 옴 붙는다, 수아 언니는 분명히 그렇게 말했었다. 놋그릇을 재떨이로 쓰는 오빠를 된통 나무랐다. 설마 그 일이 오빠의 죽음과 관련이 있을까. 그때 언니들이 왜 그런 반응을 보였는지 생각할수록 이해하기 힘들다.

"시현이랑 현선이, 걔들도 문제야. 왜 종현이 그러는 걸 미리 말리지 못했대? 내 동생 같았어봐, 난 그 술버릇 초장에 뿌리 뽑았어."

입이 간질간질하다. 수아 언니에게 단도직입적으로 묻고 싶다. 종현 오빠의 어떤 행동이 동티 난다는 것인지. 단순히 그 집에 있는 물건을 함부로 사용했다고 야단친 것은 아닐 것이다. 아무래도 뭐가 있다. 언니는 분명히 뭔가 알고 있을 것이다.

"저… 언니."

난 용기를 냈다. 지금 아니면 말하기 힘든 얘기다.

"동티 난다는 거, 오빠가 그 놋그릇을 만져서 그런 거잖아요?"

"소희 너, 내가 그런 말 하지 말랬지?"

예상대로 언니의 반응이 싸늘하다. 시골집에서 처음 물어봤을 때와 달리 진심으로 기분 나빠 한다. 하지만 나도 물러서지 않는다.

"금기 사항 같은 게 있는 거예요?"

"아니야."

"오빠가 그 뒤로 이상해진 건 맞잖아요?"

"아니래도! 너 그만해. 쓸데없는 거 묻지 마."

언니가 버럭 화를 냈다.

"하지만…."

"그냥 시골 할머니들처럼 한마디한 거야. 넌 모르겠지만 나 어렸을 때 어른들이 그런 말을 자주 했거든. 종현이랑 그거, 아무 상관 없는 일이야. 괜히 이상하게 엮지 마. 그리고 분명히 말해두는데, 내가 아니라면 아닌 거야."

언니가 속사포처럼 쏘아붙였다. 좀 더 캐묻고 싶지만 어쩔 수 없다.

"아, 연호 오빠가 부럽긴 처음이네."

길게 한숨을 내쉬며 언니가 말했다.

나도 연호 오빠가 부럽다. 고모의 유산을 거절할 정도로 돈이 많다면 얼마나 좋을까. 그랬다면 시골집에 가지 않았을 테고,

종현 오빠도 주검으로 발견되지 않았을 것이다.

오빠의 죽음이 무색할 만큼 날이 좋았다. 일요일 오후지만 차가 막히지 않아 우리는 30여 분 만에 집 근처에 도착했다. 집에 데려다준 게 고마워 난 마음에도 없는 말을 건넸다.

"언니, 집에 가서 차 한잔 하실래요?"

내심 거절하길 바라며 예의상 해본 말이다. 하지만 언니가 반색을 한다.

"진짜? 그래도 돼? 처음인데 빈손이라 좀 그러네. 그래도 괜찮지?"

"그럼요. 근데 집이 좁고 더러워요. 시골집 가느라 청소를 제때 못해서…."

집이 좁은 건 맞지만 더럽지는 않을 것이다. 깔끔쟁이 혜리가 이미 청소를 해놨을 테니까.

우리는 공동 현관을 지나 좁고 가파른 계단을 올라갔다. 현관문을 열자 딸랑, 하고 풍경 소리가 먼저 반겼다.

"소희야?"

신발을 벗기도 전에 혜리의 목소리가 들렸다. 수아 언니가 나를 쳐다봤다.

"나 화장실. 곧 나갈게."

또다시 소프라노 톤의 목소리가 들려왔다.

"누구야?"

언니가 목소리를 낮춰 물었다.

"제 친구 혜리예요. 같이 살거든요. 들어오세요."

언니를 거실로 안내했다. 거실이라 해봤자 별것 없다. 한쪽 벽에 싱크대와 냉장고가 있고 식탁 겸 책상으로 사용하는 4인용 테이블과 TV가 전부다.

커피포트에 물을 올리는 동안 언니는 신기한 듯 거실을 둘러봤다.

"여기서 친구랑 둘이 사는 거야? 언제부터?"

"2~3년 됐어요. 대학 기숙사에서 살다가 나왔거든요."

"생각보다 오래됐구나…. 네 방은 어디야? 저쪽이야?"

언니가 거실 옆 큰방을 가리켰다. 거기는 혜리의 방이다. 우리는 월세를 똑같이 나눠 내지만 보증금은 혜리가 더 많이 부담했다. 그래서 당연히 혜리의 방이 더 크다.

"제 방은 현관 쪽이에요."

"들어가서 봐도 돼?"

"볼 것도 없어요."

"궁금해서 그래. 네 방 좀 보여주라, 응?"

애교 섞인 요구에 언니를 내 방으로 안내했다. 구석에 둘둘 말아놓은 토퍼와 책상, 행거만으로도 꽉 찬 보잘것없는 방이다. 수아 언니가 방 안을 둘러보다가 책상 위 낡은 액자에 시선을 고정했다. 엄마 집에서 가져온 액자다. 언니가 액자를 들고 사진을 들여다보다가 희미하게 미소 지었다.

"외삼촌이랑 외숙모네?"

심장이 또 두근댄다. 언니는 내 어린 시절의 엄마 아빠를 기억하고 있다. 내가 모르는 아빠의 얼굴을 기억하는 언니가 부럽기만 하다.

"나 이 사진 알아."

언니가 사진을 보며 재밌다는 듯 웃는다.

"이거, 할아버지 생신 때 찍은 사진이잖아."

잃어버린 퍼즐의 한 조각을 찾은 기분이다. 언니와 내가 한 핏줄이라는 사실이 비로소 실감이 난다. 오래전 어느 날 언니와 난 같은 시간, 같은 장소에 함께 있었던 것이다. 변호사가 아빠의 제적 등본을 보여줬을 때도, 4박 5일 동안 시골집에 함께 있을 때도 느끼지 못했던 친밀감이 폭풍처럼 몰려온다.

"우리 집에도 이 사진 있어."

"언니네 집에도요?"

"이거보다 사이즈가 훨씬 커. 우리 가족 전체가 나온 사진이야. 이건 외숙모가 일부만 오려낸 것 같은데?"

가족 전체. 이 평범한 단어가 가슴을 울린다. 한때는 한집에서 같이 산 가족이었다는 말에 가슴이 뭉클한다.

"내가 집에 가서 원본 보내줄게. 너 번호가 몇 번이야?"

난 수아 언니에게 휴대폰 번호를 알려줬다. 몇 안 되는 내 휴대폰 연락처에도 언니의 번호가 추가됐다.

거실로 나가자 혜리가 놀란 눈으로 우리를 쳐다봤다. 언니와 함께 들어온 걸 몰랐던 것이다.

"우리 사촌 언니."

난 '우리'라는 단어에 힘주어 말했다. 나에게도 친척이 있다는 걸 자랑하고 싶다.

"아, 안녕하세요. 소희와 같이 사는 송혜리입니다."

혜리가 재빨리 인사하고 커피를 내왔다.

"소희랑 둘이 대학 동창이에요?"

"네, 회사도 같은 곳에 다녀요."

"그럼 혜리 씨도 인턴? 어머, 두 사람 종일 붙어 있겠네?"

첫 만남이지만 분위기가 괜찮다. 혜리가 눈치껏 맞장구를 치고, 수아 언니도 여느 때와 달리 상냥하다. 그러나 그것도 잠시, 언니는 커피를 두어 모금 마시고는 가봐야겠다며 자리에서 일어났다. 커피가 입에 안 맞았는지, 좁은 집이 답답했던 건 아닌지 걱정하며 언니를 배웅했다.

그리고 뒤돌아 계단을 올라가는데 마음이 무겁다. 아침부터 많은 일을 겪은 뒤라 하루가 너무 길다.

"네 사촌 언니, 여시처럼 생겼더라?"

거실에 들어서자마자 혜리가 말했다. 친숙한 얼굴, 친근한 목소리. 비로소 일상을 되찾은 기분이 들어 울컥했다.

"혜리야…."

두 팔을 벌리고 혜리에게 다가갔다.

"왜 그래? 무슨 일 있었어? 좀 전까지 멀쩡하더니."

혜리가 얼결에 나를 안았다. 혜리의 품이 이렇게 따뜻했던가.

시골집에서 있었던 일들을 이대로 모두 잊고 싶다.

"사촌이라는 것들이 너 왕따시켰니?"

"아니."

"아까 그 여시가 신데렐라 언니처럼 못되게 굴었어?"

"아니."

"그런데 왜 이래, 징그럽게?"

"그냥…."

그때였다. 쨍그랑— 어디선가 물건 깨지는 소리가 요란하게 났다. 혜리와 난 서로를 마주 봤다. 그리고 동시에 소리 나는 곳으로 뛰어갔다. 집에는 우리뿐인데, 물건을 건드릴 사람이 없는데, 대체 뭐가 깨진 걸까. 불길하게도 '동티 난다'는 말이 떠올랐다.

현관 바닥에 유리 파편과 자동차 키, 500원짜리 동전이 흩어져 있었다. 수납 트레이가 떨어져 깨진 것이다.

"아, 이거 또 이러네?"

혜리가 유리 조각을 집어 들며 말했다. 혹시라도 손을 다칠까 봐 청소기를 가져와 재빨리 파편을 치웠다.

"어저께 트레이가 깨져서 테이프로 붙여뒀거든."

"왜? 네가 떨어뜨렸어?"

"아니, 차 키를 놔두려고 보니까 깨져 있더라. 싼 걸 사서 그래. 이제 버려야 하나? 귀여운데… 그렇다고 이것만 놔둘 수는 없잖아?"

신발장 위에 보타이를 멘 불도그가 두 손을 내밀고 있다. 들고 있던 트레이가 떨어져 빈손이다.

"접시 하나 올려두면 되지, 아깝게 왜 버려?"

"맞는 접시가 있을까 몰라. 커피잔 받침이면 되려나? 또 깨지면 어떡하지?"

혜리가 자동차 키와 동전을 주워 신발장 위에 올려놓으며 투덜댔다. 난 청소기를 든 김에 현관을 마저 청소했고, 혜리는 싱크대를 뒤져 쓸 만한 접시를 찾았다.

"임소희! 청소는 어제 내가 다 했어. 깔끔 떨지 말고 이리 와서 갔다 온 얘기나 해봐."

"하아…."

시골집에서 겪은 일을 생각하니 절로 한숨이 나온다. 트레이가 깨진 바람에 잠시 잊고 있었는데, 오늘 하루는 깨진 유리 파편만큼이나 파란만장했다. 어디서부터 얘기를 시작해야 할지 막막하다. 그래도 일단 테이블에 마주 앉았다.

"뭔 일 있었네. 커피 한 잔 더 줄까?"

"아니, 맥주."

"헐, 맥주? 그 정도였어?"

혜리가 냉장고에서 캔맥주를 꺼내 왔다. 난 캔을 받아 들고는 한 모금 쭉 들이켰다. 차가운 맥주가 들어가자 정신이 번쩍 든다. 혜리가 캔맥주 뚜껑을 따며 내 안색을 살핀다.

"얼굴 좀 봐. 완전히 맛이 갔네. 대체 무슨 일이 있었는데?"

난 대답 대신 남은 맥주를 마저 비웠다. 탄산이 목구멍을 타고 내려가는 느낌이 짜릿하다.

"술 없이 말할 수 없는 얘기다, 이거지? 빨리 말해. 이 언니, 들을 준비 다 됐으니까."

난 적송파출소 앞에서 변호사를 만난 일부터 종현 오빠의 시체가 발견돼 경찰서에 간 일까지, 4박 5일 동안 겪었던 일을 죄다 털어놓았다. 보통 사람이라면 경험하기 힘든 일들이 불과 며칠 사이에 일어난 것이다.

"말도 안 돼…. 세상에 그런 일이 다 있다니."

얘기를 듣는 혜리의 표정이 심각하다.

"그러니까. 사촌들 생기고 유산도 받게 돼서 막 신났는데 끝이 악몽 같아."

"끝은 아니지. 그래도 사촌들이 있잖아. 유산도 받을 거고. 새옹지마라 생각하자. 긍정적으로, 응? 앞으로는 좋은 일만 있을 거야."

"제발 그랬으면 좋겠다."

"그럴 거야. 그나저나… 그 오빠 일은 참 안됐네."

"종현 오빠가 나랑 나이 차이가 제일 안 나거든. 그래서 그나마 편하다고 생각했는데…."

"우리가 여기서 교훈을 하나 얻네. 낯선 곳에서는 취할 때까지 마시지 마라. 뒷일은 아무도 모른다. 안 그래?"

시골집에서 고기를 굽고 맥주를 마시며 즐거운 시간을 보낼 때 종현 오빠는 늘 내 옆에 앉아 있었다. 술을 마시긴 해도 취할 정도는 아니었고, 술보다는 담배를 더 즐겼었다. 오빠를 생각하자 매캐한 담배 냄새가 나는 듯했다.

"원래 주사가 있었나 봐."

"너랑 같은 핏줄이면 술이 셀 텐데? 소희 넌 밤새워 마셔도 끄떡없잖아?"

"예외도 있지. 어쨌든 그런 사고가 있었어."

"살인 사건 아닌 게 어디야."

"야, 송혜리!"

"미안. 너 예민해진 거 잊었어. 아까, 너희 언니 여시 같다고 한 것도 미안. 그냥 해본 소리야. 알지?"

확실히 친구와 함께하는 것이 사촌들과 있는 것보다 백배는 편하다. 시골집에 머무는 동안 긴장했던 몸과 마음이 비로소 풀리는 느낌이다.

"여시 맞아. 네가 제대로 봤어. 너니까 얘기하는데, 5일 내내 진짜 얄미웠어."

"역시 그렇지? 내 눈이 정확하대도. 근데 뭐가? 구체적으로 어떻게 얄미운 건데?"

"손 하나 까딱 않는 건 기본이고, 다 자기 위주야. 있는 척도 은근 많이 해. 다른 언니 오빠들도 그런 성향을 다 알고 있더라고. 포기한 눈치더라."

마음에 담아둔 말들을 쏟아내니 속이 시원하다. 수아 언니가 싫은 건 아니지만 나도 모르는 사이에 불만이 쌓였던가. 난 혜리를 붙잡고 계속 하소연했다.

"너 동티 난다는 게 무슨 소린 줄 알아?"

"동티? 처음 듣는 말인데? 그런 말이 있어?"

혜리가 휴대폰을 들고 단어의 뜻을 검색했다. 난 맥주를 홀짝이며 꺼림칙한 기억을 한탄처럼 털어놓았다.

"수아 언니 말로는 재수 옴 붙는다는 뜻이래. 근데 그거 진짜더라? 어디서 찾았는지 몰라도 종현 오빠가 이상한 놋그릇을 가져와서 재떨이로 썼거든. 근데 그 이후로 정말 끔찍한 일이 생겼잖아."

"잠깐. 너 동티라고 말한 거 맞지?"

혜리가 휴대폰에서 시선을 떼지 않고 물었다. 그 애답지 않게 굳은 표정이다.

"동티가 그런 뜻이 아닌데?"

"수아 언니가 그렇게 말했어. 사전에선 뭐라는데?"

"예부터 금기된 행위를 해서 귀신을 노하게 하면 받는 재앙의 하나, 라고 나와."

금기, 귀신 그리고 재앙. 피식 웃음이 나왔다.

"죽은 오빠가 재떨이로 쓴 거, 그게 귀신을 노하게 한 건 아닐까? 그럼 그 언니 말이 다 들어맞잖아."

창고 뒤에서 수군대다가 갑자기 정색하던 언니들이 떠오른다. 새파랗게 질려 있던 시현 오빠 얼굴도. 우연의 일치겠지. 나만 빼고 그들끼리만 공유하는 비밀이 있을 거라 생각하긴 싫다.

"무슨 말 같지도 않은 소릴 해? 너 미신을 믿니?"

"이거 사전에 나와 있는 뜻풀이야."

"혜리야, 나 오늘 힘들었어. 많이 지쳤다고. 장난치지 마."

난 의자에서 일어났다. 기분이 안 좋아 억지로 웃을 수도 없다. 트레이가 깨진 것이 마치 전조처럼 느껴져 불길하다.

"나 들어가서 쉴게. 어젯밤 꼬박 샜더니 피곤해."

방으로 들어와 누웠지만 막상 잠이 오지 않는다. 도진이에게 전화를 걸었지만 신호만 갈 뿐이다. 바쁜 거겠지. 시험이 얼마 남지 않았으니까. 그에게 메시지를 남기고 다시 눈을 감았다. 그러나 시골집에서 벌어진 일들이 꼬리에 꼬리를 물고 떠오른다. 수아 언니가 했던 말과 혜리가 읽어준 뜻풀이도 계속 마음에 걸린다.

종현 오빠는 정말 귀신의 노여움을 산 걸까. 혜리 말대로 그래서 죽은 걸까. 그렇다면 시골집에 귀신이 있다는 얘기인데. 말도 안 돼. 난 보지도 못했는걸. 귀신이 있다고 느끼지도 못했어. 하지만 밤새도록 다리를 떨던 현선 언니와 두 눈을 부릅뜨고 날 노려보던 수아 언니가 머릿속에서 지워지지 않는다. 악몽 같지만 모두 사실이다.

몸이 으슬으슬 떨려 이불을 머리끝까지 뒤집어썼다. 그리고 이런저런 생각을 하다 간신히 잠이 들었다.

얼마나 잤을까. 휴대폰 알림음에 눈이 떠졌다. 몸을 일으켜 문자를 확인했다. 수아 언니가 보낸 건데 아무 내용 없이 사진만 덜렁 첨부돼 있다. 열 명이 넘는 사람들이 모여 찍은 단체 사진이다.

고맙다는 답장을 보내고 사진을 확대해서 보았다. 큰 기와집을 배경으로 어른 일곱 명에 아이가 여섯이다. 오른쪽 끝에 나를 안은 엄마와 아빠가 있다. 내 책상 위에 둔 사진과 똑같다. 순간 가슴이 울컥했다.

난 휴대폰을 들고 거실로 뛰쳐나갔다.

"혜리야, 사진 왔어."

"무슨 사진?"

"이거, 내 방에 있는 사진과 똑같은 거야. 이게 원본."

혜리가 휴대폰을 받아 들고 사진을 자세히 들여다봤다.

"어머, 어쩜… 이거 너 아냐? 너희 엄마도 여기 계시네. 그 언니가 친척이 맞구나. 난 사기치는 거 아닌가 했는데."

"내가 언니랑 그렇게 안 닮았어?"

"조금 닮기야 했지. 그런데 사기꾼들이 워낙 치밀하니까 혹시나 한 거지. 야아, 임소희 좋겠다, 친척들이 왕창 생겨서."

우리는 사진을 한참 들여다봤다. 할아버지와 할머니, 모르고 살았던 큰아버지와 고모의 존재가 새삼스럽게 다가온다. 사진 속에 고모가 하나뿐인 걸 보면 유산을 물려준 작은고모는 그날 같이 없었던 모양이다.

"죽은 오빠가 이 사람이야?"

혜리가 작은 남자아이를 가리킨다. 얼굴에 장난기가 가득한, 예닐곱 살 된 아이다.

"아마도?"

"잘생겼네. 이 여자애는, 아까 집에 왔던 그 언니?"

난 고개를 끄덕였다. 혜리의 손가락이 머리를 길게 땋은 여자아이를 가리키고 있다. 새초롬한 표정이 딱 수아 언니다. 그 옆에 유달리 피부가 희고 통통한 아이는 현선 언니일 것이다. 시현 오빠와 연호 오빠는 제법 늠름해 보인다.

"소희야, 사진 크게 뽑아서 걸어놔야겠다."

"뭘 그렇게까지…."

"네 가족사진이잖아."

"누가 사진관집 딸내미 아니랄까 봐. 됐어."

"조금 올드하지만 벽에 걸어놓자. 얼마나 든든하겠어. 이 사람들이 다 친척인데. 너희 엄마 돌아가시고 나 걱정 많이 했잖아. 너 외로울까 봐."

혜리의 말에 마음이 살짝 흔들린다. 진짜 액자에 넣어 벽에 걸어볼까. 솔직히 엄마 돌아가신 후로 나는 천애고아다. 도진이와 혜리가 아무리 가까워도 친구지 가족은 아니다. 피는 물보다 진하다는 말을 믿어보고 싶다.

* * *

월요일 아침, 혜리와 나는 회사에 제일 먼저 출근했다. 아프다는 핑계로 연락도 없이 내리 3일을 빠진 터라 가슴이 조마조마했다.

"짜아식, 쫄기는."

혜리가 내 어깨를 툭 치며 말했다.

"너 같으면 안 그러겠니? 인턴 주제에 무려 3일을 결근했어."

"병가래도? 너 쓰러져서 구급차 타고 병원 갔어. 회사에 그렇게 말했으니까 그런 거야. 알았지? 너 말조심해야 해. 안 그러면 나도 끝이야."

"눈물 나게 고맙다."

"고마워할 게 또 있어. 네가 할 일, 내가 싹 다 해놨거든. 못 믿겠으면 확인해봐."

"이 은혜를 어떻게 갚니?"

"으음… 커피? 샷 추가해서 벤티로?"

"야근도 했을 텐데 그걸로 되겠어?"

"내가 원래 소박하잖아. 아이면 돼."

나는 곧바로 회사 옆에 있는 커피숍 로스트로 향했다. 벤티 사이즈의 아이스 아메리카노는 물론 혜리의 쿠폰에 도장까지 받아줄 생각이다. 혜리 덕분에 일에 대한 부담을 덜어 마음이 홀가분하다.

"어서 오세요."

커피숍 문을 열고 들어서자 바리스타가 인사했다. 지난 주에 본 신입 직원이다. '민성재'라는 그의 이름을 확인하며 커피를 주문했다.

"테이크아웃으로 아아 두 잔 주세요."

"하나는 샷 추가한 벤티, 하나는 톨, 맞으시죠?"

그는 나를 기억했다. 아마 머리에 꽂은 흰 리본 때문일 거다. 오늘 하루가 순조로울 것 같은 예감이 든다.

"톨 사이즈 먼저 드릴게요."

그가 건네준 커피를 마시며 휴대폰 속 사진을 다시 들여다봤다. 그리운 엄마 아빠를 보고, 언니 오빠들의 모습도 확인했다. 자세히 보니 아빠와 사촌들이 많이 닮았다. 그렇다면 나도 언니 오빠들과 닮았다는 얘기겠지.

그때 누군가 커피숍으로 들어왔다.

"이게 누구야? 임소희 아냐?"

익숙한 목소리에 깜짝 놀라 고개를 들었다. 아라 선배였다. 순간 긴장해서 몸이 굳었다. 나를 힐끗 보는 바리스타의 시선이 느껴졌다.

"몸 괜찮아? 병원에 실려 갔다며? 며칠이나 입원했던 거야? 지금은 회복한 거지?"

"아, 네… 괜찮아요. 멀쩡, 해졌어요."

당황스럽다. 난 거짓말에 능숙한 편이 아니다. 혜리가 거짓말한 게 들통날까 봐 가슴이 조마조마하다.

"다행이네. 걱정 많이 했잖아."

"죄송해요, 선배님."

"뭐 어쩌겠어. 너 없어서 일이 밀리긴 했지만, 사람이 아프다는데 어떡해?"

"죄송합니다."

"괜찮아. 마감 잘 쳤어. 우리가 대신 이틀이나 밤을 샜지만 무사히 마친 게 어디야? 사실 큰일 날 뻔했어. 실장님까지 남아서 일했다니까."

선배에게 면목이 없다. 나 때문에 모두가 고생했는데 혼자 편히 쉬다 온 것 같아 미안하다. 고마움을 어떻게 보답해야 할까.

"제가 사무실에 커피라도 돌릴까요?"

미안한 마음을 속된 말로 퉁치고 싶었다.

"커피? 나 비싼 거 골라도 돼?"

아라 선배의 눈이 반짝 빛났다.

나중에 혜리가 탕비실로 나를 불러내 영수증을 보자고 했다.

"세상에… 이게 인턴한테 할 짓이야? 우리가 얼마나 번다고 거머리처럼 쪽쪽 빨아먹는 거야?"

혜리가 영수증을 보고 기겁했다. 커피값만 4만 2000원, 케이크 두 조각을 더해 총 5만 원어치였다. 그나마 직원 수가 적어서 다행이었다.

"언제부터 자기가 사이폰 커피를 마셨다고 이딴 걸 주문해?

아라 선배, 진짜 양심 없다."

"나 때문에 고생했다는데 어떡해. 결근한 내 잘못이지."

"하루야. 고작 하루 야근했다고. 자기는 커피 한잔 산 적 없으면서. 그리고 네 일은 티 안 나게 내가 다 했단 말이야. 아라 선배는 한 것도 없어."

혜리는 나보다 더 화를 냈다. 하지만 인턴은 약자다. 윗사람의 눈치를 볼 수밖에 없다.

우리는 자리로 돌아가 억지로 웃으며 일했다. 선배들에게 뇌물을 바친 덕인지 3일간의 결근을 아무도 문제 삼지 않았다.


퇴근 후에는 오랜만에 도진이와 오붓하게 데이트했다. 오랜만이라고 해봤자 일주일이지만 마주 앉아 같이 밥을 먹는다는 사실이 꿈만 같다.

"큰일 겪었는데 괜찮아 보인다?"

"나 걱정했어?"

"당연하지. 연락이 안 되니까 마냥 기다려야 하잖아. 속만 끓였어."

도진이가 씩 웃으며 파스타 면을 돌돌 말아 입안에 넣는다. 비록 저렴한 파스타집에서 싸구려 하우스 와인을 마시지만 함께 있는 것만으로도 행복하다.

"그 형 일은 어떻게 됐어?"

"몰라. 아직 연락이 없네."

"경찰 조사까지 가는 거면 쉽게 끝나지 않을 것 같은데?"

"나도 걱정되긴 해. 하지만 변호사가 있잖아. 생각보다 잘 해결되지 않을까, 살짝 기대하고 있어."

그때 낯선 번호로 전화가 왔다. 스팸 전화일까? 아니면 시현 오빠나 현선 언니? 그들은 내 번호를 모르는데. 잠시 고민하다 전화를 받았다.

〈여보세요? 소희니?〉

뜻밖에도 현선 언니였다. 난 도진이를 보며 입 모양으로 '사촌'이라고 발음했다.

"아, 언니… 몸은 좀 어떠세요?"

〈엉망이지. 너 경찰에서 연락 왔니?〉

"아뇨."

〈추가 조사다, 뭐 그런 전화 정말 안 왔어?〉

목소리가 날카롭다. 종현 오빠의 사고 조사가 지연될까 봐 걱정된다. 또 율주경찰서로 불려 가는 건 싫은데.

"전화 받은 거 없어요."

〈그래? 그럼 다행이고.〉

"왜요? 언니는 따로 연락받은 거예요?"

〈나야… 가족이니까.〉

"경찰이 뭐라는데요?"

〈자세히 말은 안 해주는데 사망 진단이 얼추 나온 것 같아. 그거 가지고 불러서 다시 얘기하겠지.〉

"언니 고생하시겠어요."

〈할 말이 굉장히 많아. 조사가 끝나야 장례도 치르는데. 아, 만나서 얘기하자. 언제 시간 되니?〉

"아무 때나 괜찮아요. 언니 오빠 편한 시간을 알려주시면 제가 맞출게요."

〈알았어. 정해서 연락할게. 조만간 시현 오빠 가게에서 봐.〉

1분도 안 되는 짧은 통화였다. 하지만 사고 수습이 여의치 않다는 느낌이 목소리에서 전해졌다. 경찰이 종현 오빠의 죽음을 타살로 보는 걸까? 우리 중에 가해자가 있다고 추측하는 건 아니겠지? 설마 나를 주목하는 걸까? 말도 안 되는 상상이 꼬리를 물었다.

"언니라는 분과 나이 차가 많이 나?"

"한 열 살쯤? 왜?"

"전화 받는 태도가 공손해서. 내가 아는 임소희와 너무 다르잖아."

도진이가 웃는 모습을 보니 긴장이 조금 풀린다.

"너도 내 입장이 돼봐. 사촌이지만 처음 보는 데다 나보다 나이도 많아. 게다가 난 혼자니까 저자세일 수밖에 없지."

우리는 많은 얘기를 나누며 하우스 와인을 두 잔씩 마셨다. 그런 다음 커피를 사들고 봄바람이 부드럽게 불어오는 밤거리를 산책했다.

"공부는 잘돼가?"

"모르겠어. 남들 따라 하긴 하는데, 이 길이 맞는 건지…."

도진이가 내 손을 꽉 잡았다. 그의 말과 달리 태도에는 자신감이 넘친다. 아직 학생인 그는 취업이라는 관문을 뚫기 위해 노력 중이다. 나도 인턴 신분이라 그 과정이 쉽지 않다는 걸 잘 안다.

"회사는 어때? 다닐 만해?"

"오래 버틸 수 있을까 모르겠어. 디자인 전공했으니 다니는 거지, 나도 일이 적성에 맞는지 확신할 수가 없네. 너랑 똑같아."

"자격증 준비는 하고 있어?"

"포기했지. 회사에서 일하느라 공부할 새가 어딨어."

"차라리 사업을 해보는 건 어때."

"사업? 내가?"

"너 솜씨 좋잖아. 아이템 하나 잡아서 쇼핑몰 같은 거 해봐."

"그건 뭐 쉽나? 그리고 내가 돈이 어딨다고?"

"고모 유산 받잖아."

아, 그게 있었지. 유산을 받으려고 시골집에서 4박 5일을 꼬박 보냈는데. 종현 오빠 일로 충격을 받아 잠시 잊고 있었다.

"내가 정말 받을 수 있을까?"

"변호사가 얘기한 대로 상속 조건을 다 이행했잖아."

"하지만 공동 상속이야. 종현 오빠가 그렇게 될 줄 모르고 한 얘기잖아. 조건이 변경됐으니 없던 일로 하자면 어떡해?"

"걱정도 많다. 상속분이 늘어나면 늘어났지, 없어지거나 줄어들겠니?"

그럴까? 하지만 만에 하나, 상속이 취소될 수도 있다. 변호사는 공동 상속임을 계속 강조했다. 그래서 시골집 가는 인원을 미리 확인했고, 참석하지 않는 연호 오빠는 상속 대상에서 제외됐다. 종현 오빠의 죽음이라는 돌발 변수가 생길 줄은 아무도 몰랐다. 그러니 앞으로 또 어떤 일이 벌어질지 누가 알겠는가.

도진이와 집 앞에서 헤어진 후 계단을 올라갔다. 그리고 현관문을 여는 순간 섬뜩한 기분이 들었다. 평소와 다름없지만 어딘가 이상한 느낌. 신발을 벗고 안으로 들어가려다 혹시나 하는 마음에 신발장 위를 돌아봤다. 두 손을 앞으로 내밀고 있는 능청스러운 불도그. 그 손 위에 뭔가가 있었다. 놋그릇이었다.

움푹한 놋그릇 안에 자동차 키와 동전 몇 개가 담겨 있었다. 난 차마 만지지는 못하고 가까이 다가가 안을 자세히 들여다봤다. 놋그릇 안쪽에 선으로 연결된 문양이 음각되어 있다. 시골집에서 종현 오빠가 재떨이로 썼던 그 물건이었다.

"혜리야!"

갈라진 목소리가 나왔다. 얼어붙은 듯 한 발짝도 움직일 수가 없었다.

"응? 왜 불러? 왔으면 들어오지."

나와 달리 혜리의 목소리는 태연했다.

"이거 뭐야?"

"뭐가 뭐긴 뭐야?"

"이리 와봐. 빨리!"

"아, 간만에 쉬고 있는데 왜 사람을 오라 가라야, 귀찮게."

혜리가 눈을 흘기며 현관으로 나왔다. 난 떨리는 손으로 불도 그가 들고 있는 놋그릇을 가리켰다.

"이거, 이거 어디서 났어?"

"어디서 나긴. 네 가방에서 나오더라."

"내 가방?"

"이 언니가 오늘 빨래를 했잖냐. 빨랫감 있나 하고 네 방에 갔더니 가방 속에 이게 있던데?"

"뭐?"

"뭘 그렇게 놀라? 네가 갖고 와놓고선."

"이거… 내 물건 아니야."

"네 가방에서 나왔다니까."

"이 놋그릇… 내가 말했지, 종현 오빠가… 재떨이로 써서 동티났다고. 그게 이거야. 이것 때문이라고."

남의 물건은 함부로 만지는 게 아니다. 함부로 집에 들이는 것도 아니다. 물속에 엎드린 채로 죽어 있던 종현 오빠가 떠올랐다. 다음은 내 차례일까 봐 덜컥 겁이 났다. 왜 이게 내 가방에 있었을까. 난 가져온 기억이 없는데. 언니들이 분명히 제자리에 돌려놨다고 말했는데 왜….

"자세히 봐. 이거 맞아? 확실해?"

혜리가 미심쩍은 눈초리로 물었다.

"맞아, 맞다고. 이걸 어떡해?"

"하아… 이걸 왜 갖고 왔냐?"

"난 모르는 일이라고 했잖아."

당황해서 목소리가 올라갔다. 당장이라도 갖다버리고 싶다. 하지만 내 마음대로 그럴 순 없다.

"그 언니가 두고 간 거 아닐까?"

"수아 언니가 왜? 그럴 리가 없어."

"네 방에 같이 들어갔었잖아?"

"그때 빈손이었는걸? 차에서 가방을 갖고 내리지도 않았어."

"그럼 뭐지? 왜 이게 네 방에 있어?"

"몰라. 예감이 안 좋아."

"예감 따위는 집어치우고, 당장 언니한테 전화해서 물어봐. 그 언니 휴대폰 번호 있지?"

혜리의 말에 용기 내어 전화를 걸었다. 신호음이 몇 번 간 후에 수아 언니가 받았다.

〈어, 웬일이야?〉

"저 언니, 혹시 저희 집에 그릇 같은 거 두고 가셨어요?"

〈그릇? 내가 왜?〉

"어제 오셨을 때 제 방에 들어가셨잖아요?"

〈그런데?〉

"못 보던 물건이 하나 나와서요."

〈무슨 소릴 하는 거야? 내가 무슨 그릇을 두고 갔다고? 그 그

릇이 뭔데?〉

"놋그릇이요. 종현 오빠가 재떨이로 썼던…."

〈그게 무슨 말이니?〉

언니의 목소리가 싸늘하게 변했다. 톤도 낮아졌다. 실내 온도가 10도는 떨어진 느낌이다.

"그 놋그릇이, 우리 집에 있다고요."

〈뭐? 그게 왜 거기 있어?〉

언니가 갑자기 호통을 쳤다. 미처 예상하지 못한 일인 듯하다. 언니가 두고 간 게 아니라면 대체 어디서 나왔을까?

"전 가져오지 않았어요. 근데 제 가방에…."

〈만졌어? 손댔냐고?〉

"네, 친구가요."

〈하아, 머리 아프게 됐네. 그거 지금 어디에 뒀어? 버렸니?〉

"아뇨. 신발장 위에 뒀어요."

〈신발장?〉

"친구가 트레이 대신 쓴다고…."

〈그것 말고 다른 행동은 안 했지?〉

"다른 행동이요?"

〈종현이처럼 담뱃재를 털었다거나, 뭐 그런 불경스러운 짓 말이야.〉

"그냥 차 키랑 동전을 담아놨어요."

말소리가 떨렸다. 내가, 아니 혜리가 귀신을 노하게 한 건 아닐까. 놋그릇을 집 안에 들였다고 벌을 받게 될까 봐 무서웠다.

〈일단 그거 만지지 말고 그냥 둬.〉

의외로 언니의 목소리가 차분했다.

"저도… 동티 나는 건가요?"

〈물건만 담아뒀으면 별일 없을 거야.〉

"그릇에 귀신이 붙은 거예요?"

울먹이는 목소리로 진지하게 물었다. 그런데 휴대폰 너머로 웃음소리가 들렸다. 언니는 참을 수 없다는 듯 계속 킥킥거렸다.

"귀신 붙은 물건, 맞죠?"

〈세상에 그딴 게 어디 있니?〉

뜻밖의 답이 돌아왔다.

"언니가 동티 난다고 했잖아요? 종현 오빠 일도 있고…."

〈그거야 할머니가 전부터 집 안에 있는 물건 함부로 만지지 말라고 해서 그랬지. 설마 그걸 재떨이로 썼다고 종현이가 죽었겠니? 너 정말 그렇게 믿는 거야?〉

"언니…."

〈아, 애들 상대로 장난도 못 치겠네.〉

또다시 숨넘어가는 듯한 웃음소리가 들렸다. 장난? 장난으로 그랬다고? 이제껏 날 어린애 취급하며 놀린 거야?

〈세상에 귀신이 어딨니? 그땐 종현이가 물건을 함부로 쓰니까, 나중에 팔 때 제값 못 받을까 봐 그랬던 거고. 왜, 아직도 무서워? 진짜 귀신 같은 걸 믿는 거야?〉

"아뇨. 그건 아닌데…."

〈아니긴 뭐가 아니야? 믿나 보네. 너 너무 순진한 거 아냐?〉

"그럼 이 놋그릇은 어떡해요?"

〈그냥 써.〉

"만져도 되는 거예요?"

〈내가 장난친 거래도. 네 마음대로 써. 마음에 안 들면 버리든가. 그런데 버리기엔 아깝다. 비싸 보이던데.〉

"그러면 저 어떡해요…?"

〈겁이 많기는. 정 불길하면, 어차피 우리 곧 적송 갈 거잖아? 그때 시골집에 갖다 두든가. 이제 됐니? 에이그, 우리 소희 아직도 아기네.〉

수아 언니는 전화를 끊을 때까지 웃음을 참지 못했다. 난 휴대폰을 쥐고 멍하니 있었다.

"왜? 언니가 뭐라는데? 큰일이래?"

혜리가 심각한 표정으로 캐물었다.

나만 바보가 된 기분이다.

9

또다시 검은 상복을 입었다. 다시는 입을 일이 없을 줄 알았는데. 밤이라 그런지 장례식장에 조문객은 많지 않다.

"어머, 얘. 너 일찍 왔구나?"

무거운 공기를 가르는 쾌활한 목소리. 수아 언니였다. 옷차림에 먼저 눈이 갔다. 언니 역시 검은 복장이지만 붉은색이 살짝 도는 것이 묘하게 화려하다.

"너도 참… 뭘 상복까지 입었대?"

언니가 나를 위아래로 훑었다. 어제 놀림당한 것이 생각나 언니의 등장이 반갑지만은 않다.

"조문하셨어요?"

"그럼. 시현이 걔 졸고 있더라. 예상했지만 사람이 생각보다 더 없네?"

언니는 자리에 앉자마자 떡부터 집어 먹었다. 그리고 손가락을 쪽 빨더니 소주를 따랐다. 내 앞에도 소주잔을 놓았다.

"장례는 며칠이나 한다니?"

"아직 못 들었어요. 3일장 아닐까요? 보통 그러잖아요."

"3일이나? 너도 변호사 연락받고 왔지?"

언니가 소주를 쭉 들이켰다. 그리고 또 한 잔을 따르더니 접객실을 두리번거렸다. 가까운 테이블에 검은 양복 차림의 남자 몇이 얘기를 나누고 있다. 구석에는 홀을 등지고 앉은 사람이 혼자 식사 중이다. 개량한복 차림이라 더 눈에 띈다. 모두 종현 오빠 친구가 아닐까 싶다.

"이런 일은 조용히 넘어가는 게 좋을 텐데⋯ 왜 연락을 돌리고 그랬대, 시현이답지 않게."

그 말이 서운하게 들린다. 인지상정이라는 게 있지, 그래도 사촌이 아닌가. 종현 오빠를 알게 된 지 고작 일주일 정도 지났지만 나는 잘 보내주고 싶은 마음이다.

"장례 치르는데 당연한 거잖아요. 지인들에게 어떻게 연락을 안 해요?"

수아 언니가 못마땅해서 말이 뾰족하게 나왔다.

"소희 너도 앞뒤가 꽉 막혔구나? 잘 들어. 이거 소문나서 우리에게 좋을 게 뭐 있니? 종현이가 그냥 죽었어? 자살도 아니잖아. 변사야."

언니는 조문객들을 의식하지 않고 큰 소리로 말했다. '변사'라는 말에 육개장을 갖다주던 직원이 힐끗 쳐다봤다. 다른 테이블에서도 우리를 보는 것 같다. 제발 목소리 좀 낮췄으면. 정작 소문은 언니가 다 내고 있다. 하지만 언니는 좀처럼 언성을 낮추지 않는다.

"이상한 소문 돌면 종현이가 퍽이나 좋아하겠다. 너 입소문이 얼마나 무서운 줄 알아? 걔 일하던 곳이 학교야. 큰 조직이라고. 입이 좀 많아? 왈가불가할 사람이 태반이야."

"얘기하면 어때? 내 귀에만 안 들어오면 되지."

삼베 완장을 찬 시현 오빠가 언니 옆에 앉으며 말했다. 턱 주변에 수염이 퍼렇게 자랐고 몹시 피곤해 보인다.

"여기 왜 나왔냐? 너 상주잖아?"

"빈소는 현선이가 지키고 있어. 올 사람은 이제 다 온 거 같고…. 수아 넌 제주도라 못 온다더니?"

"놀지도 못하고 바로 올라왔지. 종현이 일인데 내가 어떻게 빠져?"

"커피나 박카스 없니? 아, 졸려 죽겠다."

난 캔커피를 가져와 오빠에게 건넸다. 그는 뚜껑을 따자마자 단숨에 비웠다.

"경찰이 뭐래?"

수아 언니가 오빠에게 바짝 다가앉으며 물었다.

"익사. 겉으로 봤을 때 외상이 없는데 폐에 물이 찼대. 종현이 자식, 술 먹고 해롱대다 개천에 빠진 거지. 술 마시면 원래 몸을 가누기 힘들잖아. 혈중 알코올 농도가 상당히 높게 나왔대. 그래서 그걸로 바로 수사 종결."

"결국 부검했네?"

"안 하면 일 나게? 경찰이 우리를 의심하는 눈치던데 어떻게 동의를 안 하겠어?"

"그건 그래. 머리 아플 뻔했지. 근데 종현이가 하루 늦게 발견된 건 경찰이 뭐라고 안 해?"

"상류에서 떠내려온 걸로 결론 났어. 술 취한 사람이 뭔들 못 하겠냐. 멀리까지 기어가서 빠졌나 보지. 어쨌든 너희들, 내 덕에 경찰서 들락거리지 않게 된 거야. 고맙게 여겨."

"눈물 나게 고맙다. 그래서 변호사는? 언제 만나기로 했어?"

"온다고 했으니까 곧 나타나겠지?"

시현 오빠가 손목시계를 봤다. 나도 맞은편 벽시계로 시선을 옮겼다. 이제 막 자정을 넘어서고 있다.

"이 밤에 온다고? 웬일이야? 그 변호사, 가만히 보면 참 부지런해."

"일 때문이겠냐? 조문하러 오는 거야."

"현선이랑 너, 우리에게 부고장 안 돌렸더라?"

"알아서 찾아왔잖아. 그럼 됐지."

"그래도 섭섭해. 장례는 3일장이지?"

"무슨 좋은 일이라고. 어른들 장례도 아니잖아. 내일 아침

6시에 발인이야. 조문 올 사람도 다 왔고, 나도 가게 오래 못 비워. 내 사정 알잖아?"

"그래도 어떻게 이틀 만에 장례를 끝내?"

"법으로 정해진 것도 아니잖아. 뭐 어때?"

"내가 안 괜찮아서 그래. 사실 나, 내일 시간 안 된단 말이야. 갑자기 일정을 어떻게 비워?"

"바쁘면 참석 안 해도 돼."

"정말? 괜찮겠어?"

"너랑 소희는 오늘 와준 것만으로도 고맙지."

"역시 시현이. 땡큐."

"하지만 오빠, 사람이 너무 없잖아요. 쓸쓸하지 않을까요?"

"죽은 사람이 뭘 알겠어. 그리고 상조회사 좋은 게 뭐겠니? 알아서 다 해줄 거야. 너희는 신경 쓸 필요 없어."

시현 오빠는 대수롭지 않게 말했다. 피를 나눈 형제간인데 너무하다 싶지만, 소심해서 더 이상 대꾸하지 못했다. 솔직히 결근하지 않아도 된다는 사실에 나도 안도했다. 오늘 밤만 새고 회사로 바로 출근하면 되니까.

접객실이 썰렁하다. 조문객들이 앉은 테이블은 고작 두 개뿐이다. 그마저도 언제 일어설까 눈치를 보는 듯하다. 종현 오빠의 죽음을 슬퍼하는 사람은 아무도 없다. 2주 전 엄마의 장례식이 오버랩되며 기분이 울적하다. 그때 엄마의 빈소도 참 쓸쓸했었다.

시현 오빠가 피곤한 듯 벽에 머리를 기댔다. 수아 언니는 이어폰을 꽂았다. 발인까지 아직 몇 시간 남았는데 피로가 몰려온다. 째깍째깍. 시계 초침이 더디게 간다.

"제가 좀 늦었습니다. 피곤하시죠?"

남자 목소리에 화들짝 놀라 눈을 떴다. 깜박 졸았던가. 언제 왔는지 내 옆에 변호사가 서 있다.

"새벽에 오시게 해서 죄송합니다."

오빠가 일어서서 그를 맞았다.

"괜찮습니다. 뭐, 일이라는 게 항상 스케줄 맞춰 생기는 건 아니니까요. 고인이 가족분들께 빨리 인계돼서 다행입니다."

"힘써주신 덕분에 장례를 무사히 치르게 됐습니다."

"별말씀을요. 그게 어디 제 덕분인가요. 어떻게 발인 일정을 빨리 잡으셨네요?"

"보낼 사람은 빨리 보내고 산 사람은 살아야죠."

"장지는 어디로 정하셨습니까?"

"그게…."

시현 오빠가 수아 언니 눈치를 살핀다. 그리고 내 얼굴도 슬쩍 본다. 말끝을 흐리는 게 뭔가 곤란한 문제 같다.

"고모님이 물려주신 시골집 근처에…."

"야!"

수아 언니가 버럭 소리를 질렀다.

"너 뭐야! 우리한테 허락도 안 구하고 마음대로 묘를 써?"

"목소리 낮춰. 사람들 보잖아."

"그게 네 재산이니? 그 집을 너 혼자 물려받은 거야?"

"그럼 어떡해? 종현이를 어디다 묻어? 급한 대로 거기라도 써야지."

"그건 네 사정이고."

"참 야박하네. 연호 형 일이라면 그렇게 말할 수 있겠냐?"

"아니면 화장을 하든가."

"화장장 예약하기가 어디 쉬워? 당일 잡는 게 가능할 것 같아? 그리고 화장하면? 그다음엔 어떡할 건데? 납골당으로 보내? 그 비용 네가 낼래?"

"내가 왜 내?"

"거봐. 네가 유골함 품고 잘 거 아니면 참견하지 마."

"향주 할아버지 집도 있잖아. 거기 묻어."

"야! 마을 한복판에 어떻게 묘를 쓰니?"

"아, 몰라. 어쨌든 거긴 안 돼. 할아버지 집, 아니면 납골당이든 수목장이든 다른 데 알아봐."

"그게 네 땅이야?"

"자, 그만! 그만들 하십시오."

변호사가 두 사람을 말려보지만 그 말을 들을 언니 오빠가 아니다. 조문객들이 보든 말든 자기주장만 내세운다. 부끄러움은 내 몫이다.

"다수결로 해. 현선이는 동의했거든? 종현이도 살아있다면 당연히 내 의견을 따랐을 거고. 소희 빼고도 3 대 1이다."

"죽은 애를 왜 넣어?"

"걔도 엄연히 상속인 중 하나거든."

"잊었나 본데, 우리 아직 상속 전이야. 종현이는 당연히 빼야지. 아웃된 거야, 걔. 그러면 2 대 2야. 우리는 시골에 종현이 묻는 거 동의 안 할 거거든. 그치 소희야?"

사람들의 시선이 나에게 쏠린다. 내 결정에 따라 종현 오빠가 쉴 곳이 정해지는 건가. 갑자기 어깨가 무겁다. 대답하기 곤란하다. 내가 어떤 선택을 하든 비난이 쏟아질 게 뻔하다. 난 어느 쪽에서도 미움받고 싶지 않다.

"이러면 어떨까요?"

변호사가 여느 때처럼 중재를 시도한다. 나를 주시하던 날카로운 눈들이 일제히 그의 입을 바라본다. 난 조용히 안도의 한숨을 쉬었다.

"일단 임시현 씨 계획대로 진행하시죠."

"변호사님!"

"최수아 씨, 일단이라고 말씀드렸습니다. 지금 상황에 다른 수가 없지 않습니까? 고인을 이대로 방치할 수도 없는 문제입니다. 우선 매장하고, 나중에 이장하든지 말든지 결정하시죠."

"나중에요? 그러다 눌러앉으면? 시현이가 책임질 것 같아요?"

"눌러앉아? 책임? 무슨 말을 그렇게 해?"

"그럼 뭐라고 표현할까? 시골집을 무덤으로 만든다는데 찬성할 사람이 어디 있어? 네가 펜션 한다고 했지? 무덤 보이는 펜션에 잘도 놀러 오겠다?"

"최수아! 보자 보자 하니까 이게!"

"자, 자… 진정들 하시고, 제가 정리하겠습니다. 임종현 씨 묘는 임시로, 적송 임성미 씨 땅에 쓰는 걸로 하겠습니다. 최수아 씨가 제기한 문제는 차후 상의해서 다시 결정하는 것으로 하고요. 모두 동의하시죠?"

"네, 말씀대로 할게요."

감정싸움으로 치닫기 전에 내가 얼른 대답했다. 시현 오빠의 표정이 밝아지고 수아 언니도 기세가 한풀 꺾인다.

"그럼 이장 비용은 시현이 네가 내. 난 한 푼도 못 줘."

"어떻게 결정 날 줄 알고?"

"말했잖아, 난 반대야. 나중에도 동의 안 한다고. 종현이 계속 거기 둘 거면 내 몫을 떼주든가."

"무슨 소리야?"

"현금으로 정산해 달라고. 귀가 막혔어?"

"진짜 너무하네. 종현이 장례식 와서 그런 말을 하고 싶냐?"

"말 안 하면? 나 모르게 네 맘대로 다 하려고? 종현이 묘 쓰는 것도 나한테 물어보지 않았잖아?"

"내가 하나하나 너에게 물어봐야 해? 네가 뭔데?"

"아, 두 분 의견 충분히 들었습니다. 잘 알겠고요, 그 부분 또한 차후 말씀 나누시는 게…."

"아, 성질나. 변호사님, 이모 유산은 대체 언제 정산해요?"

언니가 소리를 빽 질렀다. 조마조마한 마음으로 접객실 안을 둘러봤다. 다행히 조문객들이 돌아간 뒤다.

"아무래도 시일이 조금 걸릴 것 같습니다."

변호사가 난처한 표정으로 말했다.

"저희 상속 조건 다 이행했잖아요?"

"임종현 씨가 갑자기 사망하시는 바람에 일이 조금 복잡해졌습니다. 시신을 부검했잖습니까? 부검하면 감정서가 나오는데, 그걸 반영해야 상속 절차를 마무리할 수 있습니다. 법적인 절차가 그래요."

"얼마나 걸리는데요?"

"글쎄요, 빨라야 한두 달 아닐까요?"

변호사의 설명에 두 사람은 눈에 띄게 낙담한 표정이다. 하루라도 빨리 상속받기를 고대해서일까. 지급이 조금 늦춰진 것뿐인데, 마치 상속 대상에서 제외된 것처럼 실망한다. 변호사는 종현 오빠의 몫이 우리에게 골고루 돌아갈 거라는 말로 위로 아닌 위로를 했다. 그리고 몇 가지 조언을 덧붙인 뒤 돌아갔다.

어느덧 새벽 2시, 시현 오빠는 빈소로 건너갔고 수아 언니와 나만 접객실에 데면데면 마주 앉았다.

잠시 후 수아 언니가 먼저 가야겠다고 말했다. 나는 배웅해 주겠다며 함께 일어났다.

장례식장 밖으로 나오니 새벽 공기가 상쾌하다. 율주의 공기는 서울과 확실히 다르다. 하늘에는 별이 쏟아질 듯 반짝인다. 종현 오빠가 사라지던 날 밤에도 저렇게 별이 많았는데.

"너 무슨 색 좋아하니?"

주차장으로 향하는 길에 수아 언니가 뜬금없이 물었다. 질문하는 의도가 뭘까. 내 성격을 분석하려는 걸까. 설마 유치하게 그런 이유로 좋아하는 색을 묻는 건 아니겠지.

"컬러 말씀하시는 거죠?"

"파란색, 빨간색, 노란색, 흰색, 검은색. 다섯 개 중에 하나 골라봐."

"왜요?"

"그냥 좋아하는 거 하나만 말해."

아무 색깔이나 말해도 될 것을 난 신중하게 고민했다. 그중엔 딱히 좋아하는 색이 없다. 그때 문득 시현 오빠가 차고 있던 삼베 완장이 떠올랐다.

"노, 노란색?"

왜 그렇게 대답했는지 모르겠다. 좋아하는 색도 아닌데 무심결에 노란색이라고 말해버렸다.

"오호, 노란색. 애가 색을 좀 아네? 알았어."

수아 언니가 휴대폰에 글자를 입력한다. 메모장에 적는 건지 문자를 보내는 건지 알 수가 없다.

"왜 그러는데요?"

"왜긴. 너 지갑 하나 만들어 주려고 그러지."

"지갑을요?"

"내가 공방 한다고 했지? 다음에 만날 때 너 좋아하는 색으로 만들어서 갖다줄게. 기대하고 있어."

언니가 차 문을 열었다. 구형 투싼의 하부가 오래돼 삭아 있었다.

"소희야, 너 머리핀, 꼭 종현이 때문에 한 것 같다?"

무의식적으로 머리핀을 더듬자 언니가 나를 보며 씩 웃는다.

"에이그, 그거 언제까지 하고 다닐 거야? 착해 빠져서는."

수아 언니가 차에서 뭔가를 꺼내더니 자신의 등 뒤로 뿌린다. 좁쌀처럼 작고 반짝이는 것이 언니의 몸에서 우수수 떨어진다. 소금이다.

"너도 이거 할래?"

"괜찮아요."

"미신 같아 보여?"

"아, 아니에요."

"너 종교가 뭐야? 기독교?"

"무교인데요."

"아무것도 안 믿는다? 자세가 좋네. 부러워. 그럼 나 간다."

난 언니의 차가 보이지 않을 때까지 한참을 서 있었다. 나를 위해 지갑을 만들어 주겠다는 말이 귓가에 맴돈다. 생각지도 못한 선물에 가슴이 설렌다.

접객실로 돌아와 가죽공예 관련 영상들을 찾아봤다. 패턴을 그리고 가죽을 잘라서 구멍을 뚫은 후 실로 꿰매는 게 생각보다 정성이 많이 들어가는 작업이다. 언니가 이렇게 내 지갑을 만들어 준다는 말이지. 나도 모르게 웃음이 나온다. 장례식장에서 그러면 안 되는데.

"소희야, 이제 준비해야지."

현선 언니 목소리에 고개를 들었다. 벽시계가 5시 30분을 가리킨다. 난 가방을 챙겨 자리에서 일어났다. 이제 종현 오빠를 떠나보낼 시간이다.

\* \* \*

발인이 끝난 뒤 나는 장지까지 따라가지 않고 버스 정류장으로 걸음을 옮겼다. 출근 시간까지 두 시간 정도 여유가 있었다. 버스를 탈까, 아니면 경의중앙선을 탈까. 소요 시간은 비슷하다. 하지만 경기도에서 서울로 출근하는 차들로 도로가 많이 막힌다는 얘기를 익히 들은지라 경의중앙선을 탔다.

하지만 결과는 30분이나 지각이다. 숨이 턱까지 차올랐지만 쉬지 않고 계단을 뛰어 올라갔다. 뭐라고 핑계를 댈까 생각하며 사무실 문을 열었다. 그런데 조용하다. 공기가 무겁고 부스럭대는 소리조차 들리지 않는다. 평소 같으면 아라 선배의 잔소리가 시작될 시간인데 분위기가 심상치 않다.

눈치를 보며 조심스럽게 내 자리로 갔다. 혜리가 조용히 하라고 눈짓을 보냈다.

"너 운 좋은 줄 알아."

자리에 앉자마자 혜리가 소곤댔다.

"왜?"

"너 지각한 거 신경 쓸 분위기가 아니야."

"무슨 일 났어?"

"아라 선배가 출근하자마자 실장님과 한바탕했잖아."

말이 끝나기가 무섭게 실장실에서 고함소리가 들렸다. 혜리가 손을 모아 귀에 갖다 댔다. 나도 들려오는 소리에 귀를 쫑긋 세웠다.

"이건 아니잖아요!"

"일이나 제대로 하고 그런 소리를 하는 거니? 네가 끼친 손해가 얼만지나 알아?"

"그게 왜 제 잘못인데요? 전 시키는 대로 했다니까요."

우리는 실장님과 아라 선배가 하는 얘기를 숨죽이고 들었다. 가슴이 콩닥콩닥 뛰었다. 좁은 사무실 안에 둘의 목소리가 쩌렁쩌렁 울렸다.

"왜 저러는 거야?"

"몰라. 아라 선배가 사고 쳤나 봐. 클라이언트가 장난 아니게 열 받았대."

"그런데 왜 선배가 화를 내?"

"아라 선배 잘못이 아니니까. 딱 봐도 답 나오잖아. 클라이언트가 뒤집어씌운 거지. 아니면 실장님이 자기 실수를 떠넘겼거나. 안 그래?"

문이 쾅 닫히는 소리가 났다. 이윽고 아라 선배가 씩씩대며 자리로 돌아왔다. 미주 선배가 그 뒤를 따라왔다.

혜리와 난 모니터에서 시선을 떼지 않고 열심히 일하는 척했다. 아라 선배의 자리에서 부산한 소리가 들렸다. 일부러 소리 나게 물건을 내려놓고 쓰레기통에 무언가를 던진다. 짐을 싸는 눈치다.

"선배, 잠깐 얘기 좀 해요."

미주 선배가 조심스럽게 말을 걸었다. 그녀는 아라 선배 바로 밑으로 사실 막내나 다름없다. 사장님과 실장님을 제외하고 정직원은 아라 선배와 미주 선배, 단둘뿐이다.

"그냥 가시면 어떡해요?"

아라 선배는 대꾸하지 않는다. 진짜 집에 가려는 건가. 파티션 너머를 살펴보려다 혜리와 눈이 마주쳤다. 이런 일은 처음이라 당황스럽다.

"잘 있어. 난 더 이상 여기 못 다니겠다. 열심히 해."

아라 선배가 가방을 들고 밖으로 휙 나갔다. 사색이 된 미주 선배가 급히 뒤따라갔다. 갑작스러운 사태에 우리는 어찌할 바를 몰랐다.

"진짜 가는 거야? 저렇게 쉽게 회사를 관둬?"

"설마, 돌아오겠지."

"아라 선배 성격에? 아… 오늘 하루 망했네. 분위기가 살벌하겠어."

"대체 왜 그런 거니? 들은 거 없어?"

"출근하자마자 벌어진 일이야. 클라이언트가 실장에게 전화해서 난리를 쳤거든."

"클라이언트? 누구?"

"누구긴 누구야, 푸디존 정 대리지. 세일 정보가 잘못 나갔나 봐. 그거 작업한 게 아라 선배고."

가슴을 쓸어내렸다. 내가 참여한 작업이 아니라 다행이다. 비록 회사는 뒤집어졌지만 내가 엮이지 않아 안도했다. 사무실 분위기는 시간이 지나면 괜찮아지겠지. 아라 선배도 곧 돌아올 테고.

"장례는 잘 치렀니?"

"어, 대충."

"너도 힘들겠다. 왜 일이 자꾸 겹친다니."

"그래도 결근은 안 했잖아. 많이 늦을까 봐 얼마나 가슴 졸였는데."

"오늘 운이 좋다고 해야 할지, 아니라고 해야 할지 모르겠다."

그때 사무실 문 열리는 소리가 들렸다. 혜리와 난 입을 다물고 모니터에 시선을 고정했다. 미주 선배가 혼자 자리로 돌아왔다. 뒤따라 나갔지만 아라 선배를 붙잡지 못한 것이다.

사무실은 그 후로 내내 고요했다. 간간이 키보드 소리와 마우스 움직이는 소리만 들릴 뿐. 12시가 됐는데도 눈치 보느라 자리에서 일어나지 못했다. 미주 선배가 밥 먹으러 가자고 말하지 않았다면 점심을 굶은 채로 일했을 것이다.

오후에도 조용한 분위기는 계속 이어졌고 무거운 공기가 우리를 짓눌렀다.

그래도 시간은 꾸준히 흘러 마침내 퇴근 시간이 됐다. 혜리와 난 조용히 퇴근 준비를 했다. 차마 말을 걸 분위기가 아니라 미주 선배에게 인사도 제대로 못 하고 사무실을 나왔다. 실장실은 문이 활짝 열린 채로 비어 있었다.

건물 밖으로 나오자 비로소 숨통이 트였다.

"아, 죽는 줄 알았어."

"진짜 숨 막히더라. 앞으로 어떻게 되는 걸까?"

"답이 하나밖에 더 있어? 아라 선배가 굽히고 들어오겠지. 요즘 같은 불경기에 취업할 곳도 마땅찮잖아. 직장인이 어쩌겠어."

혜리가 자동차 문을 열며 말했다. 회사에서 집까지 걸어서 20분 거리지만 혜리는 출퇴근 때 늘 차를 이용했다. 외근을 나갈 때 선배들도 종종 혜리의 차를 이용하는지라 회사에서 아예 주차 자리를 내주었다.

우리는 차를 타고 5분도 안 돼 집에 도착했다. 현관에 들어서자마자 혜리가 자동차 키를 수납 트레이에 던져넣었다. 쨍그랑— 자동차 키와 놋그릇 부딪치는 소리가 났다.

"혜리야, 너!"

"뭐 어때? 이런다고 설마 동티 나겠어? 기집애 표정 봐. 쫄리냐? 야, 장난이야. 그 언니도 장난친 거라고 했다며?"

혜리가 짓궂게 웃는다. 생뚱맞은 행동에 나는 할 말을 잃었다. 수아 언니는 놋그릇을 사용해도 별일 없을 거라고 했다. 종현 오빠의 죽음은 그저 우연일 뿐이라며. 하지만 난 기분이 영 찜찜하다.

"그래도 살살 다뤄. 나중에 시골집 갖다 둬야 하니까."

"걱정 마. 저 정도 타격으로는 티도 안 나. 우리 족발 시켜서 술이나 마실까? 이 꿀꿀한 기분을 씻어내야 내일 새 마음으로 출근하지. 도진이도 오라고 해."

못 이기는 척 도진이에게 전화를 걸었다. 그는 근처 스터디 카페에서 공부하는 중이라며 바로 오겠다고 했다. 우리는 족발을 주문하고 그를 기다렸다.

"오늘 미주 선배 말 많이 하지 않았냐? 그렇게 길게 얘기하는 거 나 처음 봤어."

"나도 그래. 사무실 출근한 지 1년이 다 돼가는데 우리한테는 말 한번 안 걸었잖아."

"어, 아니, 싫어, 몰라, 가봐. 그리고 다른 하나가 뭐더라?"

"됐어."

"맞아, 됐어. 선배가 하는 말은 이게 전부잖아?"

"한 사무실에서 일하면서 어쩜 그러니? 인턴이라고 우릴 무시하는 거야 뭐야?"

"성격 탓이겠지. 그거 보면 아라 선배가 한 성깔 해도 대하기는 훨씬 편해. 안 그래?"

우리는 죽이 잘 맞는다. 회사 일로 힘들 때 선배들에 대한 불만을 얘기하다 보면 스트레스가 싹 풀린다.

그러는 사이 족발이 도착했고, 도진이도 늦지 않게 양손 가득 비닐봉지를 들고 나타났다. 페트병 맥주와 떡볶이, 순대까지 더해져 테이블이 푸짐했다. 우리는 알코올에 젖어들며 점점 기분이 좋아졌다.

"도진아, 소희 꼭 잡아. 애 상속녀야."

혜리가 취해서 살짝 혀 꼬부라진 소리를 했다.

"도대체 그 말을 몇 번이나 하는 거니?"

"야야, 술이나 마셔."

"운이라는 게 그렇다? 도진이 너, 잘 들어. 나쁜 게 있으면 좋은 것도 있는 거거든? 소희가 고생을 많이 했잖아. 그랬더니 하늘에서 유산이 턱!"

"혜리 재워야 하는 거 아니야?"

"나 안 취했어."

"그럼 입을 다물든가. 아까부터 계속 그 소리야. 했던 말 또 하는 거 지겹지도 않니?"

"우리 소희, 친척도 많이 생겼다? 물론 오빠가 하나 죽었지만. 그 덕분에 받을 돈도 늘고 부자가 됐단 말이야."

혜리의 술주정은 계속 이어졌다. 지겹지만 한편으로 귀엽기도 했다. 혜리가 깔깔 웃을 때마다 나도 웃음이 났다. 도진이는 이러는 나와 혜리를 이해하지 못하는 표정이다.

"회사에서 스트레스 많이 받았냐? 오늘따라 너희 왜 이래?"

"오늘 아침에 아라 선배가 실장님과 싸우고 사무실을 나갔거든. 그래서 아주아주 심란했어."

"이런… 소희 넌 어때? 피곤하지? 장례도 치르고 왔잖아."

"그럭저럭 견딜 만해."

"자꾸 안 좋은 일이 생겨서 어떡해?"

"괜찮아. 이 이상 뭐가 더 나빠지겠어?"

그러나 도진이에게 했던 호기로운 말은 하루 만에 뒤집히고 말았다.

10

다음날, 출근하니 사무실 분위기가 어제보다 더 암울하다. 숨을 쉬는 게 조심스러울 정도로 미주 선배도 굳은 표정이었다. 평소에 출근하지 않던 사장도 모습을 드러냈다. 사장에게 인사한 후 내 자리로 가는데 건너편 실장실 문이 열려 있었다. 실장 혼자 뭔가를 하는지 달그락거리는 소리가 났다. 그 소리에 다들 예민한 반응을 보였다. 혜리와 미주 선배가 자리에서 일어나 서성거렸다.

"이 분위기 어떡해?"

혜리가 내 귀에 대고 속삭였다. 나만큼이나 불안해 보였다.

"아라 선배는? 실장님 방에 있는 거야?"

난 고개를 저었다. 아라 선배는 우리의 예상과 달리 출근하지 않았다.

"임소희, 사장님이 부르셔."

사장실에서 나온 미주 선배가 자리에 앉으며 말했다.

갑작스런 호출에 가슴이 덜컥 내려앉았다. 내가 무슨 실수라도 했나?

"사장님이 저를요? 왜요?"

"몰라."

파티션 너머로 선배의 표정을 살폈다. 평소와 똑같이 무표정해서 어떤 메시지도 읽을 수가 없다. 난 혜리를 보며 눈빛으로 말했다. 어쩌지? 나 실수했나 봐. 혜리가 입을 꽉 다물고 고개를 끄덕였다. 얼른 들어가 보라는 뜻이다.

주저하면서 사장실 앞으로 갔다. 그리고 문 앞에서 심호흡을 했다. 꼬투리 잡힐 만한 게 뭐가 있을까. 머릿속으로 그동안 진행했던 일들을 되짚어봤다. 딱히 걸릴 만한 일은 없는 것 같다. 하지만 기왕 맞을 매라면 빨리 맞는 게 낫다.

똑똑, 문을 노크했다.

"들어와."

사장의 목소리는 평소와 다름없다. 감정의 기복을 전혀 느낄 수 없는 목소리다. 그럼에도 그 속에서 심상찮은 기색이 느껴진다. 불길하다. 좋은 얘기가 나올 것 같지 않다.

"그래, 소희야. 일 잘하고 있니? 지금 뭐 하다 왔니?"

사장이 모니터에서 눈을 떼지 않고 물었다. 눈치를 봐선 면담을 한다거나 업무 지시를 할 분위기는 아니다.

"케이제약 카탈로그 수정하다 왔습니다."

"오늘 중으로 넘겨야 하는 거네? 잘 진행하고 있는 거지? 어려운 건 없어?"

"수정만 해서 보내는 거라 별문제는 없습니다."

"클라이언트 퇴근하기 전에 미리 보내놔. 늦었네 어쩌네 하기 전에 말이야. 오탈자 없나 꼭 확인하고. 아, 시간이 벌써 이렇게 됐네? 부지런히 해야겠다."

"네, 빨리 넘기겠습니다."

대답하면서도 마음이 편치 않다. 서론이 길다는 건 중요한 얘기가 있다는 암시다. 사장이기 이전에 교수였기에 익숙하다. 강의 시간에도 그랬다. 긴장해서 입이 바짝바짝 마른다.

"네가 우리 사무실 들어온 지도 벌써 1년이 다 됐네?"

벌써 1년. 사장은 그 사실을 마치 지금 깨달았다는 듯 말하지만, 내가 입사한 날로부터 날짜를 꼬박꼬박 세고 있었을 거다. 하려는 얘기가 뭔지 대충 감이 온다.

"그동안 일은 열심히 했고… 성과도 조금 있었네? 클라이언트나 다른 직원들의 평도 아주 좋아."

사장은 계속 모니터를 주시했다. 아마 나에 관한 파일이 띄워져 있겠지. 회사에서 근무한 1년이란 시간을 사장은 단 몇 분 만에 훑어내렸다.

"그런데 근태가 좀 그러네? 요즘 왜 이리 휴가를 많이 썼니?"

"엄마가, 돌아가셔서요."

하고 싶지 않은 변명이다. 사장에게 동정표를 얻을 생각은 없다.

"이런… 그래서 병가도 냈구나. 미안해. 내가 회사를 잘 안 나와서 몰랐네. 연락 주지 그랬어. 뭐 어쨌거나, 지나간 일이니까 그렇다 치고… 근데 얘, 그거 감안하더라도 지각이 좀 많다? 어제도 지각했네?"

"죄송합니다."

"자꾸 지각하고 그러면 안 돼. 너 인턴이잖아. 다른 회사 가면 그런 거 용납해주고 그럴 줄 알아?"

역시 그 얘기다. 나를 전전긍긍하게 만드는 고용 문제.

"내가 무슨 얘기 하려는지 알지? 회사 사정 알잖아. 이제 우리도 인턴을 새로 뽑아야 해."

결국 그만두라는 얘기인가. 내가 다닌 대학에 겸임교수로 재직 중인 사장은 1년에 한 번씩 인턴을 뽑는다. 대학 취업률을 가시적으로 올리기 위해서다. 그리고 그 대가로 겸임교수직을 맡고 있다. 지금처럼 취업률을 유지하려면 내 자리를 대학 후배에게 물려줘야 한다. 불만은 없다. 나도 그걸 알고 회사에 들어왔으니까.

"다른 회사, 알아본 데는 있니?"

"아뇨. 아직 없습니다."

일할 시간도 부족한데 다른 직장을 찾아볼 겨를이 어딨을까.

당연한 듯 묻는 사장을 이해하면서도 한편으로 야속하다.

"부지런히 알아봐. 네 나이 때 좋은 기회가 얼마나 많은데. 회사도 언제까지 널 잡아둘 수 없잖니. 네 앞길은 네가 찾아야지. 그런데 너희 운이 좋다? 다행히 회사에 자리가 났어."

"네? 우리 회사에요?"

"아라가 그만뒀잖니. 걔가 마무리도 안 짓고 나가서 오늘부터 나도 긴급 투입이야. 그건 그렇고, 아라 빈자리를 채울 건데 공고를 낼지, 너와 혜리 중 한 명을 뽑을지 고민 중이야."

아라 선배가 그만뒀다니, 그 덕에 혜리와 나, 둘 중 하나가 정직원이 될 수 있다니, 믿기지 않는 말이다. 기쁘면서도 한편으로 씁쓸하다.

"그러니까 더 열심히 해. 알겠니?"

"고맙습니다, 사장님."

"이제 가봐. 혜리에게 좀 들어오라고 전하고."

두근거리는 가슴을 안고 자리로 돌아왔다. 들뜬 기색을 미주 선배 앞에서 드러낼 수는 없다. 부지런히 마우스를 움직이고 있지만 선배도 우리를 신경 쓰는 눈치다. 선배 역시 사장에게 똑같은 얘기를 들었겠지. 아라 선배와 친했으니 그 일로 기분이 나쁠지도 모른다.

"혜리야, 사장님이 너 보자고 하셔."

난 표정 관리 후에 혜리에게 전했다.

"이번엔 나를? 웬일이래?"

"들어가 봐."

"무슨 일인데? 왜 나까지 불러?"

"사장님께 직접 들어."

혜리를 사장실로 들여보내고 작업하던 대지를 집어 들었다. 마카펜으로 체크된 부분을 수정하는데 집중이 잘 안 된다. 마음이 딴 데 가 있어서다. 열심히 하면, 거기에 운이 따라준다면, 나도 정직원이 될 수 있을까. 아라 선배의 퇴사는 충격이지만 우리에게는 기회다.

아라 선배의 빈자리를 채우느라 회사는 바쁘게 돌아갔다. 분위기는 어제와 마찬가지로 뒤숭숭했지만 퇴근하는 우리의 발걸음은 가벼웠다.

"오늘 일 말이야, 생각지도 못한 전개이지 않아?"

"내 말이! 사장님이 불렀을 때, 난 잘리는 거 각오했거든."

"소희 너, 올해 운이 좋은가 봐. 유산도 받고 정직원까지 되는 거 아니니?"

"엄마가 돌아가셨는데 운이 좋긴. 그리고 정직원은 아무나 되니? 솔직히 자신 없어."

"너 정도면 자격 있지. 일을 얼마나 열심히 했는데. 그런데 사장님 말이야, 좀 잔인하지 않니? 우리 둘 중 하나를 뽑는다는 게 뭐야, 경쟁시키겠다는 소리잖아?"

"확정이라곤 안 했어. 외부에서 뽑을 수도 있대."

"우리 둘 다 써주면 안 되나?"

"그게 말이 되니?"

"왜, 우리 몸값 싸잖아. 둘 다 뽑아주면 월급을 적게 받겠다고 하면 되지. 내가 사장님께 건의해볼까?"

혜리다운 발상이다. 하지만 우리처럼 작은 회사에서 동시에 두 명 충원이 가당키나 할까. 얘기를 잘못 꺼냈다가는 둘 다 기회를 놓칠 수도 있다.

"관둬. 우리가 결정할 일이 아니잖아."

"얘기는 한번 해볼 수 있지."

"쓸데없는 소리 말고 장이나 봐서 집에 가자."

우리는 가까운 마트로 가서 식품 코너를 둘러봤다. 카트를 밀고 돌아다니는 내내 혜리와 웃고 떠들었지만 마음 한편으로 걱정이 스멀스멀 올라왔다.

사장이 내 근태를 지적한 것이 마음에 걸린다. 생각할수록 혜리가 더 유리한 것 같다. 실력은 비슷한데 나보다 장점이 많다. 성격이 활달하고 근태도 좋다. 게다가 기동성까지 갖췄으니 여러모로 쓸모가 많을 것이다. 생각이 거기에 이르자 암담한 미래가 그려진다. 혜리는 정직원이 되고 나는 사무실을 나오는 그런 상상 말이다.

그래, 정직원은 욕심이야. 혜리라도 되면 다행인 거야. 이제부터 열심히 다른 회사를 알아보면 되지.

생각할수록 나 자신을 냉정히 돌아보게 된다. 내 속도 모르고 혜리는 마냥 명랑하다. 의기소침해지려는데 주머니 속 휴대폰이 진동했다.

〈너 어디니?〉

전화를 받자마자 수아 언니가 다짜고짜 물었다.

"마트에서 장 보는 중이에요. 무슨 일이세요?"

〈일은 무슨, 그냥 해봤지. 이 언니가 전화도 못 하니?〉

목소리가 하이 소프라노 톤이다. 웬일로 기분이 좋은 걸까.

〈종현이한테 인사나 갈까 해서. 내가 발인에 참석 못 했잖아. 그래서 말인데, 너도 같이 갈래?〉

"언제요?"

〈말 나온 김에 내일 어때?〉

가뜩이나 근태 문제로 신경 쓰이는데 언니는 내 입장을 전혀 배려하지 않는다.

"저 시간 안 돼요. 내일 출근해야죠."

〈아, 너 회사 다니지? 그럼 주말은 어떠니? 시간 돼?〉

수아 언니는 나를 기어코 시골집에 데려갈 생각인가 보다. 내가 어떤 핑계를 대든 함께 가자고 조르겠지. 종현 오빠에게 인사하는 게 목적은 아닐 것이다. 고모의 땅 어디에, 어떻게 묘를 썼는지 직접 확인하고 싶은 거겠지.

"주말에는 약속이 있어요."

거짓말로 둘러댔다. 아니, 주말에는 항상 도진이를 만났으니 거짓말한 것도 아니다. 언니에게 묘한 반발심이 들었다.

〈그럼 일정을 늦춰야겠네. 너 편한 시간 알아보고 연락 줘.

난 빠를수록 좋아.〉

언니는 자기 말만 하고 전화를 끊었다.

"사촌 언니야?"

혜리가 레토르트 식품을 카트에 담으며 물었다.

"어떻게 알았어?"

"내가 널 꿰고 있잖냐. 너한테 오는 전화야 뻔하지. 뭐래?"

"시골집에 또 가자고."

혜리가 입술을 삐죽거린다. 내가 수아 언니를 그다지 좋아하지 않는다는 걸 누구보다 잘 알기 때문이다.

그때 휴대폰 문자가 왔다. 또 수아 언니다. 언니가 보낸 건 겨자색 카드 지갑 사진이다. 나에게 만들어 주겠다던 지갑인가? 설마 이것 때문에 같이 가자고 연락한 걸까? 갑자기 미안한 마음이 든다. 언니의 친절을 내가 오해한 것이다.

"소희야, 근데… 너 그거 시골집에 갖다 둘 거야? 우리가 그냥 쓰면 안 돼?"

"뭐? 그 놋그릇 말하는 거야?"

"응, 난 그거 마음에 드는데. 트레이로 쓰기 딱 좋잖아. 그렇게 사이즈 맞는 접시는 찾기도 힘들어. 그냥 쓰자."

웬만하면 그러자고 말하고 싶다. 하지만 내 물건이 아니니 내 마음대로 할 수가 없다. 시골집에 포함된 공동 재산이니 사촌들에게 물어봐야 한다. 그리고….

"너 설마, 아직도 미신을 믿는 건 아니지?"

혜리가 내 마음을 꿰뚫었다.

"아, 아니야."

"맞네, 걱정하고 있었네. 임소희, 사촌 언니가 장난이라고 했잖아."

"걱정한 거 아니거든?"

"아니긴 뭐가 아니야? 네 속을 훤히 아는데. 무슨 일 생기려면 벌써 생겼지. 나 봐, 멀쩡하잖아? 차 키를 그렇게 던졌어도 아무 일 없어. 동티 나지 않았다고."

"나 미신 같은 거 안 믿는대도."

"그럼 우리가 그냥 쓰자. 뭐가 문제야?"

"내 물건이 아니라고 말했잖아."

"네 지분도 있잖아. 정 찝찝하면 그 언니한테 물어봐주라. 응?"

혜리가 계속 조르는 게 귀찮기도 하고 고맙다는 인사도 할 겸, 언니에게 문자를 보냈다. 시골집에 갈 때 놋그릇을 가져가야 하냐고 에둘러 물었다. 잠시 후 답이 왔다.

'어차피 버릴 거야. 너 가져. 날짜 정해지면 연락 줘.'

난 혜리에게 언니의 답장을 보여줬다.

"아싸, 돈 굳었다. 난 트레이 다시 사야 하는 줄 알았잖아."

혜리가 세상을 다 가진 듯 좋아한다. 덕분에 나도 마음이 가볍다.

우리는 양손 가득 장을 봐서 집으로 돌아왔다. 현관에 들어서자 혜리가 자동차 키를 놋그릇에 던져넣었다. 쨍그랑— 쇠와 쇠가 부딪치는 소리가 오늘따라 청명하다.

*　*　*

목표가 확실하면 고된 일도 힘들게 느껴지지 않는다. 이번 주가 그렇다. 혹시 내가 정직원이 될 수 있지 않을까 하는 희망을 품고 열심히 일했다. 가능성은 반의 반도 안 되지만 그 미미한 확률에 희망을 품었다. 바로 오늘 아침까지는.

"미주야, 다 챙겼어? 샘플도 넣었지? 아, 혜리야, 너도 같이 가자. 빨리 준비해."

실장의 말에 귀를 의심했다. 클라이언트 미팅에 혜리를 참석시킨다는 건, 직원으로 소개한다는 걸 의미한다. 실장은 자연스럽게 혜리의 정직원 승격을 선포한 것이다.

혜리가 엉거주춤 일어섰다. 그리고 내 눈치를 슬며시 봤다. 기쁘면서도 마냥 기뻐할 수 없는 게 혜리의 입장일 것이다. 나라도 그랬을 테니까.

"잘 다녀와."

난 웃는 얼굴로 혜리를 보냈다. 속은 쓰려도 혜리를 위해선 잘된 일이다. 친구로서 마땅히 축하해야 한다.

실장과 미주 선배, 혜리가 나간 후 사무실에 혼자 남았다. 밀려드는 공허함에 버려진 기분이 들었다. 입맛도 없어 컵라면으로 점심을 대충 때우고 밀린 일들을 처리했다. 머릿속이 멍했지만 무의식적으로 마우스를 움직였다.

혜리는 퇴근 시간이 다 돼서야 돌아왔다.

"잘 다녀왔어? 클라이언트랑 인사도 잘 하고?"

난 아무렇지 않은 듯 웃으며 물었다. 하지만 혜리의 미소가 어색하다. 그 이유를 듣지 않아도 짐작이 간다.

"미안."

"뭐가 미안해. 잘됐다. 확실히 정직원 된 거지?"

아니라는 대답이 돌아올 확률은 제로. 이미 기대는 접었다.

"축하해. 오늘 파티해야겠다. 네가 거하게 쏴. 쏠 거지?"

일부러 더 명랑하게 말했다. 자존심 때문에 속상한 티를 낼 수는 없다.

"뭘 미안해하고 그래. 어차피 알고 있었잖아. 둘 중 하나인 거. 외부에서 안 뽑은 게 어디야?"

"네가 되면 더 잘할 텐데…."

"반어법이야?"

"아, 아냐. 진짜야. 미안해서 그래."

"내 걱정은 하지도 마. 나 같아도 너 뽑았어."

"진짜?"

"송혜리 네가 활용도가 높잖아. 차도 쓸 수 있고. 운전기사로 너만 한 애가 어딨겠어?"

혜리와 사이가 벌어지는 게 싫어 농담 아닌 농담을 던졌다.

그제야 혜리가 배시시 웃는다. 우리 사이는 예전과 다름없다. 그러나 아주 미세한 거리감이 생겼다는 걸 난 느낄 수 있다.

"소희야, 잠깐 내 방으로 올래?"

실장이 큰 소리로 나를 불렀다. 벌떡 일어나 실장실로 들어갔다.

"일 잘하고 있었어? 뭐 남았니?"

"미주 선배가 주신 기획안 수정하고 있었어요."

"그래, 끝까지 잘해봐. 그리고…."

실장이 조심스럽게 운을 뗐다. 이제 나가라는 얘기가 나올 차례인가. 평소와 달리 긴장되진 않는다.

"너한테는 미안한데, 우리가 혜리와 함께 일하기로 했어."

"알고 있습니다."

"벌써 혜리에게 들었니? 섭섭해하지 않았으면 좋겠다. 우리도 생각 많이 했어. 혜리와 너, 둘 중 누구를 남길까…. 네가 실력이 부족해서가 아니야. 무슨 말인지 알지?"

"전 괜찮습니다, 실장님."

아니, 괜찮지 않다. 이제 회사를 나가면 또 다른 인턴 자리를 구해야겠지. 정규직으로 채용될 기약은 없다. 어느 회사든 그럴듯한 경력과 실력을 갖춘 신입을 원하니까.

하지만 난 웃었다. 얼굴에 억지웃음을 띠느라 입가에 경련이 일 지경이었다.

"역시 씩씩하네, 임소희. 넌 어딜 가나 잘할 거라 믿어. 새로운 인턴 언제 오는지는 들었니?"

"아직 못 들었습니다."

"다음 달 초부터 출근하기로 했어."

모든 게 결정돼 있었다. 회사에선 우리가 그만두는 것을 기정사실로 하고 차근차근 일을 진행했던 거다. 1년을 채우기 전에 인턴 같은 비정규직은 갈아치우는 거다. 퇴직금이라도 아껴야겠지. 그걸 나만 몰랐다. 그나마 혜리가 정직원이 된 게 다행이랄까.

"인수인계할 것들 미리 준비해둬야 할 것 같아. 잘 해줄 수 있지?"

"문서로 정리해 두겠습니다."

"고마워. 그동안 수고 많았어. 마지막까지 열심히 하는 거다? 임소희, 파이팅!"

끝까지 웃는 얼굴로 인사하고 실장실을 나왔다. 돌아서는 순간 피가 거꾸로 솟는 기분이었다. 아무렇지 않은 실장의 태도가, 그녀가 외친 파이팅이라는 단어가 몹시 기분 나빴다. 그러나 감정을 내색할 순 없다. 알코올 없이는 견디기 힘든 밤이 될 것 같다.

퇴근 후 집에서 조촐한 파티를 벌였다. 혜리의 취업 겸 나의 퇴사 파티였다. 울적해서 도진이는 부르지 않았다. 그를 보면 울지도 모르니까.

"앞으로 너, 미주 선배랑 일하기 갑갑하겠다."

"캄캄하지. 그 좁은 데서 눈치 보며 일해야 할 텐데….."

"그래도 취업한 게 어디니? 난 떨어진 거잖아. 이제 백수야."

"너 정도 실력이면 더 큰 회사에 들어갈 수 있어. 그리고 회사 사정 안 좋은 거 알잖아? 언제 문 닫을지 어떻게 알아. 나도 조만간 여기서 탈출할 거야. 이력서나 열심히 써놔야지."

"그건 네가 취업했으니까 하는 말이지. 난 인턴 자리도 구할 수 있을까 모르겠어. 누가 날 뽑아줄까?"

"왜 이래, 늘 당당하던 애가?"

"너 같음 당당할 수 있겠냐? 솔직히 앞날이 걱정돼."

결국 속마음을 내비쳤다. 불안한 현재와 암울한 미래를 마음속에 숨겨두기 힘들었다. 혜리가 와인잔을 쥐고 있는 내 손에 살포시 손을 얹었다.

"바람이나 쐬고 올래? 사촌 언니가 시골집 가자고 그랬잖아."

그럴까? 드라이브라도 하면 이 복잡한 머리가 정리될까? 난 혜리의 응원에 힘입어 수아 언니에게 문자를 넣었다. 언니는 모레 아침에 데리러 오겠다고 답장을 보내왔다. 우리는 밤늦도록 와인을 마시며 그 순간만큼은 내일을 생각하지 않았다.

\* \* \*

"무슨 바람이 분 거야, 바쁜 척하더니?"

시골집에 가기로 한 날, 수아 언니는 친절하게도 날 데리러 집 앞까지 와줬다.

"잘 지내셨어요?"

"그럼 너무너무 잘 지냈지. 차에 타."

언니가 옆에 있는 빨간색 승용차를 가리켰다. 내가 아는 낡은 투싼이 아닌, 반짝반짝 빛이 나는 새 차. 그것도 BMW 미니다.

"언니 차 바꿨어요?"

눈이 휘둥그레진 나를 보며 언니가 방긋 웃는다. 자랑스러운 눈치다.

"예쁘지? 사실 내가 이거 때문에 종현이 발인에 참석 못 했잖아. 얘 픽업하느라. 시현이와 현선이에겐 비밀이다."

조수석 문을 열자, 비염인 내가 맡을 수 있을 만큼 새 차 특유의 냄새가 물씬 났다. 아직 선바이저의 비닐도 안 뜯은 상태다. 디스플레이와 환풍구 등 실내 디자인이 동글동글 예쁘다.

"저 외제차 처음 타봐요. 진짜 좋다."

"이거 얼마 안 해. 아, 그리고 이거."

언니가 가방에서 무언가를 꺼내 나에게 내밀었다. 종이에 곱게 싼 얄팍한 물건이다. 받아 드는 순간, 내용물이 뭔지 짐작이 갔다. 아마 사진으로 보여줬던 그 카드 지갑일 것이다.

"빨리 풀어봐."

수아 언니가 기대에 찬 표정으로 재촉했다. 포장지를 풀자 예상대로 겨자색 카드 지갑이 나왔다. 진짜 가죽으로 만들어 표면이 부드럽고 섬세했다.

"정말 저 주시는 거예요?"

"이제 우린 가족이나 다름없잖니. 이 언니 작품 하나쯤 갖고 있어야지. 앞으로 잘 들고 다녀."

진심으로 고마운 마음이 들었다. 직접 만든 지갑을 선물한 것도 고맙고, 날 가족으로 생각한다는 말도 감동이다. 가끔 피곤하게 굴지만 가족으로 인정해주니 행복하다.

언니가 운전하는 동안 지갑을 찬찬히 살펴봤다. 보들보들한 질감과 색깔이 보면 볼수록 고급스럽다. 하단의 정중앙에는 내 이름의 이니셜인 'S.H.L.'이 새겨져 있다. 너무 뿌듯해 가슴이 벅차오른다.

"마음에 들어? 가죽이 좋아 보이지? 명품 회사에 납품하는 가죽이라 비싼 거야."

"고맙습니다. 이니셜도 새겼네요?"

"내가 공방을 운영하는데 그 티는 내줘야지. 이름 새기니까 더 특별하지 않아?"

"아까워서 못 쓸 것 같아요."

"아깝긴. 쓰라고 주는 건데. 나중에 가방도 만들어줄게. 나한테 잘 보이면."

언니가 소리 내어 웃는다. 나보다 더 행복한 표정이다.

"제가 밥이라도 살게요. 이거 그냥 못 받겠어요."

"나야 좋지. 사양하지 않을게. 뭐 먹을까?"

"언니 드시고 싶은 거요."

"그럼 우리, 가는 김에 현선이한테 들를까?"

"저야 상관없지만… 현선 언니 일할 시간 아니에요?"

"그러니까 가자는 거지. 민협 직원이 근무시간에 자리 비우는 거 봤어? 빨리 가면 점심시간에 맞출 수 있겠다."

"언니 회사가 시골집에서 멀지 않나요?"

"바로 옆이야. 적송과 향주가 딱 붙어 있거든. 물론 현선이 개가 시내에 근무해서 좀 돌아가야 하지만, 시간 많은데 뭐 어때? 가서 같이 밥 먹자."

"지금 간다고 연락해 볼게요."

"연락은 뭘… 관둬. 전화하면 귀찮다고 오지 말라고 할걸? 그러면 재미없잖아. 몰래 가서 놀래켜야지."

우리가 탄 차는 시원스레 펼쳐진 도로를 달렸다. 며칠 동안 마음을 짓누르던 뭔가가 뻥 뚫리는 기분이다.

"진짜 빈손으로 가도 돼요? 꽃이라도 사갈까요?"

"종현이한테? 개 꽃 안 좋아해. 알레르기 있어."

"그래도 안장한 후 처음 인사 가는 거잖아요."

"내가 알아서 준비한다고 했지? 담배 한 보루 준비했어."

"담배요? 과일이나 술 같은 걸 가져가야 하는 거 아닌가요?"

"그거면 됐어. 우리가 인사하러 가는 게 어딘데. 종현이도 꽃이나 먹는 것보다 담배를 더 좋아할 거야."

쉬지 않고 담배를 피워대던 종현 오빠의 얼굴이 떠오른다. 그날 밤, 이유 없이 내 목을 조르던 그의 눈빛도. 아니, 이런 생각은 하지 말자. 오빠에게 인사하러 가는 거잖아. 좋은 생각만 해야지.

"고속도로 타니까 금방이네. 벌써 향주야."

수아 언니가 혼잣말하듯 중얼거렸다. 그 덕에 나도 현실로 돌아왔다.

"현선 언니 직장을 알고 가는 거예요?"

"전에도 한 번 가봤어. 이야, 여기 되게 좋아졌다. 향주 같지가 않네."

차들이 늘어선 도로 저 너머는 아파트 숲이다. 도로가 널찍널찍하고 거리도 변화한 것이 흔히 보는 신도시의 모습이다. 차는 교차로를 몇 번 지나 민협 간판이 보이는 곳에 멈춰 섰다.

"저기 돌아가면 바로 주차장이야. 차 세우고 손님인 척 들어가자. 현선이가 놀라겠지?"

현선 언니를 놀라게 할 생각에 수아 언니가 흥분했다. 차에서 내리려고 안전띠를 푸는데 갑자기 언니가 내 팔을 꽉 잡았다.

"잠깐. 가만있어."

"왜요, 언니?"

"저기, 저기 좀 봐."

수아 언니가 맞은편을 가리켰다. 민협 건물 뒤편이다. 놀랍게도 유니폼 차림으로 무릎을 꿇은 사람은 현선 언니였다. 그 앞에서 두 여자가 나란히 팔짱을 낀 채 언니를 내려다보았다. 한 명은 갈색 틴트 선글라스를 꼈고, 다른 하나는 염색한 머리를 틀어 올렸는데 나이가 예순쯤 돼 보였다. 현선 언니의 하얀 얼굴이 더 창백했다.

갑자기 선글라스 낀 여자가 현선 언니의 머리채를 잡았다. 그 바람에 언니의 몸이 휘청거리면서 목이 꺾였다. 수아 언니와 난 주차장 옆 가림막에 몸을 숨긴 채 숨 죽이고 지켜보았다. 그러나 잠시 후, 눈을 질끈 감았다. 언니의 굴욕적인 모습을 차마 볼 수 없었다. 우리는 서로 손을 꼭 잡았다.

퍽— 퍽— 얕은 가림막 너머에서 연신 험악한 소리가 났다.

"네년이 콩밥을 먹어봐야 정신을 차리지."

"오늘 너 죽고 나 죽자. 야, 더 세게 잡아!"

"제발, 제발요. 원하는 것 다 들어드릴게요. 네? 잘못했어요. 아악!"

사정없는 구타가 이어졌다. 저러다 현선 언니가 죽을까 봐 두려웠다. 손이 덜덜 떨렸다. 수아 언니의 손에서도 땀이 났다.

그때 건물의 뒷문이 열리는 소리가 났다.

"고객님, 여기서 이러시면 안 됩니다."

"현선 씨, 임현선 씨, 괜찮아요? 정신 좀 차려봐요. 이 주임, 119 전화해! 어서!"

재빨리 몸을 일으켜 가림막 너머를 봤다. 몸집이 큰 남자가 흥분한 여자들을 말렸다. 비쩍 마른 남자는 현선 언니를 일으켜 세우고, 이 주임이라 불린 여자는 급히 건물 안으로 달려갔다. 선글라스 낀 여자가 발버둥을 쳤지만 남자의 억센 힘에 밀려 더 이상 어쩌지 못했다.

"이년, 내가 죽일 거야. 내가 죽인다고! 너희들은 상관 마!"

여자가 악다구니를 썼다.

"진정들 하세요! 이러다 정말 사람 죽겠습니다."

건물에서 남자 몇이 더 나와서 여자들을 간신히 진정시켰다. 현선 언니는 정신을 잃은 듯 바닥에 축 늘어져 있었다.

"아… 오늘은 그냥 가야겠네."

수아 언니가 몸을 일으켰다. 그리고 옷에 달라붙은 먼지를 털었다.

"뭐 해? 소희야, 가자."

그녀가 팔을 툭 쳤지만 난 쓰러진 현선 언니를 보며 자리에 얼어붙었다.

"어떻게… 이대로 어떻게 가요?"

"우리가 끼어든다고 달라질 것도 없어. 괜히 피곤해지니까 가자."

난 고개를 흔들었다. 바닥에 널브러진 현선 언니를 두고 차마 발걸음이 떨어지지 않았다.

"현선이 보는 게 우리의 목적은 아니잖아. 일단 철수. 종현이한테나 가자. 이러고 있을 시간 없어."

"현선 언니가 저렇게 당했는데 내버려두고 간다고요? 저 꼴을 보고도요?"

"정신 차려. 네가 참견할 문제가 아니야."

수아 언니는 싸늘하게 대꾸하고 먼저 차에 탔다.

"현선이, 이 망할 기집애. 일을 왜 이렇게 복잡하게 만들어."

수아 언니가 짜증을 내며 거칠게 차를 몰았다. 여차하면 고함을 지를 분위기라 난 한마디도 못 하고 입을 다물었다.

차는 40여 분을 달려 낯익은 도로에 접어들었다. 고모의 시골집 근처, 종현 오빠를 찾으러 다닌 그 길이다. 수아 언니는 공터에 차를 세우고 트렁크에서 달랑 담배 한 보루만 꺼냈다.

"정말 그것만 갖고 올라가는 거예요? 그래도 첫인사인데?"

"뭘 더 하려고? 빨리 따라오기나 해."

언니가 앞장을 섰다. 지난번과 달리 철조망에는 자물쇠가 걸려 있지 않았다. 우리는 철조망을 지나 마당으로 들어섰다. 집이 썰렁했다. 지지난 주, 우리가 황급히 떠나던 때의 모습 그대로였다.

"장사 치를 때 여기는 들르지 않았나 보네?"

"안에 들어가 볼까요?"

"됐어. 거기는 냄새나서 들어가기도 싫어. 산에나 올라갔다 가자."

언니는 집 뒤편 야트막한 산으로 향했다. 나도 언니를 뒤따라갔다. 창고 옆을 지나갈 때 또 종현 오빠가 생각났다. 창고 뒤편에서 늘 담배를 물고 있던 그였다. 쏴아아— 어디선가 바람이 불어와 대나무를 흔들었다. 창고 문이 덜컹거렸다.

언덕을 조금 오르자 평평한 곳이 나타났다. 그곳에 흙으로 다져놓은 무덤이 하나 있었다. 아직 잔디를 입히지 않아 흙으로 뒤덮인 봉분이 붉은색이었다. 무덤 뒤로 굴착기 바퀴 자국이 선명했다.

수아 언니가 봉분 앞에 서서 담배 보루를 뜯었다. 그리고 담뱃갑에서 한 개비를 꺼내 불을 붙였다. 언니의 입에서 하얀 연기가 뿜어져 나왔다.

우리는 마치 향을 피우듯 봉분 앞 흙더미에 담배를 꽂고 3초간 묵념했다. 그리고 나란히 서서 피어오르는 연기를 지켜봤다. 내가 꽂은 담배는 불이 금방 꺼졌지만 언니가 불붙인 담배는 마치 종현 오빠가 피우는 듯 끝까지 타들어갔다.

"종현이 자식, 맛있게 잘도 피우네. 살아서 그렇게 피워대더니 원 풀었겠어."

수아 언니가 쓸쓸하게 내뱉었다. 우리는 종현 오빠에게 마지막 인사를 하고 산에서 내려왔다. 낮은 언덕이라 내려오는 데는 순식간이었다. 그러나 평지에 발을 디디려는 순간, 수아 언니가 내 팔을 잡았다.

"쉿! 방금, 무슨 소리 들리지 않았니?"

"소리요? 바람 소리?"

주변을 두리번거리며 귀를 기울였지만 사방이 적막했다.

"너, 진짜… 안 들려?"

언니가 내 표정을 살피며 진지하게 물었다. 그 바람에 나도 심각해졌다.

"아, 아냐. 못 들었으면 됐어. 가자."

언니가 내 팔을 놓고 다시 앞장을 섰다. 우리는 잰걸음으로 철조망 밖으로 나와 차에 올랐다.

집으로 돌아가는 길, 해가 아직 중천이었다. 점심을 거른 터라 배에서 꼬르륵 소리가 났다. 언니가 식당 앞에 차를 댔다. 점심시간이 지난 식당 안은 썰렁했다. 종업원으로 보이는 세 사람이 구석에 앉아 밥을 먹고 있었다. 우리는 출입문에서 가까운 테이블에 앉아 식사 2인분을 주문했다.

"현선이 부를까?"

수아 언니가 밑반찬을 집어먹으며 대수롭지 않게 말했다.

"오늘은 좀… 아까 그런 일도 있었는데… 지금 컨디션 안 좋을 거예요."

"그러니까 술이나 먹자고 해야지. 가족 좋다는 게 뭐니? 이럴 때 필요한 거야. 고통을 나누면 반으로 줄어든다는 말, 몰라?"

내가 반대했지만 언니는 기어이 전화를 걸었다. 난 그 모습을 불안하게 지켜봤다. 괜히 아픈 사람 건드리지 말았으면 좋겠는데. 내 경험상 고통을 나누면 반으로 줄기는커녕 오히려 배가 되곤 했다. 현선 언니도 그럴지 모른다.

언니와 전화가 연결됐다. 의외로 현선 언니의 반응이 나쁘지 않은 듯했다.

"현선이 온대."

"진짜요?"

"그럼 거짓말이겠니? 네가 밥 산다니까 좋다던데?"

그런 일을 당하고도 우리를 만나러 오겠다니. 나라면 험한 몰골을 보여주기 싫을 텐데. 수아 언니와 그만큼 흉허물이 없는 사이인 걸까.

뜨끈한 비지탕이 나오자 현선 언니 걱정은 잠시 미루고 밥 먹는 데 집중했다. 수아 언니는 음식이 입에 맞지 않는지 밥을 깨작거렸다.

"그 팔찌 계속 차고 있네? 안 질려?"

언니가 밥 먹는 내 모습을 유심히 보며 말했다. 정확히는 내 팔찌를 보고 있었다.

"그냥 습관처럼 차고 다니는 거죠."

무의식적으로 소매를 잡아당겨 팔찌를 덮었다. 언니의 시선이 왠지 불편했다. 묵묵히 다시 밥을 뜨는데 수아 언니가 한 손을 번쩍 들었다.

"현선아, 여기야!"

돌아보니 민협 유니폼을 입은 현선 언니가 문 앞에 서 있었다. 그런데 몰골이 너무 처참했다. 얼굴 여기저기 밴드를 붙였지만 벌겋게 부어오른 눈가와 광대뼈를 숨기진 못했다. 입술은 찢어지고 무릎은 까져서 피딱지가 앉아 있었다. 언니는 그 모습으로 어기적대며 우리에게 다가왔다.

현선 언니를 마주 보기가 민망해 어색하게 인사했다. 그녀는 대꾸도 없이 내 앞자리에 털썩 앉았다. 눈빛이 공허해 보였다.

"꼬라지 봐라…. 또 쓸데없는 짓 했냐?"

수아 언니가 핀잔을 줬다. 예전에도 종종 이런 일이 있었을까. 언니들은 내가 알지 못하는 얘기를 주고받았다.

"남이사. 너나 주의해. 내가 부탁한 건, 했어?"

"당연히 했지. 내가 누구냐?"

현선 언니가 수아 언니를 뚫어지게 봤다. 어딘가 못마땅한 눈빛이다. 그리고 잠시 후 주방을 향해 소리쳤다.

"이모, 여기 소주 한 병!"

현선 언니는 연거푸 소주를 들이켰다. 시골집에선 보지 못한 모습이라 적잖이 충격이다.

"임현선, 천천히 마셔. 너 취해."

소주병이 금세 바닥을 보이자 수아 언니가 말렸다.

"내가 안 취할 수 있겠니? 제정신으로 어떻게 버텨? 네 눈으로 보고도 그런 말이 나와?"

"어? 우리 온 거, 봤어?"

"봤지 그럼."

현선 언니가 눈을 흘겼다. 핏발 선 눈동자에 경멸이 담겼다. 생각해보니 언니가 선글라스 여자에게 머리채를 잡혔을 때 잠시 눈이 마주친 것 같기도 하다.

"난 또… 우릴 못 본 줄 알았지. 응급실에서 바로 온 거야? 구급차가 지나가던데."

"중간에 내렸지. 동네 소문낼 일 있어?"

"용케 정신 차렸네?"

"처음부터 말짱했어. 쪽팔려서 기절한 척한 거지. 너희들 보기 쪽팔려서!"

현선 언니가 또 소주를 원샷했다. 술을 마실수록 하얀 얼굴이 더 창백해졌다. 수아 언니는 더 이상 말리지 않았고 빈 술병은 계속 늘어갔다.

"뭔 잘못을 했는데 아줌마들이 그 난리야?"

"몇 마디 조언해준 게 다야."

"그 아줌마 아들내미나 남편을 후린 게 아니고? 난 그렇게 봤는데? 수위가 19금 각이야."

"남들도 그렇게 보더라. 아, 이제 회사에 어떻게 나가냐."

"때려치워."

"때려치우면? 생활비는 어쩌고?"

"고모 유산 받잖아?"

"그걸로 평생 먹고살 수 있겠니? 너야 기술이 있지만 난 회사 계속 다녀야 해. 먹고살아야지."

"아줌마들이 또 찾아오면 어떡하려고?"

"아… 돈 달라고 지랄할 텐데. 그년들, 돈 뜯으려고 찾아오는 거 아니겠어?"

"그러겠지."

"천벌을 받을 년들. 앞으로 뭣 같은 일만 기다릴 거다."

이를 갈던 현선 언니가 갑작스레 웃음을 터뜨렸다. 요란한 웃음소리에 소름이 끼쳤다.

"두고 볼 거야. 그년들 집안 망하는 꼴, 똑똑히 지켜보겠어."

현선 언니는 거침없이 악담을 쏟아냈다. 아까 당한 수모를 앙갚음이라도 하듯이.

"어유, 그 정도로 가까운 사이였어? 그 아줌마들이랑?"

"내 고객이야."

"재밌네. 담당 직원이 고객에게 그런 악담을 퍼부어도 되나? 저주잖아 그거."

"그럼 고객이 날 폭행하는 건 괜찮고? 무슨 말 같지도 않은 소릴 해? 눈에는 눈, 이에는 이야. 앞으로도 그럴 거야. 날 이렇게 만들어놓고 자기 딸 혼사를 걱정해? 흥! 잘도 되겠다."

소주병이 또 바닥을 보였다. 현선 언니의 눈이 묘하게 풀렸다. 여전히 나와는 시선을 마주치지 않는다.

"여기 소주 한 병 더요."

현선 언니가 손을 들고 주문했다. 벌써 네 병째다.

"작작 좀 마셔."

"그래요, 언니. 취하신 것 같아요."

"말리지 마. 너희들이 뭘 안다고 그래?"

종업원이 소주를 들고 와 테이블에 내려놓았다. 그러곤 상처 투성이인 현선 언니의 얼굴을 힐끗 봤다.

"아가씨가 술을 잘 마시네."

"오늘 코가 삐뚤어지게 마셔보려고요."

"우리야 좋긴 한데, 상처가 덧나지 않겠어? 예쁜 얼굴 덧나면 어떡해?"

"이미 망했어요."

"에이그, 무슨 사연인지 모르지만 마시고 확 풀어버려."

수아 언니가 전을 추가로 주문했다. 종업원이 모두부도 서비스라며 테이블에 새로운 안주들을 올렸다. 김이 모락모락 나는 뜨끈한 모두부는 생각보다 맛있었다.

"그나저나 너희들 여긴 왜 온 거야?"

"빨리도 물어본다."

"종현 오빠에게 인사하러 왔어요. 저희가 그날 장지까지 못 갔잖아요."

"흥, 웬일로?"

"핏줄 좋다는 게 다 뭐겠니."

"종현이 그 멍청한 새끼, 내가 그렇게 주의를 줬는데."

현선 언니의 눈가가 촉촉해졌다. 오빠를 생각하자 마음이 숙연해진다. 운전 때문에 술을 못 마시는 수아 언니는 소주잔에 물을 따라 술처럼 마셨다.

"쪼꼬미, 근황 좀 얘기해봐. 요즘 별일 없었어?"

수아 언니가 새삼 나에게 물었다.

"별일요? 글쎄요?"

"있을 텐데? 밤에 귀신 보고 그러지 않아?"

수아 언니가 짓궂은 표정을 지었다. 일전에 놋그릇 일로 나를 놀리는 거였다. 그때 호들갑 떨었던 게 생각나 부끄러웠다.

"귀신이라니?"

현선 언니가 우리 얘기에 관심을 보였다. 오늘 처음으로 내게 관심을 보인 순간이었다.

"종현이가 재떨이로 썼던 그 놋그릇 있잖아. 그게 어쩌다 쟤네 집에 가게 됐나 봐. 짐 속에 섞였던가 했겠지 뭐. 근데 그걸로 애가, 귀신이 붙었다며…."

수아 언니가 숨넘어갈 듯 웃기 시작했다. 현선 언니도 자지러지게 웃었다. 둘의 웃음소리가 식당 안에 울려퍼졌다. 난 무안해서 어쩔 줄을 몰라 하다가 앞에 놓인 소주를 들이켰다.

"아… 쏘가네, 쏘가. 우리 소희 아직도 아가야."

"그런 말을 믿는다고? 어휴, 귀여운 것. 이모, 여기 소주 한 병 더요!"

현선 언니가 소주를 더 시켰다. 하지만 웃음소리가 너무 컸던 탓인지 종업원 표정이 떨떠름했다.

"아가씨들, 언제까지 마실 거야? 젊은 아가씨들이 너무 많이 마시네. 적당히들 끊어야지."

"아이, 사장님. 조금만 더요."

"이제 브레이크타임이야. 우리도 쉬어야 저녁 장사를 할 거 아냐. 다 마셨으면 어여 일어나."

종업원이 재촉하는 바람에 우리는 할 수 없이 일어섰다. 소주를 그렇게 마시고도 현선 언니는 꼿꼿했고, 수아 언니는 못내 아쉬운 표정이었다. 식당을 나서며 수아 언니가 일부러 소리 나게 문을 닫았다.

"이 촌구석에서 브레이크타임은 무슨!"

수아 언니가 자동차 키를 누르자 식당 앞에 세워둔 빨간 BMW 미니의 라이트가 켜졌다.

"수아 너, 그새 차 바꿨니?"

"이번에 하나 장만했지. 쌔끈한 걸로."

"네가 돈이 어디 있어서?"

"왜 내가 돈이 없어? 곧 부자가 되는데."

"얘 웃기네. 받을 때까진 받은 게 아니지. 통장에 들어온 게 없잖아?"

"잔말 말고 어서 타기나 해."

현선 언니는 조수석에, 난 뒷좌석에 앉았다. 술 냄새가 차 안에 진동했다.

"외제차가 좋긴 하네. 우리 한잔 더 하자. 이대로 헤어질 순 없지."

"그 꼴로 어딜 가려고? 네 뒤치다꺼리하기 싫어. 난 차 가지고 와서 술도 못 마시잖아."

"방 잡고 마시지 뭐."

"방? 모텔? 난 지저분한 덴 딱 질색이거든. 정 가려면 너희 집에나 가든가."

드디어 집에 갈 수 있는 건가. 현선 언니가 자기 집으로 데려갈 리 없다. 그러나 언니가 집 주소를 부르는 바람에 나의 기대는 여지없이 무너지고 말았다.

수아 언니가 내비게이션에 주소를 입력했다.

"오케이, 10분. 가까워서 좋네. 그런데 현선아, 집이 우리 불러도 되는 상태야? 언제는 공개 안 한다고 했잖아?"

"몰라, 젠장."

"나중에 후회하지나 마라. 나 탓하면 안 돼. 분명히 네가 가자고 했다?"

출발하기 전, 수아 언니는 거듭 다짐을 받아냈다.

## 11

 차는 금세 목적지에 다다랐다. 새로 지은 빌라들이 들어선 깨끗한 동네였다. 우리는 '힐빌'이라고 적힌 건물 앞에서 내려 2층으로 올라갔다. 현선 언니의 집은 203호. 빌라가 대부분 그렇듯 우리 집과 구조가 비슷했다. 수아 언니를 따라 좁은 복도를 지나 집으로 들어갔다. 그런데 거실 벽을 본 순간, 몸이 얼어붙고 말았다. 한쪽 벽면의 절반을 십자가가 온통 뒤덮고 있었다.
 "놀랐지? 현선이 얘 취미가 십자가 모으는 거래. 웃기지 않니? 무슨 악취미야. 넌 여기 앉아."
 수아 언니가 아무렇지도 않은 듯 소파 옆 침대를 가리켰다. 난 쭈뼛대며 자리에 앉았다. 벽에 걸린 십자가가 자꾸만 신경 쓰였다.

"왜, 무서워? 엑소시즘 같아?"

"아, 아니에요. 이런 인테리어는 처음 봐서…."

"이런 데는 나도 처음이야. 현선이 쟤가 평범하진 않잖니. 평소에도 또라이라 생각했는데 진짜 또라이였어. 이중에 몇 개는 직접 만든 거래. 손재주 좋은 걸 보면 우리 집안답지 않니?"

술을 마시며 세보니 십자가는 정확히 열여덟 개다. 선반에 아홉 개, 벽에 아홉 개. 현선 언니는 왜 이런 취미를 갖게 됐을까.

시계는 어느덧 10시를 가리켰다. 하지만 수아 언니는 집에 갈 생각이 없어 보였다. 어쩌면 현선 언니네에서 자고 갈지 모른다고 도진이와 혜리에게 메시지를 보냈다. 도진이에게선 답이 왔지만 이상하게 혜리는 답이 없었다. 회사에 무슨 일이라도 생긴 건지 걱정됐다.

"소희야, 술 안 마시고 뭐 해?"

"친구에게 연락 좀 하느라…. 언제쯤 집에 가실 거예요?"

"술 마셨는데 어딜 가? 여기서 자고 가야지."

이미 만취했는데도 언니들은 마시고 또 마셨다. 그래도 기분이 풀리지 않는지 현선 언니는 낮에 있었던 일을 계속 곱씹었고, 수아 언니는 그녀를 재우려는 듯 자꾸 술을 권했다. 얼마 후, 현선 언니가 몸을 가누지 못하고 바닥에 쓰러졌다.

"수아야, 우리 자매나 마찬가지지? 나 배신 안 할 거지?"

현선 언니가 바닥에 누운 채 술주정을 했다. 취한 언니는 잠들 때까지 했던 말을 자꾸 되풀이했다. 욕설과 저주가 섞인 말들이었다. 낮에 구타당하던 모습이 생각나 불쌍하면서도 한편으로 언니가 내뱉는 말들이 섬뜩했다.

"아, 지겨워. 애는 술만 마시면 이래."

"무슨 일이 있었던 걸까요? 언니는 현선 언니 말, 믿어요?"

현선 언니가 한 가정을 파괴하는 모습을 상상해본다. 그것이 불륜이든 이간질이든, 언니가 잘못한 게 맞을 거다. 아니면 왜 그 여자들이 회사까지 찾아와 그 난리를 피우겠는가. 그렇게 수모를 당하면서도 현선 언니는 반박하지 않았다. 그건 자신의 잘못을 인정한다는 뜻이겠지.

"믿어야지 어떡해? 우리라도 현선이 편을 들어줘야 하지 않겠어? 피는 물보다 진하다잖아. 친척 좋다는 게 이런 거지. 안 그래?"

그럴까? 핏줄이라는 사실만으로 잘못을 외면하고 무조건 편들어도 괜찮은 걸까? 내가 현선 언니와 똑같은 상황에 놓인다면, 수아 언니는 그때도 내 편을 들어줄까?

"현선이가 혼자 사는 거 알고 사람들이 우습게 봐서 그래. 이래서 만만히 보이면 안 된다니까. 이럴수록 우리가 똘똘 뭉쳐야 해."

술자리는 그렇게 끝이 났다. 우리는 현선 언니를 바닥에 눕혀둔 채 잠자리에 들었다. 수아 언니는 침대에, 나는 소파에 누웠다. 술을 많이 마신 건 아닌데 긴장이 풀린 탓인지 금세 잠이 들었다.

타닥타닥. 철퍽철퍽. 이상한 소리에 눈을 떴다. 어두운 방, 낯선 장소. 하지만 현선 언니의 집이라는 사실을 금방 깨달았다. 이상한 소리는 언니의 잠버릇이라는 것도. 다시 눈을 감았다.

탁. 소파 위에서 뭔가 떨어지는 소리가 났다. 돌아누워 봐도 현선 언니의 요란한 잠버릇 때문에 쉽게 잠을 이룰 수가 없었다. 바닥에서 나는 소리가 귀에 거슬렸다. 시골집에서도 겪어본 터라 그냥 무시하고 싶은데 한번 들린 소리는 계속해서 신경을 긁었다. 귀가 아닌 머릿속에서 소리가 울리는 것처럼. 소리는 점점 커졌다. 미칠 듯 괴로워 눈을 떴다. 놀랍게도 눈앞에 현선 언니가 있었다.

언니는 몸을 반쯤 일으킨 채 고개만 돌려 괴이한 표정으로 나를 보았다. 어둠 속에서도 실핏줄 터진 눈이 똑똑히 보였다. 히힛. 언니가 작게 소리 내어 웃었다. 빨간 입가가 천천히 위로 올라갔다. 그 모습이 귀신이 아니어서 더 소름 돋았다. 소리도 지르지 못하고 난 그대로 기절해 버렸다.

"소희야, 일어나. 해장하고 집에 가자. 왜 이렇게 잠이 많니?"

수아 언니가 깨우는 소리에 눈을 떴다. 날이 훤히 밝았고 난 여전히 소파에 누워 있었다. 현선 언니는 보이지 않았다. 어젯밤 일… 꿈이었을까?

"현선 언니는요?"

"걔 출근했지. 지금이 몇 신데."

시계를 보니 9시가 다 돼가고 있었다. 급히 일어나 매무새를 가다듬었다. 그리고 소파 위 선반을 봤다. 열여덟 개, 십자가는 어제와 똑같았다. 쓰러진 것도 없었다.

"말리는데도 나가더라. 어제 그 일을 당하고도 회사에 가고 싶을까? 현선이 속을 난 이해할 수가 없네. 해장 뭐로 할래?"

수아 언니의 말이 꿈결처럼 들렸다.

\* \* \*

"어머, 이 지갑 뭐야? 샀어?"

다 죽어가는 모습으로 퇴근한 혜리가 내 카드 지갑을 보고 반색했다. 시무룩하던 얼굴에 생기가 돌았다.

"이거 나 주려고? 친구야, 너 왜 이렇게 멋진 거야. 세심하게 챙겨줘서 고마워."

"내 거야. 여기 각인까지 있잖아. 봐, S.H.L. 소희, 임."

"에이, 내 거지. 송혜리, S.H.L. 맞잖아? 내 지갑 오래된 건 또 어떻게 알고."

혜리가 우겼다. 지갑이 마음에 쏙 드는 눈치다. 어이가 없지만 아이처럼 좋아하는 모습에 차마 화를 낼 수 없었다.

"네가 언제부터 리 자를 L로 썼다고 그래? 너 R 쓰잖아? 이 지갑, 수아 언니한테 선물 받은 거야."

"그럼 다시 나에게 선물하면 되겠네. 나 오늘부터 L 쓸 거거든. 이거 나 주라. 응?"

"말이 되는 소리를 해."

"요즘 나 너무 힘들어. 특수 비타민이 필요해. 예쁘고 작은 이 지갑 같은 거. 이거 나 주면 힘이 날 것 같아."

혜리가 계속 고집을 부렸다. 한번 눈에 든 것은 절대 포기하는 법이 없는 애다. 그냥 줘버릴까?

"넌 나중에 새로 만들어 달라고 하면 되잖아. 어차피 평생 볼 언닌데 뭐 어때. 나, 이거 너무 갖고 싶다. 컬러도 내가 좋아하는 거고 진짜 마음에 쏙 들어."

혜리 말처럼 카드 지갑은 나중에 또 얻을 수도 있다. 아니, 매상도 올려줄 겸 언니 공방에 가서 똑같은 지갑을 사는 방법도 있다.

"취업 선물로 나 주면 안 돼?"

"똑같은 거 사줄게."

"싫어, 이거. 나 이거 가질래. 지금 갖고 싶어, 소희야. 이렇게 내 이니셜까지 있잖아."

취업 선물이라는 말에 마음이 약해졌다. 그러잖아도 선물을 하나 해주려고 마음먹었는데 기왕이면 원하는 걸 주는 게 낫지. 나는 결국 혜리에게 카드 지갑을 건넸다.

"알았어. 대신, 너 오늘부터 영어 이름 바꿔라."

혜리가 팔짝팔짝 뛰며 좋아했다. 조금 전까지만 해도 피곤에 절어 쓰러질 것 같더니, 카드 지갑이 정말 비타민 역할을 톡톡히 했다.

"어제는 어땠어? 언니들과 즐거웠어?"

"그냥저냥."

"좋으면 좋다고 말해. 사촌 언니 오빠 생겼다고 자랑할 때는 언제고."

사실 언니들과 함께한 시간이 즐겁진 않았다. 여자들에게 구타당하던 현선 언니의 모습과 새벽에 본 언니의 새빨간 눈이 아직도 머릿속에서 지워지지 않는다. 하지만 혜리에게 얘기하긴 싫다. 가족의 치부를 들키기 싫어 얼른 말을 돌렸다.

"넌 어때? 회사 생활 힘들지?"

"솔직히 그렇지. 몰랐는데 내가 되게 덤벙대나 봐. 실수가 잦아. 맨날 혼나잖아. 너 미주 선배 성격 알지? 그 말 없는 사람이 최근 들어 부쩍 말이 많아졌어. 나한테 화내느라."

"선배가 너한테 막 뭐라고 하는 거야? 정말?"

"지적을 아주 또박또박 하더라고. 매몰차게 말하는 걸 듣고 있으면 내가 바보인가 싶어. 그리고 매일 한숨 쉬잖아? 사무실 바닥이 꺼질 것 같아."

"실장님은 아무 말 안 하고?"

"나 신경 쓸 새가 어디 있어? 일손 부족해서 사장님까지 퇴근을 미루고 일하는데."

"일 많아서 좋네."

"좋기는 개뿔. 하아, 실수를 반만 줄여도 미주 선배 눈치를 안

볼 텐데. 내가 밤에 잠을 잘 못 자니까…. 참, 너도 중간에 깨고 그러지 않니?"

"내가? 아니."

그러고 보니 혜리의 얼굴이 까칠하다. 회사에서 받는 스트레스가 확실히 심하긴 한 모양이다.

"너 새벽에 나갔다 들어오는 소리, 여러 번 들은 것 같은데?"

"꿈꾼 거 아냐? 난 한번 잠들면 푹 자잖아. 누가 업어가도 모를 정도로."

"아닌가? 내가 잠을 설쳐서 착각했나?"

"커피를 너무 많이 마셔서 그래. 카페인을 조금 줄여."

"평소랑 비슷하게 마시는데?"

"긴장해서 그럴 수도 있어. 신경 쓸 일이 어디 한두 개야? 인턴 때와는 또 다르지. 그런데 혜리야, 위로받을 사람은 나 아니니? 어째 거꾸로다? 난 백수야, 넌 직장인이고."

"미안. 근데 나 진짜 힘들어서 그래. 위로 좀 해줘. 요즘 잠을 계속 설친단 말이야. 가위도 눌리고. 오늘 나랑 자자, 소희야."

"저리 가. 징그러워."

"내 옆에서 자라, 응? 혹시 나 가위눌렸다 싶으면 깨워주고. 그럴 거지?"

혜리가 아이처럼 떼를 쓰며 엉겨 붙었다. 하는 수 없이 며칠 동안 혜리의 방에서 우리는 함께 잠들었다. 하지만 난 깊은 잠에 빠져 혜리가 가위눌려 괴로워하는 것을 감지하지 못했다.

며칠 뒤, 모처럼 내 방에서 아침 일찍 눈을 떴다. 아직 회사 다닐 때의 습관이 남아 그 시간만 되면 저절로 눈이 떠졌다. 어제는 도진이와 데이트하느라 늦게 귀가해서 가뜩이나 예민한 혜리를 깨울까 봐 그 애 곁이 아닌 내 방에서 잤다.

거실로 나가니 혜리가 흐리멍덩한 상태로 커피를 마시고 있었다.

"잘 잤어?"

"내 얼굴 봐, 이 다크서클. 너 어제 몇 시에 들어왔어?"

"12시쯤. 미안, 잘 자고 있길래 내 방에서 잤어. 너 깰까 봐."

"3시에 들어온 거 아냐? 새벽에 너 오는 소리 들었는데?"

"아니야. 12시 정각에 들어왔어."

"이상하다? 나 분명히 3시에 풍경 소리를 들었어."

풍경 소리가 들렸다면 누군가 현관문을 열고 밖으로 나갔거나 아니면 들어왔다는 얘긴데…. 설마 그럴 리가. 요즘 혜리가 스트레스를 많이 받아서 예민해진 거겠지. 시간이 지나면 무뎌질 거다.

"회사 일이 엄청 많나 보다. 미주 선배가 너한테 화풀이하고 그러는 거야?"

"아니야, 나 진짜 풍경 소리를 들었대도. 요즘 매일 그래. 그리고 그 소리가 나면 여지없이 숨이 막혀. 누군가 내 목을 졸라. 날 죽이려고 하는 것 같아. 발버둥 치고 싶은데 몸이 결박당한 것처럼 움직여지지 않고 너무 무서워."

혜리의 큰 눈에 눈물이 고였다. 수척한 얼굴이 너무 애처로워서 그 애를 꼭 안아주었다.

"근데 꿈이 아닐까 봐 더 무서워."

혜리의 목소리가 떨렸다. 그냥 뒀다간 정말 병이 날 것 같았다. 뭔가 대책이 필요했다.

"우리 CCTV 설치할까?"

"그건 갑자기 왜?"

"네가 문 열리는 소리를 들었다며? 우리가 잠잘 때 혹시 누가 들어왔을지도 모르잖아. 일본에서는 주인 몰래 집에 들어와 살았던 사람도 있대. 우리도 한번 지켜보자."

나날이 야위어가는 혜리를 생각해서라도 지체할 수 없어 당장 가정용 CCTV를 검색했다. 혜리를 괴롭히는 소리를, 그 존재를 당장 색출해낼 거라 다짐했다.

그리고 일명 홈캠이라고 하는 가정용 CCTV 카메라를 수납 트레이 옆에 설치했다. 새벽에 누가 집에 드나드는지만 확인하면 되니 카메라는 한 대로 충분했다.

현관에 홈캠을 설치한 후 혜리는 안정을 되찾았다. 가끔 악몽을 꾸긴 해도 가위눌리는 일은 없었다. 물론 내가 옆에서 함께 잠들지만 말이다. 혜리가 점점 나아질 거라 믿고 수시로 밤중에 녹화된 영상을 확인했다. 별 이상은 없었다.

취업 준비를 하러 스터디 카페에 온 오늘도 노트북으로 홈캠에 찍힌 영상을 체크했다. 역시 문제는 없다. 요즘 들어 혜리도 이상한 소리를 못 들었다고 한다. 내가 과민하게 반응한 걸까.

휴대폰 진동이 울려서 보니 수아 언니였다. 조용히 휴게실로 나가서 전화를 받았다.

"언니, 잘 지내셨어요?"

〈너도 잘 지내지? 어디니?〉

"스터디 카페에서 공부하고 있어요."

〈공부? 회사 안 가고?〉

"인턴이 끝나서… 다른 회사 알아보고 있어요. 근데 웬일로 전화하셨어요?"

〈우리 한번 모여야지. 전에 말했잖아. 시현이 가게에서 보자고. 너 언제 시간 되니?〉

"저야 아무 때나 괜찮죠. 이제 백수인걸요."

〈그래? 오늘 보자고 할까? 내가 현선이에게 전화해보고 문자 줄게. 기다려.〉

사촌들을 만나는 게 전처럼 설레지 않는다. 그들에게는 내가 모르는 이면이 있고, 그게 날 자꾸 불편하게 만든다.

휴대폰이 또 진동했다.

'6시까지 공방으로 와.'

할 말만 하고 마는 간결한 문자. 딱 수아 언니답다. 문제는 내가 언니의 공방이 어디 있는지 모른다는 것이다. 언니는 매번 이런 식이다. 내가 한 얘기, 나와 함께했던 시간들을 잘 기억하지 못한다. 내게 관심이 없어서 그럴 텐데도 희한하게 항상 먼저 연락을 해온다.

공방의 위치를 모른다고 문자를 보내자 바로 답이 왔다. 물론 주소만 덜렁 찍어서. 지도 앱으로 확인하니 8분 거리. 언니의 공방은 스터디 카페에서 두 블록 떨어진 곳에 있었다.

난 자리로 돌아가 취업 정보를 검색하고, 두 군데에 입사 지원서를 넣었다. 그리고 5시 30분이 되자 수아 언니를 만나러 일어섰다.

붉은 나무틀로 문과 유리창을 마감한 언니의 가게 앞에는 '가죽 공방 수아'라고 적힌 간판이 있었다. 공방에는 먼저 온 손님이 있어서 눈치껏 손님 행세를 하며 매장 안을 둘러봤다. 진열대에 언니가 내게 준 것과 똑같은 카드 지갑이 놓여 있었다.

"뭐 보고 있어? 하나 사려고?"

손님을 보내고 수아 언니가 내게 다가왔다. 난 카드 지갑을 가리켰다.

"이건 얼마예요?"

"왜? 내가 얼마짜리 줬나 궁금해?"

"아뇨. 이 지갑 사고 싶어서요."

"너한테 선물한 거랑 똑같은데? 같은 걸 왜 사?"

"친구 주려고요. 하도 부러워해서 똑같은 걸로 사주려고요."

"그렇다면야… 컬러도 이걸로 할 거야? 이건 가죽이 비싼 거라 가격이 좀 나가."

언니가 진열대 안에서 겨자색 카드 지갑을 꺼냈다. 이니셜만 없을 뿐, 나에게 선물한 것과 똑같았다.

"근데 어쩌지? 불박기가 고장 나서 수리 보냈어. 이니셜 찍어주는 기계 말이야."

"그냥 사가죠 뭐."

"에이, 그 맛에 사는 건데. 안 찍으면 섭섭하지."

"그러면 다음에 와서 새길게요. 그래도 되죠?"

계산하려고 지갑에서 체크카드를 꺼냈다. 언니가 그걸 보고 인상을 찌푸렸다. 내가 들고 있는 건 오래된 구닥다리다.

"내가 준 지갑은 어쩌고?"

"아까워서 아직 못 쓰고 있어요."

"얘는, 당장 그거 써. 아깝기는 뭐가 아깝다고 그래? 내가 또 만들어주면 되는데. 막 써라, 알았지?"

언니가 계산하고 카드를 되돌려주자마자 휴대폰이 진동했다. 8만 원. 언니는 딱 정가 그대로 받았다. 친척이라고 할인해주는 아량은 없다. 포장도 내게 선물한 것과 똑같다.

"현선 언니도… 오늘 오시는 거죠?"

시현 오빠의 가게로 향하며 현선 언니를 떠올렸다. 그 새벽, 시뻘건 눈으로 나를 보던 괴이한 그 표정도. 몽유병이 있는 언니는 아마 모를 거다. 내가 언니의 이상한 모습을 보고 기절했다는 사실을. 분명 꿈이 아니었다. 그날의 기억이 없는 수아 언니야 상관없겠지만, 장면 장면을 모두 머릿속에 담고 있는 나는 현선 언니 보기가 살짝 겁이 났다.

　아무 일도 없었던 것처럼 자연스럽게 대할 수 있을까? 현선 언니의 얼굴을 똑바로 바라볼 수 있을까?

　가게 안에 들어서자마자 수아 언니가 큰 소리로 오빠를 불렀다. 시현 오빠의 가게에는 여전히 손님이 없었다.

　"곧 나갈게. 편한 데 앉아."

　주방에서 시현 오빠가 고개를 내밀고 말했다. 나만 그렇게 느꼈는지 모르지만 표정이 미묘하게 어색했다.

　잠시 후, 오빠가 숯이 담긴 화로를 들고 주방에서 나왔다.

　"시현아, 김재열에게 연락해봤어?"

　"그 변호사? 했지. 근데 아직 멀었대. 종현이 부검감정서가 경찰서로 안 넘어갔나 봐."

　"아직도? 벌써 한 달이 지났잖아."

　"내 말이. 외국 욕할 거 없어. 관공서에서 이런 것 하나 빨리빨리 처리하지 못한다니까."

　"아이씨, 나 돈 급한데."

　부지불식간에 수아 언니의 속마음이 튀어나왔다. 시현 오빠가 술을 마시다 말고 언니의 얼굴을 빤히 봤다. 나도 씹던 고기가 목에 턱 걸렸다.

　"네가 왜 돈이 급해? 잘 벌잖아?"

　"차값 내야 해."

　"차값? 차 샀냐? 할부로?"

"응. 할부로 한 대 뽑았어."

오빠가 큰 소리로 웃는다. 아까만 해도 인상을 썼는데 웬일인지 표정이 유쾌하다.

"웃긴 애일세. 차가 뭔데?"

"미니."

"빌려 타게 큰 차로 뽑지. 미니가 뭐냐, 미니가."

"놀리지 마. 나 지금 되게 심각해."

"나도 심각하거든."

"너는 또 왜?"

"가게 잡혀서 돈 좀 끌어다 썼는데, 갚지를 못했다."

"어느 은행에서 빌렸는데?"

"우리 같은 애들이 은행에서 어떻게 돈을 빌려? 상대도 안 해주는데. 사금융 썼어. 얼마 안 돼, 몇천."

사금융이라면 사채를 말하는 건가? 사채는 생각만으로도 두려운데 둘 다 아무렇지 않아 한다.

"잘하는 짓이다. 이제 이 가게 넘어가는 거야?"

"너는 말을 해도… 고모 유산이 있는데 왜 넘어가. 그거 빨리 받아서 메꿔야지."

"그 돈이 언제 나올 줄 알고?"

"방법이 없겠냐? 변호사 찾아가서 일 빨리하라고 닦달해야지. 급한데 어쩌겠어."

"똥줄 타겠네."

"현선이도 돈이 필요한 것 같더라."

"합의금?"

"너도 들었냐?"

"그러게 왜 입을 함부로 놀려서… 아이 성질나."

수아 언니가 자리에서 벌떡 일어섰다. 그러곤 오빠의 허락도 없이 냉장고에서 맥주를 가져왔다. 숟가락으로 뚜껑을 따고는 속이 타는지 병째 들고 마셨다. 분위기가 삽시간에 가라앉았다. 시현 오빠는 말없이 고기를 굽고 언니는 술만 마셨다.

"그 집은 어떻게 됐어?"

"홍연동 2층? 아직도 비어 있지."

"도대체 얼마에 내놨는데 아직도 안 나가? 그거라도 세주면 돈이 더 들어올 거 아냐?"

"세입자를 빨리 들이려면 가격을 확 후려쳐야 하는데 제값에 내놨다더라. 우리만 급하지, 변호사나 3층 여자는 자기들 일 아니라고 아주 느긋해."

"3층 세입자도 한번 만나봐야겠네."

언니와 오빠는 부지런히 고기를 씹어 삼켰다. 나도 고기를 먹으며 출입구 쪽을 힐끔댔다. 현선 언니는 언제쯤 올까?

"그런데 소희야, 그 머리핀은 언제 빼?"

수아 언니가 젓가락으로 내 머리에 꽂힌 흰 리본을 가리켰다.

"며칠 안 남았어요. 곧 사십구재거든요."

"시간 빠르다. 외숙모는 어디 모셨니?"

"고양시에 있는 납골당에요."

"여기서 멀지 않네? 한번 가봐야겠다. 외숙모도 나 보고 싶어 하실걸? 나중에 장소 다시 알려줘."

고마웠다. 언니가 엄마를 추억하고 인사할 거라는 사실이 기뻤다. 매번 나 혼자 쓸쓸히 찾는 것보다 예전에 귀여워했던 조카가 찾아주면 엄마도 좋을 것이다.

"그 팔찌 아직도 차고 있네?"

수아 언니가 내 팔찌에 또 관심을 보였다.

"습관이 돼서요."

"줘봐. 나한테도 어울리나 차보게."

팔찌를 풀어 언니에게 건넸다.

"이거 나랑 어울리지 않니?"

수아 언니가 팔목을 흔들어 보였다. 엄마가 만든 팔찌가 언니의 가는 팔목에서 가볍게 흔들렸다.

"이거 나 주면 안 돼?"

"언니, 그건 좀… 엄마 유품이라서요."

"다른 유품도 많잖아? 이거 정도는 줄 수 있지. 안 그래? 내가 너 지갑도 줬잖아. 그리고 외숙모는 나한테도 엄마다? 나 추억이 진짜 많아."

엄마의 유품을 달라는 말이 어이가 없어서 웃음만 나왔다. 그렇다고 단칼에 거절하긴 곤란하다.

"외숙모 살아계셨으면 나한테도 만들어 주셨을 거야. 말했잖아, 어렸을 때 나를 얼마나 예뻐하셨는데. 머리도 종종 묶어주고 그러셨거든. 그러니까 이거 나 줘."

 돌려주기 싫다는 듯 언니가 손을 등 뒤로 감췄다. 그 억지가 너무 황당해서 뭐라 말할 수가 없다. 곤란하게 왜 저럴까. 저 팔찌는 나에게도 하나밖에 없는 엄마의 유품인데.

 수아 언니가 갑자기 팔을 번쩍 들어 반가운 체를 했다. 출입문으로 시선을 돌리니 현선 언니가 우두커니 서 있었다. 무표정한 얼굴로 우리를 보는데 눈에는 퍼렇게 멍이 들었고 한쪽 눈은 새빨갰다. 피부는 희다 못해 창백했다. 그날 새벽, 어둠 속에서 봤던 모습만큼이나 기이했다.

 현선 언니는 마치 좀비처럼 걸어왔다. 그리고 내 앞에 털썩 주저앉았다.

 "또 맞았냐?"

 어처구니없다는 듯 수아 언니가 비웃음을 흘리며 물었다. 현선 언니가 새빨간 눈으로 노려보는데 멀쩡한 눈에도 핏발이 서 있었다. 씩 올라간 입꼬리가 바르르 떨렸다.

 "어떤 년들이야? 그때 그 아줌마들이야? 그년들이 눈깔까지 터트렸어?"

 현선 언니가 고개 돌려 시현 오빠를 봤다. 구타당한 후유증으로 정신을 놓은 사람처럼 눈빛이 심상치 않았다.

 "경찰에 신고해야 하는 거 아니에요?"

 "말 같은 소리를 해. 경찰 무서운 거 알면 애를 이렇게 팼겠냐? 그 지역 사람들, 다 끼리끼리야. 아이씨, 애 얼굴 좀 봐."

"내가 그래서 너 조심 좀 하랬지!"

시현 오빠가 버럭 화를 냈다. 동생이 망가진 모습에 몹시 속이 상한 것이다. 그는 주먹으로 테이블을 쾅 내리치고는 주방으로 들어가 버렸다.

"저 성질머리하고는…. 현선아, 많이 아파?"

"제가 약을 사 올까요?"

"됐어. 시현이가 갖고 나오겠지. 그 꼴로 어떻게 왔어?"

수아 언니는 가엾다는 듯 현선 언니를 살폈다. 괴이한 행동은 전혀 신경 쓰지 않는 눈치였다. 현선 언니는 빈 잔에 맥주를 따라 단숨에 비웠다.

"그 얼굴로 술 마셔도 돼? 상처 덧나지 않겠어?"

수아 언니가 잔소리를 이어갔다. 그러나 현선 언니는 대꾸 없이 술만 벌컥벌컥 마셨다.

"천천히 마셔. 속상한 건 알겠는데, 이러면 너만 손해야."

"…."

"그나저나 웬일이니? 평일에 서울까지 올라오고? 하긴, 이 얼굴로 내일 회사는 다 갔네."

"잘렸어."

현선 언니가 처음으로 입을 열었다. 자신이 퇴사한 것을, 마치 남 일인 듯 툭 내뱉었다. 수아 언니와 난 동시에 멈칫했다.

"뭐? 잘려? 혹시 그 일 때문에? 그 남자 때문인 거지?"

그 일, 그 남자. 아마도 그때 두 여자가 현선 언니 회사로 찾아온 것과 관련이 있겠지. 자세한 내막은 알 수 없지만 수아 언니는 뭔가를 알고 있다.

"내가 몇 번을 주의 줬어? 그래서, 합의금 얼마나 나왔니? 이번에는 얼마야? 퇴직금 쏟아붓고 모자랄 정도는 아니지?"

"네가 무슨 상관이야?"

"임현선. 지금 그런 말을 할 때야? 너 걱정하니까 이러잖아!"

"지금 나 걱정할 때니? 너야말로 조심해."

현선 언니가 독기 어린 말을 쏘아붙였다. 순간, 수아 언니의 표정이 싸늘하게 변했다.

"난 돈으로 때우지만 넌 그걸로도 안 될걸? 이미 늦었어. 도망쳐도, 도망쳐도 벗어날 수가 없어."

"야! 이 기집애야, 정신 차려!"

수아 언니가 술잔을 들어 현선 언니의 얼굴에 확 끼얹었다. 맥주를 뒤집어쓴 언니는 또 기괴하게 웃었다.

"네년이 도망갈 곳이야 뻔하지."

현선 언니의 목소리가 이상했다. 끝이 갈라져 나오는 허스키한 음색. 처음 들어보는 소리였다. 분명히 언니의 목소리인데 언니가 아닌 듯 낯설었다.

수아 언니가 주방을 향해 도움을 요청했다.

"시현아! 야, 임시현!"

"캄캄한 어둠 속, 좁고 지저분한 그곳…."

"빨리 나와! 애 입 좀 막아!"

시현 오빠가 주방에서 헐레벌떡 뛰어나왔다. 그러곤 현선 언니의 몸을 꽉 붙잡고 손으로 입을 틀어막았다. 하지만 언니는 생각보다 힘이 셌고 필사적으로 버둥거리며 소리쳤다.

"곧 네 차례가 올걸? 피한다고 피할 수 있을 것 같아?"

"아아악! 미쳤어. 얘 미쳤다고!"

수아 언니가 귀를 막고 악을 써댔다. 시현 오빠는 몸부림치는 현선 언니를 창고로 끌고 들어갔다.

"끝났어! 이제 끝났다고! 내가 이러기를, 얼마나 기다렸는지 알아?"

창고 문 너머로 현선 언니의 고함소리와 요란한 웃음소리가 들렸다. 수아 언니가 분에 차 씩씩거렸다.

"미친년! 저렇게 나불대니까 회사에서 안 잘리고 배기겠어?"

처음 보는 광경에 놀란 나는 그 자리에 얼어붙었다. 수아 언니와 현선 언니, 둘 다 정상이 아니었다. 창고 안에서 괴기스런 웃음소리가 계속 들려왔다.

잠시 후, 시현 오빠가 혼자 창고에서 나왔다.

"현선이, 진정됐어?"

"잠들었어."

"잘했네. 너 재주 좋다?"

"약 먹였어. 다행히 약통에 안정제와 수면제가 있더라."

"아, 재수가 없으려니까…. 쟤 갑자기 왜 저러니?"

"몰라. 종현이 죽고 나서 갑자기 심해졌어."

심해졌다? 현선 언니가 예전부터 저런 행동을 했다고? 시골집에서 4박 5일을 함께 지내는 동안, 난 언니의 이상 증세를 전혀 눈치채지 못했었다. 그러고 보면 언니의 몽유병도 수상하다. 꿈은 무의식의 반영이라고 했던가. 언니의 이상 증세가 몽유병으로 발현됐을지도 모르는 일이다. 설마… 그때 여자들에게 맞은 것도 부도덕한 일이 아닌, 오늘처럼 불쾌한 말과 행동을 했기 때문일까?

"아이, 우리 쪼꼬미에게 못 볼 꼴을 보였네, 쪽팔리게."

"소희야, 미안하다. 놀랐지?"

"아뇨, 전 괜찮아요. 현선 언니가 걱정이지."

"걔가 가끔 이래. 어렸을 때부터 이상한 말을 툭툭 던졌거든. 그래도 많아봤자 1년에 한두 번이었는데…."

"병원 가봐야 하는 거 아니에요?"

"우리가 안 가봤겠냐? 이상 없대. 그러니까 더 미치는 거지."

"내가 말했잖아. 당집에 가보래도. 어릴 때도 푸닥거리하고 나아졌잖아."

"넌 지금, 현선이한테 귀신이 씌었다고 말하고 싶은 거냐? 미신을 믿어?"

"사람 일은 모르는 거잖아?"

수아 언니와 시현 오빠가 티격태격 다투기 시작했다. 현선 언니의 이상 증세를 두고 둘의 의견이 팽팽히 맞섰다. 문득 현선 언니의 집에서 봤던 십자가 벽이 생각났다. 더 이상 술을 마실 분위기가 아니었다.

"아, 술맛 떨어져서 못 있겠네."

"그러면 가든가."

"현선이는 어떡하고?"

"내가 알아서 할게. 일어나면 병원에 데려가든가 해야지. 젠장, 장사도 안돼 죽겠는데…."

수아 언니가 먼저 자리에서 일어났다. 나도 언니를 따라나갔다. 우리가 밖으로 나올 때까지 오빠는 본체만체하며 혼자 술잔을 비웠다.

텅 빈 오빠의 가게와 달리 홍대 거리는 사람들로 북적거렸다. 즐겁게 웃고 떠드는 사람들로 전혀 다른 세계 같았다. 긴장한 탓인지 술을 많이 마셨어도 취기가 오르지 않았다.

"저… 언니, 우리가 현선 언니를 도울 일은 없을까요?"

"도와? 어떻게?"

"병원에 같이 간다든가, 아니면 아까 언니 말대로 무당을 알아본다든가…."

"시현이가 알아서 하겠지. 자기 동생이잖아. 넌 신경 쓰지 마."

"오빠도 힘들잖아요. 가게도 봐야 하고 빚도 있다는데."

"소희야, 우리가 끼어들기 시작하면 한도 끝도 없어. 현선이 일은 현선이가 알아서 하고, 시현이 일은 자기가 해결하겠지."

"현선 언니는 혼자 해결할 수 있는 일이 아닌 것 같던데요?"

"친오빠 있잖아. 시현이."

"조금 전에도 말했지만 오빠는 그럴 여력이…."

"애 답답하네. 현선이를 어떻게 도울 건데? 너 돈 많아?"

수아 언니가 가슴을 치며 따지듯 반문했다.

"그건 아니지만, 우리가 힘을 모아서…."

"너 현선이 상태 못 봤어?"

"언니, 봤으니까 이러는 거잖아요."

"코앞에 닥친 일이 어디 한두 가진 줄 아니? 당장 합의금부터 줘야 한다잖아."

"퇴직금 있잖아요."

"퇴직금으로 합의금을 준다고 치자. 그런데 합의할 게 그거 하나일까? 우리가 모르는 일이 또 있을 수도 있잖아? 게다가 소문은? 그 동네에서 현선이가 다시 취업할 수 있을 거라고 생각해? 네가 그 이후의 삶도 책임질 거야?"

"정 힘들면 우리가 돈이라도 보태야죠."

"애 아직도 아기네. 그게 쉬워 보이니? 뭐 생활비는 조금씩 모아서 준다고 쳐. 하지만 상태가 뻐리리하잖아. 그거 고친다고 당집 가면 뻔히 굿하라고 할 테지. 그럼 싸게 해도 1000~2000만 원은 나가. 그렇다고 정신과 다니는 건 뭐 공짠가? 의료보험도 안 돼. 현선이 재, 앞으로 돈이 줄줄 샐 일만 남았어."

"그렇다고 그냥 보고만 있을 수 없잖아요."

"우리가 뭘 할 수 있겠니? 난 손 뗄 거야."

언니는 자신과 상관없는 일이라고 강조했다.

그래도 사촌인데 현선 언니를 도울 방법이 없을까? 백수인 내가 할 수 있는 일은 한정적이다. 변호사를 만나 상속 절차가 빨리 진행될 수 있게 채근하는 건 가능하겠다. 내일이라도 당장 변호사 사무실을 찾아가야지.

"너도 알다시피 우린 사촌지간이야. 친척이지 가족은 아니라고. 네가 헷갈리지 않았으면 좋겠다. 너를 위해서 하는 말이야. 적당히 끼어들어."

수아 언니와 헤어져 집으로 가는 내내 머릿속이 복잡했다. 친척이지 가족은 아니라니. 가족이나 다름없다던 말은 다 거짓이었던가. 적당히 끼어들라는 충고가 마음에 걸렸다. 그래, 괜히 친한 척 나서지 말라는 얘기겠지. 언니의 조언이 고마운 동시에 불편했다. 서로 모르고 살았던 시간의 공백이 크게 다가왔다.

도어록 비밀번호를 누르고 현관문을 여니 풍경 소리가 먼저 반겼다. 정면에서 홈캠이 나를 비추고 있었다.

"생각보다 빨리 왔네?"

안에서 혜리의 목소리가 들렸다.

아, 아늑한 우리 집. 이상한 일이 생길까 걱정할 필요 없고, 사이가 벌어질까 두려워 상대의 눈치를 볼 일도 없다. 그리고 나를 반겨주는 친구가 있고, 마음 편한 내 자리가 있다. 진흙탕에서 빠져나온 기분이 이럴까.

"너야말로 일찍 퇴근했다? 언제 왔어?"

"짠!"

혜리가 커다랗고 네모난 무엇인가를 들고 있었다.

"뭐야 그게?"

"뭐긴, 늦었지만 퇴사 선물이지. 자 받아."

혜리가 웃으며 선물을 건넸다. 뭐가 들었는지 제법 묵직했다. 포장을 풀어보니 수아 언니에게서 받은 가족사진 액자였다. 복원 작업 후 고화질로 스캐닝해서 사진 상태가 선명했다.

"내가 크게 뽑아서 벽에 걸어두자고 했잖아. 네가 안 하길래 내가 대신 만들었지."

"여주 갔다 왔어? 고마워. 돈 많이 들었겠다."

"거기를 언제 갔다 왔겠어? 출력실에 부탁해서 공짜로 뽑았지. 액자만 내가 샀어."

액자를 들고 사진을 찬찬히 들여다봤다. 엄마 아빠 얼굴에 먼저 시선이 갔다. 그리고 언니 오빠의 모습이 차례로 눈에 들어왔다. 사진 속 남자애는 자신이 물에 빠져 죽을 운명이란 걸 모르고 해맑게 웃고 있었다. 하얗고 통통한 소녀는 어른이 된 후 사람들 속을 후벼파는 소리를 해댈지 모르고 수줍은 표정이었다.

"너 팔찌는? 오늘 안 차고 나갔어?"

"아…."

수아 언니에게 팔찌를 돌려받는다는 걸 깜박 잊었다.

"잃어버린 거야?"

"수아 언니가 달라고 조르더니 가져갔어."

"내가 먼저 달라고 할걸. 너희 엄마가 만든 거라서 갖고 싶은 거 참았단 말이야."

"미안. 언니가 갑자기 빼앗듯이 가져가서."

"그 언니 진짜 너무하네. 처음 봤을 때부터 마음에 안 들었어. 꼭 여시같이 생겨 가지고."

"대신 이거."

가방에서 작은 상자를 꺼내 혜리 앞에 흔들어 보였다.

"또 언니가 준 거야? 선물?"

"아니, 샀어. 볼래? 똑같은 거다."

난 겨자색 카드 지갑을 꺼내 혜리에게 건넸다. 이리저리 살펴보던 혜리가 지갑을 도로 내밀었다.

"완전 똑같다. 고맙지만 그냥 쓰던 거 쓸게."

"왜? 새 걸로 써."

"이니셜이 없잖아."

"네 이름으로 다시 각인해줄게. L 대신 R로."

"됐어, 난 쓰던 거 쓴대도. 너 써."

혜리는 수아 언니가 선물한 지갑을 계속 쓰겠다고 고집을 부렸다.

그래, 마음대로 해라. 모양도, 색도 똑같은 지갑인데 어떤 걸 쓰든 무슨 상관인가. 수아 언니 앞에서만 조심하면 된다.

"도진이랑 술 마신 거야? 술 냄새가 좀 난다?"

"사촌 언니 오빠 만났어."

"오호, 같이 한잔했어? 재밌었고?"

해맑게 묻는 혜리에게 차마 현선 언니의 기이한 행동을 얘기할 수 없었다.

## 12

 되는 일이 하나도 없다. 변호사 사무실에 몇 번이고 전화를 걸었지만 연락이 닿지 않고, 이력서를 넣은 회사들에서도 아무 소식이 없다. 오늘도 기다림의 연속이다. 취직이 되지 않으니 점점 조바심이 난다. 매일 아침 출근하는 혜리가 부럽기만 하다. 혜리가 아니었다면 내가 아라 선배 자리에 들어갔을지도 모르는데. 시켜만 주면 정말 잘할 텐데. 혜리보다 더 잘할 수 있는데.

 마주 앉아 커피 마시는 혜리를 보고 있자니 못된 시기심이 슬그머니 고개를 든다. 스트레스와 과로 탓인지 혜리는 전보다 많이 야윈 모습이다.

 "요즘 더 마른 것 같다? 손목이 그게 뭐냐? 부러지겠어."

"나 5킬로그램이나 빠졌어."

"5킬로? 네가 지금 다이어트할 때니? 회사에서 식대 나오잖아. 밥 좀 잘 먹고 다녀. 맨날 컵라면으로 때우니까 그렇지."

"밥 먹을 새가 어디 있어? 마감하기도 벅찬데."

"그래도 밥은 먹자. 다 먹고살자고 하는 일인데."

"너나 잘 챙겨 먹어. 오늘도 도진이랑 스터디 카페 갈 거야?"

"아니, 오늘은 엄마 보러 가려고."

"어머, 벌써 그렇게 됐니? 오늘이 사십구재야?"

혜리의 눈이 동그래졌다. 그렇다. 엄마가 돌아가신 지 벌써 49일이 지났다.

"납골당 가봐야겠네. 도진이랑 같이 갈 거야? 차 빌려줄게."

"괜찮아. 오늘은 혼자 갈 거야."

"가기 힘들 텐데? 내가 병가 내고 따라갈까?"

"엄마랑 단둘이 있고 싶어. 일산 가면 셔틀버스 있대. 걱정하지 마. 잘 다녀올게."

"아, 내가 같이 가야 하는데. 너희 엄마 섭섭하시겠다. 나 되게 예뻐하셨잖아."

"엄마도 너 바쁜 거 이해하겠지. 안부 전할게."

"내가 너 잘 데리고 있다고, 나 칭찬해 달라고 꼭 말씀드려."

혜리와 얘기를 하고 나니 갑갑한 마음이 조금 풀린다. 혜리를 질투하면서도 많이 의지하고 있었던가 보다. 내 마음처럼, 엉킨 내 미래도 좀 풀리면 좋을 텐데. 그러면 혜리와 더 즐겁게 웃을 텐데. 아쉬운 마음이 드는 건 어쩔 수 없다.

혜리는 출근하고 난 납골당으로 향했다. 사십구재라고 하지만 종교가 없는 난 이날을 어떻게 보내야 하는지 모른다. 그냥 나만의 방식으로 조촐하게 엄마를 기릴 생각이다.

납골당 도착 후 꽃집에 먼저 들러 카네이션을 한 다발 샀다. 어버이날 안겨드리지 못한 꽃을 뒤늦게 챙겨 엄마에게 갔다. 엄마는 납골당 지하에서도 가장 안쪽에 있다. 안치단 앞에 서니 유리문 너머로 엄마가 활짝 웃는다.

엄마, 나 왔어. 취업은 못 했지만 나름대로 열심히 잘 살아. 혜리가 있어서 든든하고 도진이도 정말 잘 챙겨줘. 사촌 언니 오빠도 참 좋아. 그러니까 내 걱정은 하지 마. 엄마는 하늘에서 잘 지내는 거지? 아빠는 만났어?

엄마를 만나면 하고 싶었던 말들을 다 했다. 힘들다는 말은 하지 않았다. 내가 괴로운 걸 알면 엄마가 속상할 테니까.

"소희 왔구나?"

친숙한 목소리의 주인공은 뜻밖에도 김향 이모였다.

"이모, 오셨어요?"

"그럼 와야지. 오늘이 어떤 날인데. 잘 있었어? 건강해 보이네. 보기 좋다."

이모가 날 덥석 안았다. 엄마 몸에서 나던 파마약 냄새가 희미하게 풍겼다.

"만나서 같이 왔으면 좋았을걸. 바보같이 네 주소만 받고 전화번호를 안 물어봤잖니."

"이렇게 만났으면 됐죠. 멀리 오느라 고생하셨어요."

"그 덕에 서울 구경하는 거지. 너도 만나고. 난 요새 언니가 꿈에 그렇게 보이더라."

꿈속에서 엄마를 볼 수 있다니, 이모가 부럽다. 야속하게도 엄마는 내 꿈에 나타난 적이 한 번도 없다. 이모 꿈엔 자주 나타나면서 왜 나는 보러 오지 않는 거야? 서운한 마음에 엄마 사진을 보며 투정을 부렸다.

"너희 엄마, 고구마 한 트럭 먹은 것처럼 답답한 거 있잖아. 뭔 말인지 알지?"

"알죠. 아파도 안 알리고 혼자 끙끙대고 그랬잖아요."

"꿈에서도 그러더라. 나를 그냥 보고만 있어. 기왕 나왔으면 무슨 말이든 할 것이지. 죽어서도 그 성격 어디 안 간다니까."

"어젯밤에도 엄마 꿈을 꾸신 거예요?"

"그럼. 어제도 날 빤히 보는 거야. 처음엔 반가웠는데 이제는 지겨워. 그래서 오늘 내가 온 거잖니. 걱정 말고 좋은 데로 제발 가라고 말이야."

나는 안치단의 유리문을 열고 카네이션을 넣었다.

"언니 표정이 좋아 보인다. 너를 봐서 기쁜가 봐."

"이모 봐서 그런 거 아니고요?"

"나야 꿈에서 자주 보는데 뭐. 시간 되면 같이 밥이나 먹고 가자. 괜찮지?"

납골당에서 나와 이모의 차를 타고 인근 식당으로 갔다. 주차장이 넓은 숯불갈비 식당이었다. 냉면을 주문하려고 하자 이모가 냉큼 소갈비를 시켰다.

"이모, 점심부터 무슨 갈비예요? 저 냉면 먹을래요."

"오랜만에 만났잖아. 지금 아니면 내가 언제 고기를 사주겠니? 너희 엄마 살았으면 분명히 고기 먹여 보내라고 그랬을 거야. 언니한테 혼나기 전에 사주는 대로 먹어."

김향 이모는 소갈비 3인분을 주문했다. 그리고 엄마처럼 고기를 구워주며 흐뭇한 눈으로 나를 봤다.

"미용실은 아직도 그대로예요?"

"변한 게 있겠어? 말동무가 없으니 적적해서 그러지 여전히 잘돼. 단골 어르신들이 그대로 오시거든. 혼자 남은 내가 불쌍하다며 가끔 먹을 것도 싸 오시고 말이야."

"시골 인심이 확실히 좋네요."

"오래 해서 그래. 이제는 가족이나 다름없지. 소희 넌, 그동안 어떻게 지냈니?"

"비슷해요. 일하면서 다른 회사도 알아보고 그러죠."

"그때 본 남자친구는?"

"잘 있어요."

"괜찮아 보이더라. 엄마도 봤으면 정말 좋아하셨을 거야."

"저… 사촌 언니 오빠도 만났어요."

"사촌? 너한테 친척이 있어? 언니 외동이잖아?"

"아빠 쪽 친척이요."

김향 이모가 젓가락질을 멈추고 내 얼굴을 쳐다봤다.

"그게 무슨 소리야? 아빠 쪽이라니?"

"변호사가 절 찾아왔어요. 고모 유산을 상속받게 됐다고요."

"고모? 너한테? 어머 애, 생전 처음 듣는 소리야. 언니는 이런 얘기 한 번도 안 했어. 자세히 좀 말해봐."

"변호사가 찾아와서 옛날 증명서 같은 걸 보여줬어요. 아빠의 호적이라는데, 처음엔 저도 못 믿겠더라고요. 하지만 밑져야 본전이니까 오라는 날 사무실로 갔죠. 그랬더니 거기 사촌 언니 오빠들이 있더라고요."

"세상에, 친척이 있었구나. 언니가 시댁이랑 연락을 끊었다고 해서 네 아빠에게 형제가 있는 줄도 몰랐네. 그래서?"

"뭐, 고모 유산을 공동으로 상속하게 돼서 사촌들이랑 연락하고 지내요."

"잘됐네. 진짜 잘됐다. 그럼 이제 유산도 받고 친척도 생긴 거네? 그런데 왜 이제야 찾았대?"

"아빠 돌아가신 후로 엄마랑 연락이 완전히 끊어졌나 봐요. 고모 유산 문제로 변호사가 저를 찾은 거죠."

"다행이다. 너 외로울까 봐 걱정했는데. 언니도 참, 진즉에 친척이 있다고 알려줬으면 좀 좋아? 입 무거운 것도 이럴 때는 별로다. 그치?"

"엄마가 이모에게도 진짜 아무 말 안 했어요?"

"이런 말은 한마디도 안 했어."

"왜 혼자 안동에 내려갔는지도요?"

"네 아빠가 일찍 돌아가신 건 얘기했지. 갓난애 데리고 시댁에서 살기가 눈치 보였다고 하더라. 또 뭐라더라…?"

이모가 기억을 더듬느라 말끝을 흐렸다.

"또 뭐요?"

"아, 기억이 안 나네. 하도 오래전에 들은 거라. 하여튼, 널 위해서라도 거기 있으면 안 될 것 같았다, 뭐 그런 얘기였어."

"저를, 위해서요?"

"너 기죽이고 싶지 않았던 거겠지. 언니가 부자는 아니었어도 네가 원하는 건 다 해줬잖아. 널 얼마나 정성 들여 키웠어? 시댁 등쌀에 너까지 고생시키고 싶지 않았을 거야."

나를 위해서라면 엄마는 뭐든지 할 사람이었다. 이모 말대로, 시댁 눈치를 보며 나를 키우기 싫었을 수도 있다. 하지만 왜인지 이모에게 말하지 않은 뭔가가 있다는 생각이 든다. 나를 친가와 떼어놓은 중요한 이유 말이다. 현선 언니의 기이한 행동을 떠올리면 그런 생각을 떨칠 수가 없다.

식사가 끝난 후 김향 이모는 가까운 전철역에 나를 내려줬다. 그리고 억지로 손에 용돈을 쥐여줬다.

"전에 주신 돈도 그대로 있어요."

"받아. 이래야 내 마음이 편해서 그래. 내가 언니한테 받은 게 얼만데."

이모의 마음이 진실해서 더는 거절할 수가 없었다.

"고맙습니다. 다음에는 제가 드릴게요."

"이담에 더 늙으면. 다음에 엄마 보러 갈 때 연락하자."

이모는 환하게 웃으며 떠났다. 의지할 수 있는 사람이 한 명 더 있다는 사실에 기운이 났다.

집으로 돌아오니 오후 4시 무렵이었다. 외출하기엔 애매하고 가만히 있기엔 무료했다. 일단 모아놓은 빨래를 세탁기에 넣고 돌렸다. 그리고 오랜만에 요리나 해볼까 궁리하는데 혜리에게서 전화가 왔다.

"갑자기 웬 영상 통화야?"

〈이거 봐.〉

수정 표시가 가득한 대지를 보여주며 혜리가 울상을 지었다.

"1차 원고야?"

〈아니 3차.〉

"미쳤구나. 3차에서 다 갈아엎으라는 거야?"

〈이거 고치고 다른 디자인으로 또 하나 잡으래.〉

"누가?"

〈누구긴 누구야, 정 대리지.〉

혜리는 부쩍 여위어 광대뼈가 불거지고 눈 밑 다크서클이 도드라져 보였다. 영상 통화 화면에 나타난 내 모습에 시선이 갔다. 얼굴에 잡티가 가득하고 티셔츠는 목이 늘어났다. 머리에 흰 리본 핀을 꽂고 있는 내 모습이 정말 볼품없다.

"실장님이 뭐라고 안 해? 미주 선배는?"

〈실장님은 출장 가셨고, 미주 선배는 클라이언트가 시키는 대로 하래. 오늘 밤새우게 생겼어.〉

"파일 보내봐. 새로 디자인해야 하는 건 내가 대충 레이아웃 잡아서 넘길게."

〈선배 알면 나 죽어.〉

"모르게 해야지. 그리고 내가 한다고 알겠니? 우리에게 관심도 없는데? 빨리 보내기나 해."

전화를 끊고 내 방으로 가서 머리핀을 뺐다. 그리고 액세서리를 모아놓은 작은 상자에 핀을 넣었다. 오늘이 마지막이지만 버리진 않을 생각이다. 수시로 보면서 엄마를 추억할 수 있게.

잠시 후, 혜리가 보낸 파일이 도착했다. 난 노트북을 켜고 파일에 첨부된 지시 사항을 체크하며 혜리를 대신해 새로운 디자인을 잡기 시작했다. 생산적인 일을 하니 기분이 좋아졌다.

취업에 시간이 걸릴 것 같아 결국 아르바이트도 구했다. 그나마 운이 좋았다고 할까. 도진이와 함께 다니는 스터디 카페에서 아르바이트를 구한다는 얘기를 듣고 고민 없이 지원해 바로 채용됐다. 스터디 카페의 일은 어렵지 않은 편이다. 일하면서 취업 준비를 할 수 있는 데다 도진이와 함께 있어서 좋다.

오늘도 일찍 출근해서 스터디 카페를 정돈했다. 앞 타임 알바가 전체 청소를 도맡아 하지만 휴게실은 내 담당이다. 밀대로 바닥을 꼼꼼히 닦고 있는데 휴대폰이 진동했다. 익숙한 전화번호, 김재열 변호사다.

〈임소희 씨? 안녕하십니까, 오랜만입니다.〉

그가 휴대폰 너머로 친한 척을 했다. 반가우면서도 심술이 났다. 그렇게 연락해도 통화가 안 되던 사람이다.

"정말 오랜만이네요? 전화해도 안 받으시더니."

〈아, 그랬나요? 죄송합니다. 개인적인 사정이 있어서요.〉

개인적인 사정. 사람들은 딱히 이유를 댈 수 없을 때 이런 식으로 애매하게 둘러댄다.

〈좋은 소식이 있어 전화드렸습니다. 오늘 임종현 씨 부검감정서를 받았어요. 드디어 상속 절차를 이행할 수 있게 됐습니다. 많이 기다리셨죠?〉

희소식이다. 드디어 끝이 보인다. 사촌들도, 나도 무척 고대했던 일이다.

〈서류 작업은 다 마친 상태니까 이제 정산만 하면 끝납니다.〉

"제가 언제 사무실로 가면 되나요?"

〈오실 필요는 없습니다. 지난번에 오셔서 상속재산 분할협의서에 사인하지 않으셨습니까? 등기 이전하고 나면 정산서 보내고 차액도 입금해 드리지요.〉

"고맙습니다. 그런데 저는, 얼마나 받는 건가요?"

〈홍연동 상가 주택과 적송 주택은 공동명의로 해서 임소

희 씨 지분이 정확히 4분의 1이고요, 현금으로 받으실 금액은 3500만 원 조금 안 될 겁니다.〉

"그렇게 많나요?"

〈아무래도 지분이 늘었죠. 임종현 씨 몫을 네 분이 나눠 받으시니까요.〉

"혹시 제가 추가로 부담해야 하는 게 있나요?"

〈전에 말씀드렸듯, 제 수임료는 이미 지불됐고요, 상속세도 차감한 금액입니다. 비용과 관련해 신경 쓰실 일은 없어요.〉

"고맙습니다. 수고 많으셨어요."

〈제 일인데요. 그럼 등기 이전 후에 전화드리겠습니다.〉

3500만 원. 기대했던 것보다 훨씬 큰돈이다. 이 정도면 당분간 취업 걱정을 하지 않아도 될 것이다. 아르바이트를 하지 않고도 1년 이상 버틸 수 있는 돈이다.

"일찍 나왔네? 도와줄까?"

도진이 목소리에 정신이 퍼뜩 들었다. 나는 두 팔을 벌리고 그에게 다가갔다.

"도진아, 나 부자 됐어. 드디어 고모 유산을 받는대."

"잘됐다. 이제 남들이 부러워하는 건물주가 되는 거야?"

"응, 4분의 1은 내 거야. 그리고 현금으로 3500만 원을 받아."

"그렇게 많이?"

"우리 오늘 파티하자. 내가 쏠게. 뭐 먹고 싶어?"

우리는 얼싸안고 로또와 같은 행운을 기뻐했다. 처음 유산 애기를 들었을 땐 현실감이 없었는데, 이제야 비로소 상속받는다는 게 실감된다. 통장에 입금되고 금액을 확인하면 더 기쁘겠지. 혜리와도 기쁨을 나누고 싶어 메시지를 보냈다.

그러나 바쁜지 답이 없다. 요즘 들어 혜리는 매일 야근에다 밤샘까지 하느라 제때 귀가하는 날이 없다. 아침에 커피를 같이 마신 지도 오래됐다. 돈이 들어오면 혜리에게 홍삼이라도 사다 줘야겠다고 생각하며 청소를 마저 끝냈다.

시작부터 기분 좋은 하루다. 휴게실에서 커피를 내려 진하고 고소한 향을 즐기며 취업 정보를 찾아보고 혜리가 보낸 파일도 확인했다. 파일에는 수정 사항과 함께 새로운 문구를 삽입하라는 클라이언트의 요구가 첨부돼 있었다. 벌써 여덟 번째 수정이다.

일을 막 시작하려는데 휴대폰이 울렸다. 이번엔 수아 언니다. 무슨 말을 하려는지 짐작이 간다. 변호사의 연락을 받고 언니도 기쁜 거겠지.

〈애, 소희야. 너도 변호사한테 연락받았니?〉

"네, 조금 전에 통화했어요."

〈돈 얘기도 들었어? 생각보다 많더라?〉

"그러게요. 듣고 깜짝 놀랐잖아요."

〈오늘 그냥 넘어갈 수 없지. 만나서 맥주나 한잔하자.〉

나와 마찬가지로 언니도 기쁨을 혼자 누리기 싫은 것이다. 하지만 난 내가 좋아하는 친구들과 먼저 축하하고 싶다.

"아… 그런데 언니, 저 약속 있어요."

〈약속? 중요한 거야?〉

"미리 잡아둔 거라, 죄송해요. 내일 보면 어때요?"

〈에이, 내일이면 김새지. 친구들 약속이야?〉

"네, 근처에서 만나기로 했어요."

〈그럼 들어갈 때 공방에 잠깐 들러. 오늘같이 좋은 날, 딱 한 잔만 하자.〉

그럴까? 조금 피곤하겠지만 좋은 날 언니의 기분을 망치고 싶지 않다. 흔쾌히 그러겠다고 대답했다. 오늘도 늦을 모양인지 혜리에게선 아직도 연락이 없다.

아르바이트가 끝난 후 도진이와 함께 스터디 카페를 나섰다. 우리는 오랜만에 이탈리안 레스토랑을 찾았다. 그리고 식사를 하며 행복한 상상에 빠졌다. 받은 돈으로 차를 살까, 넓은 집으로 옮길까, 아니면 주식 투자를 할까. 은행에 넣어두고 1년간 마음 편히 노는 것도 좋지 않을까. 생각지도 않은 목돈을 어떻게 쓸지 고민하는 것만으로도 즐거웠다.

2차로 맥주를 마시고 조금 얼큰해진 상태로 도진이와 헤어진 후, 수아 언니 공방으로 향했다.

"생각보다 빨리 왔네? 어휴, 술 냄새. 얼마나 마신 거야?"

"와인 두 잔에 맥주 두 병이요. 냄새 많이 나요?"

"술 마시면 다 그렇지 뭐. 앉아 있어. 이것만 끝내고 맥주 가져올게."

수아 언니가 매출을 정산하는 동안 공방 안을 둘러봤다. 온종일 흥분 상태에 알코올까지 들어가니 마음이 들떴다. 문득 진열장에 놓인 카멜 컬러 지갑에 시선이 갔다. 갈색 뿔테 안경을 쓰는 도진이에게 잘 어울릴 것 같았다.

"오늘은 이니셜 새길 수 있어요?"

"어, 불박기 고쳤어. 왜, 또 사려고?"

"남자친구에게 지갑 선물하고 싶어서요."

당장 구매하고 싶은 소비 욕구가 솟구쳤다.

"저 이거 살게요. 이것도 8만 원이에요? 이니셜 새기면 추가 비용 들죠?"

"내가 너한테 그 돈까지 받겠니? 이니셜 어떻게 새길 거야?"

언니가 진열장에서 카멜 컬러 지갑을 꺼냈다. 나만큼 언니도 기분 좋아 보였다.

"DJ 점 찍고 S요."

이름과 성을 구별하기 좋게 점을 찍는 게 나을 것이다. 알파벳에 점을 모두 찍었다가는 혜리처럼 자기 이니셜이라 우기는 사람이 나타날지도 모르니까.

반짝반짝한 금박 이니셜이 지갑에 새겨졌다.

"예쁘게 찍혔지? 원래 완성품에는 이니셜을 바로 새기기가 힘들어. 나니까 하는 거지. 내가 기술이 좋잖아. 게다가 이 불박기가 비싼 거거든."

언니가 자랑스럽게 말했다. 그리고 작은 상자에 지갑을 담아

노끈으로 예쁘게 묶었다.

난 계산하려고 체크카드를 내밀었다. 카드를 단말기에 꽂으며 언니가 내 지갑을 곁눈질했다. 선물한 지갑을 잘 쓰고 있는지 감시라도 하듯이. 하지만 이 지갑은 선물받은 게 아니라 며칠 전 공방에서 구입한 것이다. 모양과 색깔이 똑같아 언니는 모르겠지만.

"내가 선물한 지갑 써보니 어때?"

"좋죠. 예쁘고요."

"예쁘기만 한가? 있어 보이기도 하잖아. 전에도 말했지만 그거 명품 백 가죽이랑 똑같은 거야."

계산이 끝나자 언니가 맥주를 꺼내왔다. 우리는 진열장을 테이블 삼아 맥주를 마셨다.

"솔직히 말해봐. 너에겐 얼마 준대?"

"3500만 원이 조금 안 된다던데요."

"똑같구나. 하긴 너라고 더 줄 리는 없겠지. 그래서 변호사가 있는 건데. 그 돈으로 뭐 할 거야?"

"아직 모르겠어요. 언니는요?"

"난 차 할부금 내고 유럽이나 다녀올까 해. 돈이 쥐똥만 해서 할 게 별로 없어."

"꽤 큰돈인데요?"

"차 한 대 값도 안 되잖니. 돈 받아서 할부금 싹 정리하려고 했더니 1500만 원이나 부족하더라. 그나마 종현이가 죽어서 그 돈이지, 아휴."

 기분이 묘하다. 어떻게 사촌인데 저런 말을 할까? 난 종현 오빠의 죽음보다 몇천 덜 받는 게 훨씬 좋겠는데.

 "고모의 유언이 우리에겐 진짜 천운이야."

 "천운이요? 왜요?"

 "상속 조건이 없다고 생각해봐. 종현이 몫이 시현이와 현선이에게 다 돌아갔을 거 아냐? 상가 지분도 5분의 1이 됐을 거고. 상속 전에 걔가 죽은 게 얼마나 다행이야. 고모가 이런 것까지 다 예상했던가 봐. 용하기도 하시지."

 씁쓸하다. 종현 오빠가 아닌 내가 죽었어도 언니는 똑같은 말을 하겠지.

 "참, 너 현선이 소식 들었어?"

 "전화 안 해봤는데요?"

 "시현이랑도?"

 "저 오빠 번호 몰라요."

 "그래? 난 네가 시현이랑 연락하는 줄 알았지. 현선이 걔, 사표 수리됐대. 지금 서울에 와 있어."

 "시현 오빠 집에 있는 거예요? 몸은 괜찮대요?"

 "당집부터 가라고 내가 그렇게 얘기했는데, 결국 정신건강의학과인지 뭔지 거길 갔다더라. 뇌파 검사도 했대. 그런 게 효과가 있겠니?"

 "검사 결과는 나왔고요?"

"뻔하지. 온갖 검사 실컷 돌리고는 결국 이상 없다고 할걸? 정신과라는 데가 그렇잖아. 객관적으로 증명할 게 뭐 있어야지."

"무당을 찾아가도 마찬가지 아닐까요? 그건 정말 비과학적이잖아요."

"무당은 속 시원히 말이라도 해주잖아. 현선이 고거, 의사가 고칠 수 있는 상태가 아니야."

냉정한 척해도 친척은 친척인 걸까. 수아 언니는 은근히 현선 언니를 걱정하며 신경 쓰고 있다. 물론 적극적으로 돕겠다는 말은 하지 않는다. 그게 현실적인 거겠지. 언니에 대한 불신이 조금 누그러든다.

애기하다 보니 11시가 넘어서야 언니와 헤어졌다. 집 앞에 도착해 위를 올려다보았다. 혜리가 퇴근했는지 집에 불이 켜져 있었다. 반가운 마음에 계단을 성큼성큼 올라갔다.

"일찍 왔네? 왜 연락해도 답이 없어? 나 오늘 깜짝 놀랄 일 있었는데."

신발을 벗자마자 얘기를 꺼내며 거실로 들어섰다. 혜리가 옷도 갈아입지 않은 채 테이블에 앉아 있었다.

"상속 절차 끝났대. 나 이제 부자야. 한턱 쏠게."

신이 나서 떠들었지만 아무 반응이 없다. 이상하다. 혜리 성격에 이럴 리가 없는데.

"너 왜 그래? 회사에서 뭔 일 있었니?"

내 말이 들리지 않는 듯 혜리는 멍한 눈으로 테이블을 내려다봤다. 테이블 아래로 두 다리가 힘없이 흔들렸다.

"송혜리! 정신 차려. 너 지금 조는 거야?"

혜리의 어깨를 잡고 흔들었다. 가는 목이 맥없이 휘청거렸다. 혜리가 천천히 고개 돌려 나를 쳐다봤다.

"당장… 도망가… 어서."

끊어질 듯 가는 목소리로 이해할 수 없는 말을 내뱉었다. 그리고 말이 끝남과 동시에 픽 쓰러졌다. 그 바람에 머리가 테이블에 부딪혀 쿵 소리가 났다.

"너 왜 그래? 잠꼬대하는 거야? 어디 아파? 아픈 거야?"

혜리를 일으켜 안았지만 의식이 없었다. 가벼운 몸이 흐느적거렸다. 혜리가 이대로 죽어버릴까 봐 덜컥 겁이 났다. 엄마의 사고, 종현 오빠의 죽음이 연달아 머릿속을 스치면서 손이 덜덜 떨렸다.

간신히 정신을 차리고 심호흡한 뒤 119에 전화를 걸었다. 5분 정도 지났을까. 사이렌을 울리며 구급차가 달려왔다.

병원에 도착해서도 혜리는 정신을 차리지 못했다. 이동식 침대에 실려 검사실로 들어가는 모습을 보니 눈물이 왈칵 났다. 오만가지 생각이 다 들었다.

과로한 탓일까, 아니면 큰 병이라도 걸린 걸까. 혜리의 몸 상태를 일찍 알아차리지 못한 나 자신이 원망스럽다. 이렇게 될 때까지 몰랐다니, 함께 사는 친구로서 자격이 없다. 혜리 부모님에게 전화해야 할까. 어머니가 아시면 크게 걱정하실 텐데. 아, 부디 검사 결과가 나쁘지 않길….

불안은 또 다른 불안을 낳았다. 대기실에서 기다리는 동안 나쁜 생각이 자꾸 떠올랐다. 혹시라도 검사가 길어질지 몰라 앞 타임 아르바이트생에게 내일 아침 조금 늦겠다며 문자를 보냈다. 혜리가 깨어나길 초조히 기다리며 시계만 봤다. 어느새 새벽 2시를 넘기고 있었다.

"송혜리 환자 보호자님."

이름을 부르자마자 자리에서 벌떡 일어섰다. 원무 창구로 가서 응급실 비용부터 확인하고 체크카드로 계산했다. 검사비가 100만 원 가까이 나왔다. 고모가 남겨준 유산에 감사하며 간호사가 일러준 병실로 들어갔다.

혜리는 의식을 회복하고 왼팔에 링거 주사를 맞고 있었다.

"괜찮아? 좀 어때?"

"소희야, 나 무서워…."

"이상 없을 거야. 이렇게 멀쩡한데 뭐."

"아니, 내가 이상해."

혜리가 아기처럼 울먹거렸다. 나도 눈물이 났다.

"바보같이 무슨 소리야?"

"내가… 내가 아닌 것 같아. 나 너무 무서워."

혜리를 진정시키고 있는데 얇은 금테 안경을 쓴 의사가 나타났다. 새벽이라 그런지 의사도 몹시 피곤해 보였다.

"MRI와 CT 검사 결과 큰 이상은 없습니다. 다만 영양이 부족한 상태예요. 빈혈도 있고요. 건강관리를 잘하셔야겠습니다."

"그럼 집에 가도 되는 건가요?"

"수액 다 맞고 돌아가시면 됩니다."

큰 이상이 없다니 다행이다. 의사에게 거듭 감사하다고 인사했다. 이 정도로 끝난 게 어디인가. 분명 과로한 탓일 거다.

혜리를 부축해 택시를 타고 집으로 돌아왔다.

"혼자 자기 싫어."

방문 앞에서 혜리가 또 어리광을 부렸다. 초췌한 얼굴이 안쓰러웠다.

"내가 옆에 있을게, 걱정 마."

"나 잠드는 거 보고 잘 거지?"

"누가 보면 세 살짜리 애인 줄 알겠다."

말은 그렇게 하면서도 혜리 옆에 나란히 누워 한 이불을 덮었다. 잠시 후 고른 숨소리가 들렸다. 혜리야, 아프지 마. 너무 무리하지도 말고. 오늘 너에게 하고 싶은 말이 진짜 많았는데…. 혜리의 손을 꼭 잡고 나도 모르게 스르르 잠이 들었다.

창으로 들어오는 햇살에 눈이 떠졌다. 몸을 뒤척이는데 옆에 혜리가 없었다. 깜짝 놀라 휴대폰 시계를 확인했다. 오전 8시 20분. 어디선가 은은한 커피 향이 풍겨왔다. 거실로 나가보니 혜리가 출근 준비를 하고 있었다.

"송혜리! 너 출근하려고? 미쳤어?"

"가야지. 일이 얼마나 밀렸는데."

"하루 쉬어. 너 안 나간다고 회사 안 망해. 하늘 안 무너져."

"알아. 그래도 내 몫은 해야지."

"너 응급실 다녀왔어. 쓰러졌던 애라고."

"고마워, 걱정해줘서."

혜리가 배시시 웃었다. 오랜만에 보는 웃음이다. 하지만 끝까지 회사에 가겠다고 우기는 통에 더는 말릴 수 없었다.

"일 힘들면 파일 보내. 도와줄게. 나 한가한 거 알지?"

혜리를 먼저 보낸 뒤 나도 출근 준비를 했다. 다른 알바생에게 미리 양해를 구한 덕에 조금 여유가 있었다.

"왜 이렇게 늦게 출근했어?"

일찌감치 스터디 카페에 나온 도진이가 커피 두 잔을 들고 다가왔다. 따뜻한 그의 목소리에 누적됐던 긴장이 녹아내렸다.

"말도 마. 어젯밤에 혜리가 쓰러져서 응급실 다녀왔어."

"어디 아파?"

"큰 이상은 없대. 빈혈이 있고 영양이 좀 부족한가 봐. 요즘 굶어가며 일만 하더니 결국 쓰러지네."

"지금 집에서 쉬는 거야?"

"출근했어."

"응급실 갔다 왔다며. 그런데 회사를 나가?"

"기어이 가겠다는데 어떻게 해."

"걔도 참… 의지의 한국인이네."

"회사에서 일을 너무 심하게 시키는 것 같아. 애가 점점 말라가. 밥도 제대로 못 먹고 잠도 잘 못 자고."

"그 회사, 너 다닐 때도 그랬어?"

"아니. 일이 좀 많긴 해도 매일 야근할 정도는 아니었어. 마감 때만 며칠 그랬지. 내가 인턴만 해봐서 일을 모르는 건가?"

혜리는 지금 좀 어떨까. 몸은 견딜 만한지, 일은 버틸 수 있는지 궁금하다. 문자로는 늘 괜찮다고 답하니 속사정을 알 수가 없다. 편하게 연락할 사람도 없어 더욱 답답하다.

"네가 많이 챙겨야겠다."

"그러고 싶어. 그런데 요즘 혜리 말수가 부쩍 줄었어. 무슨 얘길 해야 돕든가 할 텐데."

"회사 일은 계속 대신 해주고 있는 거야?"

"내가 회사 시스템을 대충 알잖아. 클라이언트가 웹하드에 파일 올려놓으면 내가 수정해서 올려."

"혜리도 알고?"

"알겠지. 수정할 때마다 카톡 보내니까. 그런데 애가 이상해. 아픈 것도 아픈 거지만 요즘 나사가 빠진 것 같아."

혜리를 걱정하면서도 속마음이 튀어나왔다. 그렇게 하소연을 늘어놓는데 문자가 왔다.

'연락 줘.'

모르는 번호다. 하지만 짧은 문장으로 미루어 미주 선배일지 모른다는 느낌이 왔다. 당장 전화를 걸었다.

"선배님이시죠? 저 임소희입니다."

〈혜리 쟤 왜 저래?〉

다짜고짜 본론부터 꺼내는 말버릇. 역시 미주 선배였다.

"혜리가 몸이 좀 안 좋아요. 새벽에 응급실 다녀왔어요."

〈근데 왜 출근했어?〉

"저도 말렸는데, 자꾸 나간다고 해서…."

〈애 데리고 가.〉

"네? 그게 무슨 말씀이세요?"

〈애 지금 상태 안 좋으니까 네가 와서 조퇴시키라고.〉

"저 지금 알바 중인데요?"

〈못 데리러 와?〉

목소리가 신경질적이다. 그러나 아르바이트 중에 자리를 비울 수가 없다.

"죄송해요, 선배님. 제가…."

미처 말을 하기도 전에 전화가 뚝 끊어졌다. 황당하다. 혜리가 어떤 상태인지 알 수 없으니 더 걱정된다.

"누구랑 통화한 거야?"

"미주 선배. 다니던 회사 선배야."

"뭐라는데?"

"혜리가 이상하다며 데리러 오래. 근데 어떡하지? 내가 자리를 비울 수 없잖아. 오늘 지각도 했는데."

"내가 갈까?"

"그래도 되겠어? 미안해."

"나도 혜리 친구야. 너희 집과 회사 위치도 다 알고. 나만한 적임자가 있겠어? 빨리 다녀올게."

도진이가 나간 후 미주 선배에게 바로 연락했다. 신호가 여러 번 갔지만 전화를 받지 않았다. 회사로도 걸었지만 마찬가지였다. 그새 무슨 일이라도 생겼나 걱정돼 문자를 보냈다. 나 대신 혜리를 데리러 갈 사람을 보냈다고 알렸다. 그러나 답이 없긴 마찬가지. 미주 선배든, 도진이든 아무나 빨리 전화해서 혜리 상태가 어떤지 알려주길 기다리는 수밖에.

일이 손에 잡히지 않았다. 콜라를 주문한 사람에게 커피를 내줄 정도로 정신이 없었다. 그렇게 속을 끓이고 있는데 마침내 도진이에게서 연락이 왔다.

"혜리는 어때?"

〈자기 방에서 잠들었어.〉

"몸은 괜찮아? 회사에서 무슨 일이 있었던 거래?"

〈복사기 앞에서 갑자기 쓰러졌대.〉

"다친 데는 없고? 멀쩡해?"

〈겉으로 보기엔 이상 없어. 다행히 종이상자 쌓아둔 데로 쓰러져서 다치진 않았나 봐.〉

"아… 다행이다. 십년감수했어."

〈이런 일이 처음이라 다들 놀라고 당황했대. 119 부르기 전에 너에게 전화한 거래.〉

"다른 얘기는 없었고?"

〈혜리가 요즘 이상했대. 실수도 잦고, 왠지 넋이 나간 것 같고 말이야.〉

"아, 아프면 좀 쉬지."

〈그러니까. 실장님이라던가, 하여튼 그분이 병가 내고 나을 때까지 며칠 푹 쉬래.〉

"실장님이 그런 말을 했어? 곧 마감일 텐데?"

〈알바를 구하든 알아서 하겠지. 어쩌면 너에게 도와달라고 얘기할지도 몰라. 네가 지금 어떤 일을 하냐고 물었거든.〉

설마, 나보다 경력 있는 프리랜서를 구하겠지. 나한테까지 차례가 오진 않을 거다. 늘 그랬듯이, 실장이 예의상 해본 말일 것이다.

"도진아, 오늘 혜리 좀 봐주면 안 될까?"

〈그러잖아도 그러려고. 공부는 너희 집에서 해도 되니까.〉

"부탁해. 혜리 일어나면 밥 꼭 먹이고."

〈죽을 주문해야겠다.〉

"알바 끝나면 바로 갈게. 고마워."

전화를 끊고 나니 비로소 마음이 놓인다. 안도의 한숨을 내쉬며 차갑게 식어버린 커피를 단숨에 마셨다. 오늘따라 스터디 카페도 한가하다. 음료 몇 잔과 빵 하나를 판 것이 내가 한 일의 전부다. 차라리 몸이 바쁘면 시간이 빨리 갈 텐데. 일이 끝나는 4시가 되려면 한참 멀었다.

취업 정보나 찾아볼까 싶어 노트북을 꺼내는데 가방에서 작은 상자가 딸려 나왔다. 어제 수아 언니의 공방에서 도진이에게 주려고 산 지갑이다. 혜리 일로 경황이 없어 꺼내지도 못한 것이다. 씁쓸한 기분으로 선물 상자를 보고 있는데 휴대폰이 울렸다. 얼른 전화를 받았다.

〈소희니? 나 이지선 실장인데 통화 가능하니?〉

"네, 실장님. 말씀하세요."

〈너 알바 할 수 있어? 회사까지 나올 필요는 없고 집에서 할 수 있는 거야. 시간 나면, 난 네가 해주면 좋겠어.〉

생각지도 못한 실장의 제안에 심장이 쿵쾅거렸다. 도진이의 예측이 틀리지 않았다. 내게 다시 기회를 주는 건가? 실장이 시키는 일을 잘하면 나에게도 기회가 돌아올까?

## 13

혜리는 그날 이후로 며칠을 앓았다. 몸은 더 말라가고 여전히 잠을 못 잔다. 온종일 멍한 얼굴을 하고 이상한 톤으로 중얼거리는 게 다반사다. 새벽마다 좀비처럼 집 안을 휘젓고 다니기도 한다. 혜리도 현선 언니처럼 몽유병을 앓는 걸까. 이유를 알 수 없으니 속이 타들어간다.

혜리의 증상이 나날이 악화돼 부모님께 알려야 한다고 말했다. 하지만 혜리가 극구 반대한다. 염려를 끼치기 싫다는 거다. 집에서 이런 사실을 알면 당장 본가로 들어오라고 할 테고 회사도 못 다니게 할 거란다. 내가 부모라도 그럴 것이다. 심정이 충분히 이해되고 또 그 마음을 알기에 혜리의 부모님께 차마 연락하지 못하고 있다.

대신 병원에는 함께 갔다. 인근 정신건강의학과 두 곳을 다녀왔는데 이상이 없다는 얘기만 들었다. 의사는 항우울제와 수면제를 처방하며 당분간 지켜보자고 했다.

약을 먹으니 상태가 좀 나아졌다. 새벽에 깨는 횟수가 확실히 줄었고, 회사에서 일할 때 실수도 덜하다고 한다. 하지만 내가 아는 예전의 혜리로는 돌아오지 않는다. 밝고 명랑하며 함께 있는 것만으로도 행복한 아이였는데.

가끔 현선 언니 생각이 났다. 수아 언니의 말에 따르면, 그녀는 시현 오빠의 집에 있고 건강이 많이 호전됐다고 한다. 내가 볼 때 혜리의 증세는 현선 언니와 상당히 비슷하다. 언니가 호전된 비결을 알면 혜리도 좋아지지 않을까. 그러나 혜리가 남에게 알리는 걸 싫어하고, 나 역시 친구의 약점을 떠벌리는 것 같아 차마 현선 언니의 상태에 대해 자세히 묻지 못했다. 시간을 두고 조금 더 지켜보는 수밖에.

대학병원에도 진료를 예약했다. 대기자가 많아서 한 달은 더 기다려야 하지만, 좀 더 정밀한 검사를 받을 수 있지 않을까 기대를 품고 있다.

애타는 기다림 속에서 혜리는 더욱 말라갔다.
"빈속에 나갈 거야? 한술 뜨고 가. 그래야 약을 먹지."
무리해서 출근 준비를 서두르는 혜리를 보니 걱정이 앞섰다.
"어휴, 또 잔소리. 알아서 먹을게."

"너 어제도 약 먹는 거 잊고 나갔어. 이러니 내가 안 챙겨?"

"회사 가서 먹을게. 이것 봐, 약 갖고 가잖아."

혜리가 약봉지를 흔들어 보이며 집을 나섰다. 뒷모습이 앙상해서 가슴이 아팠다.

날이 찌는 듯 더워져 선풍기를 켜고 테이블에 앉았다. 실장이 맡긴 일을 할 참이다. 보험회사 리플릿 시안 작업인데, 보험회사를 상징하는 고유의 컬러를 바탕으로 기본적인 레이아웃만 잡으면 되는 간단한 일이다. 어차피 메인 디자인은 미주 선배가 잡을 테고, 당연히 내 것은 채택되지 않을 거다. 내가 작업한 시안이 무용지물이 될지라도 열심히 해서 실장에게 잘 보이고 싶다. 물론 돈도 필요하다. 혜리를 돌봐야 해서 스터디 카페 아르바이트를 그만뒀기 때문이다.

한창 일에 몰두하고 있는데 휴대폰 알림 소리가 났다. 무시하려다 혹시나 실장일까 싶어 휴대폰을 확인했다. 그리고 기쁜 나머지 자리에서 벌떡 일어섰다. 드디어 3480만 원이 입금됐다는 문자. 동시에 휴대폰 벨이 울렸다. 안 봐도 뻔하다. 분명 수아 언니일 것이다.

〈소희야, 확인했어?〉

통화 버튼을 누르자마자 언니의 목소리가 튀어나왔다. 성급하게 속마음을 드러내는 것이 내가 예상했던 바다.

"입금 확인하고 전화하신 거죠?"

〈당연하지! 너도 3480만 원이야? 금액 똑같은 거 맞지?〉

"네, 맞아요."

〈우와, 진짜 신나. 그러잖아도 할부금 때문에 쪼들렸는데. 오늘 뭐 할 거니? 우리 술이라도 땡기자.〉

"일이 좀 있어요."

〈일은 무슨 일? 뒤로 미뤄. 이런 날 어떻게 가만히 있어?〉

"다니던 회사에서 일을 줘서 디자인 작업 중이에요. 프리랜서로요. 오늘까지 그거 끝내야 해요."

〈재미없다. 오래 걸려?〉

"빨리해도…."

〈그럼 빨리해. 현선이랑 시현이 가게에 있을 테니까 후딱 끝내고 와. 알았지? 그럼 나 기다린다.〉

수아 언니는 하고 싶은 말만 하고 전화를 끊었다. 역시 내 사정은 절대 헤아려주지 않는다. 한두 번도 아닌지라 허탈한 웃음만 나왔다.

다시 디자인 작업에 집중했다. 기쁜 소식을 혜리와 도진이에게 알리고 싶지만 일단 일을 끝내는 게 먼저다. 수아 언니가 채근할까 봐 점심은 라면으로 때우고 일에 속도를 냈다.

간단한 리플릿 작업이지만 내가 만들어야 할 시안은 총 다섯 개다. 게다가 혜리가 하는 일도 몰래 도와야 한다. 클라이언트가 요청한 내용을 혜리가 놓치는 일이 빈번해서 나라도 정신을 바짝 차려야 한다.

한창 몰두하는데 또 눈치 없이 휴대폰이 울렸다. 이번에도 수아 언니다.

〈너 아직도 안 끝났어?〉

하이 소프라노 톤의 날카로운 목소리가 귀를 파고들었다. 술을 마셨는지 목소리가 한껏 들떴다.

〈언제까지 기다려야 해? 한 시간? 두 시간?〉

"그렇게 시간을 정해놓고 끝낼 수 있는 일이 아니라서요."

〈무조건 빨리 끝내. 알았지?〉

수아 언니는 흥분을 주체하지 못하고 자꾸 채근했다.

디자인 시안 작업은 몇 시간 만에 간신히 끝냈다. 이제 혜리가 웹하드에 올린 파일을 점검할 차례다. 예상한 대로 혜리가 해놓은 작업은 엉망이다. 미주 선배나 실장님이 확인하기 전에 내가 발견한 것이 얼마나 다행인지 모른다. 혜리가 이런 상태로 회사에서 버티는 게 용하다. 마음이 급하니 마우스를 움직이는 손놀림도 빨라진다.

삐리리리리. 또 전화가 왔다. 누군지 뻔하다.

"다 끝나가요. 조금만 기다려 주세요."

〈됐어.〉

"아, 언니 화내지 말고…."

〈올 필요 없어. 왜? 우리가 너희 집으로 가고 있거든.〉

까르르르. 휴대폰 너머로 두 언니의 웃음소리가 요란했다.

〈왜? 우리 가는 거 싫어?〉

"아뇨, 오세요. 오셔도 돼요. 그런데 집에 대접할 게 없는데…."

〈시켜 먹지 뭐. 이 좋은 날, 우리가 뭉쳐야 하지 않겠어?〉

"언니들 지금 어디세요?"

〈시현이 가게.〉

"일 빨리 끝낼게요. 오빠도 함께 오시는 거예요?"

〈아니, 우리만 갈 거야. 임소희, 딱 기다려! 택시 타고 간다!〉

취기 오른 목소리만 들어도 수아 언니가 얼마나 흥분했는지 짐작이 갔다. 오늘만큼은 언니들의 흥에 동참하고 싶어서 서둘러 일을 마무리했다.

정확히 15분 후, 계단에서 시끌벅적한 소리가 들렸다. 얼른 현관으로 달려가 문을 열었다.

"아, 쏘가. 오랜만이다."

현선 언니가 나를 보자마자 반가워했다. 꾸준히 병원에 다닌다더니 안색이 눈에 띄게 좋아 보였다.

"워커홀릭 치고 상태가 멀쩡하네? 삐쩍 곯았을 줄 알았는데 얼굴이 좋아."

수아 언니도 웃으며 뒤따라 들어왔다. 그리고 신발장 위에 놓인 수납 트레이를 힐끗 봤다.

"여기 뒀구나. 잘 어울리네. 현선아, 내가 한 말 기억나지?"

"귀신 붙은 것 아니냐고 소희가 난리 피운 거? 에그, 겁쟁이."

현선 언니가 깔깔거리며 놀렸다. 분명 비웃음이겠지. 가만있다간 또 다른 놀림거리를 찾아낼까 봐 얼른 화제를 돌렸다.

"시현 오빠와 같이 오시지."

"아, 몰라. 가게 비워두고 나가서 안 들어오잖아. 우리, 고기도 못 먹고 반찬에 소주만 마셨어."

"전화해 보셨어요?"

"하나 마나지. 또 홀덤펍인가 뭔가에 가서 카드놀이하고 있겠지. 돈 들어왔는데 가만있을 애냐? 도박하러 가지."

"도박 아니거든. 거기 합법적으로 운영하는 데야."

그래도 친남매라고 현선 언니가 오빠 편을 들었다. 수아 언니가 콧방귀를 뀌었다.

"말로만 합법이지, 네가 봤어? 돈 얼마 걸고 카드 치는지?"

"그러는 너는 봤니? 왜 덮어놓고 도박이래?"

지켜보자니 피로감이 몰려온다. 간신히 일을 마친 뒤라 에너지가 모두 빠져나간 느낌이다. 언니들과 맥주나 마시며 머리를 식히고 싶었는데 내 속도 모르고 티격태격한다. 이 좋은 날 또 저러고 싶을까. 갑자기 골치가 아프다. 시계를 보니 아직 6시도 안 됐다. 혜리가 올 때까지는 꼼짝없이 언니들과 같이 있어야 한다. 기가 빨리는 것 같다.

"현선 언니, 언니도 입금 확인하셨죠?"

"그걸 말이라고 하니?"

"그 돈으로 뭐 하실 거예요?"

"향주 집 빼고 그 돈 보태서 서울로 오려고. 당분간 오빠 옆에 있을 거야. 근데 서울 집값이 너무 비싸더라."

문득 고모가 물려준 홍연동 상가 주택이 떠올랐다. 아직 2층

이 비었다고 했다. 그곳이라면 현선 언니가 전세금 부담 없이 들어갈 수 있지 않을까? 우리의 공동 재산인 만큼 전세금 조정도 가능할 텐데.

"홍연동 2층이 비었잖아요. 거기 들어가는 건 어때요?"

내가 제안하자 현선 언니의 표정이 굳었다. 수아 언니도 얼굴을 찡그렸다. 내가 말실수했나 싶어 언니들의 눈치를 봤다.

"거긴, 언니 마음에 안 드세요?"

"별로…."

"촌구석에서 막 올라왔는데 너 같으면 그런 곳에서 살고 싶겠니? 밤에도 번쩍번쩍하는 데 살고 싶지."

수아 언니가 바로 현선 언니의 입장을 대변했다. 듣고 보니 이해는 된다. 홍연동 주택은 서울이라고 해도 구석진 곳에 있다. 지하철이 멀고 큰 마트가 없으며 인적도 뜸하다. 산을 끼고 있어 어딘가 음침한 느낌도 든다. 같은 돈이라면 나라도 번화한 동네를 선택할 것이다.

"게다가 아직 등기 이전이 안 됐더라. 내가 확인했어."

"상속 절차 끝났잖아요."

"내가 이상해서 변호사에게 전화해 봤는데, 등기 이전이 원래 시간이 좀 걸린대. 자기 선에서는 일단 끝났다며 정리됐으니 걱정 말라더라. 그래서 차액을 입금한 거래."

"요즘 같은 세상에 그게 말이 돼요? 주소 이전도 바로바로 처리되던데?"

"내 말이. 하지만 법이 그렇다니 어쩌겠어. 안 그래, 현선아?"
"난, 거기 싫어."

멍한 표정으로 현선 언니가 동문서답했다. 여전히 기분이 풀리지 않는 듯 굳은 표정으로.

그때 도어록 비밀번호 누르는 소리가 들렸다. 아직 이른 시간인데 혜리가 정시에 퇴근한 걸까?

"같이 사는 친구가 왔나 봐요."

마침 혜리가 와서 다행이라고 생각했다. 화제도 전환하고, 운이 좋다면 혜리의 상태에 대해 언니들의 조언을 구할 수도 있겠지.

잠시 후 혜리가 거실로 들어왔다. 눈이 퀭한 것이 출근할 때보다 더 수척하고 힘들어 보였다. 그 모습에 놀랐는지 수아 언니의 눈이 동그래졌다.

"혜리야, 인사해. 수아 언니는 전에 봤지? 이쪽은 현선 언니."

언니들을 차례로 가리키며 소개하던 그때였다.

"…왜, 왜 네가… 아니지?"

내 앞에 앉은 현선 언니가 가늘게 떨리는 목소리로 물었다. 그리고 이상하다는 듯 내 얼굴을 쳐다봤다.

"왜 네가 아니냐고!"

현선 언니가 악을 쓰듯 소리 질렀다. 너무 갑작스러운 일이라 상황 파악이 안 됐다.

"언니, 대체 무슨 소리예요?"

"아니야… 아니야…."

고개를 흔들며 현선 언니가 중얼댔다. 좀 전의 사나운 기색은 찾아볼 수 없고 잔뜩 움츠러든 모습이었다.

수아 언니가 기가 막힌 듯 현선 언니의 등짝을 후려쳤다.

"애가 미쳤나? 현선아, 정신 차려. 잘 있다가 왜 또 이래?"

현선 언니가 입술을 달싹거렸다. 뭐라고 계속 중얼대는데 소리가 나오지 않았다. 그 모습이 기괴해 소름이 끼쳤다.

"소희야, 넌 신경 쓰지 마. 현선이 쟤, 헛소리 픽픽 해대는 거 알지? 저번에도 나한테 악담했잖아. 기억 안 나? 미친년, 이러니까 정신병원을 다니지."

수아 언니가 나와 현선 언니 사이에서 눈치를 보며 상황을 수습하려고 애썼다. 그러나 헛수고였다. 조금 전까지 멀쩡하던 현선 언니는 온데간데없고, 언니의 얼굴을 한 얼빠진 여자가 있었다. 그 여자는 계속 혼잣말하며 힐끗힐끗 혜리의 눈치를 봤다. 혜리는 거실 앞에 그대로 서 있었다.

"혜리야, 미안. 놀랐지? 네 방에 들어가 있어."

상태가 나빠질까 봐 혜리를 얼른 방 안에 들여보내려고 했다. 하지만 혜리는 꼿꼿이 선 채로 현선 언니를 노려봤다. 어쩐 일인지 눈빛에 분노가 가득 차 있었다.

따가운 시선을 느낀 듯 현선 언니가 중얼거림을 멈추고 죄지은 사람처럼 고개를 푹 숙였다. 그 와중에도 여전히 혜리를 힐끔거렸다.

"언니, 이상하게 왜 그래요? 장난치는 거죠? 진짜 무서워요."

"소희야, 미안. 애가 약 먹을 시간이 지났나 봐. 술 마시느라 약 먹는 걸 잊어버린 것 같아."

난처한 얼굴로 수아 언니가 변명했다. 하지만 언니도 횡설수설 정신이 없기는 마찬가지다. 혜리는 꼼짝 않고 서서 현선 언니를 노려보고, 현선 언니는 혜리 눈치를 본다. 도무지 이해가 되지 않는 상황이다.

"아휴, 사람들이 이래서 병원을 다니나? 정신과 약이 효과는 있나 봐. 소희야, 물 좀 줄래? 헛소리 더 하기 전에 현선이 약 먹여야겠다."

냉장고에서 얼른 물을 가져와 수아 언니에게 건넸다. 그리고 현선 언니를 뚫어지게 쳐다보는 혜리의 어깨를 툭 쳤다.

"혜리야, 몸이 안 좋아?"

반응이 없었다. 난 혜리의 팔을 잡았다. 혜리는 내 손을 뿌리치지 않고 현선 언니만 계속 노려볼 뿐이었다.

"피곤해서 그러지? 방에 들어가자. 응?"

손을 끌어도 혜리는 꿈쩍도 하지 않았다. 마른 몸에서 어떻게 그런 힘이 나오는지 이상했다. 나 혼자 낑낑대는데 갑자기 혜리가 씩 웃었다. 무표정한 얼굴로 눈을 부릅뜨고 입꼬리가 살짝 올라가 있어서 섬뜩했다. 마치 다른 사람이 된 것처럼.

그 순간, 현선 언니가 밖으로 뛰쳐나갔다.

"현선아! 너 갑자기 왜… 야! 임현선!

수아 언니가 붙잡으려 했지만 순식간이라 말릴 새도 없었다.

"소희야, 미안. 난 쟤부터 잡아야겠다. 뭔 일을 저지를지 알 수가 있어야지. 다음에 보자. 연락할게."

수아 언니가 다급히 가방을 챙겨 뒤따라 나갔다. 나도 얼결에 현관까지 따라갔다.

"연락 주세요, 언니. 저도 죄송해요."

말을 끝맺기도 전에 현관문이 쾅 닫혔다. 평소와 다름없이 풍경 소리가 경쾌했고 집 안이 다시 고요해졌다.

혜리는 그때까지도 거실에 멀뚱히 서 있었다.

"너 오늘 왜 그래? 언니들에게 실례잖아!"

화가 나서 혜리에게 쏘아붙였다. 그래도 대답이 없었다. 이윽고 혜리가 고개를 천천히 돌리더니 나를 똑바로 쳐다봤다. 눈빛이 너무 강렬해서 순간 멈칫했다.

내가 말을 꺼내려는 순간, 혜리가 쓰러졌다.

"야! 혜리야, 눈 떠봐. 정신 차려. 송혜리, 내 말 들려?"

혜리는 죽은 사람처럼 축 늘어져 아무리 흔들어 깨워도 눈을 뜨지 않았다. 먼저 119에 전화한 뒤 잠시 망설이다 혜리의 휴대폰을 들었다. 떨리는 손으로 휴대폰 잠금 패턴을 풀었다. 패턴은 뻔했다. 혜리의 이니셜 첫 글자인 'S'. 난 연락처를 찾아 어머니에게 전화를 걸었다.

〈우리 딸, 웬일이야? 이 시간에 전화를 다 하고?〉

다정한 목소리에 왈칵 눈물이 났다. 어머니께 이 상황을 어떻게 전해야 할지 차마 입이 떨어지지 않았다.

〈왜 말이 없어? 속상한 일 있었니? 엄마에게 말해봐, 응?〉

"안녕하세요…."

〈어머! 누, 누구세요?〉

딸이 아닌 다른 사람의 목소리가 들리자 당황한 음성이었다.

"어머니, 저 소희예요. 혜리 친구요."

아무리 침착하려고 애써도 목소리가 떨렸다.

〈아, 소희구나. 근데 이거, 우리 혜리 폰인데?〉

"혜리가요, 지금 쓰러져서…."

밖에서 구급차 사이렌 소리가 들렸다.

〈어디가? 어디가 아픈데? 아니면 사고가 났니? 혜리가 왜?〉

"모르겠어요. 지금 병원으로 옮길 거예요."

〈어느 병원으로 가는 거야, 응? 내가 지금 당장 갈게.〉

다시 연락하겠다 말하고 일단 전화를 끊었다. 현관 벨이 울렸지만 혜리의 휴대폰을 쥔 채로 몸을 움직일 수가 없었다.

혜리가 이동식 침대에 실려 나가는 것을 보며 난 바닥에 주저앉아 엉엉 울었다. 구급대원이 뭐라고 말을 걸었지만 들리지 않았다. 그냥 서럽고 무서워서 계속 울기만 했다.

\* \* \*

응급실에서 만난 혜리 어머니는 상냥했다. 화를 내거나 꾸짖기는커녕 오히려 놀라지 않았느냐며 나를 위로했다. 혜리 상태가 좋지 않다는 사실을 진작 알렸어야 하는데, 방치해서 더 나빠진 거라고 난 자책했다.

다행히 이번에도 검사 결과는 이상 없다. 여전히 영양 상태가 불균형하고 빈혈이 있다는 진단만 나왔다. 혜리는 어머니와 함께 본가인 여주로 내려갔다. 당분간 본가에서 머물며 요양할 것이다.

난 혼자 집으로 돌아왔다. 스무 평도 안 되는 공간이 썰렁하게 느껴졌다. 테이블에 두고 간 내 휴대폰에 부재중 전화가 수십 통이었다. 도진이와 수아 언니에게서 연락이 왔고, 웬일인지 실장 번호도 있었다. 그러나 밤 12시, 문자를 보내기엔 너무 늦은 시간이었다.

아무것도 손에 잡히지 않아 테이블에 멍하니 앉아 있었다. 저녁에 벌어진 일들이 너무나 혼란스러웠다. 그때 휴대폰 벨이 울렸다. 무의식적으로 전화를 받았다.

〈왜 이제 전화를 받아? 걱정했잖아.〉

도진이 목소리였다.

"혜리가 쓰러져서 응급실 갔다 왔어."

〈또? 의사가 뭐라는데?〉

"이상 없대."

〈지금 같이 있어?〉

"아니. 혜리는 어머니랑 여주 본가로 갔어."

〈넌 어딘데? 집이야?〉

피곤했다. 평소 같으면 반가울 통화인데.

"도진아, 미안. 나 쉬고 싶어."

〈알았어. 피곤할 테니 얼른 쉬어. 내일 다시 연락할게.〉

전화를 끊고 테이블에 엎드렸다. 모든 게 귀찮다. 마치 물에 젖은 솜처럼 몸도 무겁다. 그리고 침울해서, 속이 답답해서, 큰 소리로 울고 싶다. 왜 나한테만 이런 일들이 벌어지는 걸까. 혜리는 자꾸 이상해지고, 사촌들은 내 신경을 긁어댄다. 주변 사람들이 죽거나 아픈 게 싫다. 그리고 나도 기댈 수 있는 엄마가 있었으면 좋겠다. 어머니와 함께 퇴원하던 혜리의 뒷모습이 머릿속에서 떠나지 않는다. 엄마, 나 엄마 보고 싶어. 나도 모르게 눈물이 흘렀다.

또 휴대폰이 울렸다. 이번엔 수아 언니다. 도대체 이 언니는 왜 나를 가만히 내버려두지 않는 걸까. 눈물을 훔치고 전화를 받았다.

"네, 언니."

〈너 목소리가 왜 그러니? 울었어?〉

"아뇨, 자다가 깼어요."

〈미안, 잠을 깨웠구나. 그냥 네 친구가 걱정돼서. 걔, 괜찮니?〉

"그럭저럭요. 원래 그런 애가 아닌데, 죄송해요. 요즘 많이 아팠거든요."

〈아파? 걔가? 아, 어쩐지… 환자 대 환자였어.〉

그제야 현선 언니가 생각났다. 혜리의 눈치를 보다 밖으로 뛰쳐나간 언니. 나에게 알아듣지 못할 얘기를 중얼거렸지.

"현선 언니는, 괜찮으세요?"

〈괜찮겠니? 너희 집을 뛰쳐나온 다음에도 계속 헛짓거릴 해서 엄청 고생했지. 지금 우리 집에서 자. 시현이 그건 전화해도 안 받고…. 어휴, 핏줄만 아니었어도 나 몰라라 하는 건데.〉

"언니도 고생 많이 하셨겠네요."

〈성질나 죽겠어. 어쨌든 민폐 끼쳐서 미안하고, 현선이 걱정은 하지 마. 네 친구도 좋아질 거니까 그렇게 믿고, 잘 자라.〉

현선 언니도 문제가 없다니 다행이다. 뒤늦게라도 약을 먹어서 괜찮아진 거겠지. 언니 상태가 더 심해지면, 수아 언니 말대로 무당이라도 찾아가야 하는 건 아닌지 모르겠다.

잠이 오지 않아 뜬눈으로 밤을 새웠다. 창문으로 어슴푸레한 빛이 들어오더니 세상이 곧 환해졌다. 난 여전히 멍한 상태로 테이블에 앉아 있었다.

오전 9시가 되자 실장에게서 전화가 왔다.

〈나야, 이지선. 혜리는 어떠니?〉

실장은 혜리의 안부부터 물었다. 실장도 이미 알고 있었던 거다. 혜리를 일찍 퇴근시킨 걸 보면 회사에서도 이상한 행동을 했던 거겠지.

"어젯밤에 응급실 갔다 왔는데 큰 이상은 없대요. 저… 그런데 실장님, 어머니가 혜리를 데리고 가셨어요."

〈어머니까지 오셨어? 그럼 이상 없는 게 아니네? 혜리 고향이 어딘데?〉

"여주요."

〈여주? 그럼 오늘 출근 못 하겠구나?〉

나 들으라고 한 말이 아닌데 괜히 미안하다. 혜리의 부재가 꼭 내 탓인 것만 같다.

〈그런데 너, 혜리 이상한 거 전부터 알고 있었지? 언제부터 그랬니?〉

"글쎄요… 전, 잘 몰라서…."

〈집에선 이상 없었어?〉

실장의 다그침에 대답하지 못했다. 아니, 혜리에게 누가 될까 봐 섣불리 말할 수 없었다.

〈모를 수도 있지. 같이 산다고 잘 아는 건 아니니까. 알겠다. 혜리 상태는 그렇게 알아둘게. 그리고… 넌 오늘 시간이 어떻게 되니?〉

"네? 시간이요?"

〈미안하지만 혜리 공백을 네가 메꿔야겠다. 오늘 클라이언트 미팅이 있어. 나 혼자 들어갈 수는 없잖아.〉

"저는, 아무것도 모르는데요?"

〈네가 할 일은 없어. 그냥 내 옆에 앉아 있기만 하면 돼. 시간 낼 수 있는 거지?〉

기회일까? 갑자기 하늘에서 동아줄이 내려온 기분이다. 좋으면서 얼떨떨하고, 한편으로는 혜리에게 미안하다. 설마 내가 그 애 자리를 뺏는 건 아니겠지. 하지만 이걸 계기로 내 실력을 인정받을 수 있지 않을까.

〈너희 집, 회사와 가깝지? 지금 9시 조금 넘었으니까, 10시 10분까지 사무실로 와. 늦으면 안 된다. 옷도 단정히 입어야 해.〉

실장은 내게 다짐을 받고 전화를 끊었다.

급히 샤워부터 하고 거울을 봤다. 밤을 꼬박 새웠는데도 하나도 피곤하지 않았다.

클라이언트 미팅은 실장이 얘기한 대로였다. 새로 계약을 따낸 곳은 대형 전자 마트로, 미팅 장소는 본사 회의실이었다. 미팅에는 실장과 나뿐 아니라 미주 선배도 동행했다. 별다른 지시는 없었지만 난 알아서 회의 내용을 열심히 받아 적었다. 혹시나 내게 질문할까 봐 가슴을 졸이며.

40분이란 시간이 한없이 길게 느껴졌다. 미팅이 끝난 뒤 회의실을 나올 때 가슴이 후련했다. 클라이언트와 말을 섞은 것은 처음 인사할 때와 헤어질 때, 딱 두 번뿐이었다.

회사로 돌아가는 길, 집 근처에 다다르자 실장이 큰길 가에 차를 세웠다.

"수고했어. 오늘 수고비는 네 알바비랑 합산해서 줄게."

상냥한 실장의 목소리에 난 살짝 주저했다. 저 말은 여기서 헤어지자는 거겠지? 그런데 이대로 집에 가도 되는 건가? 회사에 가서 정리하지 않아도 되나?

"왜? 할 말 있니?"

"그게… 회의 내용 정리한 건 어떻게 할까요?"

"아, 뭘 그렇게 열심히 적나 했더니. 갖고 있어. 필요하면 달라고 할게."

"메일로 보내드릴까요?"

"됐어. 그 정도쯤은 머릿속에 다 있어."

실장이 웃으며 말했다. 괜한 짓을 한 걸까. 구색을 갖추려고 데려간 건데 내가 오버한 걸까.

"혜리 나으면 다 같이 밥 한번 먹자. 종종 연락하고, 점심 맛있게 먹어."

지체없이 출발하는 실장의 차를 보며 제대로 이용당했다는 생각이 들었다.

그 후로도 실장은 외부 미팅 때 나를 종종 불렀다. 들러리인 걸 알면서도 거절했다간 일이 끊길까 봐 실장이 부르면 달려갔다. 미팅에는 우리 둘만 참석하는 게 아니었다. 영업 담당인 사장이 참석할 때도 있고, 미주 선배가 나올 때도 있었다. 이제 내 역할을 잘 알아서 지난번처럼 기를 써가며 회의 내용을 메모하진 않는다. 그저 조용히 실장 옆에 앉아 있을 뿐이다.

오늘도 미팅이 끝난 후 실장과 길거리에서 헤어졌다.

"수고했어. 다음에 밥 한번 먹자."

회사로 향하는 실장의 차를 보며 문득 버려진 기분이 들었다. 실장은 항상 밥 먹자는 얘기를 하지만 그냥 인사치레일 뿐이다. 클라이언트 미팅에 데려가도 따낸 프로젝트는 절대 맡기지 않는다. 실장에게 난 레고 블록이다. 필요할 때 손쉽게 불러다 쓰고 언제든 버릴 수 있는 그런 존재.

꼬르륵. 눈치 없이 뱃속에서 신호를 보냈다. 마음이 허해서인지 허기가 더 몰려왔다. 꽈배기, 떡볶이, 김밥, 만두… 눈앞에 즐비한 간판들이 나를 유혹했다.

'뭐 해? 같이 밥 먹을래?'

때마침 도착한 도진이의 메시지가 반가웠다.

우린 스터디 카페 앞에서 만나 근처 한식 뷔페로 갔다.

"너 카톡 안 왔으면 배고파서 아무거나 먹으려고 했어."

"내가 때맞춰 잘 연락했네. 너희 실장이랑 밥 먹었으면 어쩌나 싶었는데."

"그 인간이 밥을 사주겠니? 난 기대도 안 해. 돈만 제때 주면 되지 뭘 바라겠어?"

"작업비 결제가 밀려?"

"아니, 그런 건 아니고, 쉬운 일만 주니까 돈이 쥐꼬리만 하지. 아직도 날 인턴으로 생각하나 봐."

실장은 모를 것이다. 혜리가 담당했던 일의 일부를 내가 처리했다는 사실을. 좀 더 비중 있고 창의적인 일을 시켜도 충분히 해낼 수 있다는 걸 실장은 알지 못한다.

"혜리는 요즘 어때?"

"연락이 없어."

"너한테도? 난 내 전화만 안 받는 줄 알았지."

"문자를 남겼는데 확인도 안 해."

"혜리 어머니께도 전화해봤어? 어머니와도 연락이 안 돼?"

난 젓가락을 내려놓았다. 분명히 아까까지는 배가 고팠는데 입맛이 싹 사라졌다. 생각하고 싶지 않은 일, 입 밖으로 꺼내기 싫은 그 얘기를 해야 할 때다.

"통화했구나? 뭐라고 하시는데?"

"흐음…."

"어차피 얘기할 거잖아. 말해, 속 끓이지 말고."

"전화가 오긴 왔어. 혜리 휴대폰으로…."

"어머니가?"

"어. 직접 전화하셨어. 혜리가 이제 본가에 계속 있을 거라고 하시더라."

"상태가 안 좋구나."

"그런가 봐. 그 이상은 말씀을 안 하셔. 계속 여쭤봤는데, 그냥 잘 지내라고만 하시네."

"그러면 짐은 어떡하고? 집에 혜리 물건 그대로 있잖아."

"필요 없대. 나보고 알아서 처리하라셔."

"뭐? 왜 그러시는 거야?"

"몰라. 어쨌거나 혜리하곤 통화를 못 했어. 이대로 영영 그 애를 못 볼까 봐 걱정돼."

"언제 전화 온 거야?"

"그저께."

"말을 하지."

도진이에게 얘기한다고 뭐가 달라질까.

"짐 정리는 내가 도와줄게."

"솔직히 하고 싶지 않아. 당분간 그대로 두고 싶어."

"정리하자. 그래야 너도 기운을 차리든가 하지. 설마 보증금 때문에 그래?"

보증금이라는 말에 가슴이 덜컥 내려앉았다. 얼마 전 집주인이 전세 보증금 2000만 원을 올려달라고 했다. 고모에게 받은 돈이 있어서 아무 생각 없이 흔쾌히 동의했다. 어리석게도 전세 보증금의 반 이상이 혜리 몫이라는 걸 미처 생각하지 못하고 말이다. 혜리가 본가에 들어간 이상 보증금을 돌려줘야 한다.

"집을 다시 알아봐야겠어. 너 아니었으면 큰일 날 뻔했다."

"잊고 있었구나."

"처음에 계약할 때 나 돈 없다고 혜리가 보증금 몇천을 더 냈거든. 왜 내가 그 생각을 못 했지?"

"이것저것 제하면 돈이 더 나갈 텐데."

"나 이러다 거리로 나앉는 거 아냐?"

"우리 집이라도 괜찮다면, 들어올래?"

"됐어. 너희 부모님께 뭐라고 하게. 다른 집 알아봐야지. 조금

싼 데 찾아보면 있겠지."

지금 집에서 계속 버티려면 최소 1억 3000만 원이 필요하다. 혜리가 나가면 보증금을 돌려줘야 한다는 당연한 사실을 왜 몰랐을까.

이런저런 걱정에 서둘러 밥을 먹고 도진이와 헤어졌다. 그는 스터디 카페로 갔고, 난 인근 부동산을 찾았다. 그리고 좌절했다. 내가 가진 돈으로는 원룸도 사치였다.

돈을 어디서 더 구할 수 있을까. 엄마의 보험금 지급이 늦어지고 있는데, 그거라도 졸라서 받아야 할까. 안동 미용실을 정리한 돈은 손대고 싶지 않다. 그건 엄마의 목숨값이다. 내가 편히 살겠다고 쓸 수 없는 돈이다.

더위에 숨이 막혀 손부채질로 땀을 식힐 때였다.

"소희야! 임소희!"

누군가 큰 소리로 내 이름을 불렀다. 뒤돌아보니 빨간 미니를 탄 수아 언니가 차 안에서 손을 흔들었다. 나도 반사적으로 손을 흔들어 인사했다. 그런데 언니는 아는 체만 하고 그냥 지나쳐 갔다. 언니답다는 생각에 헛웃음이 나왔다.

바로 그 순간, 머릿속에 아이디어가 떠올랐다. 돈이 부족해도 들어갈 수 있는 집. 홍연동 상가 주택 2층. 아직 비어 있다면 보증금을 걸고 부족한 금액은 내 지분으로 때우면 되지 않을까. 그게 나나 언니 오빠 모두에게 이득일 것이다.

당장 수아 언니에게 전화를 걸었다.

"언니, 왜 그냥 지나가요?"

〈아는 척했잖아?〉

"어디 가시는데요?"

〈공방. 친구 만나고 들어가는 길이거든.〉

"저 잠깐 들러도 될까요? 의논하고 싶은 게 있는데."

〈얼굴 보고 말해야 하는 거야? 그럼 빈손으로 오면 안 되지. 간식이라도 사 와. 참고로, 나 도넛 먹고 싶어. 요즘 연남동 사거리에 줄 서는 가게 알지?〉

언니가 말해준 가게에서 도넛 한 박스를 사 들고 공방으로 갔다. 마침 손님도 없고 에어컨 바람이 시원해 살 것 같았다.

"언니가 얘기한 도넛, 이거 맞죠?"

"오래 줄 섰지? 이 집 도넛 진짜 맛있거든. 수고했다. 커피 줄게, 기다려."

진열장 앞 스툴에 앉자 수아 언니가 커피를 내왔다. 언니는 상자를 열고 도넛 하나를 집어 입으로 가져갔다.

"내 눈 귀신같지? 너 가는 거, 멀리서도 딱 보이더라."

"이름만 부르고 그냥 가버렸잖아요. 저 엄청 서운했는데…."

"바쁜 것 같아서 그랬지. 내가 준 지갑은 잘 들고 다니지?"

"그럼요. 아주 잘 쓰고 있어요."

"오늘은 한가하나 봐? 일 없어?"

"일 끝나고 집에 들어가는 길이었어요. 언니는요? 친구 만나서 재밌었어요?"

"재밌기는. 요즘 마음이 싱숭생숭해서 친구를 만나도 즐겁지가 않아."

"왜요, 좋아 보이는데…?"

"내가 웃어도 웃는 게 아냐. 너 현선이 얘기 못 들었지?"

언니가 도넛 집은 손가락을 쪽쪽 빨고는 쓴웃음을 지었다.

"시현 오빠와 연락을 안 해서…. 언니는 병원 잘 다니신대요?"

"잘 다니다 못해 아예 입원을 했단다."

"입원요? 정신병원에요?"

"그것 때문에 시현이랑 말 많았어. 현선이 상태가 급속도로 안 좋아지는 거야. 아, 너 봤지? 걔 이상한 거? 그때 이후로 더 나빠졌다니까."

"약 먹고 좋아졌다고 하지 않았나요?"

"그런 줄 알았지. 내가 우리 집에 며칠 재웠잖아. 근데 하도 난리를 피워 옆집에서 경찰 부르고 그랬다니까. 쪽팔리게."

"그럼 강제 입원한 거예요?"

"거의 그러다시피 했지. 현선이 이상한 걸 경찰이 본 데다가, 의사도 진단서를 바로 써주더라. 조현병이래."

현선 언니의 이상 증세가 조현병 때문이었다니. 비슷한 증상을 보이는 혜리도 설마 같은 병일까? 혜리의 상태가 어떤지 궁금하고 걱정된다. 하지만 전화든 문자든 SNS든, 그 어떤 수단을 써봐도 그 애와 연락이 닿지 않는다. 어머니께 전화해도 별말씀을 안 하시겠지.

"조상님 묘를 잘못 쓴 거 아니냐고, 시현이랑 한참을 얘기했어. 종현이 죽었지, 현선이 저러지, 우리도 상황이 안 좋지. 왜 모두 이러냐고?"

"언니가 왜요? 좋아 보이는데…."

"공방 운영이 쉬운 줄 아니? 이게 돈이 얼마나 많이 드는 일인데. 요즘 클래스 운영도 안 되고 물건도 안 팔려서 적자야."

"고모 유산으로 돈 받았잖아요?"

"꼴랑 3480만 원? 차 할부금도 다 못 갚았어."

3480만 원. 계좌에 찍힌 금액만 보고도 가슴이 설레었는데, 막상 쓰려고 보니 보잘것없는 돈이다. 그 돈을 다 털어 넣어도 전세 보증금에 한참 못 미친다. 문득 내 처지가 서글프다.

"그래도 난 좀 나아. 시현이 걘 어떤 줄 아니? 그때 받은 돈 바로 써버리고 도박하다가 가게까지 홀랑 날렸대."

"네? 가게를요?"

"보증금, 권리금 할 것 없이 싹 다 날렸단다. 집은 진작 날렸고. 그 새끼 거지야 이제."

"그러면 오빠는 이제 어떻게 살아요?"

"현선이 돈 있으니까 그걸 융통하겠지. 그것까지 날리겠니, 자기 돈도 아닌데?"

어쩌면 시현 오빠가 홍연동 주택에 눈독을 들이고 있을지도 모른다. 집도, 가게도 다 날렸다니 그럴 가능성이 높다. 이번에도 내가 헛물을 켜는 걸까.

"그럼 시현 오빠가 홍연동 집에 들어가시겠네요?"

"얘가 미쳤나, 시현이가 거길 왜 들어가?"

수아 언니가 눈을 동그랗게 뜨고 언성을 높였다. 언니가 화를 내는 게 오히려 반가웠다. 그 말은 나에게도 희망이 있다는 얘기니까.

"오빠가 지낼 곳이 없다면서요? 돈도 없고…."

"그러니까 안 되는 거지. 홍연동 건물, 우리 공동 재산이야. 시현이 마음대로 못 한다고. 돈 되는 걸 왜 공짜로 주려고 해?"

"그럼 오빠는 어떡해요?"

"지가 알아서 하겠지. 돈은 개가 날렸는데 왜 우리가 걱정해?"

맞는 말이다. 내 코가 석 자인데 누굴 걱정하겠나. 일말의 기대를 품고 조심스레 운을 띄웠다.

"언니, 그 집 아직도 비어 있는 거 맞죠?"

"보러 오는 사람도 없대. 3층 여자가 인테리어 싹 해서 내놨다는데 감감무소식인가 봐. 아, 전세금을 확 낮춰서라도 빨리 사람을 들여야 하는데."

역시 죽으란 법은 없나 보다. 취업 문제가 안 풀리는 대신 돈 걱정은 면하게 될지도 모르겠다. 수아 언니만 도와준다면.

14

"진짜야? 진짜 네가 들어가겠다고?"

수아 언니가 반신반의했다. 홍연동 상가 주택 2층에 들어가고 싶다는 말에, 진심인지 아닌지 되물었다. 입꼬리가 살짝 올라간 걸 보면 내 제안이 싫지 않은 것 같다.

"나야 찬성이지. 솔직히 돈 없는 시현이보다 네가 들어가는 게 좋지. 우리 모두에게 이득이잖아. 그런데 너, 보증금은 얼마나 낼 수 있는데?"

"1억 8000이요."

지금 사는 집 보증금에 고모가 물려준 현금을 더해도 1억 8000만 원밖에 안 된다. 물론 안동 미용실을 정리한 돈은 빼고.

"겨우? 많이 부족하잖아."

언니의 기대가 실망으로 바뀌었다. 역시 안 되는 걸까? 떨떠름한 언니의 표정과 함께 실낱같은 희망이 사라지려 한다.

"그 동네 전세가 얼마인 줄 알아?"

"2억 2000~3000 정도요?"

"그건 재개발 구역 옆에 있는 저가 매물이지. 1억 8000으로 어디다 비비려고? 3층도 싸게 준 게 2억 6000이야."

"언니는 전세를 얼마 정도 예상하셨는데요? 최소한으로요?"

"못 받아도 2억 5000이지."

"그 가격에 누가 들어올까요? 조금 전에는 전세금을 낮춰서라도 빨리 사람을 들이고 싶다고 하셨잖아요."

"얘 봐라? 지금 나랑 협상하자는 거야?"

"급매라면 전세가를 낮춰야 하잖아요. 2억 4000 어때요? 그 정도면 제가 들어갈 수 있는데."

"1억 8000 있다며?"

"제 지분이 4분의 1이잖아요. 2억 4000에서 6000 빼면 1억 8000이죠."

언니의 얼굴에서 웃음기가 걷혔다. 대신 두 눈이 빛났다. 그 표정을 보며 내 제안이 먹혔음을 직감했다.

"저 바로 들어갈 수 있어요. 그러면 언니는 6000만 원이라는 돈이 금방 생기고요."

"나쁘지 않은데?"

"복비도 아낄 수 있어요. 그리고 제가 관리까지 맡으면, 나중에 3층 세입자 전세금도 올려 받을 수 있고요."

"좋아! 난 찬성."

"시현 오빠와 현선 언니도 동의할까요?"

"구슬려 봐야지. 시현이만 좋다면 만사 오케이야. 현선이는 아무 생각이 없거든."

수아 언니는 바로 시현 오빠에게 전화를 걸었다. 하지만 신호만 갈 뿐 연결되지 않았다.

"아, 이 자식 또 전화를 안 받아. 대체 뭘 하는 거야? 돈 때문에 잠적이라도 했나?"

"오빠 동의 없이 제가 그 집에 들어가는 건 힘들겠죠?"

"당연히 안 되지. 법적으로 4분의 1은 엄연히 시현이 건데."

공동 재산이라는 것이 의외로 까다롭다. 한 명이 허락한다고 될 일이 아니다. 모두의 동의를 구하는 게 쉽지 않다.

"단톡방에 올려볼게."

"단톡방이요?"

"몰라? 변호사 사무실에서 처음 만났을 때 만들었잖아."

"전 처음 듣는 얘기예요."

"아… 미안. 깜빡하고 너에게 안 알렸나 보다. 어쩐지 네가 말이 없더라. 내가 당장 초대할게. 그리고 현선이 면회가 언제 가능한지 알아보자."

"병원까지 가시려고요?"

"위임장에 사인을 받아야 하는데 당연하지."

다행히 수아 언니가 적극적이다. 그만큼 돈이 시급히 필요하다는 얘기겠지.

언니는 병원에도 전화를 걸어 면회 시간을 확인했다.

"소희야, 내일 시간 돼? 오전이 좋아, 오후가 좋아?"

"저야 아무 때나 괜찮아요."

현선 언니 면회는 내일 오전으로 잡혔다. 수아 언니는 수납장 깊숙한 곳에서 홍연동 상가 주택의 전세 계약서를 꺼내오더니 내용을 꼼꼼히 뜯어봤다. 나에게도 있는 복사본이다.

"등기 확인해봤니?"

"아뇨. 이전되면 변호사님한테서 연락이 오겠죠."

"무턱대고 기다리겠다는 거야? 그러니까 김재열이 뺀질거리는 거야. 우리가 돈이라도 찔러주면 바로 처리할걸?"

"설마요."

"고모가 수임료를 먼저 지불해서 이 사달이 난 거야. 변호사는 돈 받았으니까 급할 게 없거든. 그러니까 세월아 네월아 하는 거지. 서류가 대체 언제 넘어갔는데 아직도 멀었대?"

"언니, 기다려봐요. 그게 뭐 변호사 탓인가요?"

"변호사 탓이지 그럼! 말 나온 김에 내가 좀 따져야겠어."

언니는 당장 변호사 사무실에 전화를 걸었다. 그러나 누구도 전화를 받지 않았다. 휴대폰도 마찬가지였다.

"아이씨, 맨날 이래. 전화를 제때 받는 적이 없어."

"바쁜가 보죠. 좋게 생각하세요."

"하아… 자기가 필요할 땐 전화를 잘만 하더니. 다른 변호사도 이러나?"

"언젠가는 해결되겠죠. 그리고 제가 거기 들어가는 건 등기와 상관없잖아요. 어차피 우리 건데."

"그건 그렇지만…."

"변호사님과는 나중에 통화하고, 건물 관리하시는 분과 먼저 연락하면 어떨까요? 저도 결정하기 전에 집을 먼저 보고 싶어요. 인테리어가 잘 됐는지도 궁금하고요."

언니의 기세가 조금 누그러졌다. 그녀는 계약서를 훑고 나서 3층 세입자에게 전화를 걸었다.

나는 언니가 통화하는 동안 계약서를 들여다봤다. 세입자의 이름은 조미. 한때 꽤 인기 있었던 중국 여배우의 이름과 같다. 뾰족한 얼굴에 빨간 입술, 핏기 없는 그녀의 얼굴이 떠올랐다. 40대로 봤는데 34세라니, 생각보다 노안이다. 의외로 수아 언니, 현선 언니와 또래였다.

"너 다음 일정 있어? 3층 여자가 지금 와도 된다는데?"

"지금요? 그렇게 빨리?"

언니는 당장 가겠다고 말한 뒤 전화를 끊었다. 급한 성격만큼 일처리도 일사천리다.

"원래 일이 잘 풀리려면 속도가 착착 붙는 거야. 오늘 가서 집 보고, 내일 현선이 동의받고. 아, 시현이 이 자식만 연락되면 다 끝나는 건데."

우리는 빨간색 미니를 타고 홍연동으로 향했다. 마음이 들떴다. 언니는 운전 중에도 시현 오빠에게 계속 전화를 걸었지만 응답이 없었다.

홍연동에 도착해선 세입자에게 전화를 하고 3층으로 올라갔다. 벨을 누르기 무섭게 여자가 문을 열고 모습을 드러냈다.

"안녕하셨어요? 어서 올라오세요."

"이사는 잘 하셨어요? 불편한 건 없고요?"

"덕분에 잘 지내요. 그나저나, 집이 안 나가서 어쩌죠?"

"보러 오는 사람은 없나요?"

"있기는 한데…."

3층 세입자가 미안한 표정을 지었다. 여전히 입술이 붉고 말이 몹시 빠르다. 그런데 뭐랄까, 전보다 묘하게 나이 들어 보인다. 전세 계약서를 보고 나이를 확인해서가 아니다. 피부는 팽팽해도 말투라든가 분위기가 비슷한 연배와는 확실히 다르다.

"인테리어 끝났으니까 일단 둘러보세요. 출입문 비밀번호는 0000, 0이 네 개예요."

"열쇠는 없어요?"

"여긴 3층만 열쇠를 쓰더라고요."

"비밀번호는 저희가 바꿔도 되겠죠? 너무 뻔한 거라."

"다른 사람이 집을 보러 올 수도 있는데요? 바꾸면 저에게도 알려주세요."

"이제 2층은 저희가 관리하려고요. 어쩌면 저희 중 한 명이 여기 들어올지도 몰라서요."

"편할 대로 하세요. 제가 일을 하다 와서… 죄송해요, 둘러보고 가실 때 저 부르세요."

세입자가 눈치껏 빠졌다. 언니는 그녀의 인사를 받자마자 계단을 뛰다시피 내려갔다. 나도 뒤따라 내려가다 문득 뒤를 돌아봤다. 3층 여자가 느릿느릿 집 안으로 들어가고 있었다. 선천적으로 불편한 건지 아니면 다쳤는지 다리를 살짝 절었다. 예전에는 미처 몰랐던 모습이다. 하긴, 그때는 1층 상가를 둘러보느라 그녀에게 신경 쓸 겨를이 없었다.

"소희야, 거기서 뭐 해?"

수아 언니가 나를 찾았다. 냉큼 계단을 내려가 2층 현관문을 열었다. 현관부터 내부가 온통 새하얀색이다. 아무리 화이트가 최신 트렌드라지만, 벽도 하얗고 바닥도 하얘서 이상하다. 꼭 병실을 보는 것 같다. 언니는 코를 쥐고 얼굴을 찌푸렸다.

"아, 냄새… 곰팡이 핀 벽지 다 떼어내고 새로 바른 거 맞아?"

"그랬겠죠. 업자 불러서 하는 건데."

"인테리어한 지 얼마 안 돼서 그런가? 이 냄새, 진짜 독하지 않니?"

"전 괜찮은데요?"

난 비염이 있어 어지간해선 냄새를 못 맡는다. 코가 반쯤 막혀 있는 상태라 이 정도 페인트 냄새는 아무렇지도 않다. 다만 이 더위에 문이란 문을 죄다 닫아놔서 그런지 실내가 눅눅하고 후덥지근하다. 환기를 시키면 좀 나아질까.

"역시 임자가 따로 있나 보다. 난 돈을 줘도 이 냄새 맡고는 여기서 못 살겠는데…. 어머, 방이 제법 크다."

수아 언니가 방문을 열어 확인한 뒤 말했다.

지난번에 왔을 때는 집이 지저분하고 엉망이어서 제대로 확인하지 못했는데, 지금 보니 언니 말대로 방 두 개가 다 넓고 크기도 비슷하다. 3층 방에 있던 긴 서랍장 대신 옷장이 하나 더 있고, 베란다가 없어서 거실이 더 넓다. 냉장고와 세탁기, 에어컨 등 옵션도 갖췄고 거실에는 전신 거울도 있다.

"혼자 쓰긴 아깝다. 너무 넓은데?"

"그러게요, 구조가 잘 빠졌어요. 상가 주택이라 그런가, 빌라와는 구조가 좀 다르네요?"

주방을 둘러보고 있는데 언니의 휴대폰이 울렸다. 발신자를 보고는 언니의 표정이 밝아졌다.

"나이스! 시현이야. 이 자식, 귀신같이 전화하네."

언니가 스피커폰 모드로 전화를 받았다.

〈너 지금 소희랑 같이 있어?〉

시현 오빠의 목소리가 다급하게 튀어나왔다.

"임시현 씨? 왜 이렇게 통화하기 힘드신가요?"

〈잔말 말고 대답이나 해.〉

"같이 홍연동에 집 보러 왔다, 왜?"

〈그럼 소희도 듣고 있겠네. 소희야, 전세 2억 4000은 힘들다.〉

오빠가 단도직입적으로 말했다. 내 소박한 바람이 여지없이 무너졌다.

"야, 너 무슨 말이야?"

〈이 오빠는 최소 8000은 더 받아야겠어.〉

"시세는 폼인 줄 아니? 3억 2000 내고 이 쥐똥만 한 집에 누가 들어와?"

〈소희가 대답해라, 수아 너 말고.〉

"오빠, 저 1억 8000만 원 밖에 없어요."

〈1억 8000만 원? 더 안 돼? 너 돈 있잖아?〉

"얘가 돈이 어딨어?"

〈작은엄마 보험금 아직 안 나왔어?〉

오빠의 말에 등줄기가 서늘했다. 엄마의 보험금을 오빠가 어떻게 알았을까. 난 한 번도 얘기한 적이 없는데.

"오빠가 그걸 어떻게 아시죠?"

〈어? 그야 뻐, 뻔하지. 사고로 돌아가셨으니까. 그것도 짐작 못 하겠냐? 모르는 게 바보지.〉

오빠가 말을 더듬으며 당황했다. 뭔가 찔리는 듯 오히려 큰소리를 쳤다. 수상쩍어 하며 의심이 깊어지려던 찰나였다.

"시끄럽고, 그냥 2억 4000에 전세 계약하자. 너도 돈 급하잖아? 나도 마찬가지고."

수아 언니가 신경질을 부리며 소리쳤다.

〈3억 2000. 그 돈 아니면 난 계약서에 도장 못 찍으니까 그렇

게 알아.〉

"애가 돈이 없다잖아. 그럼 월세로 돌리는 건 어때? 보증금 2억 4000하고 나머진 다달이 받으면?"

〈싫어. 난 분명히 말했다. 3억 2000이야.〉

전화가 툭 끊어졌다. 당장 8000만 원을 어디서 구해야 하나. 엄마가 남긴 통장에 기어이 손을 대야 하는 걸까.

"애가, 애가, 찬물을 끼얹네."

"어떡하죠 언니?"

"뭘 어떡해? 밀어붙이든가 해야지. 변호사에게 물어볼게. 공동 재산이라도 과반수가 동의하면 계약이 가능한지 말이야. 아이씨, 그런데 전화가 돼야 물어보든가 말든가 하지. 쌍!"

수아 언니의 말이 거칠어졌다. 시현 오빠가 반대하니 당장 손에 쥘 수 있는 전세금이 기약 없어졌기 때문일 것이다.

집으로 돌아가기 전, 3층으로 올라가 세입자를 다시 만났다.

"벌써 다 둘러보셨어요?"

"네, 집을 잘 고쳐주셨더라고요. 비번은 안 바꿨어요."

"왜요? 들어와서 바꾸시려고요?"

"마음이 바뀌었어요. 내부에 반대자가 있어서."

수아 언니는 불편한 마음을 숨기지 않았다. 그런 언니를 보며 3층 여자가 씩 웃었다. 그러곤 현관문을 활짝 열었다.

"더운데 들어와서 음료수라도 드시겠어요?"

3층 세입자의 집은 모델하우스를 방불케 했다. 사람 사는 흔적이 느껴지지 않을 만큼 깔끔했고, 실내 공기가 서늘할 정도로 쾌적했다. 소파 옆 사이드 테이블에 피워둔 인센스 스틱 향이 집 안에 은은하게 감돌았다. 이상하게도 2층에서는 아무 냄새도 맡지 못했는데 그 향은 제대로 느껴졌다.

"이 냄새 별로지 않니? 비싼 것 좀 쓰지."

수아 언니가 내 귀에 대고 속삭였다.

우리는 여자가 권하는 대로 소파에 앉았다. 그녀가 다리를 살짝 절며 주방에서 음료를 내왔다. 차가운 식혜였다.

"두 분 중 누가 반대해서 마음을 바꾸신 거예요?"

여자는 말이 빠르고 나긋나긋했다. 컵을 받아 들며 그녀의 손을 봤다. 뾰족한 얼굴만큼이나 손도 갸름했다.

"저희는 아니에요. 마음 같아서야 당장이라도 들어오고 싶죠. 사실 소희 얘가 들어오려고 했거든요."

"혼자 들어오려고요?"

여자가 나를 보며 상냥하게 미소 지었다. 왠지 빨간 입술이 자꾸 신경 쓰였다. 입꼬리도 묘하게 올라가 있는 듯했다.

"들어오세요. 여기 조용하고 살기 좋아요."

"딱 봐도 좋죠. 좋은 거 아는데…."

"제가 돈이 부족해요."

언니의 말을 자르고 내가 솔직히 말했다. 시현 오빠가 반대하는 이상 이 집에 들어올 수 없다는 사실을 밝혀야 한다.

"전세금 때문에 못 들어오는 거예요?"

"다 돈 문제 아니겠어요? 잘 해결되나 했는데… 망했어. 아, 집 오래 비워두면 안 되는데."

"저… 혼자 입주하실 거라면 룸메이트는 어때요? 아니 하우스메이트라고 해야 하나?"

여자가 조심스럽게 말을 꺼냈다. 그 말에 수아 언니의 눈이 빛났다.

"사실, 아까 말씀드리려다 만 건데, 집을 보러 온 사람이 한 명 있었어요. 계약서까지 작성했는데 성사되지는 않았어요."

"다른 집도 동시에 봤나 보죠. 종종 있는 일이잖아요."

"통장에서 돈이 갑작스럽게 빠져나갔대요. 계약 못 한 걸 굉장히 아쉬워하더라고요. 이 집을 참 마음에 들어 했는데."

"그 사람이 동거인을 구해달래요?"

"제가 제안해 보려고요. 같이 살 사람이 있으면 좋겠다는 얘기를 얼핏 흘렸거든요. 혹시 모르잖아요. 괜찮으시다면 제가 얘기해볼까 싶은데…."

"얘가 마음에 안 든다고 나중에 딴소리하는 거 아닌가?"

"언니, 저 여기 들어오는 거 아직 결정 안 했어요."

내가 대화에 끼어들며 발끈했다. 집을 빨리 구해야 하는 건 맞지만 낯선 타인과 집을 공유한다는 건 생각해본 적도 없다. 그런데 수아 언니는 내가 들어가는 걸 기정사실로 여긴다.

"그 사람, 출장이 잦아서 집을 자주 비운대요. 그래서 마주칠 일이 거의 없을 거라고 하던데. 혼자 사는 거나 마찬가지일 거예요. 그래도 마음에 안 드세요?"

"조건 괜찮네."

수아 언니가 내 어깨를 툭 쳤다. 자신은 마음에 드니까 빨리 결정을 내리라는 독촉이다.

"그 사람은 왜 굳이 여길 들어오고 싶어 하죠? 저 같으면 차라리 원룸을 구하겠는데?"

"예전에 이 근처에서 살았대요. 그래서 동네가 익숙하고 좋은 거겠죠. 회사도 가까워서 이 부근만 알아봤나 봐요. 원룸은 좀 답답하잖아요. 기왕이면 널찍하게 사는 게 낫죠."

"돈도 절약하고 잘됐네. 그렇게 해라."

그래도 망설여졌다. 아무리 사정이 급해도 모르는 사람과 같이 살 자신이 없다.

"잘 생각해봐. 전 재산을 전세금에 올인하는 건 바보짓이야. 통장에 일부라도 남겨둬야 든든하지 않겠어?"

"언니분 말씀이 맞아요. 혹시 사람을 못 믿어서 그래요?"

"아, 아니, 그게 아니라…."

"아! 그때 작성한 계약서 버리지 않고 보관해 뒀어요. 보여드릴게요."

여자가 계약서를 가지러 방으로 들어갔다.

"일이 잘되려면 이렇다니까."

수아 언니가 내 귀에 대고 소곤거렸다.

"저보고 생판 남이랑 살라고요?"

"지금까지 그래왔잖아. 네 친구는 남 아니니?"

"언니!"

"신원만 확실하면 되지, 뭐가 문제야?"

잠시 후, 여자가 얇은 파일을 들고 방에서 나왔다. 우리는 입을 다물고 그녀가 건네준 파일을 펼쳐보았다. 그 안에는 이미 작성된 전세 계약서와 주민등록증 사본이 있었다. 정지수. 어쩌면 내 하우스메이트가 될지도 모를 사람의 이름이었다. 나이는 나보다 한 살 많았다.

"싫다고 하시면 어쩔 수 없지만, 제가 보기엔 사람이 참 바르고 괜찮았어요."

"사진만 봐도 모범생이네. 너랑 취향이 비슷하겠다."

수아 언니가 동거인을 들이는 쪽으로 분위기를 몰아갔다. 하지만 썩 내키지 않았다.

"여기서 결정할 일은 아닌 것 같아요. 시현 오빠와 현선 언니에게도 물어봐야죠. 공동 소유인데…."

"걔들을 뭘 신경 써? 전세금만 나눠주면 되는 거지."

"그래도 언니, 의견을 확실히 모은 다음에 결정해요."

"그러는 게 좋겠네요. 저도 정지수 씨의 의견을 알아봐야 하니까요. 두 분 의견이 모아지면 그때 연락 주세요."

불편한 내 마음을 눈치챘는지 여자가 한발 물러섰다.

"야, 뭘 이런 걸 질질 끌어? 고향도 너랑 같던데."

고향이 같다는 말에 서류를 다시 들여다봤다. 신분증의 주소가 안동으로 되어 있었다. 왜 아까는 이걸 못 봤지? 우연치고는 절묘했다.

"운명 같지 않니? 혹시 알아, 이 사람이 네 베프가 될지?"

갑자기 혜리 생각이 났다. 그 애는 잘 있을까. 내가 이렇게 빨리 이사하는 걸 알면 섭섭해하지 않을까. 새로운 동거인을 들이면 혜리가 서운해할지도 모르는데.

마음이 갈팡질팡한다. 홍연동으로 이사하고 싶지만 낯선 이를 들이긴 싫고, 그렇다고 망원동 빌라에 남기엔 돈이 부족하다. 혜리가 본가로 내려간 이후 혼자 쓸쓸할 때가 많았다. 하우스메이트가 생기면 좀 덜할까. 하지만 모르는 사람과 같이 산다는 게 여전히 마음에 걸린다.

끝내 결정을 내리지 못한 채로 홍연동 집에서 나왔다. 돌아오는 길에도 수아 언니의 회유에 시달렸다.

"그 사람, 난 마음에 들던데?"

"사람은 직접 만나봐야 알죠."

"출장을 자주 다닌다잖아. 그러면 집을 거의 비울 거 아냐? 그 넓은 집을 반값에 네가 다 쓰는 거야. 얼마나 좋아?"

"생각해보고 결정할게요. 내일 현선 언니도 만나보고요."

수아 언니는 나를 집 앞에 내려줬다. 함께 밥이라도 먹자고 했지만 피곤하다며 그냥 가버렸다. 어차피 내일 또 볼 거라 언니를 붙잡진 않았다.

힘없이 계단을 올라갔다. 현관문을 여니 딸랑— 풍경 소리가 경쾌했다. 혜리가 없는 집에서 나를 맞아주는 건 언제나 풍경 소리뿐이다. 식욕이 없어 컵라면으로 끼니를 때웠다. 그리고 혼자 있기가 무료해 맥주를 마시며 외로움을 달랬다.

아침에 거실로 나가보니 밤에 마신 맥주캔들이 테이블에 어지럽게 널려 있었다. 청소할 의욕이 나지 않아 멍하니 앉아 있는데 휴대폰이 울렸다. 수아 언니였다. 곧 만날 텐데 왜 아침부터 전화일까?
〈소희야, 오늘 약속 잊지 않았지?〉
"현선 언니 만나러 가는 거, 10시잖아요."
〈내가 급한 일이 생겼어. 현선이 병원, 일산인 거 알지?〉
"저 혼자 가야 해요?"
〈애는, 설마 너 혼자 거기 보내겠니? 나도 갈 거야. 그런데 만나서 가기엔 시간이 빠듯해.〉
"병원 앞에서 보자는 말씀이시죠?"
〈응. 근데 내가 늦을지도 몰라. 먼저 가서 면회 절차 밟아놔. 알았지?〉
"절차라니요? 어떻게…?"
〈가면 담당자가 설명해줄 거야. 그럼 이따 보자.〉
시계를 보니 아직 8시. 밥 먹고 청소하고 씻으면 알맞을 시간이었다. 아침을 준비하려고 냉장고를 열었다. 안이 텅 비어서 맥주 말고는 먹을 게 없었다. 혜리가 본가에 들어간 후로 냉장고를 제대로 채워본 적이 없다. 할 수 없이 대충 치우고 씻은 다음 밖으로 나갔다. 근처 식당에 들어가 콩나물국밥을 주문했지만 국물만 조금 떠먹고 말았다.

아침부터 공기가 후덥지근했다. 그나마 다행인 건, 일산 가는 버스가 식당 바로 앞에 서는 거랄까. 버스를 타고 40분 정도 달려 병원에 도착했다. 외진 곳에 있을 줄 알았는데, 의외로 사거리 번화가 근처였다.

"임현선 환자 면회 왔어요."

1층 안내데스크에 방문 목적을 알렸다.

"예약하셨어요?"

"아뇨."

"면회 가능한지 확인하고 오셨죠? 신분증 주세요."

주민등록증을 꺼내 직원에게 건넸다. 컴퓨터와 대조하던 그녀가 인상을 살짝 찌푸렸다. 뭐가 잘못된 걸까. 눈치를 보고 있는데 직원이 주민등록증을 도로 내밀었다.

"가족이 아니시네요?"

"사촌이에요."

"지인은 면회 불가입니다."

"어제 전화로 확인했는데요?"

"그럴 리가요. 예약하신 분과 성함이 다르네요."

"예약한 사람이 조금 늦는대요. 제 이름으로는 면회 신청이 안 되나요?"

"안 됩니다. 예약하신 분 올 때까지 기다리세요."

귀찮은 듯한 말투였다. 나와 얘기하는 내내 직원은 눈 한번 마주치지 않았다.

어쩔 수 없이 병원 로비에서 서성이며 수아 언니를 기다렸다. 로비에는 앉아서 기다릴 만한 의자조차 없었다. 언니는 약속한 시간을 훌쩍 넘겨서야 모습을 드러냈다.

"확인했어? 이제 들어가면 되나?"

"가족이 아니라고 면회 거절당했어요."

언니에게 일러바치듯 얘기했다. 직계 가족이 아니라 언니도 면회가 안 될 거라고 했다. 그러나 내 추측은 빗나갔다. 그 뻣뻣하던 직원이 언니에게 너무도 쉽게 면회를 허락했다.

"아까는 가족 아니면 안 된다고 했는데?"

"내가 현선이 입원할 때 따라왔잖니. 그때 가족으로 등록했거든. 넌 내 덕에 면회하는 줄이나 알아."

"생각보다 면회 절차가 까다롭네요."

"이것도 사립이니 가능하지, 국립이나 시립이면 꿈도 못 꿔."

우리는 엘리베이터를 타고 3층으로 올라갔다. 문이 열리자 정면에 유리로 막힌 데스크가 보이고, 좌우에 문이 있었다. 수아 언니가 벨을 누르자 간호사가 나타났다. 그녀는 유리 아래 달린 문을 열고 사무적으로 말했다.

"신분증과 면회증이요."

언니가 그것을 건네자 귀에 거슬리는 삐 소리와 함께 오른쪽 문이 열렸다. 안으로 들어가니 좁은 복도 끝 정면에 문이 보였다.

"맨 끝방으로 들어가세요. 정면에 보이는 문 말고요."

면회실 안에는 테이블 하나, 의자 네 개가 전부였다. 그 외에는 아무것도 없어서 영화에서 본 경찰서 취조실이 떠올랐다. 면회실 한쪽 벽의 윗부분이 밖을 내다볼 수 있는 투명한 유리로 되어 있었다.

잠시 후, 면회실 문이 열렸다. 그리고 건장한 간호사와 함께 현선 언니가 모습을 드러냈다.

"임현선, 잘 지냈어?"

수아 언니가 두 팔을 벌려 현선 언니에게 다가갔다. 피부가 푸석푸석해도 예전처럼 살이 통통히 오른 모습이었다. 그런 언니가 반가웠다. 하지만 현선 언니는 다가가는 수아 언니를 옆으로 밀쳐냈다.

"여긴 왜 왔어? 무슨 좋은 모습 보겠다고."

현선 언니가 퉁명스럽게 대꾸했다. 표정도 싸늘했다.

"언니에게 말하는 꼬라지가 그게 뭐야?"

"언니는 개뿔. 너와 나, 동갑이야. 잊었어?"

"뭐, 어쨌거나⋯ 얼굴은 좋아 보인다. 병원에서 잘해주나 봐?"

"규칙적으로 약 먹이고 주사 놓는데, 좋아져야지 그럼. 그나저나 웬일이야? 여긴 왜 왔어?"

간호사가 면회실을 나가자 수아 언니가 가방에서 종이 한 장을 꺼냈다. 종이에 '위임장'이라고 쓰여 있었다.

"홍연동 건물 2층, 계약하려고. 네 동의가 필요해."

"얼마에?"

"시현이가 3억 2000에 계약하래."

"그 집에 그 돈이 가능해?"

"내 말이. 그래서 소희가 우리를 위해서 희생하기로 했어."

수아 언니의 말에 어이가 없었다. 내가 아직 결정하지도 않았는데 무슨 생각으로 이런 말을 하는 걸까.

"희생? 진짜?"

현선 언니의 시선이 나에게 꽂혔다. 한쪽 입꼬리가 씩 올라갔다. 그 바람에 눈이 살짝 가늘어졌는데, 그 표정이 죽은 종현 오빠와 비슷했다.

"소희 너, 그래도 되겠니?"

"아직 결정한 건 아니에요."

"들어가기로 한 거나 마찬가지지 뭐."

"그 돈이 있어? 소희 부자네?"

"동거인을 들이려고. 딱 제격인 사람이 있거든."

현선 언니가 위임장을 집어 들었다. 그러곤 꼼꼼하게 읽더니 한 손으로 종이를 잡고 천천히 흔들었다. 종이가 팔랑거렸다. 언니의 시선이 종이에 고정돼 있었다. 마치 의식이라도 하듯 괴이한 모습이었다.

"현선이 너도 찬성이지?"

"그래도 돼?"

현선 언니가 나를 보며 물었다. 번뜩이는 눈빛에서 광기가 느껴졌다.

"제가 들어가든, 다른 사람에게 세를 주든, 어차피 계약은 해야 하잖아요?"

"동의한 거네?"

"인감은 시현이가 갖고 있지?"

"동의했어. 제 발로 걸어 들어가겠다니."

현선 언니가 갑자기 웃음을 터뜨렸다. 빠르게 손뼉까지 치면서. 그 모습이 요사스러워 소름이 끼쳤다. 상태가 좋아 보이지 않았다. 입원하고 조금 호전된 줄 알았는데 여전히 이상한 소리, 괴상한 행동을 했다.

"야! 정신 차려. 왜 또 횡설수설이야?"

"아니, 웃기잖아. 얘가 그럴 그릇이 돼?"

난 홍연동 집에 들어갈 자격이 없다는 얘기인가. 비웃듯이 깔깔거리는 언니 때문에 불안하고 기분이 나빴다. 혹시나 발작을 일으키진 않을까 걱정도 됐다.

"잔말 말고 동의나 해."

수아 언니가 가방에서 무언가를 꺼내려고 했다.

"언니, 잠시만요! 그거, 펜 꺼내면 안 돼요."

깜짝 놀라서 언니를 말렸다. 정신병동에서 뾰족한 물건은 위험하다.

"넌 내가 바보로 보이니?"

언니는 어이없는 표정으로 가방에서 휴대폰을 꺼냈다.

"자, 카메라 보고 말해. 위임장 내용 다 확인했고, 시현이가 대신 도장 찍는 거에 동의한다고. 어서."

"홍연동 2층 전세에 대해서만이야."

제정신을 되찾은 듯 현선 언니가 침착하게 말했다.

"오케이! 녹음되고 있어."

수아 언니는 그 틈을 놓치지 않고 전세 계약 위임에 동의한다는 것을 영상으로 촬영했다.

"이걸로 끝인가?"

"그럼 끝이지. 넌 돈 받을 생각이나 해. 그리고 빨리 좋아져서 퇴원해야지."

"동거인을 들일 거라고?"

현선 언니가 나에게 물었다.

"확정된 건 아니에요."

"확정이나 다름없어."

수아 언니가 끼어들어 단정적으로 말했다.

"언니!"

"얘는, 그만한 집이 어딨다고."

"좋은 집이지. 고모의 유산이니까, 우리 중 한 명이 그 집에 들어가 사는 게 맞지."

"내 말이 그거야. 시현이에게도 빨리 연락해야겠다."

수아 언니는 기분이 좋아 보였다. 약에 취한 듯 몽롱하지만 현선 언니도 면회실에 처음 들어섰을 때처럼 날 선 모습은 아니었다. 다행이다. 상태가 괜찮아 보여서 다행이었다. 그런데 현선 언니가 위임장에 동의한 후부터 이상하게 기분이 찜찜했다.

"나 언제 여기서 빼내줄 거야?"

"그걸 내가 결정하니? 의사가 결정하는 거지."

"여기 싫어."

"여기가 안전해. 당분간 있어. 시현이랑 상의해볼게."

"가끔 면회 올게요."

수아 언니가 일어나려는 눈치를 보여 인사치레로 말했다. 그런데 현선 언니가 눈을 가늘게 뜨고 내 말에 반응을 보였다.

"네가, 올 수 있을까?"

쉰 듯한 낮은 목소리. 시현 오빠 가게에서 들었던 그 목소리였다. 현선 언니는 알 수 없는 눈빛으로 우리를 노려보면서 다리를 심하게 떨었다. 타닥, 타닥. 언니의 실내화 뒤축이 면회실 바닥을 울렸다.

"얘 왜 또 이래?"

수아 언니가 정색하며 말했다.

"너도 나처럼 갇히게 될 거야. 나만 이러겠니?"

"임현선, 이 기집애가! 소희야, 벨 눌러. 빨리 간호사 부르고 우린 가자."

호출 벨을 누르면서도 현선 언니에게서 시선을 떼지 않았다.

언니가 날 쏘아보면서 웃었다.

삐— 귀에 거슬리는 소리가 들리고 문이 열렸다. 건장한 간호사가 들어와 현선 언니를 일으켜 세웠다.

"기다리고 있을게. 잘해봐."

간호사에게 이끌려 나가면서도 현선 언니는 웃음을 거두지 않았다. 나를 쏘아보며 웃는 모습에 소름이 돋았다.

"미친년. 약 먹을 시간이 지났나? 소희야, 괜찮아?"

난 고개를 끄덕였다. 하지만 괜찮지 않았다.

"저러니까 입원시킨 거야. 하도 헛소리를 해대니까. 꼭 신경 건드리는 얘기만 한다니까."

"저한테 저주하는 것 같아요."

"지난번에 했던 말 기억 안 나? 나보고는 도망갈 곳이 뻔하다고 했어. 현선이 말 신경 쓰지 마. 그러다 우리까지 미쳐."

씁쓸한 기분으로 병원을 나왔다. 면회실에 머문 시간이 20분도 안 되는데 온몸에서 기가 빠져나간 느낌이었다.

15

우리는 병원 근처 백반집으로 들어갔다. 수아 언니는 밥 먹는 내내 쉬지 않고 떠들었지만 내 귀에는 아무것도 들어오지 않았다. 현선 언니가 내뱉은 저주 같은 말들이 귓가에 자꾸 맴돌았다. 미친 사람의 말로 치부하기에는 언니가 쏟아낸 얘기들이 너무 불길했다.
"너 아직도 현선이 얘기 신경 쓰니?"
"자꾸 떠올라요."
"걔 미쳤다니까? 미친년 얘기를 왜 귀담아들어? 넌 집 뺄 생각이나 해. 아직도 마음을 못 정했어?"
"모르는 사람과 산다는 게 내키지 않아요."
"셰어하우스 들어간다고 생각해. 요즘은 일부러 셰어하우스

찾는 애들도 많다잖아. 그만큼 장점이 많다는 소리 아니겠어?"

"단점도 많겠죠."

"아니지. 긍정적으로 생각을 해봐. 일단 돈 굳지, 친구가 있어서 외롭지 않지, 얼마나 좋아? 도움을 받는 일도 많을걸?"

그럴까? 수아 언니 말처럼 긍정적인 면만 봐야 할까? 머릿속이 복잡하다. 어떻게 해야 할지 갈피를 잡을 수가 없다.

"순간의 선택이 평생을 좌우한다는 말, 알지? 너 이번이 골든타임일지 몰라. 그만한 집, 그 돈으로 구하기 힘들다. 놓치면 없어. 잘 생각해봐."

언니는 나를 집 앞에 내려주는 순간까지 집요하게 설득했다.

집에 올라가서 집주인에게 바로 전화를 걸었다. 나쁜 소식일수록 빨리 얘기하는 게 낫다. 전세금을 못 올려준다는 사실을 자백해야지.

〈아, 소희 학생? 웬일이죠?〉

"지난번에 말씀하신 전세금이요, 2000만 원 올리는 거 힘들 것 같아요. 번복해서 죄송합니다."

〈다음 달까지 준비하기가 어려워요?〉

"그것도 그렇고, 같이 사는 친구가 본가에 들어갔어요. 전세금을 혼자 부담하기 벅차서요."

〈그럼 룸메이트를 새로 구할 건가요? 시간이 더 필요해요?〉

망원동 집에 새로운 동거인이라… 나쁜 생각은 아니다. 하지만 연락하고 지내는 친구는 있어도 같이 살고 싶은 사람은 없다. 룸메이트를 구하려면 시간을 두고 찬찬히 알아봐야 하는데, 난 시간도 돈도 없다. 그렇다면 답은 하나다. 어차피 낯선 사람과 함께 살 거라면 차라리 홍연동 집에 들어가는 게 낫다.

"아뇨. 집을 빼겠습니다."

〈알겠어요. 그럼 언제쯤 나가는 걸로 생각하면 되죠?〉

"전 아무 때나 상관없습니다."

〈빠를수록 좋겠네요. 세입자 구해지면 다시 연락하죠.〉

전화를 끊고 나니 마음이 뒤숭숭하다. 진짜로 이사를 하게 되는 건가. 입 밖으로 꺼낸 이상 번복할 수는 없다. 집주인과 통화한 덕분에 의외로 쉽게 이사를 결정한 것 같다. 어차피 내가 가진 돈으로 이 근처에서 갈 수 있는 곳은 반지하나 원룸, 아니면 셰어하우스뿐이다. 상대의 신원만 확실하다면 하우스메이트도 나쁘진 않겠지. 현선 언니가 했던 얘기는 잊어버리자.

난 현실을 받아들였다. 그리고 수아 언니에게 바로 알렸다. 언니는 당연히 뛸 듯이 기뻐했다.

〈그래 얘, 잘 결정했어. 요즘 같은 세상에 혼자 사는 것도 안 좋아. 사람은 원래 더불어 살아야 하는 거야. 그래서 이사는 언제쯤 할래?〉

"지금 사는 집 세입자가 구해지면 바로요."

〈거기 위치가 좋아서 금방 구해질 거야. 나도 빨리 3층 여자랑 연락해 봐야지. 정지수라는 사람 잡아야 하지 않겠어? 그리고 네가 나중에 건물 관리를 맡으면 되잖아.〉

언니의 바람은 야무지다. 그러나 고모가 건물 관리를 조건으로 3층 세입자와 계약했으니 언니 생각대로 될지는 모르겠다.

이사를 결정한 김에 집 정리를 시작했다. 내 짐도 많지만 혜리가 두고 간 물건이 꽤 된다. 아직 혜리 방을 정리한 것도 아닌데, 여기저기 남아 있는 흔적을 보니 우울해진다. 혜리는 잘 있을까? 본가에 들어갔으니 건강은 좋아졌겠지? 혜리와 통화하고 싶어 휴대폰을 들고 망설였다. 혜리의 허락 없이 내 마음대로 물건들을 처분하고 싶지는 않다.

그때, 휴대폰 벨이 울렸다.

〈지금 뭐 해?〉

반가운 도진이 목소리다. 가라앉았던 기분이 조금 나아지는 것 같다.

"이삿짐 정리해."

〈그렇게 빨리? 이사할 집을 벌써 정한 거야? 아니면 집주인이 어서 나가래?〉

"홍연동으로 들어가려고. 언니 오빠 허락 다 받았어."

〈의외로 너 결단력 있다? 어쨌든 잘됐네. 고민 많이 했잖아. 그 집에는 혼자 들어가는 거지?〉

"아니, 아직 확정된 건 아니고 하우스메이트로 생각하는 사람이 있어."

〈누구? 사촌 언니는 아니지?〉

"나도 잘 모르는 사람이야. 회사가 신촌 쪽에 있고 출장을 자주 다닌대."

〈여자야?〉

"그럼 여자지."

〈모르는 사람인데 괜찮겠어?〉

"신원이 확실하니까 뭐, 괜찮겠지."

나는 아무렇지 않은 듯 대답했다. 그것은 도진이가 아닌 나 자신에게 하는 말이었다. 낯선 이와 동거하는 데 대한 불안감을 그렇게 달래며 스스로를 납득시켰다.

〈혜리 짐은 어떡할 건데?〉

"모르겠어. 나더러 알아서 하라는데 그럴 수가 있어야지."

〈정리해서 갖다주는 건 어때?〉

"연락이 돼야 말이지. 혜리가 내 전화를 안 받아. 어머니 번호는 바뀌었고."

〈직접 가봐. 너 혜리네 집 알잖아?〉

아, 그런 방법이 있었다. 여주 집으로 찾아가면 혜리를 만날 수 있을 것이다. 해결책을 찾아 기쁜 동시에 주저되기도 한다. 차마 혼자 갈 용기가 없다. 많은 짐을 옮길 수단도 마땅치 않다. 그리고 무슨 낯으로 혜리 어머니를 봐야 할지 모르겠다.

〈같이 가줄까?〉

"너 공부해야 하잖아. 시험 얼마 안 남았어."

〈어떻게 사람이 책상 앞에만 앉아 있냐? 시간 낼게. 혜리는 내 친구이기도 하잖아.〉

도진이의 말에 용기를 얻었다. 전화를 끊고 당장 마트에 가서 박스를 구해 왔다. 그리고 혜리의 물건들을 박스에 차곡차곡 담았다. 그 애가 즐겨 입던 옷, 갖가지 화장품, 아껴 쓰던 향수와 액세서리, 수많은 인형…. 하나하나 추억이 담긴 물건들이다. 같이 살 때는 몰랐는데 혜리와 함께하는 동안 많이 웃고 행복했다는 걸 뒤늦게 깨닫는다.

"이게 다야?"
거실 한켠에 쌓아둔 박스를 보고도 도진이가 물었다. 이삿짐 박스만큼 큰 상자 네 개. 추리고 추린 혜리의 짐이다.
"차에 다 실릴까?"
"뒷좌석에도 실으면 되지. 생각보다 안 무겁네."
도진이가 고맙게도 아버지 차를 가져왔다. 우리는 트렁크와 뒷좌석에 짐을 실었다. 어쩌면 이것이 혜리와의 마지막이 될지도 모른다는 생각이 들어 가슴이 아팠다.
"남은 짐이 아직도 많아?"
"서랍장도 있고 옷걸이도 있고 조명도 있고… 산더미지."
"그것들은 어떡할 거야?"
"팔아야지. 안 팔리면 버리고."
"아직도 할 일이 많네."
"그리고 이거."
난 도진이에게 상자를 내밀었다. 수아 언니 공방에서 산 지갑이 든 상자였다.

"취업 선물이야. 미리 샀어."

"아, 고마워. 이번에 꼭 합격해야겠네."

도진이가 쑥스럽게 웃으며 상자를 열었다. 그리고 지갑을 꺼내서 만져본 다음 차에 시동을 걸었다.

"일단 여주시청 쪽으로 가면 되지?"

망원동에서 여주시청까지는 두 시간이면 충분했다. 혜리의 집은 시청에서 가까웠고, 집 바로 아래층이 부모님이 운영하시는 사진관이었다. 그러나 워낙 오래전에 다녀와서 사진관 이름이 가물가물했다. 난 기억을 더듬어 혜리의 집을 찾았다. 시장을 끼고 몇 블록을 지나니 눈에 익은 거리가 나타났다. 그리고 마침내 사진관이 보였다.

"여기가 확실해?"

도진이가 차를 멈추며 물었다.

"응, 이제 기억나. 저기가 혜리 집이야."

"전화해볼래? 안 받으면 사진관으로 직접 가보자."

통화 버튼을 누르려니 심장이 두근거렸다. 남 몰래 좋아하는 사람을 대면하기 직전의 느낌이랄까. 혜리가 너무 보고 싶은데 연락하기가 두려웠다.

"왜, 긴장돼?"

"전화를 안 받을 거 같아. 받아도 어머니시면… 뭐라고 해?"

"내가 전화해볼게."

주저하는 나를 대신해 도진이가 전화를 걸었다. 신호음이 몇 번 울린 후 연결이 되지 않는다는 멘트가 나왔다.

"내 번호도 수신 거부를 해놨나 본데?"

"우리가 자꾸 귀찮게 전화해서 그런가 봐. 얼마 전까지만 해도 안 그랬는데."

"사정이 있겠지. 그럼 가볼까?"

도진이가 먼저 차에서 내렸다. 그리고 성큼성큼 사진관 앞으로 걸어가더니 빨리 오라고 손짓했다. 난 심호흡을 했다. 혼자서는 자신 없지만 도진이가 있으니 용기를 냈다.

딸랑— 사진관 출입문을 열자 묵직한 종소리가 났다.

〈잠깐만 기다리세요.〉

안쪽에서 중년 여자의 목소리가 들렸다.

나는 초조해서 의자에 앉지 못하고 사진관 안을 두리번거렸다. 가족사진, 졸업사진, 돌사진… 모두가 행복한 얼굴이었다.

"많이 기다리셨…."

안에서 나오던 혜리 어머니가 우리를 보고 멈칫했다.

"안녕하세요, 어머니. 저 혜리 친구 도진이라고 합니다."

도진이가 다가서며 꾸벅 인사했다. 하지만 어머니는 나만 뚫어지게 볼 뿐이었다.

"이번에 소희가 이사하게 돼서 혜리 짐을 갖고 왔어요. 연락이 안 돼 직접 왔습니다."

"잘, 지냈니?"

어머니가 가까스로 입을 열었다. 입가에 희미하게 미소를 띠었지만 반가운 표정은 아니었다.

"네, 혜리도 잘 있죠? 건강한가요?"

그녀는 대답하는 대신 벽시계를 봤다. 그리고 잠시 생각하더니 다시 입을 열었다.

"멀리 왔는데 차라도 한잔할까?"

"저희는 괜찮습니다."

"근처에 좋은 찻집이 있어요. 거기로 가죠."

어머니가 안쪽에 딸린 방으로 들어가 가방을 들고 나왔다. 그리고 앞장서 밖으로 나갔다. 우리는 말없이 뒤따라 걸었다.

그곳은 사진관에서 제법 떨어진 전통찻집이었다. 외진 곳이라 손님도 없고 조용했다. 나는 잔뜩 긴장해서 어머니 맞은편에 앉았다.

"그동안 전화 못 받아서 미안하다, 소희야. 잘 지냈니?"

"혜리는 어때요? 많이 좋아졌나요?"

"비슷해. 그래도 조금씩 회복해가는 중이야."

"죄송해요, 어머니."

"네가 죄송할 게 뭐 있어."

"더 나빠지기 전에 연락드렸어야 하는데…."

"네 덕분에 그나마 저 정도라고 생각해. 우리가 고맙지. 그러고 보니 고맙다는 말도 미처 못 했네."

"죄송해요. 제가 혜리를 잘 챙기지 못해서…."

"아니래도, 소희야. 너무 걱정하지 마. 우리 혜리, 시간이 지나면 꼭 나을 거니까."

어머니는 자신 있게 말했다. 하지만 난 안다. 꼭 나을 거라는 말은 내가 아닌 어머니 자신에게 하는 말이다. 그렇게 믿고 싶은 거다.

"혜리를 볼 수 있을까요?"

"여기까지 왔는데 미안하구나. 혜리가 당분간은 사람을 만나지 않을 거야."

"저희가 혜리의 짐을 가져왔습니다."

도진이가 단도직입적으로 여기 온 목적을 얘기했다. 그러자 어머니의 얼굴색이 변했다. 난처한 표정이었다.

"내가 말하지 않았던가? 처리해 달라고 부탁한 것 같은데?"

"하지만…."

"다 버려. 팔아도 되고."

"혜리가 아끼는 물건이 많은데요? 한 번도 안 쓴 새 화장품도 있어요."

"이제는 필요 없어. 알아서 정리해줘. 그리고 이거."

어머니가 가방에서 포장지에 싼 뭔가를 꺼내 나에게 내밀었다. 무심결에 받아 포장지를 풀었다. 카드 지갑이었다. 수아 언니가 나에게 선물했던, 그리고 혜리가 졸라서 가져간 겨자색 카드 지갑.

"가져가. 원래 네 것이라며?"

"제가 주긴 했는데… 이제 혜리 거예요."
"아니, 네 것이야."
어머니는 단호했다. 나와 혜리의 인연을 완전히 끊어버리려는 것처럼.
"사진관을 오래 비울 수 없어서, 먼저 일어설게. 여기까지 와 줘서 고맙다."
어머니가 일어섰다. 우리도 엉거주춤 따라 일어났다. 이걸로 혜리와 끝이구나. 진짜 끝이야. 어머니가 오늘은 상냥하게 맞아주셨지만 다음에 또 찾아오면 화를 내시겠지.
찻집을 나가려던 어머니가 갑자기 뒤돌아봤다. 나에게 뭔가 할 말이 남은 듯했다.
"너 참… 아니다."
어머니가 목구멍까지 올라온 말을 삼켰다.
"소희야, 몸조심해라. 도진이 친구도 조심해서 올라가요."
그렇게 당부한 뒤 어머니는 찻집을 나갔다. 몸조심해라, 그 말이 귓가에 맴돌았다. 우리는 유리창 너머로 멀어지는 어머니의 뒷모습을 지켜봤다.
"여기까지 왔는데 참 냉정하시네. 짐은 받아주시지."
"화를 안 내신 게 어디야. 아, 이제 어머니 반찬은 못 얻어먹겠네. 맛있었는데…."
눈가에 따뜻한 물기가 느껴졌다. 참고 참았던 눈물이 터져 나왔다.

"내가 좋아한다며 코다리찜도 만들어 주시고 그랬는데…."

큰 기대를 하고 온 건 아니지만 짐작했던 상황을 실제로 마주하고 나니 허탈했다. 혜리와 진짜 끝인가 싶어서 눈물이 멈추지 않았다.

도진이가 내 어깨를 감싸 안았다.

"괜찮아, 내가 있잖아."

큰 소리로 울고 싶었다. 도진이로는 채워지지 않는 마음 한구석이 텅텅 소리를 내며 울렸다.

"혜리 다시 만날 수 있을 거야. 건강해지고 있다잖아. 우리 그렇게 생각하자."

그가 어깨를 토닥일 때마다 더 많은 눈물이 흘러내렸다.

찻집에서 나온 우리는 곧장 서울로 출발했다. 오후에 집을 보러 오겠다고 부동산에서 연락이 왔기 때문이다.

도진이가 차에서 혜리의 짐을 꺼내 다시 현관으로 옮겼다. 내릴 때보다 올릴 때가 더 힘들었다. 커다란 박스 네 개를 쌓으니 현관의 반을 차지했다.

"이대로 둬도 괜찮겠어?"

"어차피 처분할 건데 뭐. 내가 쓸 것도 아니고."

"그래도 걸리적거리겠다."

"곧 이사할 거라 조금 참으면 돼. 커피 마시고 갈래?"

"집 보러 온다며? 부동산에서 올 때까지 좀 쉬어."

도진이를 보내고 비좁은 현관을 지나 집 안으로 들어갔다. 복도에 박스들이 접힌 채로 쌓여 있고, 정리하다 만 거실도 너저분했다. 혜리의 방도 잔뜩 어질러져 있었다. 버리지도, 팔지도 못할 짐들을 언제 다 정리할지 막막했다.

맥이 빠져서 맥주캔을 들고 테이블 앞에 앉았다. 주머니에서 혜리 어머니가 주신 지갑을 꺼냈다. 'S.H.L.'. 혜리가 이름 철자까지 바꿔가며 갖고 싶다고 졸랐던 지갑. 돌고 돌아 다시 내 손에 들어왔다. 내가 쓰고 있는 지갑도 꺼냈다. 이니셜만 없을 뿐 혜리의 것과 똑같다. 난 두 개의 지갑을 멍하니 바라보았다. 곧 사람들이 집을 보러 올 텐데, 청소할 마음이 나지 않았다.

맥주캔을 두 개째 비울 즈음, 홍연동 3층 여자에게서 전화가 왔다.

〈저 3층이에요.〉

묘하게 빠른 말투로 여자가 자신을 밝혔다.

〈어떻게 결정했어요? 2층에 들어오기로 했나요?〉

"그래야 할 것 같아요."

〈잘됐네. 소희 씨 들어오면 지수 씨도 당장 오고 싶대요. 그럼 이대로 확정해도 되겠죠?〉

"계약 전에 정지수 씨를 한번 만나야 하지 않을까요?"

〈글쎄요, 내 생각엔 그냥 진행해도 될 것 같은데… 지수 씨 지금 해외에 있대요.〉

"언제 들어온대요? 일정은 들으셨어요?"

〈그것까진 안 물어봤죠. 결정되면 친구가 짐을 옮겨준다고만 들었어요.〉

"친구가 대신요?"

〈엄청 바쁜가 봐요. 지금 2층이 비어 있잖아요? 짐을 조금씩 옮겨놓겠대요. 그게 이사 비용도 적게 들고 그러니까. 아, 소희 씨도 짐 옮겨야죠? 언제 올래요?〉

"아직 계약 전인데요?"

〈집주인인데 뭐 어때요? 들어오고 싶을 때 들어와야죠.〉

맞다. 내게도 홍연동 집 지분이 있다. 이삿짐을 언제 옮기든 뭐라 할 사람이 없다. 4분의 1은 내 몫이니까. 덕분에 이사는 어렵지 않을 것 같다.

〈서류는 이미 받아놨으니까 편할 때 와요.〉

3층 여자는 친절하게 계약 절차를 설명하고 전화를 끊었다.

이사하기로 결정을 내리니 일이 일사천리로 진행됐다. 곧이어 부동산에서 손님을 데리고 집을 보러 왔다. 결혼을 앞둔 남녀였는데 집을 상당히 마음에 들어 했다. 무엇보다 그들이 생각하는 일정보다 내가 짐을 빨리 뺄 거라는 얘기에 마음을 굳힌 듯 보였다.

사람들을 보내고 본격적으로 짐 정리를 시작했다. 박스를 접어 가져갈 물건들을 담았다. 겨울옷만으로도 박스 두 개가 꽉 찼다. 오랜만에 몸을 썼더니 금세 허기가 졌다. 라면을 끓여 먹으며 습관적으로 메일을 확인했다. 혹시나 회사에서 일이 들어

왔을까 해서.

요즘 들어 회사에선 연락이 뜸하다. 아직 직장도 못 구했는데 일이 완전히 끊기면 어쩌나 불안하다.

술김에 용기 내어 실장에게 전화를 걸었다. 살짝 놀란 눈치였지만 실장은 곧 상냥한 말투로 말을 이어갔다.

〈아직 망원동 사니? 너희 집에서 사무실 가깝지? 시간 되면 들를래?〉

"언제가 좋으세요?"

〈빠를수록 좋아. 너에게 부탁할 게 있거든.〉

회사로 부를 정도면 비중 있는 일일지 모른다. 아니면 혹시…? 얼른 거울을 들여다봤다. 다행히 얼굴이 빨개지진 않았다. 술 냄새가 날까 봐 이를 닦고 가글까지 한 후 회사로 향했다. 모처럼 발걸음이 가벼웠다.

사무실로 막 들어가려는 순간, 화장실에서 나오던 미주 선배와 마주쳤다.

"송혜리 가망 없니?"

미주 선배가 시큰둥하게 물었다.

말을 해도 어쩌면 저리 재수 없게 할까. 기분이 확 상한다. 평소 같으면 참았을 일을 오늘만큼은 참기 힘들다.

"선배, 그게 무슨 말씀이세요?"

난 정색하고 쌀쌀맞게 대꾸했다.

"걔, 병가 취소하고 사직서 냈어."

"혜리가요? 언제요?"

"아까 걔네 엄마가 전화했다더라. 회사를 관둘 정도면 상태가 심각한 거 아니니?"

오늘 전화를 했다고? 혜리 어머니는 분명히 점점 좋아지고 있다고 말했는데? 기분 나쁜 예감이 고개를 들었다. 찻집에서 어머니가 하려던 말이 이거였을까.

놀란 마음에 바로 실장실로 들어가지 못하고 사무실 둥근 테이블에 앉았다. 실장을 만나기 전에 마음을 가라앉히려고 애썼다. 그러나 혜리의 퇴사가 자꾸 내 탓처럼 느껴졌다. 여주까지 찾아가는 바람에 어머니가 이런 결정을 내린 걸까. 내가 혜리의 사회생활에 마침표를 찍어버린 것 같아 마음이 무거웠다.

그때 실장실 문이 열렸다. 방에서 나온 사람은 실장이 아니었다.

"오랜만이다."

뜻밖에도 아라 선배가 나를 보고 방긋 웃었다.

"왜 이렇게 놀라? 귀신이라도 본 것처럼."

아라 선배가 다가와 내 팔을 툭 쳤다. 얼떨떨했다.

"그새 나 잊었어?"

"아, 안녕하세요."

"혜리 아프다며?"

"차차 좋아지고 있대요."

"그래, 푹 쉬면 건강해지겠지. 어쨌든 반갑다. 실장님 뵈러 온 거지? 들어가봐."

돌아서는 선배의 뒷모습이 당당하다. 방문객이 아니라 직원 같이 자연스럽다. 예감이 좋지 않다.

커다란 창을 등지고 앉은 실장 앞에는 항상 그랬듯 로스트의 테이크아웃 커피가 놓여 있었다.

"방금 아라 만났니?"

"문 앞에서 마주쳤어요."

"잘됐네, 길게 설명할 것 없이. 아라가 재입사하기로 했어."

부풀어 올랐던 기대감이 곤두박질친다. 아라 선배가 돌아온 다면 내 자리는 없다는 얘기다.

"그동안 열심히 해줘서 고마워."

역시 마지막이다. 고작 이 얘기를 하려고 날 부른 건가.

"우리 관계가 끝이라는 건 아니야. 일은 계속 줄 거야. 우리 일 많은 거, 너도 알지? 이제 연락은 아라가 할 거야."

"네에…."

기어드는 목소리로 대답했다. 실장은 나를 그저 성실한 아르바이트생 정도로만 생각하는 거다. 앞으로도 그럴 거고. 밤새워 가며 열심히 일한 게 헛수고가 되었다.

"그리고 혜리 말인데, 사직서 낸 거 아니?"

"조금 전에 미주 선배에게 들었습니다."

"어머니가 연락하셨더라. 집에서 결정했다니 어쩌겠니. 혜리 랑 계속 연락하지?"

"여주에 내려간 뒤로는 통화를 못 했어요."

"이런… 그래도 짐은 네가 챙겨줘야겠다. 그럴 수 있지?"

이래서 날 불렀구나. 사무실에서 혜리의 짐을 모두 빼려고. 난 그것도 모르고 혼자 들떴던 거다. 바보같이.

혜리의 책상으로 가서 물건을 챙겼다. 아라 선배와 미주 선배는 보이지 않고 낯선 얼굴 둘이 호기심 가득한 눈으로 나를 힐끔거렸다. 아마도 새로 온 인턴이겠지. 애들아, 내가 누군지 궁금하니? 내가 바로 너희의 미래야. 인턴들을 붙잡고 암울한 앞날에 대해 말해주고 싶었다. 하지만 입을 다물고 쇼핑백 두 개에 혜리의 물건들을 담아 조용히 사무실을 나왔다. 버릴 물건까지 모두 챙겼어도 생각보다 짐이 얼마 안 됐다.

오후의 거리는 활기가 넘쳤다. 바쁘게 달려가는 차들, 왁자지껄 웃고 떠드는 행인들… 보이는 모든 게 생동감 넘치는데 나만 멈춰 선 느낌이다.

집까지 천천히 걸었다. 20분이 두 시간처럼 느껴졌다.


다음날, 과음을 한 뒤라 늦잠을 잤다. 부동산 중개인의 전화가 없었더라면 계속 꿈속을 헤매었을 것이다. 짐작한 대로 예비 부부가 계약을 결심했다. 일찍 이사할 예정이라니 나도 빨리 짐을 빼야 한다.

양치를 하며 어지러운 집 안을 둘러봤다. 버릴 것과 중고로 내놓을 것, 가져갈 물건들을 구분하고 박스에 담았다. 어제 끝내지 못한 옷 정리를 마저 하고 책상에 있던 물건도 간추렸다. 새로운 박스를 접어서 신발도 담았다.

문득, 신발장 위에 놓인 수납 트레이가 눈에 들어왔다. 깨져 버린 트레이 대신 불도그가 들고 있는 건 고모의 시골집에서 가져온 놋그릇. 그 안에 혜리의 자동차 키와 500원짜리 동전이 담겨 있다. 혜리가 좋아했던 거라 차마 버릴 수가 없다. 고민 끝에 에어캡으로 포장해 박스에 넣었다. 잘 보관했다가 혜리가 회복하고 다시 연락하게 되면 돌려줄 것이다. 혜리 어머니에게 받은 지갑도 같은 박스에 넣었다. 아무리 치워도 곳곳에 혜리의 흔적이 너무 많다.

한창 짐을 싸고 있는데 벨이 울렸다.

"누구세요?"

쉬지 않고 손을 놀리며 현관을 향해 소리쳤다. 하지만 올 사람은 뻔하다. 이제 내 곁에 남은 건 도진이뿐이다. 잠시 후 도어록 비밀번호 누르는 소리가 났다.

"벌써 이삿짐을 싸는 거야?"

거실로 들어오는 사람은 역시 도진이다. 그가 도시락이 든 비닐봉지를 흔들었다.

"이 집 도시락 좋아하지?"

"벌써 점심시간이야? 좀 정리하다 먹자."

"왜 이렇게 서둘러? 이사하려면 아직 멀었잖아."

"아침에 부동산에서 연락이 왔어. 집 보고 간 예비 부부가 들어오기로 했대. 짐을 빨리 빼줄수록 좋다고 하더라."

"그런다고 벌써부터?"

"도배를 새로 할 거래. 가구도 한꺼번에 들이는 게 아니라 하나씩 들여올 모양이고. 내가 일찍 나갈수록 땡큐인 거지."

"어차피 이삿짐센터 부를 거잖아? 편하게 포장 이사를 하지 그래?"

"이거 다 두고 갈 거야. 냉장고는 팔 거고 전자레인지도 필요 없어. 저 테이블 하나만 가져갈까 생각 중이야. 짐이 별로 없어서 용달 부르면 돼."

"홍연동 집 옵션이 그렇게 빵빵해?"

"냉장고, 에어컨 다 있더라. 인테리어도 새로 싹 했고. 혹시 네 친구 중에 자취하는 애 있어?"

"넘기려고? 물어봐줄까?"

"필요한 거 있으면 그냥 준다고 해. 가져갈 사람 없으면 당근에 올릴 거야."

우리는 도시락을 먹고 남은 물건을 정리했다. 짐이 얼마 없을 거라 생각했는데 막상 싸보니 끝도 없었다.

"이 쇼핑백은 뭐야?"

도진이가 거실 한구석에서 쇼핑백을 들어 보였다.

"혜리 물건이야. 회사에서 가져왔어."

"왜?"

"혜리 퇴사한다고 엄마가 연락했대. 복귀하기 힘든가 봐."

"그럼, 직원을 새로 뽑는 거야?"

"아니. 전에 일했던 아라 선배가 다시 왔어."

"그만뒀잖아?"

"다시 불렀대. 회사 입장에선 경력자가 낫지. 인턴 빼면 직원이 둘뿐인데, 그 하나를 신입 쓰겠어?"

회사 사정을 이해한다는 듯 말했지만 내 속은 그렇지 않다. 이런 얘기를 하는 것 자체가 불편하다. 빨리 화제를 바꾸고 싶다.

"나 이사하는 거 도와줄 수 있어? 혼자선 벅찰 것 같아."

"시간 봐서. 시험이 얼마 안 남아 장담은 못 하겠다."

"아… 벌써 날짜가 그러네? 수아 언니에게 부탁할게. 넌 신경 쓰지 마."

"친척 있다는 게 이럴 때 좋구나. 덕분에 걱정 안 해도 되고…. 그나저나 너도 참 용감하다."

"뭐가?"

"모르는 사람과 같이 산다는 게 놀라워. 난 이제껏 네가 낯가림이 심한 줄 알았거든."

"돈 앞에 장사 없다잖아. 사정이 이런데 따지게 생겼어? 나도 내가 이런 선택을 할 줄 몰랐어."

"이사하기 전에 먼저 만나서 인사는 해둬. 요즘 같은 세상에 얼굴 정도는 미리 봐야 하지 않겠어?"

"요즘 같은 세상? 내가 더 위험해. 그 사람은 아마 나 때문에 겁먹고 있을걸?"

일부러 명랑해지려고 애썼다. 침울한 기분을 그에게 전염시키고 싶지 않았다.

"이것도 가져갈 거지?"

도진이가 현관에 설치한 홈캠을 가리켰다.

"글쎄? 가져가면 쓸 수나 있을까? 이거 달면 동거인이 기분 나빠할 것 같은데?"

"현관이나 거실 말고 네 방에 달면 되지. 보안상 괜찮지 않겠어? 취소하면 위약금이 꽤 나가니까 그냥 써."

그럴까? 위약금은 미처 생각하지 못했다. 설치한 지 얼마 안 돼 계약을 취소하면 배보다 배꼽이 클 판이다. 도진이 말대로 그냥 쓰는 게 낫겠다. 내 방에 설치하면 문제없겠지.

"홍연동 집 주소가 어떻게 돼?"

"궁금해?"

"당연히 궁금하지. 어딘지 알아야 보고 싶을 때 찾아갈 거 아냐. 너무 멀지 않았으면 좋겠다."

"이사 가면 자주 못 볼까 봐?"

"그래, 못 볼까 겁난다."

도진이가 빙그레 웃었다. 도진이의 저 미소가 난 정말 좋다.

"사실 나… 고시원 알아봤어."

"집 놔두고 갑자기 고시원은 왜?"

"일반 고시원 말고 산속에 있는 고시원 말이야. 시험이 얼마 안 남았잖아. 거기 들어가서 당분간 죽어라 공부하려고."

그 말인즉, 한동안 못 본다는 얘기다. 그를 위해서라면 잘 생각했다고 말해야 하는데 내 입은 너무나 솔직했다.

"전화하는 건 괜찮지?"

"휴대폰도 안 들고 가려고."

"그럼 아예 연락을 못 해? 목소리도 못 들어?"

"나 진짜 독하게 마음먹었다니까. 걱정하지 마. 시험 꼭 붙어서 네 앞에 짠, 하고 나타날 거야."

"한 번에 꼭 붙어라. 연락 안 되는 거, 이번만 봐줄 테니까."

"기대나 하고 있어."

"그래서 내가 이사 갈 집이 궁금하다 이거군? 취업해서 나타나려고?"

"걱정돼서 그러지. 안전한 곳인지 확인도 하고 싶고."

"가볼래?"

"지금? 지금 가도 돼?"

"뭐 어때, 내 집인데. 곧 내 이름이 등기부등본에 올라갈 거야."

우리는 택시를 타고 홍연동으로 출발했다. 평소 같으면 걷거나 버스를 탔겠지만, 내가 살 집을 빨리 보여주고 싶었다.

16

택시는 10분도 안 걸려 우리를 홍연동 집 앞에 내려줬다. 2층으로 올라가 도어록에 0을 네 번 누르자 삐리리릭 소리와 함께 잠금장치가 열렸다.

"비번이 왜 이래?"

도진이가 웃는 바람에 나도 웃음이 났다. 이삿짐을 옮기면 비밀번호부터 당장 바꿔야겠다.

현관에 들어서자 거실에 놓인 긴 테이블이 눈에 띄었다. 지난번에 왔을 때는 못 보던 테이블이다.

"가구가 벌써 들어왔네? 그 사람이 왔다 갔나 본데?"

우리는 신발을 벗고 안으로 들어갔다. 모든 게 갖춰진 실내는 깨끗했고 한쪽 구석에 큰 거울도 있었다.

"거실이 꽤 넓네! 거울이 있어서 더 넓어 보이나 봐. 네 말대로 옵션이 진짜 많다. 게다가 다 신상이야."

도진이가 집 안을 둘러보고 말했다.

"그래서 짐을 최소한으로 가져오려고. 용달차의 반도 안 찰 거야."

"네가 쓸 방은 어디야?"

"아직 안 정했어. 여길 쓸까?"

주방에서 가까운 방문의 손잡이를 잡으며 내가 물었다. 문이 잠겼는지 손잡이가 돌아가지 않았다.

"벌써 방을 찜해놨나?"

"그랬다면 예의가 없는 거지. 너랑 아직 말 한마디 안 했잖아."

나랑 상의 없이 가구를 들인 것도 못마땅한데 이미 자신이 쓸 방까지 정해놓다니. 그게 사실이면 정지수에게 실망이다. 앞으로 부딪칠 일이 많을지도 모르겠다.

도진이가 다른 방문 손잡이를 잡았다. 이번에는 문이 쉽게 열렸다.

"여기가 네 방인가 봐. 제법 큰데?"

"방 크기는 비슷해. 어느 방을 쓰든 난 상관없어."

"섭섭한 건 아니고?"

"사람 마음이 뭐 내 마음 같겠어? 비번을 안 바꾼 게 어디야? 이 정도 크기면 침대 들여놔도 괜찮겠지?"

우리는 줄자를 꺼내 방 치수를 쟀다. 퀸 사이즈 침대가 들어가도 될 만큼 공간이 넉넉했다. 침대 옆에 작은 테이블을 하나 놓을까? 빔 프로젝터를 설치해 방을 극장처럼 꾸미면 어떨까? 도진이와 난 새로운 방을 어떻게 꾸밀지 행복한 그림을 그려 보았다.

집을 다 둘러본 뒤 3층 여자에게 전화했다. 정지수가 언제 다녀갔는지 궁금했고, 내 이사 일정도 상의하고 싶었다. 만나서 얘기하자는 말에 우리는 3층으로 올라갔다.

"연락하고 오시지. 어머, 남자친구랑 같이 오셨나 보다."

3층 여자가 호들갑스럽게 우리를 맞았다. 그리고 변명이라도 하듯 정지수에 관한 얘기를 들려줬다. 도진이를 힐끔힐끔 쳐다보며 말하는데 빨간 입술은 여전했다.

"주문한 가구가 왔대서 그냥 문을 열어줬어요. 소희 씨에게 미리 연락했어야 하는데, 미안해요. 내가 정신머리가 없어서."

"괜찮아요. 전 정지수 씨가 다녀간 줄 알았죠."

"지금 해외 출장 중이잖아요. 내가 전에 얘기했죠?"

"기억하고 있어요. 거실에 둘 짐은 그게 전부겠죠?"

"글쎄, 자세한 얘긴 못 들었는데 소파도 들인다는 것 같았는데."

"소파도요?"

"왜요? 다른 사람 가구라 불편해서 그래요? 정지수 씨는 같이 쓸 모양이던데? 나 같으면 좋다고 할 텐데. 보니까 알아주는 브랜드야."

"그래도 이렇게 상의 없이…."

"내 돈 안 들이고 좋은 가구 같이 쓰면 좋죠. 그쪽도 그렇게 생각하던데. 그러니까 소희 씨도 부담 갖지 마요."

3층 여자는 태평했다. 내 의견을 듣지도 않고 마음대로 가구를 배치하는 것이 무례하다고 생각하지 않았다. 정작 함께 살아야 하는 난 불편한데. 하지만 이미 들여놓은 마당에 따져봤자 의미 없는 일이다.

"주방 쪽 방문은 왜 잠겨 있어요?"

"그거 내가 잠가놓은 거예요. 지수 씨가 짐을 몇 개 보냈더라고. 소희 씨에게 말도 없이 현관 비밀번호를 바꿀 순 없잖아요. 그래서 방에 넣어놓고 문을 잠갔죠."

그녀의 설명으로 일부 오해는 풀렸다. 좋은 게 좋은 거라고, 서운한 부분은 그냥 넘어가기로 했다. 그리고 기왕 온 김에 전세 계약을 마무리 지었다.

전세금은 시현 오빠가 요구한 대로 3억 2000만 원으로 했다. 정지수와 내가 각각 1억 6000만 원씩 부담하는 것이다. 4분의 1 지분을 가진 난 실제로 8000만 원만 지불하면 된다. 솔직히 시세보다 많이 비싸다. 이 돈이면 더 넓은 평수의 쓰리룸을 구할 수도 있을 것이다. 우리 입장에서야 고맙지만 정지수의 결정이 이해되진 않는다.

"근데 소희 씨, 등기 이전은 아직 안 됐죠?"

"시간이 좀 걸린대요."

"그럼 이 서류는 변호사님 드려야겠네요. 법적인 절차가 끝날 때까진 나보다 변호사님이 갖고 계신 게 안전할 거예요."

"전세금은 어떡하죠?"

"변호사님이 갖고 계신 계좌로 넣어야 하지 않을까요? 지수 씨는 그러기로 했어요. 참, 다른 분들도 알고 계시는 거죠?"

혹시라도 말이 나올까 봐 채팅방에 계약 내용을 알렸다. 단톡방에 실시간으로 답변이 달렸다. 수아 언니는 바로 승낙했고, 연락이 쉽지 않던 시현 오빠도 곧 긍정적인 답을 올렸다. 현선 언니만 말이 없다. 정신병원에 입원한 이상 당분간 휴대폰을 확인하긴 힘들 것이다.

계약을 마치고 3층에서 내려올 때였다. 내내 말이 없던 도진이가 계단을 내려가며 고개를 갸우뚱했다.

"저 여자, 믿을 만한 사람이야?"

"인상이 좀 별로지?"

"기분 탓인가? 날 굉장히 꺼리는 것 같아서. 내가 들어와 살까 봐 눈치 주는 것 같기도 하고."

"에이, 설마. 내가 집주인인데 그러겠어? 고모와 계약하신 분이야. 믿을 만하니까 관리를 맡겼겠지."

"그럼 다행인데, 부동산 끼지 않고 계약하는 게 좀 찝찝해."

"어차피 소유자가 나랑 사촌들이잖아. 복비 아끼고 좋지."

"저 여자가 변호사와 짜고 사기 치면 어쩌려고?"

"의심도 많긴. 김재열 변호사는 변호사협회에 등록된 진짜 변호사야. 그런 사람이 사기를 치겠니?"

"요즘 너한테 갑작스러운 일이 하도 많이 생기니까 걱정돼서 그래. 당분간 나도 옆에 없을 텐데."

"걱정도 많다. 고맙지만 내 걱정은 넣어둬."

"그래, 네가 더 잘 알겠지. 가기 전에 한 번 더 둘러볼까?"

도진이가 2층 비밀번호를 눌렀다. 삐삐 삐삐. 비밀번호가 틀렸다고 경고음이 울렸다.

"아까 비웃더니 그 쉬운 번호를 잊었어?"

"0000 아냐?"

"잘못 눌렀겠지."

이번에는 내가 번호를 눌렀다. 삐삐 삐삐. 또 오작동음이 났다.

"고장 났나? 왜 이래?"

다시 한번 숫자판을 눌러도 마찬가지였다.

"올라가서 관리인에게 얘기할까?"

"됐어. 오늘은 그냥 가자. 어차피 다 둘러봤잖아."

더위 탓인지 만사가 귀찮다. 빨리 집에 가서 시원한 맥주나 마셨으면 좋겠다. 하지만 도진이는 영 꺼림칙한 눈치다.

"고장 났으면 빨리 교체해야지."

"단순 오류일 거야. 도어록도 더위 먹었나 보지."

"얘 또 속 편한 소리 하네? 겁 안 나?"

"집에 가서 3층 세입자에게 전화하면 돼. 너도 공부하러 가야지. 나 때문에 시간 많이 빼앗겼잖아."

그러나 도진이는 스터디 카페로 가지 않았다. 얼마 후면 못 만난다고 생각하니 그냥 헤어지기 싫었다. 우리는 한강까지 이어지는 산책로를 함께 걸었다. 날이 무더웠지만 내부순환도로 아래로 길게 그늘이 져서 산책하기 좋았다. 이사 계획과 사촌들, 그의 시험, 산속 고시원 등 많은 얘기를 나누며 잠시나마 혜리와 회사 생각을 잊을 수 있었다.

\* \* \*

"용달은 무슨! 헛한 데 돈 쓰지 마. 우리가 있잖아. 시현이랑 내가 이삿짐 옮겨줄게."

이사한다는 소식을 듣고 수아 언니는 호탕하게 말했었다. 이사 전날에는 집에 와서 짐 정리를 도와주기까지 했다. 그러나 정작 이사 당일에는 나타나지 않았다. 공방에 급한 일이 생겼다는 핑계를 댔다. 당황스럽게도 시현 오빠와도 연락이 닿지 않았다. 도진이도 산속 고시원에 들어가 도움을 청할 수 없었다. 주변에 손 빌릴 곳이 없으니 결국 용달 기사에게 추가 요금을 지불하고 혼자 이사를 했다.

간신히 이사를 마치고 한숨 돌리려는데, 3층 세입자에게서 연락이 왔다. 저녁 식사에 초대하고 싶다는 메시지였다. 혼자 챙겨 먹을 기운도 없어서 초대에 응했다.

"차린 건 없지만 많이 들어요."

식탁에 앉자 빨간 입술의 3층 여자가 식사를 권했다. 그녀의 말과 달리 상차림이 푸짐했다. 삼색 나물과 고기, 생선, 다양한 전과 떡에 이르기까지 마치 잔칫상이나 명절 차례상을 마주한 느낌이었다.

"언제 이렇게 차리셨어요?"

"친정에 다녀왔거든. 집에 갔더니 바리바리 싸주시더라고. 이거 나 혼자선 다 못 먹어요. 소희 씨와 같이 먹어야지."

"잘 먹을게요. 제가 먼저 대접해야 하는데…."

수저를 들면서 감사 인사를 했다. 사람은 겉만 봐선 모른다더니, 첫인상은 별로였지만 그녀는 친절하고 인심이 넘쳤다.

"입에 맞아요?"

"맛있어요."

"다행이다. 식사 끝나고 우리끼리 축하주라도 마셔요."

"아뇨, 괜찮습니다. 이렇게 차려주신 것만으로도 감사해요."

"감사는 뭘요. 이제 한집에 사는 식구나 마찬가진데."

그녀는 주방에서 병 하나와 사발 두 개를 가져왔다. 뽀얀 액체가 담긴 투명한 병이었다.

"직접 담근 막걸리예요. 특별한 날 마시려고 아껴뒀거든."

"그러면 귀한 거잖아요. 제가 마셔도 돼요?"

"오늘이 특별한 날이니까. 얼마 전에 거른 거라 지금이 가장 맛있어요. 막걸리는 오래 두면 쉬어서 못 먹거든."

사발에 막걸리를 따르자 탄산이 톡톡 터지는 게 보였다.

"어때요? 향이 좋죠?"

"제가 비염이라… 냄새를 잘 못 맡아요."

"이거 연꽃으로 만들어서 향이 참 좋은데. 맛은 어때요? 입에 맞아요?"

막걸리는 시원하고 달달했다. 연꽃 향은 못 느껴도 수제 막걸리라 그런지 맛이 아주 좋았다.

"더 마셔요. 많이 있으니까."

"괜찮습니다."

"집이 바로 아래층인데 취하면 어때요? 더 마셔요."

거절하면 분위기가 서먹해질까 봐 주는 대로 꾸역꾸역 받아 마셨다. 취기가 금방 올라왔다. 혀가 꼬일 정도는 아니지만 약간 어지러웠다. 더 있다가는 어떤 추태를 부릴지 몰라 식탁에서 일어섰다. 잘 먹었다고 인사를 하는데 몸이 휘청거렸다. 주변이 뱅뱅 돌았다.

"어머, 소희 씨. 술이 약한가 봐."

그녀가 쓰러지려는 나를 부축했다. 취중에도 그게 미안해서 연신 고개를 꾸벅거렸다.

"죄송합니다. 제가 좀 취했어요."

"소파에 잠시 누울래요?"

"아, 아닙니다. 집에 갈게요."

"혼자 내려갈 수 있겠어요?"

"그럼요, 당연히 혼자 갈 수 있죠."

그러나 다리가 내 마음 같지 않았다. 어쩔 수 없이 그녀의 도움을 받아 비틀거리며 계단을 내려왔다. 눈앞이 빙빙 돌아 눈을 뜨기도 힘들었다. 도어록 비밀번호 누르는 소리에 이어 문 열리는 소리가 들렸다. 난 신발을 벗었다.
"푹 자면 괜찮아질 거예요. 임소희 씨, 쉬세요."
3층 여자의 목소리가 문밖에서 어렴풋이 들렸다. 빠르고 또박또박한 말투. 그 소리가 점점 멀어지고 난 어둠 속에 홀로 남겨졌다.

딸랑— 딸랑— 어디선가 풍경 소리가 아련하게 들려왔다. 눈을 떴다. 어둠 속에 낯선 공간이 펼쳐졌다. 여기가 어디지? 꿈속인가? 아, 맞다. 내가 이사를 했지. 일어나보려 하지만 너무 취해서인지 몸이 말을 듣지 않는다. 목이 타는데 도무지 일어설 수가 없다.
딸랑— 딸랑— 또 풍경 소리가 들렸다. 누가 집에 들어왔다가 나가는 건가? 3층 여자일까? 아니면 하우스메이트 정지수? 궁금하지만 일어나진 못하고 엎드린 채 추측만 한다.
그런데 이상하다. 윗집 여자건 동거인이건 간에, 도어록 비밀번호를 어떻게 알고 들어온 거지? 이사하고 비밀번호를 바꿨는데. 아니, 그대로 뒀나? 모르겠다. 머릿속이 뒤죽박죽 어지러워 생각하는 게 힘들다. 설마 도둑은 아니겠지.
속이 울렁거린다. 찬물을 마시고 싶다. 혜리가 있다면 시원한 꿀물을 타다 줄 텐데. 목이 마르다 못해 타는 느낌이다. 바싹 마른 입을 다셔보지만 침은 고이지 않고 갈증만 더 심해진다. 물 한 잔만, 제발 물 한 잔만…. 속으로 간절히 외치다가 다시 잠이 들었다.

얼마나 지났을까. 천장에 매달린 낯선 전등이 눈에 들어왔다. 깜짝 놀라 몸을 일으켰다. 그리고 주변을 두리번거렸다. 내가 누운 토퍼를 중심으로 미처 풀지 못한 상자가 주변에 널려 있다. 새집이다. 이사 왔다는 사실을 새삼 깨닫는다.

머리가 지끈거리고 목이 마른다. 냉장고를 열어보니 텅 비어 있다. 어제 이삿짐을 대충 정리한 다음 3층으로 올라가는 바람에 물을 사서 넣어놓지 않은 게 생각난다. 젠장, 갈증 나서 미치겠는데 물 한 병 없다니. 하지만 근처 편의점까지 갈 기운이 없다. 할 수 없이 수돗물을 마셨다. 물이 미지근해도 목을 축이고 나니 정신이 든다.

다시 집 안을 둘러봤다. 내가 늘어놓은 상자들 말고는 깨끗하다. 누가 다녀간 흔적은 없다. 꿈이었을까? 어젯밤 분명히 현관문에 달린 풍경 소리를 들었는데.

휴대폰이 울렸다. 발신자를 확인하니 3층 여자다. 혹시 내가 실수한 건 아닌지 잠시 망설이다 전화를 받았다.

〈소희 씨, 일어났어요?〉

"아, 안녕하세요? 잘 주무셨어요?"

〈나야 잘 잤죠. 소희 씨는요? 어제 과음했잖아요. 컨디션 어때요?〉

"아, 네… 괜찮습니다."

〈북엇국 끓여놨으니까 해장하게 올라와요.〉

"아닙니다, 저 진짜 멀쩡해요."

〈그래도 와요. 친정에서 북어포를 가져온 김에 많이 끓였거든. 나 혼자는 다 못 먹어요. 기다릴 테니 올라와요.〉

이사하느라 신세 진 것도 미안한데, 저녁 식사 대접에 아침 해장까지. 전화를 받고 거절할 수도 없어 매무새를 대충 가다듬고 밖으로 나갔다. 계단을 오르기 전, 혹시나 하는 마음에 도어록 비밀번호를 눌러봤다. 0000. 띠리릭 소리와 함께 문이 열렸다. 이삿짐 옮기는 데 정신이 팔려 비밀번호를 미처 바꾸지 못한 것이다. 그렇다면 간밤에 들린 풍경 소리는 도둑의 기척이 아니라는 얘기다. 동거인 정지수가 다녀갔겠지. 그렇게 생각하니 마음이 놓인다.

3층 여자는 밥상을 푸짐하게 차려놓고 나를 맞았다.

"제대로 못 잤나 봐. 소희 씨 얼굴이 푸석푸석해요."

어제 나만 취했을까. 그녀는 술 마신 사람 같지 않게 멀쩡하다. 이미 메이크업까지 완벽하게 마친 얼굴이다.

"제가 어제 실례 많았죠?"

"나도 취해서 기억이 잘 안 나요. 직접 담근 술이라서 도수가 좀 셌나 봐. 이사 첫날인데 좋은 꿈 꿨어요?"

"피곤해서 그런가 잠을 좀 설쳤어요."

"이런, 왜요?"

"새벽에 지수 씨가 잠깐 다녀간 것 같더라고요. 그 소리에 깨서요. 많이 바쁜가 봐요?"

"지수 씨… 외국에 있는데…?"

"아… 꿈이었나 봐요."

3층 여자가 내 앞에 국그릇을 놓았다. 김이 모락모락 나는 흰쌀밥에 따뜻한 북엇국 그리고 갖가지 반찬들. 문득 엄마 생각이 났다. 방학 때 집에 가면 엄마는 항상 이런 밥상을 차려줬었다. 그때는 친구 만나기 바빠서 그 밥을 제대로 먹지도 않았는데. 그게 얼마나 소중한 건지 몰랐던 거다.

"가끔 올라와요. 혼자서 끼니 거르지 말고. 나도 혼자라 다른 사람과 밥 먹고 싶을 때가 많아요. 그러니 부담 갖지 말아요."

상냥한 그 말에 울컥했다. 이런 환대가 얼마 만인지, 목이 메어 물을 마셨다.

"어머, 음식이 짠가?"

"아, 아니에요. 맛있어요."

"혼자 살다 보니까 요새 간을 잘 못 맞추는 것 같아."

"진짜 맛있어요. 정말이에요. 엄마가 해주는 밥 같아요."

그녀가 오해할까 봐 밥을 두 그릇이나 먹었다. 배가 부르니 마음까지 푸근했다. 과음으로 부대끼던 속도 편안해졌다.

2층으로 내려와 도어록 비밀번호를 계약한 날짜로 바꾸고 3층 세입자에게도 알렸다. 이 번호라면 정지수도 쉽게 잊지 않겠지.

어제만 해도 이삿짐을 풀면서 심란했는데 3층에서 아침을 먹은 뒤로 힘이 났다. 집을 정돈하고 있을 때 수아 언니에게서 전화가 왔다.
〈이사 잘 했니? 어제는 미안. 화 안 났지?〉
 언니의 목소리가 명랑하다. 당연히 화나지 않는다. 단지 서운할 뿐.
〈일이 갑자기 밀려들어서 너 보러 갈 짬도 없네.〉
"괜찮아요. 이사 잘 했으니까 걱정 마세요."
〈그래도 가봐야 하는데. 미안, 바쁜 것만 끝내고 갈게.〉
"나중에 시현 오빠랑 같이 오세요."
〈그 인간? 홍! 너 시현이에게 연락해봤어?〉
"전화를 안 받으셔서…."
〈내가 그럴 줄 알았어. 바쁘니까 제발 너라도 가라고 그렇게 신신당부했는데. 그 새끼가 그렇지 뭐.〉
 수아 언니가 발끈했다. 이사할 때 거들지 못한 미안함을 시현 오빠 탓으로 돌리는 것 같아서 기분이 썩 유쾌하지 않다.
"바쁜 일이 있겠죠."
〈개가 뭐가 바빠? 또 카드나 하고 있겠지. 아, 몰라. 개 얘기만 나오면 성질나. 아, 맞다! 변호사와 통화해봤니?〉
 변호사와의 통화. 아마 언니가 연락한 이유일 거다. 내가 입금한 전세금이 언제쯤 자신의 통장에 찍힐지 궁금한 거겠지.
"네, 입금하고 전화했어요."

〈뭐래? 다른 세입자한테도 전세금 받았대? 등기에 대해서는 별말 없고?〉

"정지수 씨한테서는 이미 돈을 받았고요, 등기는 조금 더 늦어진대요."

〈또? 왜? 대체 얼마나 기다려야 하는 거야?〉

"글쎄요, 제가 들은 건 거기까지라. 궁금하면 직접 통화해 보세요."

〈알았어. 김재열 그 새끼는 맨날 그런다니까. 차일피일 미루기만 해. 자세한 건 설명도 안 해주고.〉

"바쁜 것 같더라고요."

〈자기만 바빠? 아이씨, 어쨌든 미안하고, 집들이 선물로 갖고 싶은 거 있어?〉

"마음만 받을게요."

〈필요한 거 있으면 말해. 이 언니가 다 사줄게.〉

수아 언니는 뭐든 다 해줄 것처럼 떠들다가 전화를 끊었다. 씁쓸한 동시에 기운이 빠진다. 상대에게 억지로 맞춰주며 통화하는 게 쉬운 일이 아니다.

기분이 처질까 봐 몸을 부지런히 움직였다. 옷을 정리한 다음 망원동 집에서 가져온 홈캠을 내 방에 설치했다. 혜리가 선물한 가족사진도 벽에 걸었다. 차마 버리지 못한 그 애의 짐은 주방 옆 다용도실 구석에 뒀다.

정리를 마치고 내부를 쭉 둘러봤다. 전에 살던 집보다 확실히 넓다. 가져온 짐이 적어서 집이 휑하게 느껴진다. 거실에 테이블만 덜렁 있어서 더 그런 것 같다. 누군가와 얘기하고 싶지만 딱히 연락할 곳이 없다. 혜리는 전화를 받지 않을 게 뻔하고, 도진이는 고시원 들어갈 때 아예 휴대폰을 가져가지 않았다.

외롭다. 이 넓은 세상에 나 혼자 남은 기분이다. 하지만 괜찮다. 잘 견뎌낼 수 있다. 전에도 이런 적 있으니까. 시간이 지나면 모두 다시 만날 거라고 마음을 다독여봐도 쓸쓸한 기분은 어쩔 수 없다. 빨리 정지수라도 왔으면 좋겠다.

\* \* \*

난 새집에 빠르게 적응해갔고, 3층 세입자와 가끔 밥을 먹었다. 일도 꾸준히 들어왔다. 망원동 살 때보다 일이 부쩍 늘어서 노트북 앞에 앉아 있을 때가 많다. 당연히 아라 선배의 전화도 잦다.

〈이번 디자인 되게 잘 나왔더라.〉

"고맙습니다. 뭘 더 수정할까요?"

〈없어. 업체에서 딱 마음에 든대. 네가 잡은 거 그대로 가기로 했어.〉

"정말이요? 그래도 돼요?"

〈한 방에 오케이는 나도 처음이야. 실장도 엄청 흡족해 하더라. 그래서 말인데 소희야, 이번에 큰 걸 맡길까 하는데 시간 돼?〉

"큰 건이요? 저야 시간은 되죠."

〈그럼 해. 사보 비슷한 잡지 형태로 홍보물을 제작하기로 했어. 총 20페이지짜리. 할 수 있겠어?〉

"그걸 제가 전부요?"

〈통으로 맡아. 뭐 어때, 실력도 있는데. 우린 시간이 없어서 못 해. 그렇다고 아무한테나 외주를 맡길 수 없잖아. 할 거야, 말 거야?〉

"저야 좋지만…."

〈미팅에서 나온 얘기 싹 정리해서 업로드할게. 잘 나오면 정기적으로 발행할지도 몰라. 열심히 해봐.〉

"어느 업체 건가요?"

〈엠바이오랩스라는 건강보조식품 업체야. 진행은 거기 마케팅팀에서 할 거고, 사진과 원고는 내가 정리해서 다음 주까지 넘길게.〉

"마감은 언제예요?"

〈이달 말까지 넘기면 되지 않을까? 일정 조율해보고 연락할게. 앞으로 연락은 메일로 할 거야. 나 카톡에 노이로제 있는 거 알지? 작업비는 실장님과 얘기해.〉

다이어리를 보니 일정이 촉박하다. 회사에서 준 다른 일도 있어서 병행해야 하기 때문이다. 회사와 인연이 끝났다고 생각했는데 의외로 일이 꾸준히 들어온다. 아라 선배도 웬일인지 상냥하다. 내 능력을 조금씩 인정하는 거겠지. 아직 취업의 기회가 남았다고 생각하니 더 열심히 하게 된다.

눈이 아프게 일하다 보니 금세 저녁때가 됐다. 뱃속이 요동쳤다. 라면이라도 먹을까 고민하는데 3층 여자가 같이 밥을 먹자고 했다. 거절하지 않고 3층으로 올라갔다.

이사하고 가장 좋은 점은 친절한 이웃을 만났다는 거다. 3층 여자는 갖가지 음식을 차려놓고 나를 자주 불렀다. 오늘은 갓 쪄낸 따끈따끈한 시루떡이 나를 기다리고 있었다.

"웬 시루떡이에요?"

"옛날 생각이 나서 한번 해봤어. 밥 대신 먹으려고. 어렸을 때 시골에서 종종 만들어 먹었거든. 막걸리도 한잔할래?"

"일하다 와서 안 돼요."

"에이, 한 잔은 괜찮지."

그녀가 기어이 막걸리를 따라서 내 앞에 놓았다. 외로운 내 처지를 알고 챙겨주는 그녀가 눈물 나게 고맙다. 덕분에 혜리와 도진이의 빈자리가 조금이나마 채워진다.

3층 여자는 자기도 마찬가지라고 말했다. 혼자 사는 사람만 아는 이 허전함을, 그녀는 요리하고 나를 챙기는 것으로 달래는 듯했다. 그렇게 서로의 거리가 좁혀졌고, 그녀의 호칭도 자연스럽게 이모가 됐다.

"이모, 이 막걸리도 연꽃으로 만든 거예요?"

"향이 나?"

"아뇨. 냄새는 안 나는데 맛이 지난번과 비슷해서요."

"이건 쌀로만 빚은 막걸리야. 네가 향을 진짜 못 맡는구나."

"후각이 안 좋은 대신 제가 귀는 밝잖아요. 어젯밤에 지수 씨가 다녀가는 기척도 들었어요."

하우스메이트 정지수는 출장이 잦다. 이사 온 지 몇 주가 지났는데 아직 얼굴 한번 못 볼 정도로 바쁜 사람이다.

"만났어? 벌써 출장 갔다 왔대?"

"자느라 보지는 못했고요, 드나드는 소리만 들었어요."

"이런, 지수 씨가 새벽에 또 시끄럽게 했구나."

"아뇨. 조용히 들어와서 조용히 나갔어요. 현관문에 제가 달아놓은 풍경 있잖아요, 그 소리가 들려서 아는 거죠."

그녀의 표정이 미묘하게 변했다. 입가에 띤 웃음이 살짝 의뭉스럽다. 내가 말실수했나? 아니면 내가 모르는 뭔가가 있나?

"왜요? 지수 씨에게 무슨 얘기 들었어요?"

"아니, 나도 통화한 지 오래됐어."

"진짜 만나기 힘드네요. 한집에 사는 동거인인데 나한테도 얼굴 좀 보여주지. 밤에만 왔다 갈 거면 여기 왜 들어왔는지 모르겠어요."

"지수 씨가 왔다 간 거 맞아?"

"제가 들었다니까요."

"또 꿈꾼 건 아니고?"

"에이, 설마요. 매일 같은 꿈을 꿀 수가 없죠."

"매일?"

"네, 매일. 잠결이지만 분명히 풍경 소리를 들었어요."

정지수는 우리에게 미스터리였다. 전셋집을 얻어놓고도 바쁘다는 핑계로 낮에는 집에 들어오지 않는다. 그렇다고 밤에 꼬박꼬박 들어오는 것도 아니다. 3층 여자도 계약한 이후로 얼굴을 본 적이 거의 없다고 한다. 너무도 궁금해서 커피를 마셔가며 밤늦게까지 버텨도 봤다. 그러나 12시만 되면 잠이 쏟아져 견딜 수가 없었고, 결국 몇 주가 지난 지금까지 그녀를 만나지 못하고 있다.

막걸리 한 사발을 마셨을 뿐인데 알딸딸했다. 계속 앉아 있다가는 취해서 일을 못 할 판이었다.

더 마시고 가라는 걸 거절하고 2층으로 내려왔다. 그리고 노트북 앞에 앉아 메일을 확인했다. 아라 선배가 보낸 메일이 잔뜩 있었다.

정신을 차려야겠다 싶어 욕실로 들어갔다. 찬물로 샤워하는데 딸랑— 풍경 소리가 났다. 정지수가 왔나? 옷을 벗은 상태로 나갈 순 없는데. 오랜만에 일찍 들어왔으니 좀 더 있다가 가겠지. 내가 집에 있는 걸 알면서 설마 바로 나가겠어?

얼른 샤워를 마치고 밖으로 나왔다. 거실이 조용했다.

"지수 씨? 지수 씨 왔어요?"

대답이 없다. 혹시나 하는 마음에 그녀의 방 앞으로 갔다. 방문이 잠겨 있었다. 그새 다녀갔나? 3층에 갔을지도 모른다는 생각이 들어 전화를 걸었다.

"이모, 지수 씨 집에 왔어요?"

〈아니. 왜?〉

"방금 집에 누군가 들어온 것 같아서요."

〈에이, 잘못 들었겠지. 지금 내가 창문 열어놓고 있는데 밖에서 아무 소리도 안 났어.〉

이상하다. 분명히 풍경 소리를 들었는데. 내가 착각한 걸까?

정신을 차리고 노트북 앞에 앉았다. 카탈로그 레이아웃을 잡아야 하는데 집중이 되지 않는다. 아무리 생각해도 정지수가 왔다 간 게 확실한데. 딸랑거리는 소리를 똑똑히 들었는데. 그녀가 나를 피하는 걸까? 이해할 수 없는 일이다.

커피를 진하게 내렸다. 일을 하며 새벽까지 버텨볼 생각이다. 오늘은 기어코 정지수의 얼굴을 보고 말리라. 노트북을 아예 거실 테이블로 가져갔다. 그러나 12시가 되자 잠이 솔솔 쏟아졌다. 깨어 있으려고 안간힘을 쓰다가 결국 엎드린 채로 잠이 들었다.

딸랑— 딸랑— 또 풍경 소리다. 어제보다 소리가 훨씬 가까이서 들린다. 가까스로 눈을 떴다. 그 순간, 누군가 내 옆을 쓱 지나가는 기척이 느껴진다.

"지수 씨예요?"

잠꼬대처럼 웅얼거렸다. 일어나려고 하지만 몸이 말을 듣지 않는다.

"저, 임소희인데요…."

잠에 취해 눈을 뜨기가 힘들다. 계속 웅얼대며 게슴츠레한 눈으로 거실을 봤다. 누군가 집 안에 있다. 어렴풋이 보이는 실루엣이 여자다. 아마 정지수겠지.

"아, 지수 씨 맞죠?"

그녀는 대답이 없다. 딸랑— 풍경 소리만 들릴 뿐이다. 그와 동시에 난 다시 잠들었다.

〈넌 몇 신데 아직까지 자니?〉

아침 일찍 수아 언니의 전화를 받았다. 짜증이 잔뜩 담긴 목소리에 잠이 확 달아났다. 시계를 보니 오전 9시.

"새벽까지 일을 했거든요."

물론 거짓말이다. 난 12시쯤 잠들었다. 새벽녘 인기척에 잠시 깨긴 했지만. 요즘 들어 피곤해서인지 잠이 늘었다. 기지개를 쭉 켰다. 테이블에 엎드려 자서 온몸이 뻐근하다.

"왜 이렇게 일찍 전화하셨어요?"

〈시현이가 연락이 안 돼. 너랑은 통화했어?〉

"아뇨. 연락한 적 없어요."

건성으로 대답하며 아라 선배가 보낸 새 메일을 확인했다.

〈시현이 무슨 일 있는 거 아냐? 내가 연락하면 잽싸게 답하던 앤데, 통 답이 없어.〉

"카드 게임 하고 있겠죠."

〈아냐, 내가 다 수소문했어. 걔가 갔을 만한 홀덤펍을 다 뒤

졌다고.〉

"혹시 강원랜드 같은 곳에 간 건 아닐까요?"

〈시현이가 돈이 어디 있어서?〉

"변호사가 입금하지 않았을까요?"

〈걔한테만? 난 못 받았는데? 추가로 돈이 들어올 리 없잖아.〉

슬슬 언니가 귀찮아진다. 요청 사항이 많아 빨리 일을 시작해야 한다. 그러나 언니는 날 놓아줄 생각이 없다.

〈너 시간 좀 내. 나 혼자만 시현일 찾아다닐 순 없잖아?〉

"언니, 저 바빠요."

어제 작업하다 만 디자인을 다시 잡았다. 머릿속으로는 마감일까지 완수할 수 있을지 계산하며. 완벽하게 해내고 싶다. 디자인을 잘 뽑아 회사에서 인정받고 싶다.

〈너 취업했어?〉

"아뇨. 요즘 일이 많이 들어와서요. 밖에 나갈 시간이 없어요."

〈일을 좀 줄여. 나중에 해도 되잖아. 어차피 프리랜서인데.〉

"그게 제 마음대로 되나요?"

스피커폰 모드로 바꾸고 두 손으로 마우스와 키보드를 부지런히 눌렀다. 달칵달칵, 마우스 누르는 소리가 났다.

〈사촌 오빠가 죽었는지 살았는지 소식을 모르는데, 넌 일이 손에 잡혀? 너만 멀쩡하면 다야?〉

"언니, 그게 아니라…."

〈넌 현선이도 관심 없지? 어떤 상태인지 궁금하지도 않지?〉

"현선 언닌 병원에서 알아서 잘 치료해줄…."
〈됐어! 전화 끊자. 나도 싫다는 애 붙잡고 얘기하기 싫어!〉
"제가 언제 싫다고…."

전화가 툭 끊어졌다. 다시 전화를 걸었지만 신호만 갈 뿐이다. 화가 단단히 났나 보다. 하지만 지금은 언니의 감정까지 살필 겨를이 없다. 오늘 안에 끝내야 할 일이 산더미 같다.

얼마나 작업에 몰두했을까. 벨이 울렸다. 문을 여니 3층 여자가 종이봉투를 들고 서 있었다.

"먹을 것 좀 챙겨왔어. 점심 안 먹었지? 이거 먹고 일해."
종이봉투 안에는 도시락과 과일, 음료수가 들어 있었다.
"뭘 이런 것까지 주세요. 제가 이따 올라가도 되는데."
"바쁘잖아. 3층까지 올라와 밥 먹을 새가 있겠어?"
"죄송해서 그러죠."
"내가 좋아서 하는 일이야. 나 먹을 거 조금 넉넉히 하는 건데 뭘. 일도 좋지만 끼니는 거르지 마."
"고맙습니다, 이모."
"필요한 거 있으면 언제든 연락하고. 알지?"

그녀는 현관 앞에서 봉투만 전해주고 돌아갔다.

도시락 뚜껑을 열어보니 삼색 나물 비빔밥이었다. 고추장과 참기름을 넣고 맛있게 비벼 군침이 돌았다. 일하느라 잊고 있었던 허기가 되살아났다. 숟가락만 들고 와 허겁지겁 밥을 먹었다. 후식으로 챙겨준 식혜까지 마시고 과일은 냉장고에 넣었다.

그리고 다시 힘을 내서 일에 집중했다.

오늘 중으로 끝내야 할 일이 많다.

17

 딸랑— 딸랑— 또다시 들리는 풍경 소리. 지수 씨가 왔나? 이번에는 꼭 얼굴 보고 인사해야 하는데.
 그러나 잠에 취해 일어날 수가 없다. 몸이 천근만근, 머릿속도 흐리멍덩하다. 그냥 가면 안 되는데…. 손끝 하나 움직이지 못하면서 속으로만 애가 탔다. 말도 잘 나오지 않아 입술만 달싹거렸다.
 타닥, 타닥. 내게로 다가오는 발걸음 소리가 났다. 곧이어 누군가 나를 내려다보는 느낌이 들었다. 힘겹게 눈을 떴다. 하지만 목을 가눌 수가 없다. 실눈을 뜨고 위를 쳐다보니 머리 긴 여자가 나를 내려다보고 있다. 어두워서 얼굴은 보이지 않지만 난 정지수라고 생각했다.

"지수 씨?"

비몽사몽간에 그녀의 이름을 불렀다. 여자의 고개가 오른쪽으로 갸우뚱했다.

"지수 씨 맞죠? 미안한데, 나 너무 졸려서…."

애를 썼지만 눈이 스르르 감겼다. 쏟아지는 잠을 도저히 물리칠 수가 없었다.

"이따 인사할게요. 그러니까… 가지 마요."

겨우 그렇게 말하고 다시 잠들어 버렸다.

눈을 떴을 때는 이미 한낮이었다. 놀라서 벌떡 일어났다. 어젯밤 다녀간 여자의 모습이 떠올랐다. 아, 또 놓치고 말았다! 지수 씨를 만날 절호의 기회였는데.

어제의 그 순간을 아쉬워하며 주방으로 갔다. 냉장고 문을 열고 찬물을 꺼내 마셨다. 시원하지만 머릿속까지 개운하지는 않다. 머릿속이 뿌연 안개로 가득 찬 것만 같다. 며칠째 이렇다. 집 안을 둘러봐도 정지수가 다녀간 흔적은 없다. 여느 때와 다름없이, 어제도 조용히 왔다 간 것이다.

거실 테이블에 앉아 습관적으로 노트북을 켰다. 메일을 확인하고 아라 선배가 지시한 대로 파일을 수정했다. 한창 일하고 있는데 벨이 울렸다. 3층 이모일 것이다. 나를 찾아올 사람은 그녀밖에 없으니까. 수아 언니는 저번 일로 서운했는지 내 전화를 받지도 않는다.

문을 열어주러 자리에서 일어나려고 했다. 그런데 이상하다.

몸이 움직여지지 않는다. 얼어붙은 듯 의자에서 몸을 일으킬 수가 없다. 어? 왜 이러지? 왜 몸이 움직이지 않지? 문을 열어줘야 하는데.

땡동, 땡동, 땡동. 벨이 시끄럽게 울린다. 온 힘을 다해 일어나려고 애를 썼다. 간신히 손가락 하나를 움직이자 벨 소리가 뚝 그친다. 3층 이모가 기다리다 그냥 돌아갔나 보다.

몸이 조금씩 풀린다. 손가락을 시작으로 몸이 꿈틀대기 시작한다. 동시에 정신이 확 든다. 깜빡 졸았던가?

3층 이모에게 바로 전화를 걸었다.

"이모, 조금 전에 다녀가셨어요?"

〈아니. 나 지금 누룩 빚고 있는데? 왜?〉

"아, 아니에요. 일 보세요. 나중에 연락드릴게요."

또 꿈인가? 요즘 들어 낮에도 조는 일이 잦아졌다. 일이 많다 보니 피로가 계속 누적된다.

아라 선배는 전화로 일을 재촉했다.

〈소희야, 파일이 아직 안 올라왔네?〉

"지금 올리려고 했어요."

〈시간은 딱딱 맞춰야지. 너 요즘 느슨해졌다? 일이 많아? 하기 힘들어?〉

"아, 아뇨. 제가 잠깐 졸아서…."

〈그런 거 하나 못 맞추면 일을 어떻게 맡기겠니?〉

"죄송합니다. 빨리 올릴게요."

〈앞으로 조심해.〉

"시간 엄수하겠습니다."

〈그건 그렇고, 일 하나 더 할 수 있어?〉

"어떤 일인데요?"

〈별거 아냐. 도시문화사 알지? 걔들 일 받아서 하는 거야. 뭐, 하청의 하청이랄까. 잡지 부록인데 디자인이라고 할 것도 없어. 사진만 다글다글 앉히면 돼. 할 수 있지?〉

"네, 할게요. 고맙습니다."

〈열심히 하고, 다음번에 시간 어기면 너 죽어.〉

전화를 끊고 나니 한숨이 터져 나온다. 아라 선배의 전화는 나를 늘 긴장하게 만든다. 아직도 할 일이 많은데 선배는 일거리를 더 안겼다. 프리랜서인 나는 감히 회사의 제안을 거절할 수가 없다. 일이 한번 끊기면 그대로 끝인 상황을 회사에서 일하는 동안 수없이 봐왔기 때문이다.

기지개를 쭉 켜고 다시 집중했다. 아침과 점심을 걸렀지만 배가 고프진 않다.


띵동. 벨 소리에 고개를 들어보니 주변이 어둑어둑했다. 이번에는 쉽게 몸을 일으켰다.

"밥 먹었니?"

현관문을 열자 3층 이모가 웃으며 봉투를 내밀었다. 묵직한 봉투 안에는 나를 위해 준비한 저녁 식사가 담겨 있었다. 생각해보니 오늘 먹은 거라곤 아침에 마신 찬물 한 잔뿐이다. 바스락거리는 봉투 소리에 허기가 몰려왔다.

"이모, 매번 감사해요."

"한집에 사는데 뭐 어때."

"안에 들어오시겠어요?"

"아니, 나가는 길이야. 빨리 가봐야 해. 거실에서 일하나 봐?"

"테이블이 커서 제 방 책상보다 일하기 좋아요. 요새 여기서 주로 일해요."

그녀가 고개를 빼꼼 디밀고 집 안을 둘러봤다. 테이블 하나만 놓였을 뿐 거실이 휑하다. 정지수 씨가 소파를 주문했대서 따로 가구를 채워 넣지 않았다.

"참, 어젯밤에 지수 씨 왔다 갔어요."

"또 문 열리는 소리만 들은 거 아냐?"

"아뇨. 이번엔 진짜 봤어요."

"정말? 인사도 했어?"

그녀는 내 말을 못 믿는 눈치다.

"이름을 불렀더니 제 앞까지 왔는걸요. 그런데 너무 졸려서 제대로 인사도 못 한 거 있죠."

"어머, 어떡해. 힘들게 만났는데."

"그러니까요. 안 자고 기다리려고 하는데 쉽지가 않네요. 커피를 더 마셔야 하나?"

바쁘다던 이모는 현관에 선 채로 한참을 떠들다 갔다. 그녀가 건넨 봉투 안에는 흰밥과 나물, 고기, 메밀묵 등이 있었다.

저녁을 먹은 뒤 커피를 여러 잔 마시며 다짐했다. 오늘 밤엔 기필코 정지수를 만나고야 말리라.

딸랑— 딸랑— 풍경 소리에 눈을 떴다. 이런, 또 잠들었나? 일어나보니 거실이다. 테이블에서 일하다 엎드려 잠든 것이다. 시선이 느껴져 돌아보니 주방 앞에 누군가 서 있다. 어두워서 잘 보이지 않지만 여자가 분명하다.

"지수 씨?"

그녀가 말없이 다용도실 쪽을 손으로 가리킨다. 혜리의 짐을 쌓아둔 게 거슬린다는 뜻일까?

"아, 그거… 친구 거예요. 잠시 맡아둔 거라서 곧 치울게요. 그런데 오늘도 늦게 퇴근하셨네요? 얼굴 보기 진짜 힘들어요."

그녀가 손을 내리고 공손히 인사했다. 나도 얼결에 고개를 숙였다. 참 말이 없는 사람이라고 생각하는데 그녀가 내게 천천히 다가왔다. 키가 꽤 커 보인다. 드디어 동거인의 얼굴을 보는구나. 타닥, 타닥. 그녀와 나의 거리가 조금씩 가까워진다.

"지수 씨, 근데…."

"쉿!"

그녀가 입술에 손을 갖다 댔다. 그 소리가 마치 바람처럼 귓속을 울린다. 눈을 감았다. 그리고 잠시 후 눈을 뜨니 아침이다. 꿈이라기엔 너무나 생생하다. 그녀가 입으로 낸 소리가 아직도 귓가에 맴도는 것 같다. 꿈과 현실이 분간되지 않을 정도로 정신이 멍하다.

일어나 냉장고 앞으로 갔다. 3층 이모가 준 과일이 냉장고에 꽉 차 있다. 어제 정지수가 이 앞에 서 있었던 것이 기억난다. 뭘 먹은 것 같지도 않은데, 대체 여기서 뭘 한 걸까? 왜 나에게 조용히 하라고 했을까? 혜리의 짐을 치우라는 건가? 그녀의 의도를 모르겠다. 직접 만나서 물어보는 수밖에.

냉장고에서 사과를 하나 꺼냈다. 찬물을 마시고 사과를 한 입 베어 물었다. 그런데 맛이 이상했다. 과육이 흐물흐물하고 쓴맛이 났다. 씹던 사과 조각을 뱉어냈다. 입맛이 뚝 떨어져 더는 식욕이 돌지 않는다.

아침을 거르고 노트북 앞에 앉았다. 메일함을 여니 역시나 아라 선배의 메일이 와 있다. 선배가 지시한 일을 끝내려면 아침부터 부지런히 해야 한다.

일에 집중하느라 시간이 가는 줄도, 배가 고픈 줄도 몰랐다.

"제때 챙겨 먹기는 하는 거야?"

3층 이모가 또 먹을거리를 챙겨왔다. 하루 한 번씩, 잊지 않고 나를 찾는다.

"이렇게 받기만 해서 어쩌죠?"

"내가 좋아서 하는 거니까. 그나저나 마른 것 좀 봐. 살 많이 빠졌지? 요새도 새벽에 자주 깨?"

내가 살이 빠졌나? 무심히 두 팔을 들어봤다. 전보다 가늘어진 것 같기도 하다. 그런데… 이게 뭐지? 팔에 손자국이 나 있다. 누군가 팔을 꽉 잡아 멍든 것같이 붉고 푸르스름한 자국이다. 3층 이모가 볼세라 얼른 팔을 뒤로 숨겼다.

"일하느라 운동을 못 해서요."

"운동이 문제야? 밥 좀 챙겨 먹어. 여기서 더 빠지면 어떡해?"

하지만 난 괜찮다. 일하는 데 아무 지장 없으니까.

우리는 현관에 선 채로 잠시 수다를 떨었다. 3층 이모는 장을 볼 거라며 곧 나갔고, 난 다시 노트북 앞에 앉았다.

해도 해도 끝이 없는 일. 하지만 잘해야 한다. 그래야 회사에서 나라는 존재가 부각될 테니까.


대부분의 시간을 거실 테이블에서 보냈다. 어김없이 밤은 찾아오고, 난 또다시 정지수를 기다린다. 오늘 밤엔 절대 안 자야지. 하지만 내 결심은 번번이 무너진다.

기분 나쁜 꿈을 꾸었다. 가족사진 속 친척들이 내게서 모두 등을 돌리고 있는 끔찍한 꿈. 나를 안은 엄마만이 정면을 보는데 엄마의 눈에서 피눈물이 흘렀다. 사진이 왜 저러지 하고 뒷걸음질하는데 때마침 풍경 소리가 들렸다.

딸랑— 딸랑— 그 소리를 듣고 간신히 잠에서 깼다. 등에 식은땀이 흘렀다. 꺼림칙한 기분으로 몸을 일으켰다. 그 순간, 기절할 듯 놀랐다. 낯선 여자가 내 앞에 앉아 있다. 그녀의 눈, 코, 입, 얼굴 전체가 또렷이 보인다. 정지수. 신분증 사본에서 본 그 얼굴 그대로다.

"어머, 지수 씨. 반가워요."

그녀를 만나려고 얼마나 기다렸던가. 반가운 나머지 큰 소리로 인사했다. 그녀가 날 보며 희미하게 미소 지었다. 어둠 속에서도 파리한 얼굴이 빛났다.

"일이 많이 바쁘죠? 만나기가 진짜 힘드네요."

정지수는 말없이 웃기만 한다. 수줍음을 많이 타나? 어색해질까 봐 혼자서 열심히 떠들었다.

"저도 일이 많아요. 종일 일만 하니까 12시만 되면 졸려서 지수 씨를 못 기다리고 잠들어요. 오늘 이렇게라도 보니 정말 반가워요. 어때요? 집은 마음에 들어요?"

갑자기 그녀의 입가에서 미소가 사라졌다. 표정도 딱딱하게 굳었다. 그녀가 고개를 좌우로 천천히 젓는다.

"왜요? 출퇴근하기 힘들어서요? 회사가 가깝잖아요?"

"…."

"설마 내가 불편하게 한 건 아니죠? 거실을 독차지해서 불편했어요?"

"…."

"아, 내가 양해를 안 구했구나. 이 테이블, 새것인데 먼저 써서 미안해요."

그녀는 계속 고개를 젓기만 한다. 아마도 나에겐 불만이 없다는 뜻이겠지. 그렇다면 다행이다.

"그럼, 집이 편하지 않으시구나?"

"…."

"말해봐요. 이래 봬도 내가 이 집에 지분이 있어서 의견을 반영할 수 있거든요. 뭐가 문제예요? 내가 언니 오빠와 상의해서 고쳐볼게요."

그녀의 얼굴에 다시 미소가 어린다. 말없이 웃기만 하는 그녀가 답답하다.

"지금 말하기 그러면 나중에라도 알려줘요."

그녀가 머리를 쓸어 올린다. 언뜻 비친 표정이 외로워 보인다. 웃고 있지만 진짜 웃는 건 아닌 느낌. 그런 감정은 내가 잘 아는데.

"외로… 워요?"

나도 모르게 머릿속으로 생각했던 말이 입 밖으로 툭 튀어나왔다. 실례였다. 얼른 사과하려는데 그녀가 날 빤히 쳐다본다. 두 눈이 빨려 들어갈 것처럼 크고 깊다.

그리고 왜 그랬는지 모르겠다. 내 입이 저절로 움직여 속마음을 털어놓았다.

"나도, 그런데."

갑자기 그녀가 일어나 몸을 굽히더니 긴 팔을 내게로 뻗었다. 그리고 두 손으로 내 눈을 감쌌다. 차가운 기운이 느껴지며 눈 주변이, 얼굴 전체가 시원하다. 머리를 짓누르던 불쾌한 무엇인가가 사라지는 것 같다. 그리고 집 안이 훤히 보인다.

우리 집과 똑같지만 전혀 다른 공간. 벽지도 다르고 가구도 다르다. 그녀가 눈을 가렸지만 난 보인다. 저 앞쪽, 주방에 한 여자가 서 있다.

"아가씨도 여기서 오래 살면 좋겠다."

여자가 싱크대 상부장 문을 여닫으며 말했다. 머리가 새카맣고 얼굴에 주름이 자글자글한, 예순쯤 돼 보이는 여자다.

"여기서 살았던 사람들, 다 잘돼서 나갔거든."

그녀가 가까이 다가온다. 비로소 얼굴이 똑똑히 보인다. 얼굴이 갸름하고 하얗다. 어디선가 본 듯한 얼굴이다. 혹시… 수아 언니? 언니가 늙으면 이런 얼굴일까 싶을 정도로 닮았다.

"이번에 싱크대도 바꿔서 요리하기 좋겠네. 요리 자주 해요?"

"하긴 하는데, 잘은 못해요."

내 입에서 낯선 음성이 흘러나온다. 내가 아닌 다른 누군가가 말하는 것 같다. 왜 이러지?

"요즘 젊은 사람들은 다 시켜 먹더라."

여자가 내 앞에 앉는다. 그리고 테이블에 놓인 종이를 집어 든다. 계약서다. 이 집에 들어오겠다는 전세 계약서.

"앞으로 2년 동안 잘 부탁해요. 내가 바로 위에 사니까 불편한 거 있으면 연락하고요."

바로 위층? 3층에 사는 세입자는 조미인데. 비슷하지만 다른, 어디선가 본 것 같은 집 안 풍경이다.

여자가 일어선다. 내가 아닌 나도 따라 일어선다. 이건 누군가의 기억이다. 아니면 꿈이거나.

"밥하기 싫으면 3층으로 올라와요. 내가 밥해줄게. 나도 혼자 살아서 심심하거든."

여자가 나갔다. 그제야 집 안을 꼼꼼히 둘러봤다. 소파 하나 없이 긴 테이블만 놓인 거실. 내가 사는 집과 가구 배치가 비슷하다. 하지만 아무리 살펴봐도 벽지가 다르다. 자세히 보니 테이블도 디자인이 똑같지 않다. 우리 집이 아니다. 그나마 같은 공간이라 생각되는 건 거실 한쪽에 있는 전신 거울 때문이다.

거울 앞으로 갔다. 거울 속에 내가 아닌 다른 사람의 모습이 비친다. 아까 내 눈을 가린 여자다. 난 손을 들어 내 얼굴을 만졌다. 거울 속의 여자도 자신의 얼굴을 만진다. 내가 그녀인가? 지금 보이는 것은 내 눈을 가린 여자의 기억일까?

꿈은 아닌 것 같다. 그럼 내가 과거의 시간 속에 들어와 있는 걸까? 그렇다면 이 여자는 예전에 이 집에서 살았고? 이상하다. 거울에 비친 여자는 정지수가 아니라는 얘기인데. 그럼 누구지? 왜 내가 이 낯선 여자의 기억 속에 들어와 있는 거지?

정신을 차려보니 내가 그림을 그리고 있다. 벽에 큰 캔버스를 기대놓고 페인트 붓으로 물감을 칠한다. 삐리리리리. 휴대폰이 울린다.

"어, 자기."

내 입에서 애교가 잔뜩 섞인 코맹맹이 소리가 나온다. 내 목소리가 아니다.

〈뭐 하고 있어? 또 그림 그려?〉

휴대폰 너머로 들리는 남자의 억양이 귀에 익었다. 이 목소리를 어디서 들었더라?

"작품 때문에 바빠. 공모전이 얼마 안 남았어. 자기도 알잖아?"

〈알지만… 진짜 나 안 만날 거야? 또 시간이 없어?〉

"나 이번에 진짜 마음 단단히 먹었어. 이거 완성할 때까지는 외출 금지야. 아무도 안 만나."

슬슬 짜증이 밀려온다. 이건 내 감정이 아닌 이 여자의 감정이다. 그녀는 애인이 보고 싶지 않다. 귀찮다. 그를 만나기보다는 미치도록 붓을 휘두르고 싶다.

〈내가 가면? 그것도 안 돼? 작품 하는 데 방해돼?〉

"그건 아닌데… 한창 몰입 중이라서. 다음에 와."

어떻게든 이 남자를 떼어버려야 하는데. 그가 내 시간을 뺏는 것을 용납할 수가 없다. 하지만 마음이 약해서 전화를 선뜻 끊지 못한다.

〈너 커피 좋아하잖아? 더치커피 만들어놨어. 잠깐 들를게.〉

아, 진짜! 입에서 욕이 튀어나온다. 이 남자, 왜 이렇게 눈치가 없지? 싫다고 하면 적당히 알아서 물러날 것이지 뭘 찾아온다 그래? 그러나 전화는 이미 끊어진 뒤다.

나는, 아니 여자는 투덜대며 다시 그림을 그린다. 신들린 듯 붓질을 한다. 사방에 물감이 튄다. 그래도 신경 쓰지 않는다. 겹겹이 칠한 물감이 캔버스를 물들여간다.

띵동. 벨이 울린다. 난 못 들은 척 계속 붓을 휘두른다. 띵동, 띵동, 띵동. 신경을 긁는 벨 소리. 띵동, 띵동, 띵동. 쉬지 않고 울린다. 짜증이 나서 붓을 집어던졌다. 테이블에 부딪힌 붓이 바닥에 붉고 긴 선을 남긴다. 마치 핏자국처럼. 띵동, 띵동, 띵동. 화가 솟구친다. 성큼성큼 현관으로 가 문을 열었다.

"나 일하는 중이래도!"

버럭 화를 냈다. 열린 문 앞에 남자가 서 있다. 이런 상황이 익숙한 듯 그가 나를 보고 해맑게 웃는다. 아, 이 사람은… 아는 얼굴이다.

"또 예민해진 거야? 에이그, 당 떨어졌지? 이거 마셔. 내가 달달한 커피도 만들어 왔어."

그가 테이크아웃 컵을 들어 보인다. 난 그가 건네준 커피를 마신다. 커피 한 모금에 마음이 이내 차분해진다. 그래 이 사람, 커피숍 로스트에서 봤어. 신입 바리스타였지. 이름이 민성재던가? 기억 속 가물가물한 명찰을 떠올렸다.

"작품 톤이 어째 좀 바뀐 것 같네? 뭐랄까… 격정적인데?"

"자기가 뭘 안다고."

내가 입을 삐죽거린다. 그가 다가와 포근히 안아준다. 치밀어 오르던 화가 조금 누그러진다. 커피 덕분일까, 아니면 그에 대한 그녀의 감정인 걸까.

"화났어? 방해해서 미안. 하지만 너도 뭐 좀 먹고 해야지. 마른 것 좀 봐. 밥은 제대로 먹는 거야?"

몸을 돌려 거울에 내 몸을 비춰 본다. 앙상하다. 마른 나뭇가지를 연상시킬 만큼 팔다리가 비쩍 말랐다.

"너무 무리하지 마. 그러다 탈 나. 공모전이 언제랬지?"

기억이 안 난다. 얼마 남지 않은 건 확실한데, 날짜가 생각나지 않는다. 머릿속에 안개가 가득 낀 것 같다.

그가 뒤에서 나를 안는다.

"이번이 마지막 기회는 아니잖아. 공모전이 얼마나 많은데. 난 네가 건강부터 먼저 챙겼으면 좋겠다."

"…."

"잠은 잘 자? 수면제 안 먹어도 괜찮고?"

거울에 비친 내 모습이, 그녀의 얼굴이 처참하다. 퀭한 눈과 짙은 다크서클, 푸석푸석한 피부, 헝클어진 머리….

"설마, 다시 먹는 건 아니지?"

그의 말이 귀에 들어오지 않는다. 거울에 비친 모습이 안타까워 시선을 돌릴 수가 없다.

"내 말 듣고 있니? 지수야, 내 말 안 들려?"

지수라니! 내 하우스메이트 정지수 말인가? 지금 보이는 이 여자가 정지수라고? 뭐가 뭔지 하나도 모르겠다. 정지수는 화가가 아닐 텐데? 해외 출장이 잦은 회사원이라 하지 않았나? 혼란스럽다.

"정신 좀 차려. 너 왜 그래?"

"모르겠어… 요즘 내가, 내가 아닌 것 같아."

내가, 아니 그녀가 대답한다. 하지만 내 심정도 마찬가지다. 마치 깨지 않는 긴 꿈을 꾸고 있는 것 같다.

"일, 일해야겠어. 시간이 없어."

마음이 조급해진다. 뭔가에 쫓기는 느낌이 든다. 이 사람 좀 빨리 나갔으면. 난 지금 생각을 정리할 시간이 필요해.

"조금 쉬었다 해. 지금 너에게 필요한 건 휴식이야."

"아니, 지금 해야 해. 미안한데 자기, 다음에 봐."

"지수야."

"제발, 제발 부탁이야. 가줘, 제발!"

내가 악을 쓴다. 그를 이 집에서 몰아내지 않으면 큰일이 생길 것만 같다. 나가 제발! 나가 어서! 내 안에서 광기가 휘몰아친다. 어디서 그런 힘이 났는지 그를 문밖으로 밀어냈다.

"지수야, 너 왜 이러니? 요새 왜 이래?"

현관문을 닫았다. 그의 목소리가 두꺼운 문을 뚫고 울린다.

"지수야! 정지수!"

음악을 틀었다. 그의 목소리가 들리지 않을 만큼 볼륨을 높인다. 둥— 둥— 규칙적인 북소리에 마음이 편안해진다.

새 붓을 꺼내 다시 그림을 그린다. 음악에 맞춰 춤을 추듯 붓질한다. 주체할 수가 없다. 두꺼운 원색의 선들이 겹쳐지며 넓은 캔버스를 채워간다.

〈잘한다, 잘한다.〉

누군가 귓가에 속삭이는 것 같다. 신바람이 난다. 난 더 열정적으로 그림을 그린다. 그림에 열중할수록 주변이 온통 물감으로 물들어간다.

사계절이 지나간다. 더위도, 추위도 잊은 채 나는 북소리와 음악에 맞춰 미친 듯 그림만 그린다. 외롭다. 그가 그립다. 너무 보고 싶은데, 생각만 해도 가슴이 아픈데, 그는 이제 나를 보러 오지 않는다. 그의 얼굴을 떠올린다. 도진이가 아니다. 커피숍 로스트의 민성재가 보고 싶다. 마음이 허해서 아무리 붓질을 해도 채워지지 않는다. 하지만 내 손은 여전히 멈출 줄을 모른다.

딸랑— 딸랑— 음악 소리를 뚫고 불현듯 풍경 소리가 들린다. 누가 왔나? 혹시… 민성재? 쉬지 않고 붓질하며 현관문 쪽을 바라본다. 문은 굳게 닫혀 있다. 현관문에는 풍경이 달려 있지 않다. 참, 여기는 우리 집이 아니지. 그래, 이건 내 현실이 아니야. 정지수의 기억이야. 정신을 차리고 고개를 돌리려는 순간, 이상한 생각이 번뜩 떠오른다. 그럼 이건… 어디서 들리는 풍경 소리지? 이 집에는 풍경이 없는데?

딸랑— 딸랑— 소리가 또 들린다. 붓을 내려놓고 정신을 집중해 소리 나는 쪽을 쳐다본다. 주방 옆 다용도실에서 들려오는 것 같다. 이상하다. 풍경 소리가 왜 저기서 나는 거지? 누가, 있나? 조심스럽게 다용도실로 다가간다. 그리고 미닫이문을 연다. 하지만 다용도실엔 아무도 없다.

딸랑— 딸랑— 소리는 더 크게 들려온다. 덜컥 겁이 나서 문을 닫고 거실로 돌아온다. 방울 소리는 점점 더 커진다. 민성재가 울리던 벨 소리와는 차원이 다르다. 딸랑거리는 소리가 머릿속을 마구 헤집는다. 도망가고 싶다. 미칠 것만 같다. 현관으로 달려갔다. 손잡이를 돌려도 굳게 닫힌 문은 열리지 않다.

딸랑, 딸랑, 딸랑, 딸랑. 방울 소리가 더 크고, 더 빠르게 울린다. 그 소리가 내 목을 조여온다. 숨이 막힐 것 같아 창문 앞으로 갔다. 그러나 창문도 열리지 않는다. 초조하다. 빨리 이곳을 빠져나가야 하는데.

문득 의자가 눈에 들어온다. 난 의자를 던져 유리창을 깨뜨렸다. 유리 파편이 튀지만 신경 쓸 겨를이 없다. 얼른 이 집에서 탈출해야 한다. 저 요란한 방울 소리가 날 죽이기 전에 도망쳐야 한다. 뛰어내리자. 여기서 나가야 한다. 탈출해서 민성재를 만나고 싶다.

창틀에 발을 걸치는 순간, 누군가 내 허리를 잡았다.

"놔! 놓으라고!"

몸부림하며 소리쳤다. 내 허리를 붙잡은 손에서 빠져나가려고 온 힘을 다했다. 그러나 억센 힘이 날 잡아당겼다. 나도 창틀을 잡고 버텼다. 깨진 유리 조각이 살을 파고들어 피가 났다.

"여기서 빨리 나가야 해. 놔! 제발 좀 놔줘!"

고함을 질렀다. 너무 절박해서 눈물이 났다.

"소희야, 왜 그래? 정신 차려."

어? 이건… 도진이 목소리인데?

정신이 들었다. 그와 동시에 내 몸이 뒤로 넘어갔다. 쿵 소리와 함께 바닥에 나뒹굴었다.

"도진아… 너야?"

바닥에 구르면서도 그의 얼굴을 확인했다. 도진이가 맞다. 현실로 돌아온 걸까? 등에 통증이 느껴졌다.

"정신이 좀 들어?"

"도진아, 내가 왜 이러고 있어? 무슨 일이야?"

도진이가 울먹이는 나를 안았다. 난 겁이 나면서도 한편으로는 안도했다. 다행이다. 정말 다행이다.

"썩어도 단단히 썩었군."

낯선 여자 목소리가 들렸다. 허스키하면서도 부드러운, 나를 강하게 짓누르는 것 같은 목소리다. 무섭다. 몸이 오들오들 떨린다.

소리가 난 곳으로 천천히 고개를 돌렸다. 무서운 얼굴을 한 낯선 여자가 나를 노려보고 서 있었다.

"죽이려고 작정을 했어? 이 고얀 것들!"

여자의 호통에 눈물이 쏙 들어갔다. 누구지? 누군데 나한테 화를 내는 거야? 떨림이 멈추지 않는다. 얼굴은 평범해 보이는 사람인데 두렵다. 그녀가 입고 있는 알록달록한 옷이 무섭다.

"이리 나와. 자네가 있을 곳은 거기가 아니잖나."

목소리가 다소 누그러졌다. 여자가 내게 손을 내밀었다.

"자, 어서."

살살 달래는 말에 그녀의 손을 잡았다. 그런데 손이 너무 뜨겁다. 유리에 베인 상처가 뜨거운 프라이팬을 맨손으로 만지는 것 같다. 손바닥으로 전해지는 열기가 온몸을 태워버릴 것만 같다.

난 여자의 손을 뿌리쳤다. 그리고 겁이 나서 도진이에게 매달렸다. 도와줘, 제발.

"이제 가야지."

그녀의 낮은 음성이 머릿속을 헤집었다. 그 뜨거운 손이 이번에는 내 어깨를 잡았다. 어지럽다. 머리가 아프다. 구역질도 난다. 난 힘겹게 고개를 들었다.

"싫어. 여기 있을 거야. 여기가 내 집이야."

내 입에서 바락바락 대드는 소리가 튀어나온다. 배를 쥐어짜 내뱉는 소리. 내 목소리가 아니다.

"어허, 어디서 감히!"

여자가 갑자기 내게 뭔가를 던진다. 작은 알갱이들이 수도 없이 날아와 내 몸에 박힌다. 바늘로 사정없이 찌르는 것만 같다. 아파! 아프다고! 그만해! 죽을 것 같아. 도진아! 나 좀 도와줘. 고함을 질러도 소리가 나오지 않는다. 도진이는 미동도 없이 그저 지켜만 볼 뿐이다. 이상해. 다들 이상해.

난 몸서리를 치며 바닥을 기었다. 여기서 도망가야 해. 혼자서라도 이곳을 벗어나야 해. 그런데 손들이 나를 붙들고 늘어진다. 그 손들은 내 몸을 눌렀고, 난 발악하다가 정신을 잃었다.

얼마나 지났을까. 웅성대는 소리에 눈을 떴다. 눈앞이 뿌옜다. 쑥과 종이를 태우는 듯 매캐한 냄새에 기침이 났다. 연기 너머로, 머리를 곱게 쪽 지고 화려한 한복을 입은 여자가 집 안을 돌아다니며 뭔가를 피우고 있었다. 정신을 잃기 전, 나를 꾸짖던 그 여자다. 그녀의 휘파람 소리가 가늘게 들려왔다.

"정신이 좀 들어?"

도진이가 나를 일으켰다. 아직 비몽사몽이다. 그래도 그의 얼굴을 보니 안심이 된다. 이건 현실이겠지? 제발, 제발 그랬으면. 옆에서 누군가 울먹거렸다.

"소희야….'

놀랍게도 혜리였다. 예전처럼 말짱한 모습이 반가워 와락 끌어안았다.

"괜찮아? 혜리야, 안 아파?"

"난 아무렇지 않아. 그런데 네가….'

혜리가 눈물을 뚝뚝 흘렸다. 그 눈물이 내 목덜미를 적셨다. 비로소 마음이 놓였다. 붕대를 둘둘 감아놓은 손이 아프다. 감각이 느껴지는 걸 보면 현실이겠지.

"미안해. 앞으로 계속 너랑 같이 있을게. 진짜 미안해."

이제야 잠이 깨는 것 같다. 난 혜리의 등을 토닥이며 고개를 들었다. 눈앞에 김향 이모가 있었다.

"이모, 어떻게 여길…?"

"도진이 학생 연락받고 왔지."

혜리를 안은 채로 이모에게 손을 내밀었다. 이모가 내 손을 꼭 잡았다. 따스했다.

"괜찮지? 다행이다… 정말 다행이야."

이모도 눈물을 흘렸다. 그리고 손을 들어 헝클어진 내 머리를 쓰다듬었다. 이모의 오른쪽 손목에 엄마 팔찌가 있었다. 이모가 맞구나. 꿈이 아니야. 진짜 현실이야. 드디어 끔찍한 악몽에서 벗어났어.

그제야 집 안 상황이 눈에 들어왔다. 거실과 주방에 119 구급대원들과 경찰들이 서성이고, 현관문 밖에선 구경꾼들이 기웃거렸다. 집 안을 돌아다니는 한복 입은 여자는 무당이라고 했다. 그제야 상황 파악이 됐다. 조금 전, 창밖으로 뛰어내리려 했던 것도 기억났다. 내가 왜 그랬을까?

지나간 날들이 떠올랐다. 이 집에 이사 오고 나서 밤낮없이 일에만 매달렸다. 3층 여자와 가끔 밥을 먹고, 밤이면 정지수가 오기를 기다렸다. 그리고 그녀의 기억 속으로 들어갔다. 언제부터였을까? 난 무엇에 홀렸던 걸까? 그때였다.

찌이이익— 뭔가를 찢는 듯 날카롭고 불쾌한 소리가 들렸다. 소리가 나는 쪽을 보니 무당이 벽지를 뜯어내고 있었다. 인테리어한 지 얼마 안 돼 새집이나 마찬가진데. 언니 오빠의 허락도 없이 집을 망가뜨릴 순 없는데.

"저, 저기요!"

내가 말릴 새도 없이 벽지가 쭉쭉 뜯겨나갔다. 그런데 그 틈

사이로 샛노란 게 보였다. 도진이의 부축을 받아 다가가서 자세히 보니 부적이었다. 벽면 가득 부적이 붙어 있었던 것이다. 미처 뜯기지 않은 벽지에 곰팡이가 새카맣게 슬어 있었다. 조금 전까지만 해도 보이지 않던 곰팡이가 눈에 들어오기 시작했다. 집이 온통 곰팡이투성이다.

놀랄 틈도 주지 않고 무당이 반대편으로 갔다. 그러곤 벽지를 또 사정없이 뜯어냈다. 반대편 벽도 부적으로 도배돼 있었다.

"오호라! 어쩐지 집안에 잡귀들이 득실댄다 했어."

무당이 재미있다는 듯 껄껄 웃었다. 낮은 웃음소리에 소름이 끼쳤다. 그녀는 장판도 들췄다. 바닥에도 부적이 쫙 깔려 있었다. 무당이 혀를 끌끌 찼다.

"집 전체를 아예 커다란 독으로 만들었군. 아무리 비방이 난무한다지만 어떻게 이렇게까지, 쯧쯧… 하늘 무서운 줄 모르는 게지. 이게 뭔 줄이나 알아?"

무당이 고개를 획 돌려 나에게 물었다. 아니, 이건 내가 한 게 아닌데. 난 모르는 일이라고. 말이 입안에서만 맴돌았다. 겁에 질려 입도 벙긋할 수 없었다.

"부적이잖아요. 귀신 쫓는 부적 아니에요?"

김향 이모가 대답했다.

"아니. 이건 이 집에 있는 귀신을 못 나가게 막는 거야."

"여기, 귀신이 있어요?"

가까이 서 있던 경찰 하나가 눈이 동그래져서 물었다.

"그럼 있지. 여기도, 저기도."

무당이 집 안 곳곳을 가리켰다. 그럴 때마다 사람들이 움찔거렸다. 그녀의 행동이 소름 끼쳤다. 찢긴 벽지와 장판 사이로 보이는 부적의 붉은 글씨가 섬뜩했다.

"왜 귀신이 못 나가게 막는 거죠?"

"왜겠어?"

도진이의 물음에 무당이 씩 웃으며 되물었다. 그 질문을 기다렸던 것처럼. 하지만 그녀의 눈은 웃지 않았다. 그리고 시선은 그가 아닌 나를 향했다. 이것은 나 들으라고 하는 얘기다.

"염매야. 염매, 몰라?"

"…."

"옛날에는 아이를 제물로 썼지. 아주 어린애를 말이야. 어린 것을 가두고 외로움과 굶주림에 몰아넣어 서서히 말려 죽였거든. 그렇게 만든 원혼을 주물로 쓰는 거야."

"뭐 하러요?"

"당연히, 원하는 것을 이루기 위해서지."

"원하는 게 뭔데요? 누가 그런 건데요?"

"글쎄? 감은 오지만… 지금부터 차차 알아내야지. 이런 변칙적인 비방은 나도 처음 봤으니까. 강력한 염매를 만들려고 잡귀까지 끌어들이다니, 보통 것이 한 짓이 아니야."

무당이 손을 번쩍 들었다. 젊은 여자가 깃발 뭉치를 무당에게 건넸다. 여러 가지 색이 섞인 오방기였다.

"상대가 워낙 악해서 말이야. 우리 신명님이 달가워하지 않으시네."

무당은 그 자리에서 오방기를 몇 번 흔들었다. 그리고 양손에 깃발을 나눠 쥐고 집 안을 돌아다니기 시작했다.

"괜찮아. 괜찮아질 거야…."

도진이가 내 어깨를 쓰다듬으며 위로했다. 그래, 괜찮아. 네가 있고, 혜리와 김향 이모도 있으니까.

갑자기 손목에 누군가의 손길이 느껴졌다. 김향 이모가 차고 있던 팔찌를 풀어 내 손목에 걸어주고 있었다.

'차고 있어.'

이모가 소리 내지 않고 입 모양으로 말했다.

'엄마가 널 지켜줄 거야.'

손목에 걸린 팔찌를 뺨에 가져다 댔다. 부드러운 면실의 감촉이 느껴졌다. 마음이 편안했다. 엄마의 온기가 희미하게 전해지는 것만 같았다.

"이건 또 뭐야? 어디서 고약한 냄새가 난다 했더니, 쯧쯧… 이런 잡기를 부린다고 못 찾을 줄 알았어?"

무당의 목소리가 쩌렁쩌렁했다. 주방 옆 다용도실에서 소리가 났다. 잠시 후 그녀가 모습을 드러냈다. 오방기로 감싼 뭔가를 들고 내 곁으로 다가왔다.

"이게 뭔지는 아는 게야?"

그녀가 내 앞에 내려놓은 것은 시골집에서 가져온 놋그릇이었다. 그런데 그 안에 부적이 있었다. 벽에 붙어 있는 부적과는 전혀 다른 문양이었다.

혜리가 내 곁에 바짝 붙었다. 그 애 역시 겁을 먹고 있었다.

"누가 준 거니?"

의외로 무당이 상냥하게 물었다. 하지만 두 눈을 부릅뜬 얼굴이 너무 무서웠다. 난 고개를 흔들었다.

"아니야? 그럼 네가 찾은 거야?"

계속 고개를 저었다. 우연히 내 가방에 들어 있었던 것이다. 누가 준 것도 아니고 내가 찾은 것도 아니다. 집으로 가져온 것도 내가 아니다.

"네가 찾은 건 아니란 말이지?"

난 재빨리 고개를 끄덕였다. 비로소 무당의 표정이 부드러워졌다. 모든 걸 다 알고 있다는 표정이었다.

"그럼 그렇지. 넌 그릇이 아니야."

그릇? 전에도 비슷한 말을 들은 적이 있다. 가물가물한 기억이 되살아난다. 아마 현선 언니가 입원한 정신병원 면회실에서일 거다.

'아니, 웃기잖아. 애가 그럴 그릇이 돼?'

언니는 손뼉을 치며 요란하게 웃어댔다. 그래, 현선 언니가 그 얘기를 했지!

"신가물이 아니라 넌 신을 받지 못해. 자격이 없다고. 그런데 네가 왜 이걸 갖고 있지?"

무당이 날 노려봤다. 말투도 다시 매서워졌다. 근엄한 눈빛이 나를 꿰뚫어 보는 것 같아 겁이 더럭 났다. 난 도진이의 팔을 꽉 붙잡았다.

"그동안 네가 뭘 갖고 있었는지 알아? 얼마나 무서운 건지 모르지?"

그녀의 입가에 비웃음이 서렸다. 한쪽 눈썹이 치켜 올라갔다. 난 영문을 몰라 오들오들 떨기만 했다. 무당의 얼굴이 점점 가까이 다가왔다. 짙은 화장이 또렷이 보였다.

"게다가 부적까지 붙여 정체를 숨기려 했겠다? 두 손으로 하늘을 가린다고 악행이 감춰지나? 잡귀 주제에 신명님 무서운 줄 모르는구나."

다시 숨이 막힐 것만 같았다.

"이게 뭔데요? 대체 뭔데 소희한테 이러시는 겁니까?"

도진이가 나를 끌어당겨 안으며 따지듯 물었다.

"명두. 세상을 훤히 들여다보고 악령을 쫓는 신령한 물건이야. 우리네 무가에서는 무업을 잇는 증표이기도 하지. 어허, 어딜! 손대면 안 돼!"

무당은 놋그릇, 아니 명두에 손을 대려는 도진이에게 고함을 쳤다. 도진이가 움찔했다.

"허나 이 명두는 영묘함을 잃었어. 더 이상 천지신명이 깃들어 있지 않아. 대신 요망한 악귀가 들어앉았네. 악취가 진동해. 코가 썩을 지경이야. 그런데, 요것 봐라? 이 부적을 쓴 자가 보통내기가 아니야. 보아하니 허주 잡신을 섬기나 본데, 그 주제에 여간 센 게 아니야. 숨기는 자라⋯ 왜 그랬을까? 대체 이게 어디서 났을까?"

무당의 목소리가 날카로웠다. 뾰족한 목소리가 칼이 되어 나를 공격했다. 난 도진이에게 안긴 채로 바들바들 떨었다.

"악귀 낀 이 물건, 어디 있던 게야? 부적을 붙인 자가 대체 누구야?"

그녀의 사자후가 집 안에 쩌렁쩌렁 울렸다. 순간, 모두의 시선이 나에게 집중됐다.

"이거 어디서 났어?"

"시, 시골집이요⋯. 적송이에요."

"흥! 거기가 본거지로군. 그자도 거기 있나? 이 부적을 쓴 자 말이야."

"모, 몰라요. 부적은 전 몰라요. 분명 아무것도 없었는데⋯."

머릿속에 시골집 풍경이 떠올랐다. 창고 뒤에서 담배 피우던 종현 오빠의 얼굴도 생각났다.

"짐작 가는 사람도 없고?"

"모, 모릅니다."

"꼭 찾아내야 해. 그거 못 찾으면, 네 목숨도 장담 못 해."

무당이 나를 한참 노려보다가 몸을 일으켰다. 그리고 휙 돌아서 현관으로 향했다. 젊은 여자가 오방기로 감싼 명두를 들고 그 뒤를 따랐다.

"시골집으로 가는 건가요?"

무당의 등 뒤에 대고 내가 작은 소리로 물었다.

무당이 뒤를 돌아봤다. 짙은 화장 아래로 미소가 살짝 드러났다. 아까보다는 인자한 느낌이다.

"네가 상대할 악귀가 보통 악귀인 줄 알아? 이 귀신 소굴에서 나가면 어디로 갈 거야? 그 악한 것들로부터 네가 숨을 곳은, 오직 우리 신명님 곁뿐이야."

# 18

 그사이 계절이 바뀌었다. 홍연동으로 이사할 때만 해도 무더웠는데 어느새 찬바람이 분다. 벌써 11월이라니. 난 아직도 얇은 반소매 차림이다.
 김향 이모가 운전하는 차의 뒷좌석에 도진이와 나란히 앉았다. 히터를 켜고 패딩을 걸쳤지만 몸이 오들오들 떨린다.
 "어떻게 된 일이야?"
 도진이의 어깨에 머리를 기대며 내가 물었다. 몸에서 힘이 쭉 빠져 똑바로 앉기조차 힘들다.
 "내가 왜 그러고 있었어?"
 "귀신에… 홀렸었나 봐."
 "내가? 집에서?"

"자세한 건 나도 몰라. 이따 무당 선생님이 말씀해 주시겠지."

"얼마나 그러고 있었던 거야?"

"최소 한두 달은 된 것 같아. 나와 연락이 끊긴 뒤로 계속⋯. 미안해."

"네가 미안할 게 뭐 있어? 그동안 있었던 일이나 아는 대로 말해줘. 넌 언제 올라왔어?"

"한 3주 됐어. 필기시험 보려고 올라왔는데 너와 연락이 안 됐어. 처음에는 삐졌나 했지. 하지만 시험 끝나고 연락해도 통화가 안 되는 거야. 휴대폰이 정지됐나 했어. 보통 두세 달 요금을 안 내면 정지되잖아. 문제가 생겼다는 걸 그때 알았지."

"그래서 날 찾아 집에 왔구나?"

"아무리 벨을 눌러도 네가 문을 안 열어줬어. 몇 번이나 찾아갔는데도 말이야. 안에서 인기척도 없고 불안했지."

"집에만 내내 있었는데?"

"그러니까. 이상하지?"

"그럼 지수 씨에게 물어⋯."

아차 싶다. 내 눈을 가렸던 그 여자, 그리고 그녀의 기억. 나는 그녀였다. 한동안 그녀에게 홀렸던 거다.

정신을 잃었던 순간이 조금씩 기억난다. 도진이가 나를 붙잡지 않았더라면 창밖으로 뛰어내렸겠지. 고작 2층이지만 어쩌면 죽었을지도 몰라. 나는, 아니 그녀는 왜 밖으로 뛰어내리려 했을까? 헷갈린다. 그녀는 정지수가 맞을까? 아니, 나에게 동거인이 있기는 한 걸까? 계약서를 작성한 기억은 있는데 그마저 홀린 건지도 모르겠다.

"3층 이모 만나서 물어보지 그랬어?"

"그 아줌마를 넌 믿니?"

"무슨 소리야?"

"그 여자, 아주 수상하던데?"

"왜? 자세히 얘기해봐."

"너와 계속 연락이 안 되니까 너무 걱정되잖아. 무작정 3층으로 올라갔지. 그런데 자기는 너에 대해 전혀 모른대. 계약한 이후로 아예 못 봤다는 거야."

"거짓말. 나랑 매일 같이 밥을 먹었는데? 또 뭐래?"

"너희 집 문을 열어달랬더니 자기는 비번을 모른대. 그래서 열어줄 수가 없대. 분명히 비상용 키가 있을 텐데. 어이가 없잖아. 사람이 살았는지 죽었는지 모르는데 원칙적인 얘기만 하니까. 그래서 신고해야 하는 것 아니냐며 따졌어. 그랬더니 경찰이 집에 오는 게 싫다는 거야."

이해가 안 간다. 3층 세입자가 내게 얼마나 다정했는데. 내가 굶어가며 일할까 봐 매일매일 맛있는 음식까지 가져다줬다. 날 친조카처럼 아꼈고, 그래서 이모라 불렀다. 그런데 그녀가 왜 그랬을까?

"그 이후로는 나를 피하는 거야. 안 되겠다 싶어서 며칠 벼르다가 경찰을 불렀어."

"그렇게 해서 집에 들어온 거야?"

"아니. 법이 진짜 웃기더라. 그 아줌마가 주거침입이다 뭐다 떠들어대는 바람에 경찰도 물러났어. 관리인이 거절하면 문 열라고 강요는 못 한대. 그리고 뭐라는 줄 알아? 네가 여행 갔을 테니까 기다려보래."

"진짜 어이없지 않아? 그게 경찰이 할 말이야?"

조수석에 앉은 혜리가 뒤돌아보며 대화에 끼어들었다. 생글생글 웃는 모습이 다시 예전으로 돌아온 것 같아 마음이 놓였다.

"그래서 한참 고민하다 이모님께 연락한 거지. 내가 기억력이 좋잖아. 안동 미용실 상호를 잊지 않았거든."

룸미러를 통해 김향 이모와 눈이 마주쳤다. 운전대를 잡은 이모가 나를 보며 다정하게 웃었다. 우리 차 앞으로 무당이 탄 검은 스타렉스가 달리고 있었다. 우리는 그 차를 따라 무당이 알려준 신당으로 가는 중이다.

"나도 걱정하고 있었거든. 택배로 사과를 보냈는데 반송되지 뭐니? 네가 이사 갔나 싶어서 전화해도 안 받더라고."

"죄송해요, 이모. 이사했다고 연락드린다는 걸 깜빡했어요."

"그럴 수도 있지. 너도 바쁘잖아. 그런데 언니가 내 꿈에 자꾸 나타나서 우는 거야."

"엄마가요?"

"어, 너희 엄마가 매일 밤 꿈에 나왔어."

가슴이 먹먹하다. 엄마, 울었어? 내가 걱정돼서 밤마다 운 거야? 그렇게 걱정되면 내 꿈에도 나타나지 그랬어. 내가 얼마나 보고 싶었는데. 몰래 눈물을 훔치며 김향 이모가 걸어준 엄마의 팔찌를 만지작거렸다.

"내가 속이 터지는 줄 알았어. 언니가 자꾸 나타나 우는데 말은 안 하지, 넌 전화를 안 받지. 보통 답답한 게 아니야. 노심초사하고 있는데 때마침 도진이 학생과 연락이 닿은 거지."

"너 살아난 거, 이모님 덕인 줄 알아."

장난 섞인 혜리의 말에 나도 모르게 콧물을 삼켰다. 그 바람에 우는 걸 들키고 말았다. 무안해서 소리 내어 웃고는 아무렇지도 않은 척 혜리에게 물었다.

"무슨 소리야?"

"이모님 지인 중에 경찰이 있어. 그것도 빽 좋은 경찰."

"얘는. 빽이랄 것까지는 없고, 사촌 오빠가 경찰이라 알음알음 도움을 좀 받았어."

"이모님 덕이 컸죠. 경찰까지 대동하고 갔는데, 막상 문 열려고 하니까 웃기게도 다들 주저했잖아요. 그때 이모님이 나서서 다 책임진다고 하니까 문을 열었지, 안 그랬으면 어휴…."

"내가 나서야지, 그럼 누가 하겠니? 법이 그렇다는데 어떡해? 너희처럼 앞길 창창한 애들을 앞세울 순 없잖아."

"운이 좋았어. 문을 여는 순간, 네가 막 창문으로 뛰어내리려고 했거든."

아, 그래서 그렇게 모인 거구나. 나를 걱정해서 다 모인 거야. 그런데… 3층 세입자는 왜 보이지 않았을까? 열린 현관문 밖에서 기웃대던 구경꾼들 속에도 그녀의 모습은 없었다.

"3층 이모는?"

"집을 비웠는지 없더라. 근데 너 자꾸 이모, 이모, 하지 마. 여기 계신 진짜 이모 섭섭해 하신다."

"자주 보니까 편하게 부른 거지."

"하여간 그 아줌마, 도진이 말대로 진짜 수상해. 우리를 피하고 있잖아. 일부러 그러는 것 같지 않아? 오늘도 안 보였어."

도진이와 혜리는 3층 세입자를 의심했다. 하지만 난 그 말을 믿고 싶지 않다. 외롭고 힘들 때 누구보다도 나에게 잘해줬던 사람이다. 그런 사람이 나에게 못된 짓을 할 거라곤 생각하기 싫다.

"혜리야 넌? 넌 어떻게 알고 왔어?"

"도진이 얘가 집념의 사나이잖아. 날 만나겠다고 여주까지 찾아왔더라."

이번엔 어머니가 만남을 허락하신 걸까. 혜리를 만나게 해주실 분이 아닌데.

"말도 마. 내가 혜리 만나려고 사진관 앞에서 진을 쳤단다."

"그 정성으로 시험을 봤으면 진작 붙었지."

혜리가 놀리듯 말했다. 그 말에 가슴이 덜컥 내려앉았다. 열심히 준비했는데 시험에 떨어졌구나. 설마… 나 때문일까? 또 시험을 준비하려면 이렇게 시간을 허비해도 괜찮을까? 내 마음을 안다는 듯, 도진이가 내 머리를 가볍게 쓰다듬었다.

"아직 한 군데가 발표를 안 했어."

"다행이다. 거긴 붙을 거야. 꼭."

"야, 걱정 마. 얘 시험 잘 봤대. 그러니까 내가 놀리는 거지. 소희 아직도 새가슴이네."

혜리가 킥킥거리는 걸 보니 다시 예전으로 돌아간 것 같다.

"혜리네 집 앞에서 기다린 지 이틀 지났나? 애가 딱 나오는 거야. 그래서 바로 붙잡았지."

"도진이 얘기 듣고 가슴이 두근두근하더라. 촉이 딱 오는 거야. 네가 이유도 없이 잠적할 애가 아니잖아?"

"너희들, 내가 실종된 줄 알았구나?"

"아니. 이상하게 네가 어떤 상황인지 감이 딱 오더라고. 나도 비슷하게 겪어봤잖아."

"겪어? 너도 그랬다고?"

"넌 그럼, 멀쩡하던 내가 왜 실신하고 헛소리했다고 생각하니? 그냥 응급실 간 줄 알아?"

몰랐다. 그저 혜리가 업무에 찌들어 몸이 축났다고만 생각했다. 건강이 안 좋아 잠을 못 자고, 그 때문에 신경이 쇠약해진 줄 알았다.

"우리 엄마가 아무 말 안 했구나. 하긴, 당신 자식 일이니 얘기하기 쪽팔렸겠지."

"그래도 다행이다. 괜찮아져서."

"말도 마. 진짜 고생했어. 밤마다 이상한 소리 들리고 자꾸 헛것이 보여서 죽는 줄 알았잖아. 덕분에 그 후로 묘하게 촉이 좋아졌지만 말이야."

"넌 왜 그랬던 거래?"

"그 명두인지 뭔지 놋그릇 때문이지. 그것 때문에 내가 이상해진 거잖아. 나도 무당에게 똑같은 소릴 들었거든."

"그릇이니 신가물이니 뭐 그런 거?"

"어, 나도 신이 탐낼 몸이 아니래. 그런데 이상하게 잡귀가 들러붙었다는 거야. 그놈의 쇠 쪼가리 때문에, 아휴…."

생각해보니 이 사달이 난 것도 명두 때문이다. 시골집에서 그걸 발견한 뒤 종현 오빠가 죽었고, 그걸 집에 들이고부터 혜리도 이상해졌다. 명두를 들고 이사 온 뒤로 나 역시 귀신에게 홀렸다. 수아 언니가 말한 동티 난다는 게 이런 걸까. 손대지 말아야 할 것에 손을 댄 벌이다. 하지만 집에 명두를 가져온 건 내가 아니다.

내 가방에 명두를 넣은 사람이 수아 언니일까? 아니면 현선 언니? 둘 다 의심스럽다. 수아 언니가 다녀간 뒤로 집에서 명두가 발견됐다. 우리 집에 왔을 때 몰래 두고 갔을 가능성이 높다. 하지만 현선 언니도 유력하다. 현선 언니 집에 십자가가 유달리 많았던 게 이상하다. 그렇게 신앙심이 깊어 보이지 않는데 거실 벽이 십자가로 채워져 있었다. 아마도 귀신의 존재를 알고 있어서 그랬겠지. 언니의 이상한 언행도 그것과 무관하지 않을 것이다. 그래서 정신병원에 입원한 것일 테고.

망원동 집에서 혜리와 현선 언니가 마주친 일이 머리를 스친다. 현선 언니를 무섭게 노려보던 혜리와 죄지은 듯 움츠러들던 언니. 그게 명두 때문이란 건가? 그렇다면 현선 언니가 장본인?

'발견한 건 나고, 빼 온 사람은 수아야.'

시골집에서 시현 오빠가 다그치자 언니는 그렇게 발뺌했다. 명두를 발견한 사람은 현선 언니고, 그걸 가져온 사람은 수아 언니다. 그렇다면 범인은 수아 언니? 모르겠다.

"혜리 너도 무당을 찾아갔어?"

"엄마가 찾아갔지. 아까 그 무당, 내가 소개해서 온 거잖아."

혜리가 의기양양하게 말했다. 하지만 난 무당을 믿지 않는다. 귀신을 직접 겪고 이런 말을 하는 게 우습지만, 여태껏 점을 보러 다닌 적도 없고 그런 건 미신이라 치부했다. 설령 무당이 모시는 신이 진짜 있다 해도 내 상황을 바꿔줄 거라 생각하지 않는다. 그래서 이렇게 신당이라는 곳에 따라가는 게 맞는지 모르겠다. 분명히 굿을 하자고 말할 테고, 그 대가로 터무니없는 금액을 부를 것이다.

내 심정도 모르고 혜리는 신이 나서 떠들었다.

"이렇게 멀쩡해진 게 얼마나 다행이야. 나도, 너도. 안 그래? 우리 다시 못 보는 줄 알았잖아."

"나도 마찬가지야. 근데 그거 알아? 전에 여주로 너를 만나러

갔던 거?"

"문전박대당한 일 말하는 거지? 도진이한테 이미 들었지. 우리 엄마라면 충분히 그러고도 남아. 이번에도 그랬거든. 내가 서울 간다니깐 처음에 팔짝팔짝 뛰는 거 있지?"

"그런데 어떻게 왔어? 엄청 반대하셨을 텐데?"

"도진이가 누구니? 말 하나는 예쁘게 하잖아. 얘 설명 듣고 나선 가만있더라고. 그래서 냉큼 올라왔지."

"도진이가 뭐라고 했는데?"

"별말 안 했어. 소희와 연락이 안 된다, 실종된 것 같다, 뭐 그렇게 얘기했는데 어머니 얼굴이 창백해지시더라."

도진이가 내 물음에 직접 답했다.

"뭔가 찔리는 거지. 내가 옆에서 촉이 온다 어쩐다 떠든 것도 있고. 어쨌든 그 덕분에 내가 여기 있는 거야. 엄마 눈치 슬슬 보다가 이참에 서울로 아예 올라오려고."

문득 내가 외주 일을 제대로 마무리했을까 걱정된다. 몇 달이나 이런 상태였다는데 기억이 없으니 더 불안하다. 나를 독촉하던 아라 선배의 목소리만 어렴풋이 생각난다. 업무 메일도 수없이 받았는데.

삐리리리. 휴대폰 벨 소리가 상념을 깨뜨렸다.

〈향아! 어디니?〉

스피커로 굵은 남자 목소리가 흘러나왔다. 경찰이라는 김향 이모의 사촌 오빠다. 우리는 숨을 죽였다.

"어, 오빠. 지금 제천 내려가는 중이에요."

〈제천? 당집이 거기 있나? 어이쿠, 지금 운전 중이야?〉

"블루투스라 통화할 수 있어요. 말씀하세요."

〈그럼 용건만 말하고 빨리 끊을게. 일이 재밌게 됐다.〉

"재밌다니? 뭐가요?"

〈네 조카라는 애가 동거인이라고 말한 정지수 말이야. 그 사람, 죽었어. 그 집에서.〉

예상했던 얘기다. 그런데도 등줄기가 서늘해진다. 그 여자가, 그 귀신이 정지수가 맞구나. 그 집에서 죽은 거였구나.

"언제 죽었대요?"

〈작년 이맘때. 2층에서 뛰어내렸는데 하필 목뼈가 부러져 사망했어. 경찰이 출동한 기록이 있네.〉

"저런… 안됐네요."

〈그리고 이거 듣고 놀라지 마라.〉

그가 미리 당부했다. 긴장된다. 더 이상 무서운 얘기는 듣고 싶지 않다.

〈그 윗집, 3층 말이야. 전입 신고가 안 돼 있어.〉

"오빠, 그건 무슨 얘기예요?"

〈3층 세입자가 누군지 모른다고. 서류상 남아 있는 건 주민등록이 말소된 임성미뿐이야. 그 사람, 이름이 뭐라고 했지? 임대차 계약한 사람 맞아?〉

청천벽력 같은 얘기다. 3층 세입자가 누군지 모른다니. 그렇다면 난 누구와 계약하고, 어떤 사람과 밥을 먹은 걸까? 그녀가 이사 오는 걸 두 눈으로 직접 보고, 변호사를 통해 계약서도 확인했는데?

"소희야, 3층 세입자 이름이 뭐니?"

⟨아, 마침 같이 있구나. 임소희 씨, 세입자 이름 기억하십니까?⟩

"조미였어요. 성이 조, 이름은 미요."

⟨건물 관리를 맡은 사람과 동일인이 맞죠?⟩

"변호사님께 그렇다고 들었습니다."

⟨직접 만나본 것도 맞고요?⟩

"왜 그러시죠?"

⟨조금 전에 주변을 탐문했는데 3층 세입자를 본 이웃이 없어요. 제 말은, 인상착의를 아는 사람이 없다는 거죠.⟩

차 안이 웅성거렸다. 혜리와 도진이는 경찰이 듣든 말든 떠들었고, 김향 이모도 흥분했다.

"와, 소름! 귀신 아니야?"

"귀신은 절대 아냐. 나도 만나봤거든. 그 아줌마가 사기 친 거 아닐까?"

"너 전세금 어디로 입금했니?"

"네? 그야 변호사가 알려준 계좌로…."

"둘이 짜고 치는 거 아니겠지?"

⟨진정들 하세요. 임소희 씨 전입 신고는 돼 있습니다. 저희도 황당한데, 아직 사기라고 단정할 순 없어요. 임소희 씨, 변호사 연락

처 아십니까? 3층 계약 건에 대해 확인해야 할 것 같습니다.〉

경찰이 뭐라고 하는지 귀에 들어오지 않는다. 아직도 꿈속을 헤매는 것만 같다.

"소희야!"

소리가 아련하게 들린다. 넋이 나가 있는 나를 도진이가 옆에서 툭 쳤다.

"이모님이 부르시잖아."

"변호사 전화번호 알아?"

이모의 물음에 퍼뜩 정신을 차렸다.

"휴대폰에 있을 거예요."

하지만 변호사 연락처가 저장돼 있는지 자신이 없다. 내 기억이 모두 가짜일까 봐 두렵다.

"오빠, 변호사 이름과 연락처 찾아서 문자로 넣을게요."

〈그래. 네가 옆에서 수고 좀 해라. 다시 알아보고 연락할게.〉

아무리 주머니를 뒤져도 휴대폰이 없다. 어디에 뒀는지 생각나지도 않는다.

"이거 찾는 거지? 내가 챙겼어."

도진이가 가방에서 내 휴대폰을 꺼내 내밀었다. 오래 사용하지 않아 배터리가 방전돼 있었다.

"그 아줌마를 본 사람이 너랑 도진이뿐이야?"

"아니. 사촌 언니 오빠도 같이 봤어. 홍연동 집을 처음 보러 간 날, 3층 세입자가 그때 막 이사 왔거든. 변호사와 사무장도 그날 함께 만났고."

"변호사는 믿을 수 있는 사람이야? 자꾸 의심이 가네?"

"일단 변호사협회에 등록돼 있다니까…."

"세입자가 3층에 들어올 때 변호사와 계약한 거니?"

"변호사님도 서류만 전달받았을 거예요. 계약은 고모가 돌아가시기 전에 했다고 들었어요. 건물 관리도 같이 맡겼대요."

"그럼 변호사는 상관없는 거네."

"어머, 너희 고모 그 여자한테 사기당했나 보다."

난 고개를 저었다. 아니, 그럴 리가 없다. 나에게 얼마나 자상했는데. 그녀가 차려준 음식과 함께 마신 막걸리, 집 안에 은은하게 퍼지던 인센스 향. 내가 굶을까 봐 음식을 직접 갖다주기까지 한 사람이다.

"처음부터 그 아줌마 인상이 마음에 안 들더라니…."

"어땠는데? 난 못 봤잖아. 설명 좀 해봐."

혜리가 귀를 쫑긋 세우고 도진이를 재촉했다.

"뭐랄까, 눈빛이 이상했어. 유난히 반짝거리는 게 광기가 가득한 느낌이랄까? 잘해주기는 했는데 지나치게 친절했던 것도 수상하고…."

"너도 그렇게 느꼈어?"

난 혜리의 질문에 대답하지 않았다. 뭔가 착오가 있겠지. 경찰이 모든 걸 다 아는 건 아니잖아.

"난 너희 사촌들도 이상하더라. 설마 이거, 계획적인 거 아닐까? 3층 아줌마랑 한패 아니냐고?"

"사촌이 맞긴 하니?"

"맞아요. 제적 등본이라는 것도 확인했고, 어렸을 때 함께 찍은 가족사진도 있거든요."

머리가 어질어질하다. 가족사진은 분명히 존재하지만 사진 속 아이들이 그들이라는 걸 확신할 수 없다. 우리가 사촌간임을 알게 된 것도 불과 몇 달 전이다. 세입자도 마찬가지다. 나를 만나기 전부터 그들이 알고 지냈을 가능성을 배제할 수 없다. 혜리 말대로 그들이 짜고 나를 이용했다면?

되짚어보면 홍연동으로 이사하는 과정이 너무 수월했다. 물론 처음에 이사 얘기를 꺼낸 사람은 나지만, 상황이 그렇게 흘러가도록 주변에서 부추긴 건 아니었을까? 그럴 가능성이 높다. 그들이 쳐놓은 덫에 내가 스스로 걸어 들어간 거다. 속에서 분노가 끓어오른다.

'요즘 클래스 운영도 안 되고 물건도 안 팔려서 마이너스야. 차 할부금도 다 못 냈어.'

도넛을 먹으며 손가락을 쪽쪽 빨던 수아 언니. 난 언니의 비위를 맞추려고 그 더위에 20분이나 줄을 서 도넛을 사 갔었다. 그녀는 내가 홍연동에 들어가는 걸 적극 지지했다. 날 위해서라고 믿었는데 그게 아니라니.

"이제 와 말하지만, 나 솔직히 너희 사촌 언니들 진짜 마음에 안 들어. 명두를 두고 간 것도 그 수아 언니 아냐?"

"…."

"아니 왜, 의심할 만하잖아? 그 언니 다녀가고 나서 그게 집에 있었잖아."

"아아악!"

난 폭발했다. 분노가 솟구쳐서 나를 집어삼켰다. 깜짝 놀란 도진이가 내 몸을 꽉 붙잡았다. 난 사력을 다해 발버둥쳤다.

"소희야, 갑자기 왜 그래?"

"아아아악!"

"보살님께 연락해봐야 하는 거 아니니?"

"소희야! 정신 좀 차려. 응?"

혜리의 목소리가 점점 멀어졌다. 귓속이 윙윙거렸다. 그 소리가 점점 커지더니 삐이익, 이명이 들렸다. 순간 머리가 핑 돌면서 그대로 정신을 잃었다.

저 멀리 해가 지고 푸르스름한 어둠이 내려앉고 있다. 눈을 뜬 것은 시간이 한참 흐른 뒤다. 김향 이모는 신당 입구의 천왕문 같은 거대한 문 앞에 차를 세웠다.

"먼저들 가 있어. 난 주차장에 차 대고 따라갈게."

혜리와 도진이를 따라 나도 차에서 내렸다. 문 너머로 대궐 같은 한옥 여러 채가 위용을 뽐냈다. 어둠 속에서도 처마의 색색깔 단청이 인상적이다. 우리는 신당의 위용에 압도돼 차마 들어가지 못하고 입구에 서서 바라봤다.

"되게 크다. 이게 신당이란 데야?"

"그 무당 선생님이 굉장히 유명한 사람인가 봐."

"무속 업계에서는 최고라니까. 정치인들과 대기업 사모님들이 그렇게 찾는다잖아."

"나한테도… 굿하라고 그러겠지?"

혜리에게 조심스럽게 물었다.

"뭐 어때? 나도 했는걸."

"비싸겠지? 넌 얼마나 들었어?"

"몰라, 엄마가 냈으니까. 그런데 지금 네가 그걸 따질 때냐? 하라면 무조건 해야지."

"그 무당, 믿을 수 있는 거 맞지?"

"야, 이 정도 규모면 사람들이 많이 찾는다는 얘기야. 그만큼 용하다고 소문난 거지. 너 제대로 찾아온 거야."

정면에 보이는 한옥의 문이 열렸다. 안에서 흰색 한복을 입은 여자가 나왔다. 그리고 우리에게 다가와 공손히 고개를 숙였다. 머리를 곱게 쪽을 쪘는데 어딘가 친숙한 인상이다.

"기다리고 있었습니다. 안으로 드시지요."

나긋나긋한 음성이지만 힘이 느껴진다. 범접할 수 없는 오라가 있다.

"선생님은요? 이미 도착하셨죠?"

"안에서 준비하고 계십니다."

그녀가 안쪽을 가리켰다. 하지만 압도되는 느낌에 선뜻 들어갈 용기가 나지 않는다. 비용에 대한 부담도 마음을 짓누른다. 일단 발을 들여놓으면 분위기에 떠밀려 굿을 해야 하겠지. 난 그럴 돈이 없는데….

"이모가 주차하고 있어서요. 오시면 같이 들어갈게요."

난 이모 핑계를 댔다. 잠시 생각할 시간이 필요하다.

"먼저 가 있으라고 했잖아?"

혜리가 속도 모르고 끼어들었다. 호기심 가득한 얼굴로 빨리 신당 안으로 들어가고 싶어 하는 눈치다.

"들어가서 기다리자. 여기서 기다리나 안에서 기다리나 마찬가지잖아."

도진이도 옆에서 거들었다.

"그래, 준비 끝나기 전에 들어가 있어야지."

"아, 그게…."

"왜, 무당을 못 믿겠어?"

혜리의 말에 뜨끔했다. 한복 입은 여자의 눈치를 슬쩍 봤다. 무슨 뜻인지 알겠다는 듯 그녀가 미소 지었다. 난처하다. 안 들어가고 계속 버티면 무당에게 실례가 될 것 같다. 믿든 안 믿든, 그녀는 나를 살려준 사람이다.

마지못해 신당 쪽으로 걸음을 옮겼다.

"저는 다과를 준비해 가겠습니다. 먼저 들어가 계세요."

여자가 건물 뒤편으로 걸어갔다. 곱고 단아한 뒤태가 어딘지 친숙하다.

"뭐 하고 있어? 빨리 가."

혜리의 재촉에 돌계단을 올라갔다. 그동안 몸이 쇠약해진 탓인지 계단을 오르는데 숨이 찬다. 고작 몇 계단인데도 힘이 든다. 드디어 신당 앞, 커다란 문 앞에 섰다.

"먼저 들어가."

도진이가 내 귀에 대고 소곤댔다. 난 동그란 문고리를 잡았다. 그리고 문을 열려는 순간 멈칫했다. 잠깐, 왜 내 손목에 팔찌가 없지? 아까 김향 이모가 엄마의 팔찌를 걸어줬는데? 손에 난 상처도 없어졌다. 몸이 얼어붙는다. 이건, 꿈이야. 현실이 아니라고. 문고리를 잡았지만 옴짝달싹할 수가 없다.

딸랑— 딸랑— 어디선가 방울 소리가 들린다.

〈뭐 해? 들어가라니까.〉

혜리의 목소리가 머릿속에서 울린다. 도진이가 뒤에서 고함친다. 그 소리도 귓속에서 왕왕거린다.

〈선생님이 기다리신다고! 뭐 해? 빨리!〉

이건 꿈이야, 악몽이라고. 신당 안으로 들어가라고 목소리가 나를 재촉한다. 목소리는 혜리였다가, 도진이였다가, 나중에는 김향 이모가 되어 나를 유혹한다.

딸랑— 딸랑— 방울 소리는 쉬지 않고 들려온다. 갑자기 문이 덜컹거린다. 흔들림은 점점 커져서 문고리를 잡고 있는 내 몸이 휘청일 지경이다. 눈앞에 뭔가가 휙휙 지나가는 것 같다. 눈을 꼭 감았다. 방울 소리가 점점 더 요란해진다.

〈소희야… 소희야.〉

어렴풋이 엄마 목소리가 들린다. 어? 엄마? 엄마가 여기 있어? 마음이 약해진다. 저 안에서 엄마가 날 부르는 것 같다. 엄마 얼굴을 보고 싶다. 하지만 감긴 눈은 떠지지 않고, 내 마음은 갈팡질팡한다.

〈어서 들어와야지. 다들 기다리시잖아.〉

나를 유혹하는 소곤거림. 저건 엄마 목소리가 아닌데? 엄마, 거기 있어?

〈들어오라니까 뭐 해?〉

숨이 막힌다. 몸이 사정없이 흔들린다. 어지럽다. 거센 소용돌이에 휘말린 것만 같다.

〈소희야… 소희야.〉

다시 엄마가 나를 부른다. 문고리를 잡은 손에서 점점 힘이 빠진다. 누군가 내 몸을 세차게 흔드는 걸 느끼면서 잡고 있던 문고리를 놔버렸다.

간신히 눈꺼풀을 밀어올렸다.

"소희야, 괜찮아?"

도진이 얼굴이 보인다. 아직 김향 이모의 차 안이다. 정신을 차려보려고 몸을 일으켰다.

"너 가위눌렸어?"

혜리가 걱정스러운 얼굴로 뒤돌아본다. 꿈인지 생시인지 아직도 분간이 안 된다. 손목을 확인했다. 엄마 팔찌가 얌전히 걸려 있다. 다행이다, 꿈이어서. 앞에 앉은 혜리도, 내 옆에 앉은 도진이도, 운전하는 김향 이모도, 모두가 진짜다.

"식은땀 흘린 것 좀 봐. 너 보약이라도 한 재 먹어야겠다."

"대체 무슨 악몽을 꿨는데 얼굴이 그래?"

전방에 무당이 탄 스타렉스가 보인다. 우리는 아직 신당을 향해 달리는 중이다.

김향 이모의 차가 좁은 길로 접어들었다.

"나 언제부터 잔 거야?"

"30분쯤 됐나?"

"도진이 학생, 소희 부적 잘 갖고 있지?"

"걱정 마세요, 이모님. 제가 소희 지갑에 잘 챙겨뒀습니다."

"이모, 부적이라뇨?"

"아까 보살님이 챙겨주셨어. 신당에 도착하기 전까진 몸에 꼭 지니라고 했거든."

"온갖 잡귀들이 널 노린대. 우리 지금 그거 떼러 가는 거잖아."

조금 전 꿈속에서 내가 만일 그들이 원하는 대로 신당에 들어갔다면 어떻게 됐을까? 혹시 그 꿈이 내가 귀신에 씌었다는 증거일까?

손목에 걸린 팔찌를 어루만졌다. 무당이 준 부적의 효과도 있겠지만 엄마가 날 도와준 것 같다. 다시는 홀리지 않게 정신을 바짝 차려야지.

"아, 저긴가 보네. 얘들아, 다 왔어."

이모의 말에 고개를 들어보니 좁은 길 끝에 오래된 전원주택이 나타났다. 꿈속에서 본 신당과는 판이한 외관이다. 지붕 높이 홍백의 깃발이 나부낀다.

앞서가던 검은 스타렉스가 대문 앞 공터에서 멈췄다. 이모도 그 옆에 차를 세웠다. 차에서 내린 무당이 한복 치맛자락을 펄럭이며 우리에게 다가왔다.

"오는 길에 고생을 좀 했군. 놀랐지? 어머니가 자네 곁에서 딸 걱정을 많이 하시네."

엄마가 내 곁에 있다고? 난 주변을 두리번거렸다. 그 모습을 보고 무당이 푸근하게 웃는다. 내가 꿈꾼 걸 다 알고 있다는 얼굴이다.

(2권에서 계속)

누가, 있다 1권

**초판 1쇄 인쇄** 2025년 7월 28일
**초판 1쇄 발행** 2025년 8월 8일

**지은이** 제인도
**총괄** 김명래
**책임편집** 김명래
**디자인** 엄혜리
**책임마케팅** 최혜령, 박지수, 도우리
**마케팅** 콘텐츠 IP 사업본부
**경영지원** 백선희, 최민선, 권영환, 이기경
**제작** 제이오
**교정교열** 손현미

**펴낸이** 서현동
**펴낸곳** ㈜오팬하우스
**출판등록** 2024년 5월 16일 제2024-000141호
**주소** 서울특별시 강남구 테헤란로 419, 11층 (삼성동, 강남파이낸스플라자)
**이메일** info@ofh.co.kr

ⓒ 제인도 2025
**ISBN** 979-11-94930-94-5 (03810)

- VANTA는 ㈜오팬하우스의 출판브랜드입니다.
- 이 책은 저작권법에 따라 보호받는 저작물이므로 무단전재와 무단복제를 금지하며, 이 책 내용의 전부 또는 일부를 이용하려면 반드시 저작권자와 ㈜오팬하우스의 서면동의를 받아야 합니다.
- 책값은 뒤표지에 표시되어 있습니다.
- 잘못된 책은 구입하신 서점에서 바꿔드립니다.